Zu diesem Buch

«Es ist der Autorin gelungen, mit ihrer Kriminalstory ein Stück Geschichte aufzurollen, in dem die handelnden Personen plastisch hervortreten und die Atmosphäre jener Wochen in atemberaubender Weise heraufbeschworen wird» («Hannoversche Allgemeine»).

Maria Fagyas, 1905 als Tochter eines Offiziers in Budapest geboren, besuchte dort Gymnasium und Universität. 1937 wanderte sie mit ihrem Mann, dem Bühnen- und Drehbuchautor Bush-Fekete, nach den USA aus und arbeitete als Drehbuchautorin in Hollywood. Sie starb am 24. Juni 1985 in Palm Springs/Kalifornien. –
In der Reihe der rororo-Taschenbücher liegen ihre historischen Romane «Die Zwillingsschwester» (Nr. 4792), «Der Leutnant und sein Richter» (Nr. 5434), der vom Fernsehen verfilmt wurde, und «Die Witwenmacherin» (Nr. 5772) vor.

MARIA FAGYAS

Die fünfte Frau

ROMAN

Aus dem Amerikanischen
von Konrad Fuchs

rororo

ROWOHLT

Die amerikanische Originalausgabe erschien unter dem Titel
«The Fifth Woman» bei Doubleday & Company, Inc., New York
Umschlagentwurf Werner Rebhuhn

Veröffentlicht im Rowohlt Taschenbuch Verlag GmbH,
Reinbek bei Hamburg, Mai 1987

Gesamtherstellung Clausen & Bosse, Leck
Printed in Germany
980-ISBN 3 499 15934 1

Alle in diesem Buch
geschilderten Menschen sind frei erfunden,
und jede Ähnlichkeit
mit lebenden oder verstorbenen Personen
wäre reiner Zufall

ERSTES BUCH

Samstag, 27. Oktober

IRGENDWO IN BUDAPEST schlug es von einem Kirchturm sechs Uhr. Ein Windstoß fegte an den Häusern empor und ließ die Fahnen wie Staubtücher fleißiger Hausfrauen flattern. Am Museumsring griffen die Panzer wieder an; mit Donnergrollen fielen sie in das Rattern der Maschinengewehre und die Explosionen der Handgranaten ein.

Vor der Bäckerei an der Ecke der Perc-Passage lagen vier tote Frauen nebeneinander auf dem Bürgersteig. Zwei von ihnen waren mit aufgetrennten Mehlsäcken zugedeckt, aber für die anderen hatte sich nichts dergleichen gefunden; man hatte gewöhnliches braunes Packpapier über sie gebreitet, auf dem mit deutlichen blauen Buchstaben der Name des Absenders und die Adresse geschrieben standen und Zettel mit den Aufschriften *Eilsendung* und *Verderbliche Waren* klebten.

Die erste Frau war groß und hager, und das papierene Leichentuch ließ die dünnen Beine von den Knien ab unbedeckt. Wie Stangen sahen sie aus, denen man schwarze Baumwollstrümpfe übergezogen hatte. Die Strümpfe und die abgetragenen Schuhe mit den flachen Absätzen standen in auffallendem Gegensatz zu dem leuchtend blonden Haarknoten der Frau, der jedesmal satt golden schimmerte, wenn der Wind das Packpapier hob. Die andern drei Frauen waren klein, untersetzt und bedeutend älter. Über den Asphalt zogen sich dunkelbraune Streifen Blut gleich langen Nachmittagsschatten.

An der Hauswand lagen drei abgenutzte Taschen und ein Einkaufsnetz auf einem Haufen. Das Netz enthielt einen Kohlkopf, eine kleine Büchse Tomaten und drei Äpfel. Aus einer der Taschen quoll frischer grüner Spinat heraus. In einer vom Hunger bedrohten Stadt gehörte viel Findigkeit und Ausdauer dazu, überhaupt frisches Gemüse aufzutreiben, und verständlicherweise hatte eine so beharrliche Frau ihren Platz in der Schlange nicht verlassen wollen, nur weil ein russischer Panzer um die Ecke kam. Als der Panzer das Feuer eröffnete, war es zu spät zum Weglaufen. Ihr und den drei andern blieb nicht einmal Zeit, Angst zu bekommen. Barmherzige Kugeln machten ihrem Leben ein Ende, ehe ihnen bewußt werden konnte, daß der ganze Nachmittag umsonst war, weil sie ja doch nie zur Spitze der Schlange vorrücken würden.

Die Fensterscheiben der Bäckerei waren voll runder kleiner Löcher, von denen in wirren Mustern Sprünge ausgingen. Erstaunlicherweise waren sie nicht in Stücke gegangen. Der Laden selbst war mit Glassplittern zertrümmerter Einrichtung übersät. Ein Mädchen kehrte bereits den Fußboden, ein anderes wischte die leeren Regale ab. Sie arbeiteten in atemloser Eile, als fürchteten sie, es könnte eine neue Schießerei beginnen, ehe sie mit dem Saubermachen fertig wären.

Lajos Nemetz kam auf dem Weg zum Polizeipräsidium an der Bäckerei vorbei und blieb stehen, um sich die Toten anzusehen. Er betrachtete sie mit der Gelassenheit des Fachmanns, ohne Schaudern und ohne Mitgefühl. In sechsunddreißig Dienstjahren bei der Mordkommission hatte er sich oft über Menschen gebeugt, die durch einen gewaltsamen Tod gräßlich verunstaltet waren. Er konnte sich nur an ein paar wenige Gesichter erinnern, meist von Kindern und Mädchen, die manchmal den üppigen Liebreiz barocker Engel hatten, manchmal aber auch streng und wächsern wie mittelalterliche Heiligenfiguren aussahen. Die andern waren nicht in seinem Gedächtnis haften geblieben, wohl weil Tod und Verwesung sie ihrer Persönlichkeit, in einigen Fällen sogar ihres Geschlechts beraubt hatten. Selbst eine Schönheitskönigin war, wenn sie einmal zwei Monate im Wald in einem Graben gelegen hatte, nur noch durch ihr langes Haar von einem Bankkassierer zu unterscheiden.

Nemetz wandte sich ab und setzte seinen Weg fort. Er musterte die Geschoßspuren in den Mauern, die Reihen von Fenstern ohne Scheiben und die eben erst zerstörten Fassaden mit den gähnenden Löchern, durch die man in die verheerten, doch immer noch bewohnten Räume wie in Theaterkulissen hineinsah.

Vier trübe Oktobertage hatten eine Metropole, in der das Leben so geregelt und eintönig verlaufen war, in einen Schauplatz von Leidenschaft und Blutvergießen verwandelt. Keine Warnung, kein Ultimatum, keine Kriegserklärung war vorausgegangen — der Kampf war mit dem Ungestüm einer Naturkatastrophe ausgebrochen. Nemetz erinnerte sich deutlich an die fröhlichen, begeisterten jungen Männer und Frauen, die am Dienstagnachmittag in der Nähe des Parlamentsplatzes an ihm vorbeimarschiert waren. Sie hatten ungarische Flaggen getragen, aus denen das kommunistische Emblem herausgeschnitten war, und Transparente mit sich geführt, die Freiheit und Unabhängigkeit für ihr Land forderten. Es war bitter, wenn man daran dachte, daß manche von ihnen später an jenem Abend von der AVO, der kommunistischen Geheimpolizei, vor dem Rundfunkgebäude niedergemäht worden waren.

Etwa zweihundert Meter von der Bäckerei entfernt stolperte Nemetz über den Körper eines kleinen Jungen, der zwischen den herabgestürzten Karyatiden eines zertrümmerten Balkons lag. Er trug gute Schuhe und eine kurze pelzbesetzte Jacke. Seine dunkelblaue Baskenmütze war halb begraben unter dem Schutt neben ihm. Über einer tiefen klaffenden Wunde an der Schläfe klebte das blonde Haar wirr und blutig an der Kopfhaut. Er lag auf der Seite, und es war schwer zu sagen, ob ihn eine Kugel oder herabfallende Steine getötet hatten. Nemetz merkte sich die Hausnummer, um den Fall der Vermißtenstelle melden zu können, falls diese ihren Dienst noch versah. Bald würde jemand den Jungen suchen, dachte er. Seine Familie saß wohl gerade beim Abendessen und vielleicht nahm sich seine Mutter eben jetzt vor, ihm für sein Zuspätkommen eine ordentliche Tracht Prügel zu versetzen.

Vor dem Haupteingang des Polizeipräsidiums war das Pflaster aufgerissen und ein ausgebrannter Omnibus gegen die Mauer geschoben. Nemetz ging um den Bau herum und trat durch eine Seitentür ein, die normalerweise verschlossen gewesen wäre. Jetzt stand sie weit offen, und der für den diensttuenden Polizisten bestimmte Schalterraum war leer. Aus dem zweiten Stockwerk kam das Geklapper einer einzelnen Schreibmaschine. Es hallte unheimlich wie die vom Funker eines sinkenden Schiffes gesendeten SOS-Rufe durch das verödete Gebäude.

Nemetz stieg die Treppen hinauf. Als er den Korridor entlangging, blieb er da und dort stehen, um einen Blick in die Büros zu werfen. Sie waren dunkel und verlassen, und nur die kupfernen Türschilder erinnerten an die Menschen, die vor Ausbruch der Revolution darin gearbeitet hatten. Eine öffentliche Einrichtung, die für die große Stadt vor fünf Tagen noch so lebensnotwendig wie Wasser oder Licht geschienen hatte, war in raschem Zerfall begriffen. Der Chef war geflohen, und das übrige Personal hielt es für ratsam, den Gang der Ereignisse abzuwarten. Nur ein Kerntrupp von Angestellten tat noch Dienst, ein paar Ritter ohne Furcht und Tadel.

Nemetz war nicht überrascht, daß das Geklapper der einsamen Schreibmaschine aus dem Vorzimmer zu seinem eigenen Büro kam. Als er eintrat, saß Irén Lesták wie gewöhnlich am Schreibtisch und hämmerte mit verdrossenem Eifer auf die Tasten.

Irén war eine alte Jungfer, dürr und häßlich wie ein

Trommelschlegel. Sie vertrug sich mit keinem auf dem ganzen Stock, außer mit Nemetz, dessen unerschütterliche Ruhe ihn gegen ihre Sticheleien immun machte. Selbst wenn er nach einer dreitägigen Sauftour morgens mit blutunterlaufenen Augen und schwerer Zunge ins Büro kam, gelang es ihr nicht, einen Streit vom Zaun zu brechen. Er schnippte ihre bissigen Bemerkungen einfach weg wie Vogeldreck vom Ärmel. Vor vielen Jahren hatte sie oft davon geträumt, Frau Lajos Nemetz zu werden. Es war keineswegs ein rosaroter Traum, so wie ihn junge Mädchen in Mondscheinnächten träumen, sondern er entsprang der Verzweiflung und der Furcht vor einem einsamen Alter. Sie war ein dickköpfiges und beharrliches Frauenzimmer, und es hatte zehn Jahre gedauert, bis sie einsah, daß sie vergebens hoffte. Eine Zeitlang war sie verbittert und gekränkt gewesen, doch später verwandelte sich ihr Groll in eine wohlwollende Tyrannei. Oft warf sie ihm seine Trunksucht vor, und im nächsten Augenblick holte sie ihm in aller Eile einen besonders starken Espresso aus der Bar um die Ecke. Ehe sie ihn den Kaffee trinken ließ, forderte sie unerbittlich die fünf Forint, die es kostete. Sie sei nicht der Typ, Geld für einen Mann auszugeben, erklärte sie jeweils. Und er sei auch nicht der Typ, dachte er, für den Frauen ihr Geld ausgeben.

»Was tippen Sie?« fragte er.

»Mein Testament«, antwortete sie mit einem Achselzukken. Sie stand auf, um Nemetz' Mantel aufzuhängen. »Nun, was gibt's Neues auf der Welt?« fragte sie, wie Tag für Tag seit zwanzig Jahren. Ihr Ton jedoch verriet unveränderlich, daß es sie, selbst wenn es tatsächlich was Neues gäbe, durchaus nicht interessieren oder berühren würde.

»Nichts Gutes«, erwiderte Nemetz. Dies war seit ebenfalls zwanzig Jahren seine Antwort auf ihre rhetorische Frage. Und sie paßte genau zu all den mehr oder minder bedeutenden Ereignissen jener Zeit, einschließlich der Besetzung Ungarns durch Hitler im Jahre 1944, der Befreiung durch die Russen 1945 und des Ausbruchs der Revolution 1956.

Er betrat sein Büro und drehte das Licht an. Seit Tagen war der Raum nicht mehr geputzt worden, und die staubigen Stöße von Meldungen auf dem Schreibtisch, die mit Bänden längst vergessener Verbrechen vollgestopften Aktenschränke, die wacklige Bank, deren Armlehne von den Händen aufgeregter Verdächtiger oder Zeugen so blank wie Marmor gerieben worden war, das bucklige Sofa, auf dem Nemetz in letzter Zeit mehr Nächte verbracht hatte als daheim in seinem Bett, die häßliche Lampe, die so eingestellt werden konnte, daß ihr grelles, erbarmungsloses Licht voll auf den Mann fiel, der vor dem Schreibtisch saß — die ganze überdimensionale Mausefalle machte einen noch bedrückenderen Eindruck als sonst.

Nemetz setzte sich und blätterte mechanisch in seinem Schreibblock. Er hatte einen der langweiligsten und eindeutigsten Fälle seiner ganzen Dienstzeit bearbeitet. Ein stellungsloser Kellner hatte seine Hauswirtin umgebracht und ausgeraubt. Seit Wochen war der Mann mit seiner Miete im Rückstand gewesen, und als die Frau drohte, ihn vor die Tür zu setzen, packte er einen Schürhaken und ließ all seine Erbitterung und Enttäuschung an ihr aus. Die zweihundertundzwanzig Forint einzustecken, die er in der Wohnung fand, war ihm eigentlich erst nachher eingefallen. Er hatte schon einen Mord begangen und nicht mehr viel zu verlieren.

Für zweihundertundzwanzig Forint, den Preis für ein Paar Schuhe minderer Qualität, waren zwei Menschenleben zerstört. Eines für den linken und eines für den rechten Schuh.

Irén streckte den Kopf zur Tür herein. »Eine Frau möchte Sie sprechen.«

»Mich?«

»Wen sonst? Auf dem ganzen Stock ist keine Menschenseele außer uns zwei Idioten!«

Die Frau stand hinter Irén und hörte jedes Wort. Doch das störte Irén nicht. Sie behandelte das Publikum, einerlei ob Verdächtige, Zeugen oder Kläger, immer mit verächtlicher Gleichgültigkeit. Man verfuhr hier zwar absichtlich recht schroff mit den Leuten, aber Irén überbot die andern noch. Ihre Feinde warfen ihr vor, sie lege ein so grobes Wesen an den Tag, um ihre Loyalität dem Regime gegenüber zu beweisen. Doch das stimmte nicht. Die Grobheit war ihr angeboren, so wie einem Stachelschwein die Stacheln angeboren sind.

»Führen Sie die Dame herein«, sagte Nemetz. Er gebrauchte nie das Wort ›Genosse‹, obwohl er die ehemaligen Umgangsformen keineswegs aus Protest gegen das jetzige System beibehielt, ebensowenig wie Iréns rauher Ton ein Einverständnis mit ihm bedeutete. Wie alte Zirkushunde waren sie viel zu sehr auf ihre Nummern eingespielt, um noch neue Kunststücke zu erlernen.

Die Dame brauchte nicht hereingeführt zu werden. Sie befand sich bereits im Zimmer und ging auf den Schreibtisch zu, als wäre er ein fahrender Zug, dem sie sich vor die Räder werfen wollte.

»Nehmen Sie bitte Platz«, sagte Nemetz und wies auf einen Stuhl.

Die Frau blieb stehen, warf rasch einen abschätzenden Blick auf Nemetz und setzte sich schließlich auf die Stuhlkante.

»Hoffentlich bin ich hier an der richtigen Stelle«, sagte sie. »Kann man hier einen Mord melden?«

Sie hatte eine überraschend wohlklingende Stimme, mit Spuren des im Komitat Bihar gesprochenen Dialekts. Das gab ihrer Rede eine erfrischende Natürlichkeit. Auch ihr Aussehen erinnerte Nemetz an die ungarische Pußta. Sie hatte einen dunklen Teint und ein rundes Gesicht mit schrägstehenden Augen und hohen, tatarischen Backenknochen. Ihr Haar war braun, weich und lockig. Sie trug einen grünen Rock, eine Kaschmirjacke und darüber einen rostroten Tweedmantel. Schuhe, Handschuhe und Tasche paßten vollkommen zum Farbton des Mantels und wirkten teuer und elegant wie die Accessoires, die man nur in ausländischen Modejournalen zu sehen bekam. In Budapest konnten sich bloß sehr wenige Frauen solche Kleider leisten, und von den wenigen wagten es nur vereinzelte, sich darin sehen zu lassen. Es war gefährlich, gut gekleidet aufzutreten. Das erregte Aufsehen. Schäbigkeit war sicherer.

Die Frau streifte einen Handschuh ab, und Nemetz stellte fest, daß sie weiche, gepflegte Hände hatte. Ihre Finger waren kurz und stumpf, die rotlackierten Nägel jedoch lang wie Katzenkrallen.

»Ja, gnädige Frau, Sie sind hier richtig.«

Nemetz sprach leise und desinteressiert. In Wirklichkeit ärgerte er sich über die Frage dieser Frau. Sie war offensichtlich in der Absicht gestellt, ihn aus der Fassung zu bringen, und er wollte sich nicht aus der Fassung bringen lassen. Er lehnte sich in seinem Stuhl zurück und wartete geduldig und gleichmütig, daß sie fortfahren würde. Es dauerte eine ganze Weile.

»Kann die Polizei einer Person, deren Leben in Gefahr ist, Schutz gewähren?« fragte sie schließlich.

»Das kommt auf die Person und die Gefahr an«, antwortete Nemetz.

Sie sah ihn lange und vorwurfsvoll an. Bei ihrem Auftritt hatte sie ihre Rolle sicher beherrscht, ihre Nummer bis in alle Einzelheiten vorbereitet und eingeübt. Nun wurde sie nervös, da die richtigen Stichworte nicht fielen.

»Mein Mann will mich umbringen«, sagte sie. »Und ich verlange von der Polizei, daß sie ihn verhaftet. Sie müssen es tun! Sonst ist es aus mit mir.«

Sie sprach atemlos, doch nicht unkontrolliert. Sie ließ den Blick nicht vom Gesicht des Inspektors, ihre Augen blieben kalt und berechnend. Nemetz kam zu dem Schluß, daß nicht echte Todesangst, sondern ein wohlüberlegter Plan sie in sein Büro geführt hatte. Entweder wollte sie sich an ihrem Mann für eine Beleidigung rächen oder ihn loswerden.

»Woraus schließen Sie, daß Ihr Mann Sie umbringen will?« fragte er. »Hat Sie jemand gewarnt oder versuchte er's bereits?«

Nemetz' gelassener Ton schien sie zu ärgern; unwillig flackerten ihre Augen auf.

»Ich weiß es. Er hat es selbst gesagt. Er will mich umbringen.«

»Das sind große Worte«, sagte Nemetz kopfschüttelnd. »Ich rate Ihnen, noch ein wenig darüber nachzudenken, ehe Sie etwas Übereiltes unternehmen. Zwischen Eheleuten kommen oft Dinge vor, die man bis zum nächsten Tag am besten wieder vergißt. Vielleicht haut ein Mann seiner Frau einmal eine runter, aber das bedeutet noch lange nicht, daß er sie umbringen will.«

»Verstehen Sie denn nicht, Inspektor?« sagte sie langsam und deutlich, wie zu einem Schwerhörigen. »Wenn die Polizei nicht eingreift, bin ich erledigt.« Ihre Stimme wurde lauter. »Jedenfalls suchte ich hier nicht Rat, sondern ich kam her, um Schutz zu finden.«

Nemetz griff resigniert zur Feder.

»Also gut, wie heißen Sie?«

»Frau Zoltán Halmy, geborene Anna Tóth.«

»Name und Beruf Ihres Ehemannes?«

»Dr. Zoltán Halmy. Er ist Arzt. Chirurg.«

»Adresse?«

»József-Attila-Straße 28.«

Nemetz kannte das Haus. Es lag einen Katzensprung vom Polizeipräsidium entfernt.

»Ihr Beruf?«

»Krankenpflegerin«, antwortete die Frau nach kurzem Zögern.

Nemetz wußte, daß sie log. »Adresse Ihres Arbeitgebers?«

»Nun ...« Es folgte eine lange Pause. »Also, ich bin nicht richtig angestellt. Wenigstens nicht im Augenblick. Ich meine – ich helfe manchmal meinem Mann. Er ist Arzt im Städtischen Krankenhaus.«

»Helfen Sie ihm dort? Im Krankenhaus?«

»Nein«, entgegnete sie mit einem Kopfschütteln, gab jedoch keine weitere Auskunft.

»Dann helfen Sie ihm bei seiner Arbeit zu Hause?«

Sie holte tief Atem. »Gut, wenn Sie's genau wissen wollen, ich bin keine gelernte Krankenpflegerin.« Ihre Stimme hatte einen scharfen Beiklang und ihr linker Fuß begann ungeduldig auf den Boden zu klopfen. »Ich sage das nur wegen des Arbeitsministeriums, damit sie mich nicht zur Fabrikarbeit verpflichten. Sehen Sie, ich habe keine Kinder. Natürlich bin ich zu Hause vollauf beschäftigt. Meine Eltern wohnen bei uns und meine Schwester mit ihrem Mann, da gibt's eine Menge zu tun. Putzen und Kochen und so weiter...«

Sie verstummte und wartete, während sie ihren linken Fuß auf dem hohen Absatz des teuren Schuhs hin und her drehte, so wie eine Katze mit dem Schwanz schlägt, wenn sie gegen ihren Willen festgehalten wird.

»Wie alt sind Sie?« fragte Nemetz.

Ihr Fuß stand einen Augenblick still. »Dreiunddreißig.« Sie bedachte Nemetz mit einem herausfordernden Blick, als wollte sie ihn dieser Frage wegen zurechtweisen.

»Und Ihr Mann?«

»Siebenunddreißig.«

Kaum einen Häuserblock weiter krepierte eine Granate. Sie achtete nicht darauf, wie wenn die Wände um sie schalldicht und undurchdringlich wären.

»Erzählen Sie mir jetzt Näheres über die Bedrohung. Was läßt Sie vermuten, daß Ihr Mann –«

»Vermuten?« rief sie aus. »Vermuten tu' ich nix!«

Er stellte fest, daß ihre Ausdrucksweise mit ihrem Geschmack in Kleidungsdingen nicht Schritt hielt.

»Ich weiß es«, fuhr sie fort. »Er will mich loswerden. Er hat eine Freundin und möchte sie heiraten!«

»Immer noch kein Grund für ihn, Sie umzubringen.«

Nemetz spürte einen stechenden Schmerz im Hinterkopf. Er war neunundfünfzig Jahre alt und hatte schon seit Tagen nur wenig geschlafen. Sein ganzer Körper war schwer von Mattigkeit, so lästig wie eine Zwangsjacke. Wenn er sich nur auf dem Sofa ausstrecken und ein Nickerchen machen könnte. Er haßte die Frau und begann Mitgefühl mit ihrem Mann zu empfinden.

Frau Halmy merkte, daß er abschweifte. Sie neigte sich vor, um seine Aufmerksamkeit wieder auf sich und ihr Problem zu lenken.

»Mein Mann hat zu mir gesagt, er bedaure es, mich überhaupt geheiratet zu haben. Er wünschte, er hätte auf seine Mutter gehört. Seine Mutter hat mich nämlich gehaßt.«

»Und warum?« Nemetz hoffte, der Klang seiner eigenen Stimme würde die bleierne Müdigkeit verscheuchen, die ihn zu überwältigen drohte.

»Ich war ihr nicht gut genug. Ich hatte kein Geld. Wir heirateten 1945, gleich nach dem Krieg. Damals spielte es noch eine Rolle, ob jemand reich oder arm war. Anders als heutzutage«, setzte sie mit einem kurzen, nervösen Lachen hinzu.

»Wir sind vom Thema abgekommen«, sagte Nemetz. »Kehren wir zu Dr. Halmy und seinen Drohungen zurück. Was waren seine genauen Worte?«

Ein hämisches Lächeln flog über das Gesicht der Frau. »Nun, er möchte mit einem Mädchen durchbrennen. Nach dem Westen flüchten. Er erzählte mir zwar nichts davon, doch ich fand es heraus und sagte ihm, ich ließe ihn nicht gehen. Nur über meine Leiche, sagte ich.«

»Das sagten *Sie* zu ihm. Doch was sagte *er* zu Ihnen?«

»Die Worte weiß ich nicht mehr. Auf jeden Fall hab' ich ihm klargemacht, daß er nicht einfach auf und davon laufen könne. Ich bin seine Frau, elf Jahre sind wir nun verheiratet! Das Recht ist auf meiner Seite. Wo kämen wir denn hin, wenn jeder Mann seine Frau im Stich ließe, nur weil Revolution ist und die Grenzen offen stehen? Ich hab' ihm gesagt, ich würd' ihn zwingen, hier zu bleiben. Und da sagte er, er werde mich umbringen. Mich erschießen. Er hat eine Pistole. Das weiß ich. Mit eigenen Augen hab' ich sie gesehen. Ich frage Sie, Inspektor, wozu braucht ein Mann wie der meine eine Pistole?«

Nemetz stand auf. Er mußte hin und her gehen, um sich des Schlafs zu erwehren.

»Meine liebe Frau Halmy«, sagte er. »Zwölfjährige Kinder laufen mit Pistolen im Gürtel herum! Plötzlich ist jeder in dieser Stadt, Mann, Frau und Kind, bis an die Zähne bewaffnet. Also gut, Ihr Mann hat auch eine Pistole. Das beweist nicht, daß er Sie damit erschießen will.«

Die Frau sprang auf.

»Er sagte, er bringe mich um«, rief sie.

Nemetz sah sie lange und nachdenklich an. »Was verlangen Sie von mir?«

»Daß Sie ihn verhaften!«

»Damit er nicht mit seiner Freundin in den Westen entkommt?«

Sie witterte die Falle und schwieg vorsichtig.

»Sie haben dies schon öfter durchgemacht, nicht wahr?« fragte Nemetz. »Streitereien, Szenen, Drohungen – oder war das der erste Krach zwischen Ihnen beiden?«

Die Frau nahm ein Taschentuch aus ihrer Tasche und betupfte sich die Augen. Der Duft von Arpège durchdrang den Raum. Nemetz sog ihn genießerisch ein. Nur selten strömten seine Besucher solch erlesene Wohlgerüche aus.

»Oh«, seufzte sie, und Tränen schimmerten in ihren Augen, »er war schrecklich in letzter Zeit. Wir haben uns zwar auch vorher ab und zu gestritten, aber so war es noch nie. Neuerdings schreit er mich entweder an oder redet tagelang überhaupt kein Wort. Und wenn ich mit ihm zu sprechen versuche, verläßt er einfach das Zimmer.«

»Aber heut abend hat er mit Ihnen gesprochen, ja?«

»Und wie!« stieß sie hervor. »Er sagte, er werde mich erschießen. Und er tut es auch, das weiß ich.«

Sie bewegte sich im Kreis und kehrte immer zum selben Punkt zurück: zu der Todesdrohung.

»Er hat einen Führer verpflichtet, der ihn und das Mädchen nach Österreich bringen soll. Den Namen des Mannes konnte ich nicht herausbringen. Ziemlich klein und blond und sehr jung. Sieht keinen Tag älter als zwanzig aus. Er kam ins Haus, um mit meinem Mann zu sprechen. Es war nicht ihre erste Zusammenkunft; sie hatten sich schon über Einzelheiten geeinigt – Zeitpunkt, Bezahlung und das alles. Heute nachmittag kam er nun irrtümlicherweise eine halbe Stunde zu früh. Mein Mann war noch nicht zu Hause. Ich hatte keine Ahnung, wer der Junge war und was er mit meinem Mann zu schaffen hatte. Ich sagte ihm, er solle Platz nehmen und warten. Dann kamen wir ins Gespräch. Er wußte nicht, daß ich nicht eingeweiht war, und verriet die ganze Geschichte. Als mein Mann dann heimkam und herausfand, was der junge Kerl angestellt hatte, wurde er natürlich wütend und warf ihn hinaus. Als ob er ihn nie mehr sehen wollte. Aber das tat er sicher nur, um mich irrezuführen. Sie kommen wieder zusammen. Deshalb möchte ich, daß die Polizei eingreift. Es wird nicht schwer sein, den Jungen zu finden –«

»Den sollen wir auch verhaften?« fragte Nemetz verschmitzt.

»Er handelt doch gesetzwidrig, nicht wahr? Verhilft Leuten zur Flucht. Da hat man manche schon für weniger gehängt.«

Nemetz zog es vor, die Bemerkung zu überhören. Er hatte keine Lust, sich auf eine Polemik einzulassen.

»Sie haben also zu Ihrem Mann gesagt, Sie würden seine Flucht verhindern. Indes ließ er Sie unbehelligt aus dem Haus, obwohl er Grund hatte, anzunehmen, daß Sie ihn anzeigen würden. Beweist das nicht, daß er nicht ganz so entschlossen ist, seine Drohung wahrzumachen, wie Sie glauben?«

Die Frau starrte ihn mit weit aufgerissenen Augen an. »Ich fürchte, ich bin hier an der falschen Stelle«, sagte sie. »Ich wußte nicht, daß die Polizei gemeinsame Sache mit den Faschisten macht!«

Nemetz war an Beleidigungen unzufriedener Klienten gewohnt. Er zuckte nur die Achseln.

»Bitte, Frau Halmy, versuchen Sie doch, vernünftig zu sein. Sie können nicht einfach hier hereinplatzen und einen Mann verhaften lassen.«

»Sie wollen also nichts unternehmen?« fragte sie mit schriller Stimme. »Sie legen einfach die Hände in den Schoß und lassen zu, daß er mich umbringt?«

Nemetz stieß einen Seufzer aus. »Nein. Wir werden uns um die Sache kümmern. Wir laden Ihren Mann vor und hören uns *seine* Darstellung der Geschichte an. Vorausgesetzt, daß ich jemand erwische, der ihm eine Vorladung bringt«, fügte er grinsend hinzu.

»Bis dahin werden er und das Mädchen längst über die Grenze sein!«

Nemetz fing an, die Geduld zu verlieren. »Was bedeutet, daß Sie dann in Sicherheit sind. Und eben das wollen Sie doch, nicht?«

»Nein«, rief sie aus, dann faßte sie sich und senkte die Stimme. »Das heißt, ich werde mich nicht sicher fühlen, solange er auf freiem Fuß ist. Und wenn sich die Polizei nicht darum kümmert, finde ich schon einen anderen Weg. Ich habe Freunde auf der Kommandatura.«

Nemetz verspürte einen unwiderstehlichen Drang, sie hinauszuwerfen. »An Ihrer Stelle würde ich die Russen aus dem Spiel lassen.«

Sie erhob sich und knöpfte ihren Mantel zu. »Sie lassen mir keinen andern Ausweg«, sagte sie herausfordernd.

Es wurde an die Tür geklopft. Irén kam mit einem Aktenbündel herein.

»Entschuldigen Sie die Störung, Inspektor«, sagte sie. »Diese Akten sind eben heruntergeschickt worden. Hauptmann Porkai will innerhalb einer Stunde einen Bericht haben.«

Nemetz sah sich das Dossier an. Es enthielt das ärztliche Gutachten zu einem längst abgeschlossenen Mordfall. Irén mußte sie aufs Geratewohl aus einer Schublade gezogen haben. Zudem konnte ihm gar nichts heruntergeschickt worden sein, weil das einzige Lebewesen, das sich oben in den verlassenen Büroräumen herumtrieb, ein schwarzer Kater namens Cica war. Und was Hauptmann Porkai betraf, der hatte sich seit Tagen nicht mehr blicken lassen. Wie von gut unterrichteter Seite verlautete, hatte er sich der Völkerwanderung in Richtung österreichische Grenze angeschlossen.

Irén ging einem manchmal auf die Nerven, aber auf eines verstand sie sich: wie man lästige Besucher loswurde.

»Würden Sie bitte die Klage der Dame zu Protokoll nehmen und sie unterschreiben lassen«, sagte Nemetz zu ihr.

»Mit Vergnügen«, erwiderte sie grinsend. Ihre strahlende Miene schwand, als sie sich Frau Halmy zuwandte. »Vorwärts, Frau, machen Sie schon! Wir haben nicht die ganze Nacht Zeit.«

»Was soll sie zu Protokoll nehmen?« wollte Frau Halmy wissen.

»Genau das, was Sie mir erzählt haben«, antwortete Nemetz. »Bloß machen Sie's kurz und ohne abzuschweifen.«

»Warum muß ich unterschreiben?« Sie schien verwirrt.

Irén kam Nemetz zuvor. »Weil die Polizei eine Anzeige haben muß, um ein gesetzliches Verfahren einleiten zu können. Weil jemand zur Verantwortung gezogen werden muß, wenn man uns durch eine falsche Beschuldigung an der Nase herumführt. Ist das klar? Los jetzt, aber 'n bißchen plötzlich. Der Inspektor hat zu tun.«

Sie schob Frau Halmy buchstäblich aus dem Büro. Eine Minute später setzte im Vorzimmer das wütende Geklapper ihrer Schreibmaschine ein, das Frau Halmys Worte übertönte.

Iréns Schreibmaschine besaß eine außergewöhnliche Gabe. Sie konnte den sensationellsten Mordfall all seiner Dramatik entkleiden, so daß er sich schließlich so alltäglich wie ein Raubzug auf Mutters Keksbüchse anhörte. Irén verstand es, Frau Halmys lange Erzählung in ein paar klaren und nüchternen Sätzen zusammenzufassen, dann brachte sie die Frau in Nemetz' Büro zurück.

»Hören Sie, Inspektor«, sagte Frau Halmy nervös, »es ist sinnlos, meinen Mann vorzuladen. Er wird einfach keine Notiz davon nehmen. Er wird behaupten, im Krankenhaus unabkömmlich zu sein. Dieses Durcheinander kommt ihm sehr zustatten — er wird es als Entschuldigung benützen.«

»Keine Sorge, wir werden ihn schon finden«, schnauzte Irén sie an. »Unterschreiben Sie nur die Anzeige und überlassen Sie uns das übrige.«

Frau Halmy trat an den Schreibtisch, nahm die Feder und schrieb ihren Namen bedächtig und sorgfältig wie eine Schülerin bei der Prüfung. Dann, als nichts mehr zu tun übrigblieb, ging sie auf die Tür zu. Nemetz erinnerte sich später daran, wie sie auf der Türschwelle eine Sekunde stehengeblieben war, als zögerte sie, den Schutz des Büros zu verlassen.

»So ein Schwindel«, sagte Irén. »Behauptet, vor ihrem Mann Angst zu haben, geht aber ohne Bedenken während der Ausgangssperre auf die Straße. Dabei treibt sich die ganze russische Armee herum. Warum fürchtet sie sich denn vor *denen* nicht?«

»Vielleicht fürchtet sie sich vor ihnen – und vielleicht auch nicht«, gab Nemetz achselzuckend zur Antwort.

Bis zehn Uhr blieb es in der Umgebung des Polizeipräsidiums ziemlich ruhig. Dann und wann hörte man in der Ferne eine Explosion, einmal brachte eine russische Patrouille Verwundete zum Eingang, damit sie in der verhältnismäßig sicheren Halle auf die Ambulanz warten konnten, dann bat eine halb verrückte Frau um Obdach für sich und ihre kleine Tochter, die einzige Überlebende ihrer Familie. Irén brachte Mutter und Kind in Hauptmann Porkais Büro unter, so gut es ging. Gegen zehn Uhr hatte fast jeglicher Verkehr aufgehört. Nemetz war eben etwas eingenickt, als Inspektor Koller den Kopf zur Tür hereinstreckte.

»Geh nach Haus, Junge, ich löse dich ab«, rief er.

Nemetz schüttelte die Schläfrigkeit ab und setzte sich auf. Er freute sich immer besonders, wenn er Koller sah, seinen einzigen Freund bei der Polizei. Koller mit seinem lärmigen, hitzigen, unfeinen Wesen, wahrhaftig nicht der Typus des Intellektuellen, war der harte, oft brutale Polizeibeamte, den die moderne Kriminologie so geringschätzig ablehnt. So sehr

Nemetz auch die Methoden seines Freundes mißbilligte, er kritisierte sie nie. Er wußte, wenn Koller einen verstockten Gefangenen schlug, so leitete ihn dabei seine aufrichtige Überzeugung, daß die körperliche Züchtigung der Mordkommission ein gutes Stück Arbeit und dem Staat eine Stange Geld ersparen werde. Er schlug nie jemanden im Zorn und war bekannt dafür, Verdächtige, die sein Instinkt für unschuldig hielt, vor einer Menge Erniedrigungen zu bewahren. Er konnte auch gegenüber den Bedrängten und ungerecht Verfolgten Mitleid zeigen. Sein impulsives Wesen führte oft dazu, daß er Großkopfeten auf die Zehen trat, und brachte ihn in gefährliche Situationen.

»Geh nach Haus, Junge«, wiederholte er.

»Warum bist *du* nicht zu Haus geblieben?« fragte Nemetz. »Du bist drei Nächte hintereinander hier gewesen.«

»Die Maccaroni ist wieder einmal in Harnisch geraten. Ich bleib' ihr lieber aus dem Weg. Sie hat das mit Irma herausgefunden.«

Die Maccaroni war seine Frau. Sie stammte aus Mailand, hatte das Format eines Zwei-Hektoliter-Weinfasses, wog zweihundert Pfund und konnte, nach dreißig Jahren Budapest, kein Wort Ungarisch sprechen. Ihre Kinder gingen in ungarische Schulen, ihr Dienstmädchen war eine Ungarin, und dennoch brachte sie es zustande, sich abseits zu halten und in einer Welt von rotem Plüsch, Heiligenbildern, Gigli-Platten und gewaltigen Tellern Spaghetti zu leben.

»Die Maccaroni ist wirklich unerträglich geworden«, klagte Koller. »Sie ist überzeugt, die Revolution sei von mir angezettelt worden, damit ich einen Vorwand hätte, die Nächte auswärts zu verbringen.«

»Sie hat nicht weit danebengehauen«, gluckste Nemetz.

Er zog seinen Mantel an, während Koller ihm kurz über die letzten Entwicklungen in der Stadt berichtete. Der Kampf um die Kiliánkaserne tobte immer noch. Die Russen waren aus dem Fünften Bezirk vertrieben worden. Auf der Leninstraße hatten Schulkinder eine ganze Panzereinheit in Brand gesteckt. Das neue Spiel, anstelle von Fußball und Tischtennis, war das Schmeißen von Molotow-Cocktails. Nemetz fiel plötzlich der tote Junge am Józsefplatz ein. Angst packte ihn. Péter, sein Neffe, war ungefähr gleich alt wie der Junge. Es wäre schrecklich, wenn ihm etwas zustoßen sollte.

Der Wind hatte nachgelassen, und die Straßen lagen in unheimlichem Schweigen da, als Nemetz sich auf den Weg nach Hause machte. Er hatte ein Zimmer in der Wohnung seiner verwitweten Schwägerin, in der Árpádstraße, fünfundzwanzig Minuten vom Polizeipräsidium. Die Luft war frisch und rein und stechend; nur die Donau versteckte sich unter einer schweren blaugrauen Nebeldecke, als ob sie den Anblick der beschädigten Quais zu meiden versuchte.

Sein Weg führte über die Perc-Passage. Die toten Frauen lagen immer noch vor der Bäckerei. Jemand hatte der ersten ein rohes Holzkreuz auf die Brust gelegt. Ein kleiner Kranz von der Art, wie sie Vorstadt-Blumenläden für das nahende Allerheiligenfest bereithielten, war zu Füßen der nächsten. Ein plötzlicher Windstoß hob, als ob er jemanden suchte, das papierene Leichentuch von der großen blonden Frau. Im schwachen Licht der Straßenlampe starrte ihr Gesicht aschfahl zum Himmel. Es ging schon allmählich in die Farbe der Friedhofserde über, die sie bald aufnehmen würde.

Drei menschliche Gestalten saßen im Schatten des nächsten Türeingangs: ein Mann und eine Frau, in der Haltung frisch erlittenen Schmerzes zusammengekauert, und ein etwa vierzehnjähriges Mädchen, offensichtlich nicht zu ihnen gehörig. Alle paar Sekunden stieß die Frau einen kleinen Schrei aus, der wie das Knarren eines neuen Schuhs klang. Das Mädchen war still; nur seine Zähne klapperten. Sein Gesicht verbarg ein dunkler, widerspenstiger Haarschwall, der unter einer beigefarbenen Baskenmütze hervorquoll. Die Kleine trug einen Mantel, der ihr mindestens eine Nummer zu klein und entschieden zu dünn war für diese Jahreszeit. Sie mahnte Nemetz an Postkarten aus dem Ende des letzten Jahrhunderts mit der Unterschrift: *Verwaist.*

Er war schon an der Stelle vorbei, als ein plötzliches Gefühl, das er zuerst nicht genau bestimmen konnte, ihn jäh anhalten ließ. Das stieß ihm nicht zum ersten Mal zu. Seine Reflexe gehorchten oft dem Polizeiinstinkt, bevor er merkte, was los war. Lange starrte er die Toten auf dem Gehsteig an und fragte sich, was ihn zum Stehen gebracht hatte.

Dann wußte er es. Um sechs Uhr abends, als er auf dem Hinweg am Laden vorbeigekommen war, hatten vier Tote auf dem Boden gelegen. Jetzt, um zehn Uhr fünfzig, waren es *fünf*.

Die neu dazugekommene Leiche war die letzte in der Reihe, am nächsten zur Straßenecke hin. Kein Mehlsack entzog sie den Blicken, sie trug keinen Mantel, nur Strickjacke und Rock. Um die Taille, unter der verrutschten Jacke, guckte mit einer Koketterie, die bei einer Leiche unschicklich wirkte, ein Streifen rosaroter Seide hervor. Der linke Schuh lag neben ihr, und die rotlackierten Zehennägel schienen durch den dünnen Nylonstrumpf. Sie lag mit dem Gesicht zum Boden, das kurze dunkle Haar verbarg es. Trotzdem erkannte Nemetz sie. Es war Frau Anna Halmy. Die Frau, die am selben Abend in seinem Büro gewesen war.

Die Entdeckung erschütterte ihn. Es brachte ihn auf, daß er die Warnzeichen einer Tragödie nicht erkannt hatte. In all den Jahren bei der Polizei hatte er einen sechsten Sinn, ein Alarmsystem entwickelt, das auf die geringsten Äußerungen von anderer Leute geheimen Gedanken reagierte, wie zum Beispiel einen Seufzer der Erleichterung oder das Zucken eines halb geschlossenen Augenlids — Anhaltspunkte, die kein Laie je als aufschlußreich betrachtet hätte. Heute abend mußte unbemerkt eine Sicherung durchgebrannt sein, und der Kurzschluß hatte sein Alarmsystem außer Betrieb gesetzt. Selbst jetzt hinterher konnte er sich an kein Anzeichen echter Angst in Frau Halmys Verhalten erinnern. Sie hatte auf ihn nicht den Eindruck einer von Furcht erfüllten Frau gemacht, sondern den einer kühl berechnenden. Jetzt lag sie unzweifelhaft und unwiderruflich tot vor ihm. Sie war als

Gewinnerin aus ihrer Auseinandersetzung hervorgegangen und hatte sich den Sieg mit ihrem Leben erkauft.

Nemetz bückte sich, um die Todesursache festzustellen. Er zog eine Taschenlampe hervor, und als er sie angeknipst hatte, sah er sogleich den großen dunklen Fleck auf ihrem Rücken, der sich vom Schulterblatt an bis zur Gürtellinie ausbreitete. Er mußte also das winzige Loch suchen, wo die Kugel eingedrungen war. Ein Messer oder selbst ein Stilett hätte die Kleidung übler zugerichtet. Er ließ den Strahl der Lampe über den ganzen Körper gleiten, entdeckte aber keine andere Verletzung. Sie war von einer einzigen Kugel in den Rücken getroffen und vermutlich auf der Stelle getötet worden.

Auf dem Boden gab es keine Blutspur; das deutete darauf hin, daß der Mord anderswo geschehen war und der Täter sie hierhergebracht hatte, nachdem sie schon tot war.

In einer von der Revolution heimgesuchten Stadt, wo Gesetz und Recht Urlaub hatten, war ein Verbrechen verübt worden, das sozusagen ganz privaten Zwecken diente. Die Feuersbrunst, in der Tausende umkamen, entsprang höherer Gewalt, indes war da eine Person zu Asche verbrannt, weil Menschenhand sie in die Flammen gestoßen hatte. Es stand nicht in Nemetz' Macht, den Brandstifter zu ermitteln, dessen Streichholz das große Feuer gelegt hatte, aber der Mensch mit der schuldigen Hand, der war von jeher sein Wild. Er hatte sechsunddreißig Jahre lang solche Menschen verfolgt, und die Stadt, ob in Friedens- oder Kriegszeiten, blieb sein Jagdgrund.

Nemetz erhob sich und blickte umher. Die Frau im Türeingang hatte aufgehört mit ihrem Geknarre, sie saß aufgerichtet da und beobachtete ihn mit lebhafter Neugier. Auch der Mann beobachtete ihn, wachsam und drohend, bereit, sich auf Nemetz zu stürzen. Allein das kleine Mädchen blieb apathisch. Es hockte regungslos da, taub und blind vor Schmerz.

Nemetz trat auf das Paar zu. »Entschuldigen Sie, könnten Sie mir sagen, wie lang Sie schon hier sind? Ich meine, hier vor der Bäckerei?«

Die beiden tauschten rasch einen Blick, dann stand der Mann auf.

»Was geht denn Sie das an?« Er hatte eine schrille, unangenehme Stimme.

Nemetz stellte sich vor und zeigte ihnen seinen Ausweis.

»Ach, Polizei? Ich wußte nicht, daß es euch noch gibt«, sagte die Frau in frechem Ton. »Ich hab' ein paar von Ihren Kumpels an Laternenpfählen baumeln sehen.«

»Die sind von der AVO, gute Ida, politische — die Geheimpolizei«, korrigierte der Mann sie.

»Ich gehöre zur Kriminalpolizei«, setzte Nemetz hinzu. »Hab' nichts zu tun mit der AVO.« Er war ein bißchen verlegen, daß er sich vor einer törichten Frau verteidigen mußte. »Erlauben Sie bitte, daß ich Ihnen ein paar Fragen stelle. Ich nehme an, Sie sind mit einem der Opfer verwandt.«

Der Mann blieb still, aber das Wort ›Opfer‹ löste bei der Frau wieder Schluchzen aus. Ihr ganzer Körper schwankte unter dem Ansturm des neu belebten Schmerzes.

»Mama«, klagte sie und wies auf die Leiche mit dem Kranz zu Füßen. »Wir saßen in ihrer Wohnung beim Kaffee, als die kleine Nachbarstochter herüberkommt und sagt, Bozsán hat offen und es steht schon eine Schlange vor der Bäckerei. Da zieht Mama einen Regenmantel an und ist weg. Das war ungefähr um zwanzig vor fünf. Als sie um acht Uhr nicht zurück war, machte ich mir ernstlich Sorgen. So sag' ich zu meinem Mann, ich hab' ein ungutes Gefühl wegen Mama. Ich hab' kaum ausgesprochen, da klopft's an die Tür. Wieder ist's die kleine Nachbarstochter. Aber diesmal ist sie ganz außer sich. Sie hätte eben gehört, ein russischer Panzer habe das Feuer eröffnet auf die Schlange vor dem Bozsán und Mama sei unter den Verwundeten.«

»Das heißt, Sie kamen nach acht Uhr hierher, nicht?« fragte Nemetz.

»Es war so«, griff der Mann ins Gespräch ein. »Die Kleine sagte mir, ich solle Ida — das ist meine Frau — nicht gehen lassen. Also kam ich allein her.«

»Können Sie mir genau sagen, um wieviel Uhr Sie hierhergekommen sind?«

»So um halb neun herum, schätze ich.«

»Sind Sie seither die ganze Zeit hiergeblieben?«

»O nein.« Jetzt antwortete wieder die Frau. »Er kam gleich wieder zurück, um mir die Nachricht beizubringen. Aber er brauchte mir nichts zu sagen. Ich sah ihm nur ins Gesicht und schon wußte ich's.«

»Sie hat richtige Zustände gekriegt«, sagte der Mann. Und prompt begann die Frau wieder zu schluchzen. »Zum Glück hatte sie ihre Tropfen dabei.« Er wandte sich zu ihr. »Hör auf, Liebes. Du weißt, was der Doktor gesagt hat.« Er tätschelte ihr besänftigend den Arm. »Ich gab ihr fünfzehn Tropfen, da ist sie wieder ruhiger geworden.«

»Wie spät war es, als Sie schließlich hierher zurückkamen?«

»Ach, ich würde sagen, das muß kurz nach zehn gewesen sein«, antwortete der Mann.

»Es war genau Viertel vor zehn«, fiel die Frau mit überraschend klarer und fester Stimme ein.

»Ida, du irrst dich«, verbesserte sie der Mann gereizt. »Um neun Uhr fünfundvierzig drehten wir das Radio an. Wir kamen erst runter, als wir hörten, die Opfer sollten von einem Bestattungstrupp weggeschafft werden.«

Nemetz stieß einen Seufzer aus. Es hatte ihn eine Viertelstunde gekostet, um herauszufinden, daß die beiden die Tote erst seit kurz nach zehn Uhr bewachten. Nun konnte er einen Schritt weiter gehen.

»Kennen Sie eine von den andern Toten?«

»Nur vom Sehen«, entgegnete der Mann vorsichtig.

»Die eine neben Mama, die mit dem Kreuz — die wohnt, will sagen, wohnte in unserer Straße«, gab die Frau bereitwillig an. »Ihren Namen weiß ich allerdings nicht. Die nächste ist Frau Citrom. Ihr Mann hat einen Obststand in der Mérlegstraße. Der Hausmeister sagte, er werde ihre Familie benachrichtigen. Sie haben sich aber noch nicht sehen lassen.

Möglich, daß sie nicht daheim waren. Oder sich zur Grenze aufgemacht haben. Wie halb Budapest. Sagen Sie mir, Inspektor, was sollen diese Leute alle im Westen machen? Glauben die, daß das Geld dort auf den Bäumen wächst?«

»Und die Frau in Grün?« Nemetz zeigte auf Anna Halmy.

»Nie vorher gesehen.«

»Als Sie nach zehn Uhr herunterkamen, war sie da schon hier?«

»Natürlich war sie hier«, sagte der Mann und nickte. »Eine Leiche wird schwerlich herumspazieren. Besonders nicht während der Ausgangssperre«, setzte er glucksend hinzu.

»Aber sie war nicht da, als Sie das erste Mal herunterkamen, oder?«

Der Mann starrte ihn ein Weilchen ausdruckslos an, dann flackerten seine Augen plötzlich erregt auf. »Tatsächlich, Sie haben recht! Vollkommen recht! Sie war nicht da. Ich hatte doch das Gefühl, daß etwas anders war. Klar – zuerst waren vier da, und jetzt sind's fünf!«

»Finden Sie das nicht merkwürdig?« fragte Nemetz.

»Merkwürdig?« Der Mann hob die Stimme. »In dieser verrückten Stadt? Wo man nicht mal ein Brot kaufen kann, ohne sein Leben aufs Spiel zu setzen?« Dann fügte er hinzu: »Vielleicht ist sie weiter unten in der Straße erschossen worden und irgend jemand hat sie hierhergeschleppt, damit sie mit den anderen abgeholt wird.«

»Haben Sie die Person gesehen, die sie herbrachte?«

»Wir haben rein niemand gesehen«, kam die Frau ihrem Mann zu Hilfe. »Wenn man sein eigenes Kreuz zu tragen hat, kann man sich nicht mit anderer Leute Problemen abgeben.« Sie fing wieder an zu schluchzen. »Warum mußten sie Mama umbringen? Sie hat keinem Menschen was zuleide getan. Ich hätte sie nicht hinauslassen dürfen. Wir hatten doch noch ein Brot. Sagen Sie mir, Inspektor, wozu mußte sie sterben?«

Nemetz zuckte nur die Achseln, dann beugte er sich zu dem Kind hinab, das während ihrer ganzen Diskussion teilnahmslos an der Wand gekauert hatte. Er berührte sanft seine Schulter.

»Wie lange bist du schon hier, Kleine?«

Sie regte sich und wandte langsam, als erwachte sie aus tiefem Schlaf, ihren leeren, ausdruckslosen Blick Nemetz zu.

»Ja«, flüsterte sie.

»Ich hätte gern gewußt, wie lange du schon hier bist — hier in der Straße?«

Das Mädchen stierte ihn nach wie vor völlig verständnislos an, so daß er sich fragte, ob es nicht etwa taub oder fremdsprachig sei. Er wiederholte seine Frage, langsam und jedes Wort deutlich aussprechend, und als auch dann noch keine Antwort erfolgte, versuchte er es von einer andern Seite. »Hast du gesehen, wie die Frau im grünen Kleid hierhergebracht wurde?«

Die Kleine schüttelte den Kopf.

»Kennst du eine von den andern Frauen?«

Ihre Lippen bewegten sich, aber das war alles.

Ida antwortete an ihrer Stelle. »Die blonde Dame«, sagte sie und zeigte auf die magere Frau mit dem schönen Haar, »muß ihre Schwester oder Mutter sein, was, wollte sie nicht sagen. Das arme Kind ist wie betäubt. Gelähmt. Kein Wunder — die letzten paar Tage haben ja gereicht, um einen halb verrückt zu machen. Auch Erwachsene, nicht nur Kinder.«

»Als ich das erste Mal runterkam, war die Kleine nicht da«, sagte der Mann. »Erst als ich mit meiner Frau zurückkehrte. Sie saß am Bordstein, dicht neben der blonden Dame, und hielt ihre Hand. Später, als ich von der Nadorstraße her Schritte vernahm und befürchtete, es könnte eine russische Streife sein, sorgte ich dafür, daß sie sich hier an die Hauswand zurückzog. Armes Kind — sie sieht aus, als hätte sie den Verstand verloren.«

Mittlerweile hatte sich die Kleine wieder zusammengekauert wie vorher: ein kleines Bündel am Fuß des Türpfostens. Sie ließ ihren Kopf auf die Brust fallen, noch immer ohne zu weinen, ihre Zähne klapperten und der Körper zuckte. Nemetz beugte sich zu ihr hinab.

»Steh auf, Kleine; du holst dir den Tod in dieser Kälte. Du kannst jetzt nichts mehr machen. Ich bringe dich nach Hause.«

Endlich stand sie auf. Erst jetzt merkte Nemetz, wie klein sie war. Der graue Mantel schien ein Drahtgestell statt eines menschlichen Körpers aus Fleisch und Knochen zu bedecken. Sie sah aus wie zwölf oder höchstens dreizehn. Unverwandt und mit weit offenen Augen starrte sie die tote blonde Frau an, als hoffte sie immer noch auf ein Lebenszeichen.

Da hörte man das Rattern eines sich nähernden Lastwagens. Als er um die Ecke bog, sahen sie, daß er eine weiße Flagge führte und daß auf der Seite ein großes rotes Kreuz aufgemalt war.

»Der Wagen, mit dem die Toten abgeholt werden«, sagte der Mann. Er legte der Frau tröstend den Arm um die Schultern. Sogleich brach sie wieder in gellendes, abgehacktes Wehklagen aus.

Der Fahrer und sein untersetzter, bärtiger Gehilfe, beide in schmutzigen weißen Leinenmänteln mit Rotkreuz-Armbinden, sprangen aus dem Wagen und traten zu den toten Frauen. Der Bärtige knipste eine Taschenlampe an und ließ den Lichtstrahl über die Leichen wandern.

»Das sind sie, richtig«, sagte der Fahrer. Sie bückten sich und hoben die blonde Frau auf, der Fahrer hielt sie an den Schultern und sein Gehilfe an den Beinen, knapp oberhalb der Knie. Eilig und ohne große Umstände, so wie Spediteure mit einem nicht sehr kostbaren Möbelstück umgehen, trugen sie die Frau zur Rückseite des Wagens. Das kleine Mädchen machte einen Schritt vorwärts, als wollte es sich auf die Tote werfen, dann erstarrte es und wies mit steif ausgestrecktem Arm auf sie.

»Wo bringt ihr sie hin? Wo bringt ihr sie hin?« fragte es.

Die Männer waren schon beim Lastwagen. Als sie die Plane hoben, die den Aufbau abschirmte, fiel das Licht der Straßenlampe auf eine Reihe von regungslosen menschlichen Gestalten, die nebeneinander auf der Ladefläche lagen. Die Männer verschoben ein paar Leichen, um Platz zu schaffen für die neu hinzukommenden.

»Warum geben Sie dem Mädchen keine Antwort?« rief der Ehemann ihnen zu. »Es möchte wissen, wohin Sie die Tote bringen!« Er stellte sich ihnen in den Weg, als sie wieder zurückkommen wollten. »Und würden Sie bitte die Verstorbenen mit mehr Achtung behandeln. Zeigen Sie ein bißchen Ehrfurcht, um Gottes willen!«

Die beiden Männer, die schmutzig, unrasiert, müde waren, dunkle Ringe unter den Augen hatten und verräterischen Schnapsgeruch verbreiteten, drängten sich ohne eine Antwort an ihm vorbei. Sie waren seit dem frühen Morgen unterwegs, hatten den menschlichen Schutt der Revolution zusammengelesen, zwei moderne Fuhrleute des Todes mit einem klapprigen Lastwagen vom Gesundheitsdienst, der mit immer größerer Geschwindigkeit beladen, geleert und wieder beladen wurde, und das Ende ihrer Arbeit entrückte weiter und weiter in die nebelhafte Zukunft. Die Aufgabe war nicht gefahrlos – die meisten Toten mußten im Niemandsland geholt werden, wo alles, was sich bewegte, ein Ziel darstellte.

Nemetz trat auf die Männer zu, sagte ihnen, wer er sei, und bat den Fahrer, bei der nächsten Polizeiwache Bescheid zu hinterlassen, wo die Leichen begraben würden. Er wußte, daß es seit Mitte der Woche nicht mehr möglich war, die Toten in die Friedhöfe zu schaffen. Sie wurden in eilig ausgehobenen Gruben auf Plätzen und in städtischen Parks zur Ruhe gelegt.

Die Leiche von Anna Halmy aber sollten sie liegenlassen. Er werde mit einem Polizeifahrzeug zurückkehren, sobald eines verfügbar sei, erklärte er.

»Gehn wir, Kleine«, rief Nemetz dem Kind zu. Keine Antwort. Er blickte sich um, doch sie war nirgends zu sehen. Sie mußte weggeschlüpft sein, während er mit dem Fahrer gesprochen hatte. Weder Ida noch ihr Mann hatten sie davongehen sehen. Sie war verschwunden wie ein Reh, das nachts auf einer Autostraße plötzlich im Scheinwerferlicht auftaucht, aber eine Sekunde später ins Dunkel entwischt.

Das Krankenhaus war ein dreistöckiges, übelriechendes Monstrum von einem Gebäude, es wirkte so düster und unheilverkündend wie ein Gefängnis, mit dicken Mauern und blinden kleinen Fenstern, die nie die Sonne herein- oder den muffigen Geruch hinausließen. Der im Herzen von Budapest hockende viereckige Bau umschloß einen riesigen, trostlosen Hof, dessen Anblick wahrscheinlich jedem Patienten den letzten Rest von Lebensfreude raubte. Das Krankenhaus stammte aus der Mitte des vorigen Jahrhunderts, und zwischen den beiden Weltkriegen waren im Rathaus immer wieder Anläufe unternommen worden, um es durch ein neues, den Anforderungen der Zeit entsprechendes Spital zu ersetzen. Irgendwie blieben diese Pläne jedesmal im bürokratischen Sumpf stekken, und zur Verbesserung oder Modernisierung des Krankenhauses geschah nichts. Es blieb das Lazarett der Armen, der Müden, der Unbedeutenden und der Namenlosen – der Fußgänger, die unter einen Wagen geraten waren, oder der Opfer des Lebens im allgemeinen.

Nemetz gelangte erst gegen Mitternacht zum Krankenhaus. Er war zweimal von Aufständischen angehalten worden, aber kein einziges Mal von Russen, als er sich mühsam seinen Weg durch die trümmerübersäten Straßen gesucht hatte. Die Rákóczistraße sah furchtbar aus. Eingestürzte Mauern setzten fremden Blicken ungemachte Betten aus, Badezimmer mit dem ganzen Zubehör für die Körperpflege ihrer Besitzer, Tische mit zerbrochenen Beinen, dreckstarrende Küchen und Kinderzimmer, in denen lustige Bilder hingen. Bei einer der Straßenecken baumelte die Leiche eines AVO-Mannes an einem Laternenpfahl. Er mußte einer der Geheimpolizisten gewesen sein, die das Rundfunkgebäude verteidigt hatten, ein schmächtiger Mann, der im Tode so zusammengeschrumpft war, daß er nicht größer schien als ein Knabe.

Mit seinem strohfarbenen Haar, der zerrissenen Uniform und den im Winde flatternden Überresten eines zerfetzten weißen Hemds wirkte er wie ein Riesenspielzeug, das bei einem Kinderfest übel zugerichtet worden war.

Eine Kolonne von Sanitätswagen wurde unter dem Vordach des Spitals ausgeladen. Krankenpfleger in besudelten und zerknitterten Uniformen schafften die am schwersten Verwundeten in das Gebäude. Ein Mann in Hemdsärmeln, vermutlich ein Arzt, versuchte die Fahrer zu überreden, sie sollten die übrigen Fälle anderswohin bringen. Die Männer zuckten nur mit müder Gleichgültigkeit die Achseln und fuhren fort, die Verwundeten aus den Wagen zu holen; sie ließen sie an die Wand gelehnt stehen wie tropfnasse Regenschirme. Nun beriet sich der Mann in Hemdsärmeln mit einer Krankenschwester, einem bleichen jungen Mädchen, das bestimmt ganz attraktiv gewesen war, ehe es vor Erschöpfung entzündete Augen bekommen hatte. Der Hemdsärmelige und die Schwester beschlossen offensichtlich, die Verantwortung abzuschieben, und er rief den Pflegern nach, die mit einer Tragbahre die Treppe hinaufstiegen, sie sollten Dr. Halmy herunterschicken.

Nemetz setzte sich auf eine Bank in der Vorhalle. Er war froh, daß durch einen glücklichen Zufall seine Begegnung mit dem Arzt leicht und ohne Umstände zustandekommen sollte und ihm die Mühe erspart blieb, den Weg erfragen, Treppen steigen und Korridore entlangwandern zu müssen.

Der Mann, der ein paar Minuten später die Treppe heruntereilte, machte nicht den Eindruck eines soeben Verwitweten. Er schien völlig von dem Problem in Anspruch genommen zu sein, das die unerwartete Ankunft der Krankenwagen stellte, warf rasch einen Blick auf die Verwundeten und fluchte leise, aber nicht verärgert.

»Kata, melden Sie in der Chirurgie, alle Mann an Deck«, befahl er der Schwester. »Sagen Sie Dr. Sóos, wir müssen sogleich operieren. János!« rief er einem Pfleger zu, »wer noch gehen kann, kommt auf Nummer Zwei. Betten sind keine frei, aber treiben Sie ein paar Decken auf und legen Sie sie einfach auf den Boden. Und Feri«, jetzt sprach er zu einem anderen, »Sie prüfen die Fälle. Sehen Sie zu, was Sie mit Erster Hilfe und Verbänden machen können! Aber Vorsicht mit Sedativa. Geben Sie nur welche, wenn's unbedingt nötig ist. Dasselbe gilt für Sulfonamide. Die gehen uns allmählich schon aus. Und jetzt bewegt euch bitte!«

Das war also Dr. Halmy, dachte Nemetz. Etwas über mittelgroß, langgliedrig und dunkelblond. Nur die obere Gesichtspartie mit den feinen, trockenen Fältchen um die Augen verriet, daß er gegen vierzig ging, während die Lippen noch etwas jugendlich Weiches hatten. Um seinen Mund lag der Anflug eines spöttischen, selbstzufriedenen Lächelns, auch wenn das übrige Gesicht ernst blieb. Er war frisch rasiert und trug einen makellos weißen Mantel, was ihm den strahlenden Glanz eines Trecento-Erzengels verlieh vor dem Hintergrund von Ambulanzfahrern in schmutzigen Stiefeln, Pflegern, die wie Fleischerjungen aussahen, und apathischen, kampfesmüden Verwundeten. Auch der helle Klang seiner Stimme, wie sie da durch den höhlenartigen, niedrigen Flur hallte, hatte etwas, was an eine Kirche erinnerte. So kam es Nemetz wenigstens vor.

Er erhob sich und trat auf den Arzt zu.

»Sind Sie Dr. Halmy?« fragte er.

Der Mann bejahte gleichgültig.

»Kann ich Sie einen Augenblick sprechen? Ich bin Inspektor Nemetz, Mordkommission.«

Nemetz beobachtete den Arzt scharf, in der Hoffnung, Halmy könne den Schreck nicht verbergen. Nichts derartiges geschah. Die Reaktion war nur ein Aufflackern in den Augen des Arztes, eher neugierig als beunruhigt.

»Könnte Ihnen nicht jemand anderes behilflich sein? Ich bin im Augenblick ziemlich unter Druck«, sagte er und wies mit einer Geste seiner langfingrigen Chirurgenhände auf die Tragbahren, die jetzt, zu fünft nebeneinander, am Fuß der Treppe abgesetzt wurden.

Nemetz schüttelte den Kopf. Leider, sagte er, sei er in einer Angelegenheit gekommen, die den Doktor persönlich betreffe, und er möchte sie lieber unter vier Augen besprechen.

»Tut mir leid«, sagte der Arzt in entschiedenem Ton, »Sie werden sich schon einen andern Zeitpunkt aussuchen müssen. Gerade jetzt habe ich keine Minute übrig.«

Nemetz folgte ihm zur Treppe, wo sich die Pfleger mit einer Bahre abplagten, auf der ein mindestens zweihundert Pfund schwerer Mann lag. Sie stöhnten jedesmal, wenn sie einen Schritt machten, und der Patient stöhnte ebenfalls.

»Sachte«, rief Dr. Halmy ihnen zu. »Passen Sie auf, János – heben Sie den verdammten Griff höher; Sie wollen den Kerl doch nicht auf den Boden kippen!«

Nemetz sagte betont langsam, jedes Wort deutlich aussprechend: »Es betrifft Ihre Frau. Wir fanden sie tot an der Ecke der Perc-Passage liegen. Sie ist in den Rücken geschossen worden.«

Die Augen des Arztes weilten immer noch bei den Krankenwärtern, die mühsam mit der Bahre die Stufen erklommen. Nemetz war nicht sicher, ob Halmy ihn verstanden oder auch nur gehört hatte. Seine regungslose Haltung, der starre Blick, mit dem er den Transport der Bahre verfolgte, hätten andererseits auch ein Anzeichen sein können, daß er Zeit zu gewinnen versuchte. Nemetz beschloß, zu warten und ihn nicht aus seinem selbstauferlegten Schweigen zu erlösen. Zu guter Letzt war der Arzt bereit zu sprechen.

»Meine Frau?« Seine Stimme klang jetzt gedämpft. Unvermittelt drehte er sich um und sah dem Inspektor ins Auge. »Sagten Sie, Sie hätten sie an der Ecke der Perc-Passage gefunden?« Er schien verdutzt zu sein.

»Stimmt«, bestätigte Nemetz und nickte.

»Sind Sie sicher, daß es meine Frau ist, die Sie gefunden haben?«

»Das steht außer jedem Zweifel.«

»Nun –«, fing Halmy an, dann hielt er inne, als einer

der Fahrer die Eingangshalle mit einem Jungen – oder war es ein Mädchen? – in seinen Armen betrat. Der Mann bewegte sich langsam und vorsichtig, der Kopf des in eine Decke gehüllten Wesens ruhte an seiner Schulter.

Als der Fahrer bei ihnen vorbeikam, verbreitete sich der Übelkeit erregende, süßliche Geruch von Blut. Dr. Halmy hob einen Zipfel der Decke, um sich die Wunde anzusehen.

»Gleich in die Chirurgie!« sagte er. »Zweiter Stock links. Und sagen Sie den Schwestern, ich nehme ihn als ersten dran.«

Der Fahrer ging weiter, und der Arzt wandte sich wieder Nemetz zu.

»Danke, daß Sie gekommen sind, Inspektor. Leider muß ich Sie jetzt verlassen. Sie sehen, ich habe einiges zu erledigen, das nicht warten kann.«

»Dr. Halmy«, rief ihm Nemetz nach, »interessieren Sie die Einzelheiten nicht?«

Der Arzt blickte ärgerlich zurück. »Ich werde in Ihrem Büro vorbeikommen. Wahrscheinlich Anfang nächster Woche. Hoffen wir, daß es bis dahin wieder ruhiger geworden ist.«

Nemetz trat näher.

»Wußten Sie, daß Ihre Frau tot ist? Ich meine, bevor ich es Ihnen gesagt habe?«

»Was macht das für einen Unterschied?« sagte Dr. Halmy achselzuckend.

»Wußten Sie's oder wußten Sie's nicht?«

Halmy stand auf der untersten Treppenstufe, nur mit dem rechten Fuß, der linke war leicht gehoben, wie bei einem Ballettänzer, der auf den Einsatz des Dirigenten wartet. Nun setzte er langsam den linken Fuß auf den Boden.

»Hören Sie mal, Inspektor. Sie haben diesen Jungen gesehen, der eben in die Chirurgie gebracht wurde? Ich bin ihm nie zuvor begegnet, und doch mache ich mir bei weitem mehr Gedanken, was aus ihm wird, als über irgendetwas, das meiner Frau zugestoßen ist. In diesen Tagen verlieren viel zu viele ihr Leben, also erwarten Sie nicht von mir, daß ich über jemand Tränen vergieße, den ich als gänzlich wertlos betrachtete.«

Das Blut war ihm in das blasse, müde Gesicht gestiegen. Ein empörter Ausdruck lag in seinen Augen. Nemetz beobachtete ihn interessiert, ja schon beinahe gebannt. Vorderhand versuchte er keine Schlüsse zu ziehen aus der unbegreiflichen Reaktion des Arztes auf den Tod seiner Frau, die elf Jahre lang mit ihm verheiratet gewesen war. Es kam ihm jetzt nur darauf an, daß Halmy weiterredete. Der Mann befand sich offensichtlich in einem Zustand nervöser Erschöpfung und war nicht imstande, seine Zunge im Zaume zu halten. Er hatte bereits Dinge gesagt, die er später bereuen würde.

»Was ich gern wissen möchte, Dr. Halmy, ist, ob Sie die Nachricht vom Tod Ihrer Frau durch mich oder schon vorher durch jemand anderen erfahren haben.« Nemetz sprach absichtlich scharf, um den Mann zu einem neuen Zornesausbruch zu reizen. Statt dessen trat eine Pause ein, und als Halmy wieder sprach, geschah es in einem matten, dumpfen Ton.

»Nein, ich habe sie nicht durch jemand anderen erfahren. Ich habe sie durch Sie erfahren. Und jetzt muß ich gehen. Sie müssen mich entschuldigen.« Ohne auf eine Antwort zu warten, drehte er sich um und begann die Stufen hinaufzusteigen. Auf halbem Weg blieb er plötzlich stehen und sah zurück. »An welcher Ecke der Perc-Passage war es?« fragte er.

»Bei der Bäckerei Bozsán.«

»Ich will verdammt sein«, brummte Halmy und setzte seinen Weg fort.

Nemetz blickte ihm gedankenvoll nach. Der Arzt war keineswegs einer der üblichen Verdächtigen. Die Art, wie er sich benahm, paßte nicht zu den Spielregeln. Er täuschte nicht vor, traurig oder bestürzt, ja nicht einmal, beunruhigt zu sein. Er hatte seine Frau gehaßt, und es scherte ihn wenig, wer davon wußte. Ebenso hätte es für einen, der schuldig war, entmutigend sein müssen, daß der Vertreter des Gesetzes schon so kurze Zeit nach der Tat erschien, aber Halmy hatte lediglich die Ungeduld eines Menschen gezeigt, der durch einen unerwarteten Besuch von seinen Pflichten abgehalten wird. Der Fall, der an der Ecke der Perc-Passage klar und einfach ausgesehen hatte, verwandelte sich in der Eingangshalle des Krankenhauses in ein Rätsel. Wieder einmal stellte Nemetz fest, daß von allen wahrsagerischen Unternehmen das Lesen in den Gedanken der Menschen das schwierigste war.

Er ging zur Bank hinüber und setzte sich. Als er sich auf den harten, hölzernen Sitz niederließ, mahnte ihn der dumpfe rheumatische Schmerz im Kreuz daran, wie müde er war. Er hatte eigentlich im Sinn gehabt, zu warten, bis der Arzt wieder erschien, aber jetzt wußte er, daß er im Nu einschlafen und Halmy verpassen würde.

János, der Krankenpfleger, kam zusammen mit einem der Ambulanzfahrer die Treppe herunter. Nemetz erhob sich und sprach ihn an.

»Könnte ich Sie kurz sprechen, junger Mann?«

»Hol dich der Teufel«, sagte János kurz und bündig.

Das waren eben die Tage der sauer erworbenen Freiheit, da man der Obrigkeit Trotz bieten, die Hüter des vorrevolutionären Gesetzes mit einem Achselzucken abtun konnte.

Der Wärter wog mindestens zweihundert Pfund und hatte Arme mit Muskeln wie Schiffstaue, doch Nemetz ließ sich nicht so leicht einschüchtern. Das Leben hatte ihn gelehrt, daß eine erhobene Stimme oft eine wirksamere Waffe war als eine erhobene Faust.

»Ich werd' Ihnen ein paar Fragen stellen«, schrie er den Mann an, »und bei Gott, Sie tun besser dran, sie zu beantworten! Es ist zwar eine Revolution im Gang, aber das bedeutet nicht, daß die Polizei sich von jedem dämlichen Flegel beleidigen zu lassen braucht. Ich rate Ihnen, machen Sie mit, sonst werd' ich Mittel finden, Sie dazu zu bringen.«

Der Pfleger glotzte ihn an. »Ich hab' keine Zeit zu verschwenden.«

Nemetz beachtete die Bemerkung nicht. »Wann haben Sie heut abend Ihren Dienst angetreten?« fragte er.

»Heut abend?« Der Wärter gab ein kurzes, spöttisches Lachen von sich. »Ein guter Witz. Um sechs Uhr früh. Und ohne Pause für Mittag- und Abendessen. Hatte 'ne Tasse Kaffee und 'n Brötchen am Nachmittag. Sonst nichts den ganzen Tag!«

»Das bedeutet, daß Sie im Dienst waren, als Dr. Halmy heut abend zurückkam.«

Die Augen des jungen Mannes verengten sich zu Schlitzen. »Ich wußte nicht, daß er weggegangen ist«, sagte er langsam.

»Er *ist* weggegangen. Ging am späten Nachmittag nach Hause und kam um zehn herum zurück. War es vor oder nach zehn?«

Der Pfleger schüttelte den Kopf. »Ich weiß es nicht. Ich bin nicht hier, um das Kommen und Gehen der Ärzte zu überwachen. Ich hab' alle Hände voll zu tun. Wenn ich heut nicht schon hundert Bettschüsseln geleert hab' —«

»Wie viele Ärzte sind auf Ihrer Station?« unterbrach ihn Nemetz.

János verstummte. Er versuchte offensichtlich zu erraten, was für eine Falle diese Frage enthielt. Schließlich riskierte er eine Antwort. »Nun, da ist Professor Lendvai, aber der hat sich seit Tagen nicht blicken lassen. Auch sein erster Oberarzt nicht, Dr. Forster. Sie waren beide in der Partei. So bleibt Dr. Halmy übrig. Er ist zweiter Oberarzt. Dann ist da Dr. Sóos und Dr. Wirth. Und zwei Assistenzärzte, Ráab und Kraus.«

»Wo waren sie heut abend?«

»Oben — da sind sie immer noch. Das heißt, alle außer Ráab. Er hat frei, seit Mittag. Weil er achtundvierzig Stunden lang ununterbrochen im Dienst war. Dr. Halmy schickte ihn nach Hause. Jetzt wo der Professor nicht da ist, ist Dr. Halmy Chef.«

»Er ist Chef, und trotzdem haben Sie nicht gemerkt, daß er den ganzen Abend weg war.«

Der Wärter bedachte Nemetz mit einem vernichtenden Blick.

»Sagen Sie mal, was soll das? Was hacken Sie auf Dr. Halmy herum?«

»Wir haben nichts gegen ihn. Brauchen gewisse Auskünfte, in Verbindung mit einem Kriminalfall. Das ist alles.«

Er hütete sich, zu erwähnen, daß die Untersuchung den Tod von Halmys Frau betraf. Leute wie der Krankenwärter hegten einen tief eingewurzelten Haß gegen die Polizei, weshalb sie stets die Partei der Verdächtigten ergriffen. Nemetz wußte, daß er behutsam vorgehen, seine Fragen eine nach der anderen stellen mußte, so wie einer Steinplatten zum Überqueren eines sumpfigen Rasens legt. Was er erfuhr, war jedoch die Mühe nicht wert. Der Pfleger geruhte sich schließlich zu erinnern, daß Dr. Halmy in den späten Nachmittagsstunden tatsächlich weggewesen sei, beharrte aber darauf, der Arzt sei kurz vor neun zurückgekommen. Punkt neun Uhr, sagte er, sollten verschiedene Patienten ihre Injektionen kriegen, und Dr. Halmy habe geholfen, die Spritzen zu füllen. Der Vorrat an Antibiotika sei am Ausgehen und der Doktor habe sich vergewissern wollen, daß kein einziger Tropfen vergeudet oder gestohlen werde.

Wenn das alles stimmte – und für Nemetz' geschulte Ohren klang es so, als ob der Wärter die Wahrheit sagte –, so hieß das, daß Halmy keine aktive Rolle bei der Ermordung seiner Frau gespielt haben konnte. Sie hatte das Polizeipräsidium um acht Uhr fünfundvierzig verlassen. Um den Platz zu überqueren – wenn sie den kürzesten Weg nahm –, brauchte man mindestens fünf Minuten, demnach hätte sie die Ecke der Perc-Passage frühestens zehn vor neun erreichen können. Da sie anderswo, und sei es nur einen Häuserblock entfernt, getötet und erst nachher zur Bäckerei gebracht worden war, nahm auch der Transport und das Abladen der Leiche gewisse Zeit in Anspruch; folglich verließ die Person, die Frau Halmy erschossen hatte, den Schauplatz nicht vor neun Uhr. Das Spital war, selbst unter normalen Verhältnissen, gute fünfzehn Minuten von der Bäckerei entfernt. Natürlich blieb die Möglichkeit bestehen, daß der Arzt der Anstifter zur Tat gewesen war, indem er den Schützen gedungen hatte, der die Frau dann ermordete.

Nemetz ließ den Pfleger laufen und brach zum Polizeipräsidium auf. Die Nachtluft legte sich ihm wie eine kalte, feuchte Hand aufs Gesicht. Er wählte den längeren, aber sichereren Weg – die schmalen, ruhigen Seitengassen, die rechtwinklig zu den Ringstraßen verliefen. Als er die Andrássystraße überquerte, wurde er von einer Streife der Aufständischen kontrolliert, sechs jungen, bis an die Zähne bewaffneten Burschen. Sie rieten ihm, er solle sich von der Donau fernhalten, da die Quais noch von den Russen gehalten würden, die in ihrer Panik auf alles schössen, was sich in der Nacht bewege, von umherstreunenden Katzen und Hunden bis zu automatisch funktionierenden Verkehrsampeln.

Als er um die Ecke bog, hörte er Kanonendonner aus der Richtung der Quais. Nemetz stellte fest, daß die Russen ihr Feuer auf Ziele jenseits des Parlamentsgebäudes richteten, also brauchte er nicht in Deckung zu gehen. Kurz darauf erreichte er das Polizeipräsidium.

Er hatte Glück. Ein Streifenwagen, einer der wenigen, die noch in der Stadt verkehrten, hatte soeben vor dem Gebäude haltgemacht. Der Fahrer war müde und schlaftrunken, aber als ihm Nemetz sagte, er solle ihn zur Bäckerei Bozsán fahren, ließ er sogleich den Motor an.

»Wir holen einen Leichnam ab und bringen ihn ins Gerichtsmedizinische Institut zur Autopsie«, erklärte Nemetz.

Der Mann kratzte sich den Kopf. »Ich weiß nicht, ob wir über die Kossuth-Lajos-Straße hinauskommen. Dieser ganze Abschnitt wimmelt von Russen.«

»Wenn's nicht geht, bringen wir sie einfach hierher.«

»Oh, eine Sie«, sagte der Fahrer grinsend. »In dem Fall können wir sie auf Hauptmann Porkais Sofa legen. Sie wäre nicht das erste Weibsbild, das die Nacht dort verbringt.«

Sie fanden bei der Bäckerei alles unverändert vor. Mit Ausnahme von Anna Halmys Leiche. Sie war nicht mehr da. Sie war verschwunden, ohne eine Spur zu hinterlassen.

Sonntag, 28. Oktober

NEMETZ WOHNTE ANDERTHALB HÄUSERBLOCKS vom Quai entfernt in einer schmalen, zugigen Straße zwischen Donau und Freiheitsplatz, im zweiten Geschoß eines trostlosen vierstöckigen Gebäudes.

Er hauste in einem kleinen Zimmer in der Wohnung seiner Schwägerin, der Witwe seines an der russischen Front gefallenen Bruders. Da ihre Rente kaum für einen beschränkten Lebensunterhalt reichte, zahlte Nemetz ihr für sein Zimmer einen Betrag, der ihre gesamte Miete, die Lebensmittel-, Licht- und Gasrechnung deckte. Sein Gelaß enthielt ein Bett, eine kleine Kommode, Kleiderschrank, Tisch und Stuhl und war ungefähr so gemütlich wie eine Gefängniszelle. Dennoch dachte Nemetz nie daran auszuziehen, da es für seine Schwägerin eine Lebensfrage war, daß er ihr Pensionär blieb. Das bewahrte sie davor, die Wohnung mit Fremden teilen zu müssen. Seit Jahren schon löste die Regierung die immer schlimmer werdende Wohnungsnot, indem sie in Wohnungen, die mehr als ein Zimmer aufwiesen, mehrere Familien hineinpferchte. Bis zu sechs Frauen teilten sich in eine Küche und kochten auf demselben Herd, und ein Dutzend oder noch mehr Leute benutzten dieselbe Toilette. Lilla Nemetz fürchtete nichts so sehr wie die Vorstellung, sie müßte ihr ungestörtes Leben in der überladenen, düsteren Wohnung aufgeben.

Sie war eines dieser katzenartigen Geschöpfe, die außen samtweich und innen stahlhart sind. Sie klagte ständig über Schmerzen und Leiden, schoß aber trotzdem umher wie ein Eichhörnchen im Käfig. Immer wieder stellte sie ihre Zimmer um, rückte ihre unhandlichen ererbten Möbel von einer Ecke in die andere, nur um sie nach ein paar Wochen an den alten Platz zurückzuschieben.

Mit ihren zwei Kindern ging sie ebenso launenhaft um wie mit den Möbeln, hetzte sie vom Ballett- zum Fechtunterricht, vom Klavier zur Geige, wechselte von vegetarischer zu stark eiweißhaltiger Kost. Ihr Verhalten gegen Nemetz veränderte sich mit dem Fortschreiten des Monats. Nach dem Ersten war es huldvoll freundlich, dann kühlte es sich allmählich ab bis zu reservierter Gleichgültigkeit, aber um den Vierundzwanzigsten herum wurde es herzlich und schwesterlich, besonders wenn ihr das Haushaltsgeld auszugehen drohte. Sie behandelte ihn immer mit einer Spur Herablassung, weil er es nicht verstanden hatte, bei der Polizei Karriere zu machen, und ein unbedeutender Inspektor geblieben war, während viele seiner Kollegen zu wichtigen Positionen in der Regierung aufstiegen. Hinter seinem Rücken bezeichnete sie ihn als ihren ›unglückseligen‹ Schwager und ließ durchblicken, sie habe sich seiner angenommen, um ihn vor dem endgültigen Versacken zu retten.

Nemetz machte sich keine Illusionen über sie. Er betrachtete sie weniger als ein menschliches Wesen denn als eine der vielen Plagen, die nun mal zum Leben eines Mannes gehören, so wie Steuern, schlechtes Wetter, Straßenlärm und gepanschter Wein, und ertrug sie hauptsächlich um der Kinder willen.

Von den beiden Kindern liebte er den Jungen wirklich, für das Mädchen hingegen empfand er nur pflichtschuldige Teilnahme. Sie war ein stark gefühlsbetontes und gar nicht hübsches Kind, danach begierig, zu gefallen, tüchtig zu sein, anerkannt und geliebt zu werden. Mit ihrem blassen Teint und den dünnen, geraden Lippen ließ sie die ganze Anmut und Weichheit der Jugend vermissen, ihr Gesicht sah mit zwölf genauso aus, wie es mit fünfzig aussehen würde. Der Junge dagegen hatte das possierliche, einnehmende Wesen und die herrliche und unbändige Lebhaftigkeit eines jungen Hundes. Er war elfjährig, ein bißchen klein für sein Alter und hatte rotblondes Haar. Seine Augen, dunkel, schmal und sehr lustig, sahen manchmal wie zwei kleine, auf Unfug sinnende Nagetiere aus. Er war ein gesundes Kind und keine Spur verzogen – eigentlich erstaunlich bei den launenhaften Erziehungsversuchen seiner Mutter. Sie mochte ihn zweifellos lieber als ihre Tochter, für die sie nur mitleidige Seufzer und fragwürdige Anerkennung übrig hatte. Eine gute Ausbildung, sagte sie, könne sie anziehender machen als ein hübsches Gesicht; einfache, häusliche Frauen seien oft glücklicher als große Schönheiten. Die Kleine beantwortete diesen zweifelhaften Trost mit einem ausdruckslosen, starren Blick, während ihre bleiche Haut leicht grünlich wurde. Jedesmal, wenn Nemetz zufällig solche unverblümten Reden hörte, überkam ihn eine heftige Versuchung, seiner Schwägerin einen Fußtritt zu versetzen, und zwar dorthin, wo es ihren inneren Organen am wenigsten geschadet und sie in ihrem Stolz am empfindlichsten getroffen hätte.

An diesem Sonntagmorgen frühstückten sie alle gemeinsam. Da es gegen Ende des Monats ging, war Lilla Nemetz in ihrer umgänglichen Stimmung.

»Hast du das Radio gehört?« begrüßte sie Nemetz. »Maléter hält die Kiliánkaserne immer noch. Und der Hausmeister sagt, die Russen sind aus der Innenstadt hinausgeworfen worden, und die Regierung will sich an die Vereinten Nationen um Hilfe wenden.«

»Wer sagt das? Der Hausmeister oder das Radio?« wollte Nemetz wissen.

Sie ließ die Frage unbeantwortet. »Die Russen sind bereit, aus Ungarn abzuziehen! Ich weiß, du bezweifelst das, aber merk dir, was ich sage, wir werden gewinnen. Du wirst sehn, wir gewinnen!«

Es war kurz nach acht Uhr, und Nemetz hatte knapp fünf Stunden geschlafen. Überdies plagten ihn die Anzeichen einer beginnenden Grippe: leichtes Kopfweh und ein Schmerz, der in seiner Brustmuskulatur Verstecken spielte. Der Anblick seiner blühenden und übersprudelnden Schwägerin verstimmte ihn. Es beunruhigte ihn auch, daß die Kinder sich anscheinend vom Revolutionsfieber ihrer Mutter hatten anstecken lassen. Sie waren nun vier Tage lang nicht in der Schule gewesen. Die außerplanmäßigen Ferien verliehen dem Aufstand zusätzliche Bedeutung, erhoben ihn zu einem echten historischen Ereignis, und die beiden waren enttäuscht, weil ihnen nicht erlaubt wurde, aktiv daran teilzunehmen. Sie konnten bloß Radio hören, dem Kampflärm in der Ferne lauschen und Andenken sammeln, wie zum Beispiel Metallsplitter vom Turm eines ausgebrannten russischen Panzers, leere Geschoßhülsen, eine ungarische Infanteriemütze und ein kleines verkohltes Stück Holztäfelung, das sie in den Trümmern des brandzerstörten Nationalmuseums gefunden hatten.

Die angenehm warme Wohnung erfüllte der Duft frisch gerösteten Kaffees. Das war ihr sonntäglicher Hochgenuß. Richtiger Kaffee. Es hatte jedoch *einen* Nachteil: für den Rest der Woche war das Frühstück dann eine recht enttäuschende Mahlzeit. Nach der zweiten Tasse fühlte sich Nemetz ein bißchen besser. Er stand auf, strich dem Jungen über den buschigen Kopf und tätschelte der Kleinen die Wange. Als er Lilla mitteilte, daß er ins Büro gehe, sah sie erleichtert aus.

»Fein«, sagte sie. »Dann bist du mir nicht im Weg. Ich will heute die Küche in Ordnung bringen.«

»Aber Mama«, rief der Junge, »du hast uns doch versprochen, mit uns spazierenzugehen, weißt du nicht mehr?«

»Natürlich weiß ich's.« Sie wandte sich an Nemetz. »Sie möchten die Ruinen und die zerstörten Panzer sehen. Wir wollen heute nachmittag gehen. Sobald ich mit der Küche fertig bin.«

Nemetz spürte, wie eine heiße Welle von Zorn ihn überflutete.

»Du wirst nichts derartiges tun!« fuhr er sie an. »Du behältst sie zu Hause und bringst sie in den Keller, sobald du in der Nähe einen Schuß fallen hörst!«

»Onkel Lajos«, protestierte der Junge, »alle andern Kinder im Haus dürfen hinaus; nur uns sperrt man den ganzen Tag ein. Zoli ist seit letzten Freitag mit den Freiheitskämpfern beim Corvin-Kino gewesen.«

»Was für ein Zoli?«

»Der Hausmeisterssohn, der jüngere, der mit den Sommersprossen. Sie haben ihm ein richtiges Gewehr gegeben und ihm beigebracht, wie man schießt. Aber das ist noch nichts. Gestern abend kroch er durch ein Kellerfenster – er und ein anderer Junge –, und sie hatten eine Flasche mit Benzin dabei und eine Bratpfanne, so eine mit langem Stiel, und als ein Sowjetpanzer um die Ecke kam, schob Zoli die Bratpfanne genau in die Mitte der Straße, und als der Panzer anhielt – weil die Besatzung meinte, es sei keine Bratpfanne, sondern eine Tellermine –, als der Panzer anhielt, zündete Zoli mit einem Streichholz den Lappen an, der um den Korken der Benzinflasche gewickelt war, und schlich von hinten an den Panzer heran und warf die Flasche in die Öffnung unterm Turm, und als sie explodierte, sind zwei Russen bei lebendigem Leib verbrannt, und der dritte kletterte heraus, seine Uniform brannte lichterloh, aber er kam auch nicht weit, denn er wurde aus dem Fenster von Frau Schulz erschossen – Sándor erschoß ihn!«

»Was für ein Sándor?«

»Sándor Galambos, der in der Schule neben mir sitzt. Sein Vater arbeitet im Lebensmittelladen an der Ecke von der Holdstraße – Geschäftsführer oder so was. Der arme Sándor – bis der endlich an dem Fenster war! Diese Frau wollte keinen der Jungen hereinlassen, sagte, sie schleppten doch nur Dreck in die Wohnung, aber dann putzte Sándor die Schuhe ganz sauber ab und versprach ihr auf Ehrenwort, nichts mit schmutzigen Fingern anzurühren – so machte sie eine Ausnahme mit ihm und ließ ihn von ihrem Fenster aus schießen –«

»Jetzt hör mal, Péter.« Nemetz schlug einen festen und schroffen Ton an. »Mir ist's egal, wenn deine Klassenkameraden ein Dutzend Panzer in die Luft jagen. Das geht mich nichts an. Aber du bleibst zu Haus, bis ich dir sage, daß du raus darfst. Verstanden?«

»Ja, Onkel Lajos«, antwortete der Junge seufzend. Ágnes, das Mädchen, stand daneben und wartete voller Ungeduld auf eine Gelegenheit zum Reden.

»Onkel Lajos, Onkel Lajos«, sagte sie, »ich wette, du

weißt nicht, wie der andere Junge heißt.« Sie sah Nemetz an, als wüßte sie ein ungeheuer wichtiges Geheimnis.

»Welcher andere Junge?«

»Der mit Zoli war.«

»Nein, ich weiß es nicht.«

Sie blickte Nemetz schelmisch an. »Er heißt Aladár und kommt aus Tata!« verkündete sie laut und deutlich.

»Na und?« fuhr ihre Mutter sie an. »Dieses Kind macht mich noch verrückt. Die ganze Zeit muß sie ihren Senf dazugeben. Der Mittelpunkt der Aufmerksamkeit sein.«

Ágnes schwieg, verletzt und kleinlaut, doch in zehn Minuten würde sie bestimmt das ganze Theater wiederholen. Kein Fehlschlag und keine Niederlage konnten auf die Dauer ihren unzähmbaren Drang zum Schweigen bringen, sie mußte einfach ihr bißchen Wissen zum besten geben, das nie ganz zum Thema gehörte, oder ihre lustigen Geschichten erzählen, die unweigerlich gerade vor der Pointe danebengingen.

Nemetz blickte auf seine Uhr. Es war zwanzig nach acht, Zeit, daß er aufbrach, wenn er irgend etwas erreichen wollte. Er schlüpfte in seinen Mantel, der mindestens sieben Jahre alt und dessen Stoff rund um die Knopflöcher leicht durchgescheuert war — seine Schwägerin hatte seit Monaten versprochen, ihn zu flicken —, wickelte sich seinen wärmsten Schal um den Hals und machte sich auf den Weg zum Polizeipräsidium.

Der Morgen war mild für Oktober; die sich lichtenden, vom Wind gejagten Wolken stellten Sonnenschein in Aussicht. Obschon die Ausgangssperre immer noch bestand, sah man Leute auf der Straße, und da und dort hatte ein Lebensmittelgeschäft geöffnet.

Wieder kam er bei der Bäckerei Bozsán vorbei. Sie war zu, und drinnen rührte sich niemand. Die Vordertür des Gebäudes war ebenfalls verriegelt, wie es das Ausgehverbot vorschrieb. Nemetz klingelte. Nach einer Weile öffnete sich das Guckloch und das Gesicht einer Frau erschien dahinter, rund und rotfleckig, mit den engen Rattenaugen eines Frans-Hals-

Porträts. Zuerst wollte sie nichts wissen von einer Leiche auf ›ihrem‹ Gehsteig, dann, nach einigem Zureden, entsann sie sich, daß vor Mitternacht Rotkreuzwagen die nicht identifizierten Toten des Bezirks weggeschafft hatten.

Vom Polizeipräsidium aus versuchte er die Rotkreuz-Zentrale anzurufen, und als er vom Amt den Bescheid erhielt, daß die Leitung unterbrochen sei, schickte er einen Beamten in Zivil los – einen der ganz wenigen, die zum Dienst angetreten waren –, der die Leiche aufspüren und sie zur Autopsie ins Gerichtsmedizinische Institut überführen sollte.

Der Beamte, ein sehr fähiger Detektiv namens Ferenc Káldy, kam mit der Nachricht zurück, daß alle nicht identifizierten Toten, die man im Lauf der Nacht im Fünften Bezirk aufgelesen habe, in einem Massengrab im Park bei dem zerstörten Nationalmuseum beigesetzt worden seien. Bei dem milden Oktoberwetter bestand ernsthafte Seuchengefahr, und sowohl die Aufständischen als auch die Sowjetarmee hatten es sehr eilig, ihre Toten zu verscharren.

In normalen Zeiten hätte man ohne große Schwierigkeiten ein Grab öffnen lassen können, aber jetzt waren die Hindernisse unüberwindbar. Nemetz brauchte eine Vollmacht von Dr. Hommer, dem Bezirksstaatsanwalt, doch der hatte sich seit Tagen nicht mehr blicken lassen, und sein Stellvertreter war dermaßen verstört und verwirrt, daß er rein nichts wagte, außer gerade noch das Licht im Büro am Nachmittag an- und am Abend auszudrehen. Trotzdem entschloß sich Nemetz zu einem Versuch und schickte Káldy nach der Vollmacht aus.

Um Mittag ging er zum Krankenhaus. Friede und Sonntagsruhe herrschten in der Umgebung, als ob die Feuereinstellung, die Ministerpräsident Nagy am Morgen gefordert hatte, von den Rebellen und den Russen schon beachtet würde.

Frauen in der üblichen Tracht, Skihosen und dreieckiges Kopftuch, saßen auf den langen Bänken in der Eingangshalle des Spitals. Sie warteten auf Nachricht aus den Krankensälen, unterhielten sich leise und hingen mit den Augen an der Treppe. Ihre von Hoffnung und Angst erfüllten Mienen bewirkten, daß sie, ohne Rücksicht auf Herkommen und Alter, alle gleich aussahen.

Nemetz stieg die Stufen zur chirurgischen Station hinauf. Der obere Treppenabsatz lag verlassen und sonderbar ruhig da. Der Inspektor trat durch die Mattglastür ein, die noch das Schild trug: *Besuchszeit Mittwoch und Sonntag 15–17 Uhr* — das einzige Andenken an eine vergangene Friedenszeit.

Hinter der Schwelle machte sich schon wieder der Krieg spürbar, da lagen die Kranken und Verwundeten auf Matratzen und Decken, die auf den abgenützten Steinboden des Korridors gebreitet worden waren. Als Nemetz vorüberging, setzte sich ein etwa fünfzehnjähriger Junge auf und bat um Wasser. Seine Füße waren bandagiert; sonst schien er unversehrt.

»Was fehlt denn dir?« fragte Nemetz. Er suchte ein Glas und fand eins neben einem schlafenden Soldaten.

»Oh, so ein russischer Schweinehund hat mich in beide Füße geschossen«, sagte der Junge heiter. Er sprach mit heller, hoher Stimme, offenbar befand er sich noch nicht im Stimmbruch. »Der Dreckskerl stand unten auf der Straße, wirbelte herum wie eine gottverdammte Ballettänzerin und schoß mit seinem Sturmgewehr auf jeden, den er sah. Er hat meinen ganzen Trupp erwischt. Nicht einer von den Jungs entkam. Dann hat schließlich einer *ihn* erwischt. Von 'nem Dach herab. Das Ulkige dran ist, daß der Junge, der ihn umlegte, nicht mal zu uns gehörte. Es war ein englischer Student, Mike — kam einfach aus Spaß von Oxford nach Budapest.« Er redete den groben, männlichen Straßenjargon. Ein seltsamer Kontrast zu seiner hohen Knabenstimme.

Nemetz entdeckte den Waschraum und füllte das Glas mit Wasser.

»Danke sehr, mein Herr«, sagte der Junge, jetzt im Ton eines wohlerzogenen Knaben; und das war er ja auch gewesen, bevor ihn die Revolution zum Guerillakämpfer gemacht hatte. »Sehen Sie, man hat uns gesagt, wir sollten durchhalten, bis die amerikanischen Wahlen vorüber sind. Glauben Sie, mein Herr, daß uns Eisenhower hilft, wenn er erst wiedergewählt ist?«

»Ich fürchte, nicht einmal Eisenhower weiß das.«

»Ja, ich möchte nicht in seinen Schuhen stecken«, sagte er und brachte stöhnend seine Beine in eine bequemere Lage.

Eine Reihe von Zimmern führte auf den Korridor. Der Operationssaal war ganz am Ende. Nemetz guckte in das erste Zimmer. Unter normalen Verhältnissen standen etwa zehn Betten darin, aber jetzt nahmen Feldbetten, Tragbahren, Strohsäcke, ja sogar Liegestühle jeden Fußbreit Boden ein. Die Verwundeten — Männer, Frauen und Kinder, einige in gestreiften Spitalpyjamas, die meisten jedoch in ihrer schmutzigen, zerknitterten Kleidung, da das Personal keine Zeit hatte, sie zu wechseln — lagen in einem solchen Durcheinander, daß man an ein Renaissancefresko mit dem Jüngsten Gericht erinnert wurde. Eine Schwester mit geröteten Augen bewegte sich wie eine Schlafwandlerin zwischen den Patienten. In der Nähe der Türe lagen sechs junge Russen auf Feldbetten, die gegen die Wand geschoben waren. Zwei der Soldaten trugen noch Stiefel und Hosen, bei den andern hingen die Waffenröcke über ihren Köpfen an der Wand. Inmitten des Feindes schliefen sie den apathischen Schlaf der Schwerkranken. Die Schwester beugte sich über sie, dann ging sie weiter zu einer jungen Ungarin, die in den Kämpfen einen Arm verloren hatte.

»Es tut weh, Schwester«, wimmerte sie. »Sogar meine Finger tun weh. Wie können sie nur weh tun, wenn ich doch keine mehr habe?«

»Das geht vorüber«, sagte die Schwester matt.

»Ich suche Dr. Halmy«, sprach Nemetz sie an. »Wo kann ich ihn finden?«

»Vor einer Minute war er noch da. Wenn ich mich nicht täusche, sagte er, er wolle ein bißchen schlafen. Offen gestanden bin ich erstaunt, daß er noch nicht zusammengeklappt ist. Seit drei Tagen ist er ununterbrochen auf den Beinen.«

Halmys Arztzimmer lag unmittelbar neben dem Operationssaal, aber Nemetz entdeckte, daß es nun als Säuglingszimmer für die jüngsten Patienten der Kinderabteilung diente. Eine ältere Frau in Straßenkleidung hütete etwa zwanzig brüllende, zappelige, quengelige Säuglinge. Ihr Haar war zerzaust, und sie sah aufgelöst aus.

»Dr. Halmy . . .«, murmelte sie. »Er wird wohl mit Fräulein Méhely im Labor sein. Sie haben dort eine Couch hingestellt für die Ärzte, so daß sie sich ein paar Minuten hinlegen können, wenn die Arbeit nachläßt.«

»Wer ist Fräulein Méhely?«

»Eine der Laborantinnen.«

Nemetz wandte sich zum Gehen. Die Frau rief ihm nach: »Wecken Sie ihn aber nicht, wenn er schläft. Ich meine Dr. Halmy. Er hat Schlaf nötig. Weiß Gott, wir alle haben's nötig. Mein Sohn — er ist Kinderarzt — ist seit zwei Tagen nicht aus den Kleidern gekommen. Ich bin auch am Zusammenklappen. Kam vorgestern her, um für ein paar Stunden auszuhelfen, und seither bin ich da.« Dann setzte sie mit einem Seufzer hinzu: »Wenn bloß diese kleinen Ungeheuer eine Minute ruhig bleiben wollten!« Dessenungeachtet nahm sie das ungebärdigste von ihnen auf und wiegte es mit der Zärtlichkeit einer Großmutter. Das Baby hörte auf zu heulen, starrte die Frau an, dann stieß es einen langen, gellenden Schrei aus. Nemetz zog sich rasch zurück.

Das Labor lag im Erdgeschoß. Als Nemetz anklopfte, rief eine weibliche Stimme, er solle warten. Jemand rührte sich drinnen, drehte den Schlüssel und öffnete die Tür einen Spalt breit.

Nemetz sah sich einer jungen Frau in gestärktem weißem Arbeitsmantel gegenüber. Das blonde, ziemlich kurzgeschnittene Haar fiel in ungleichen Fransen um ihr Gesicht. Sie war grazil, hatte lange, schlanke Beine und schmale Knöchel, die für einen erwachsenen Menschen fast zu zerbrechlich schienen. Ihre Haut war blaß und durchsichtig wie Milchglas, über den schönen Backenknochen lagen große grüne Augen. Sie war ein bezauberndes Geschöpf von einer fast unirdischen Reinheit.

»Sie wünschen?« fragte sie flüsternd und hielt die Tür entschlossen fest.

»Könnte ich mit Dr. Halmy sprechen?« sagte Nemetz. »Ich bin Inspektor Nemetz, Mordkommission.«

»Dr. Halmy schläft. Er darf nicht gestört werden.« Nemetz bemerkte, daß ihr Atem schneller ging. Es fiel ihm auch ein, was Anna Halmy ihm über ein Mädchen erzählt hatte, das zwischen sie und ihren Mann getreten war.

»Würden *Sie* mir in diesem Fall helfen?«

»Womit?« fragte sie unsicher. Sie kam auf den Gang heraus und schloß die Tür hinter sich.

Sie traten zur nächsten Fensternische in der meterdicken Mauer. Nemetz notierte ihre Personalien. Alexa Méhely, sechsundzwanzig, ledig, Laborantin, wohnhaft Bajzastraße 120. Vater: Tibor Méhely, gestorben. Mutter: Mária Széll, gestorben. Der Bleistift in Nemetz' Hand blieb stehen.

»Tibor Méhely? War er nicht Landwirtschaftsminister während des Kriegs?«

Das Mädchen zuckte die Achseln. »Ja. Aber kreiden Sie mir das nicht an.«

Mittlerweile hatte sie sich gefaßt, und ihr Ton wurde kühl und leicht spöttisch. Aus ihrer Manteltasche holte sie ein Päckchen Zigaretten, eine billige einheimische Marke, und bot Nemetz eine an. Als er ablehnte, fragte sie, mit der Allüre einer Schloßherrin, ob es ihn störe, wenn sie rauche.

»Es ist eine schreckliche Gewohnheit«, sagte sie. »Leider kann ich sie nicht aufgeben. Dazu hab' ich zuwenig Energie.« Sie zog ein massiv goldenes Feuerzeug hervor; es paßte nicht ganz zu dem scheußlichen Kraut, das sie rauchte. »Also, was soll ich gestehen, Inspektor?«

»Nichts gestehen, Fräulein Méhely. Ich brauche nur ein paar Auskünfte über Frau Halmy. Dr. Halmys verstorbene Frau.«

Er wartete auf eine Reaktion von ihr, aber es war kaum eine festzustellen, bloß ihr Lächeln schwand langsam.

»Ich nehme an, Sie wissen, daß Anna Halmy ermordet wurde«, fuhr Nemetz fort, als sich das Schweigen zu lange hinzog.

»Ja. Von den Russen.« Es war eine einfache Feststellung.

»Leider gibt's keinen Beweis dafür.«

»Ich hörte über Radio Freies Györ, daß ein russischer Panzer auf eine Schlange vor der Bäckerei Bozsán das Feuer eröffnete. Frau Halmy war eines der Opfer.«

»*Das* haben Sie nicht im Radio gehört.« Nemetz schüttelte den Kopf.

Sie schwieg eine Weile und sah zum Fenster hinaus.

»Stimmt, Inspektor«, gab sie schließlich zu. »Dr. Halmy hat mir das gesagt.«

»Wann hat er Ihnen denn das gesagt?«

Diesmal gab es keine Pause zwischen Frage und Antwort.

»Gestern abend, nachdem er mit Ihnen gesprochen hatte. Dr. Kraus hat es auch gehört. Er ist einer der Assistenzärzte. Und Frau Schulz, die Oberschwester. Warten Sie — ich entsinne mich genau. Wir standen alle am offenen Fenster im Gang. Die drei waren aus dem Operationssaal gekommen, um frische Luft zu schöpfen. Ich holte einen Stuhl für Dr. Halmy, aber er wollte sich nicht setzen. Er sagte, wenn er sich setze, könne er nicht mehr aufstehen. Er war erschöpft und sehr niedergeschlagen. Ein vierzehnjähriger Junge war ihm soeben unter dem Messer gestorben.« Ihr Ton war kühl und beiläufig, und nur ein geschultes Ohr konnte ein Zittern von Angst heraushören.

»Wie lange kennen Sie Dr. Halmy schon?« fragte Nemetz.

Wieder verriet ein Zögern, daß die Frage an eine empfindliche Stelle getroffen hatte.

»Seit ich hier arbeite. Was haben wir jetzt? Ende Oktober. Ich fing im März an. Am 1. März.«

»Und was für eine Beziehung besteht zwischen Ihnen beiden? Sehen Sie Dr. Halmy je außerhalb des Spitals?«

»Das ist meine Angelegenheit, Inspektor.« Es klang offen, aber nicht grob. Kein Zweifel, sie konnte nicht grob sein, selbst wenn sie's wollte.

Wenn Nemetz die beiden Frauen, Anna Halmy und Alexa Méhely, miteinander verglich, so übertraf Alexa die andere bei weitem. Es war nicht schwer zu verstehen, weshalb ein Mann mit ihr durchbrennen wollte. Nemetz fand sie selber unglaublich liebenswert, und das verwirrte ihn.

»Mein liebes Fräulein Méhely«, sagte er ein bißchen gereizt, »Sie scheinen eine kluge Frau zu sein, also müßten Sie doch wissen, daß ein Polizeibeamter, wenn er eine Frage stellt, auch eine Antwort erwartet. Egal, wie unangenehm die Frage ist.« Lebhaftes Artilleriefeuer setzte ein, nur ein paar hundert Meter entfernt. »Außerdem laufen Zeugen gewöhnlich keine Gefahr, wenn sie die Wahrheit sagen.«

»Oh, ich verstehe. Ich soll also Zeugin sein«, sagte sie lächelnd. »Danke für die Auskunft. Ich dachte, ich würde verdächtigt.«

»Bei diesem Fall gibt's keine Verdächtigen. Noch nicht. Nur ein Opfer — Frau Halmy.«

Ihr Gesicht lief rot an. »Von *Ihrem* Standpunkt aus.« Plötzlich schien sie zornig zu sein. »Doch die Polizei begreift nicht, daß oft nicht die Toten die Opfer sind, sondern die Überlebenden.«

»Bleiben wir beim Thema, Fräulein Méhely. Ich fragte Sie nach der Beziehung zwischen Ihnen und Dr. Halmy. Sehen Sie ihn je in Ihrer Freizeit?«

Sie blickte ihn kalt und trotzig an.

»Jawohl. Sehr oft. Wir sind befreundet. Um es ganz deutlich zu sagen, wir lieben einander. Ja, Dr. Halmy ist mein Geliebter. Jetzt wissen Sie's. Sonst noch ein Wunsch?«

Nemetz nickte. So weit, so gut. Jetzt konnte er einen Schritt weitergehen.

»Gestern nachmittag ging Dr. Halmy nach Hause, um sich umzuziehen. Erinnern Sie sich, wie spät es war, als er hierher zurückkehrte?«

Sie erblaßte. Ihre Augen wurden groß und angsterfüllt. Dann senkten sich rasch die Lider, so wie im Theater sofort der Vorhang fällt, wenn sich auf der Bühne ein Unglück ereignet. Nemetz hatte dieses Zeichen schon oft beobachtet. Es war der Moment, da zum ersten Mal einem Zeugen für die Verteidigung der Gedanke durch den Kopf schießt, daß er vielleicht doch eine verlorene Sache unterstützt. Von da an konnte man – wenn man nur genügend Druck ausübte – manch einen Zeugen auf die Seite der Anklage herüberziehen.

Nemetz wußte, daß es in diesem Fall töricht wäre, einen solchen Umschwung zu erwarten. Er konnte höchstens Alexa zur Erkenntnis bringen, daß vielleicht ein Zusammenhang zwischen der Abwesenheit des Arztes vom Spital und dem Tod seiner Frau bestand. Natürlich blieb auch die Möglichkeit, daß das Mädchen eine Komplizin bei dem Verbrechen war.

Alexa öffnete die Augen, sah Nemetz aber nicht an.

»Sie möchten wissen, wie spät es war?« wiederholte sie langsam die Frage.

Nemetz war sich im klaren, daß sie Zeit zu gewinnen versuchte, beschloß aber trotzdem zu warten. Eine bedachtsam formulierte Lüge konnte manchmal aufschlußreicher sein als eine, mit der man unüberlegt herausplatzte.

»Ach, er muß so um sechs herum gegangen sein, war aber um sieben zurück«, fügte sie rasch hinzu. »Ich bin sicher, daß er um sieben zurück war. Ich entsinne mich, daß ich auf die Uhr geschaut habe. Ich arbeitete an einem Präparat und sollte damit bis sieben Uhr fertig sein.«

»Aha«, brummte Nemetz und nickte. Er schwieg einen Augenblick, dann fuhr er fort: »Sie behaupten also, er sei um sieben zurück gewesen. Einer von euren Krankenpflegern erinnerte sich genau, daß er um neun zurückgekehrt sei. Wer hat nun recht?«

Das Mädchen starrte in den Hof hinunter. Sie witterte eine Falle und scheute sich, eine Antwort zu geben, ohne die Sache zuvor mit dem Arzt durchgesprochen zu haben.

»Also, wer hat recht?«

Sie rieb sich die Stirn, als wollte sie plötzlich aufgetretene Kopfschmerzen wegmassieren.

»Ich weiß nicht. Tut mir leid, aber ich weiß es wirklich nicht. Gestern war so viel los, den ganzen Tag, ohne Unterbrechung. Es ist fünf Tage her, daß ich zum letzten Mal in einem Bett schlief. Zuweilen weiß ich nicht mal, was für ein Tag es ist.«

»Aber Sie haben mit Sicherheit gewußt, daß Dr. Halmy Punkt sieben wieder im Spital war!«

»Ich sagte ja, ich habe auf meine Uhr geschaut«, brauste sie auf. »Wegen des Präparats, das um sieben fertig sein mußte.«

»Dr. Halmy war um sieben nicht im Spital. Um sieben war er noch in seiner Wohnung. Mit seiner Frau«, verkündete Nemetz.

»So?« Sie zuckte die Achseln. »Na und? So hatte ich eben vorgestern im Kopf. Ich hab' Ihnen ja gesagt, ich bin ganz durcheinander. Und überhaupt, weswegen verfolgen Sie ihn?« Ihre Stimme klang schrill und verzweifelt. »Tausende werden niedergemetzelt in der ganzen Stadt. Die Leute sterben wie die Fliegen. Gerade hier, in diesen Mauern. Fragt auch nur einer, wer ihr Mörder ist? Die Revolution! Die Geheimpolizei! Die Russen! Warum wegen einer Toten eine große Affäre machen? Warum ist Frau Halmy wichtiger als der Junge, der gestern abend auf dem Operationstisch gestorben ist? Was steckt hinter all dem? Rachsucht? Denunziation? Was?«

»Keins von beidem. Oder beides. Um die Wahrheit zu sagen, Dr. Halmy ist tatsächlich denunziert worden.«

Sie blickte ihn verblüfft an. »Denunziert? Unmöglich. Wer würde ihn je einer solch schrecklichen Tat beschuldigen?«

»Frau Halmy.«

»Frau Halmy?« Sie runzelte die Stirn. »Aber ist sie nicht . . . war sie nicht . . . Sie ist doch tot!«

»Stimmt. Sie wurde gestern abend umgebracht. Aber als sie ihn denunzierte, war sie noch sehr lebendig.«

»Wie war das? Wen hat sie denunziert? Würden Sie bitte wiederholen, was Sie eben gesagt haben?« Die Stimme kam von der Tür. Dr. Halmy stand auf der Schwelle, in Hemdsärmeln und Pullover, mit zerzaustem Haar und vom Schlaf leicht geschwollenen Augen. Das Mädchen stürzte auf ihn zu und griff nach seinem Arm.

»Zoltán, das ist entsetzlich! Das muß irgendein Irrtum sein. Ich weiß nicht, was der Inspektor will, aber ...«

Der Arzt streichelte beruhigend ihre Wange, dann kam er auf Nemetz zu, und sie mit ihm, da sie sich so fest an seinen Arm klammerte, als wäre sie plötzlich mit ihm verwachsen.

»Wollen Sie sagen, daß meine Frau Sie gestern abend im Polizeipräsidium aufgesucht hat?« fragte der Arzt Nemetz.

»Das habe ich nicht gesagt«, entgegnete Nemetz und schüttelte den Kopf. Dann setzte er mit einem leisen, zufriedenen Grinsen hinzu: »Indes, das hat sie tatsächlich getan. Sie müssen es *von ihr* erfahren haben.«

Alexa merkte, daß Halmy einen Schnitzer gemacht hatte, und ihr stockte kurz der Atem. Doch er ließ keine Besorgnis erkennen. Seine Augen waren mit einem Ausdruck von Verwunderung, Mitleid und Neugier auf Nemetz' Gesicht geheftet.

»Sagen Sie mal, Inspektor, weshalb unternehmen Sie nichts wegen dieser Narbe?« fragte er. »Ein Spezialist für plastische Chirurgie könnte Sie zusammenflicken.«

Die Frage kam gänzlich unerwartet und brachte Nemetz aus der Fassung.

»Ach, zum Teufel«, sagte er achselzuckend. »Sie hat mich nie groß gestört, als ich jung war. Warum sollte es mich jetzt stören? Ich werd' allmählich ein alter Mann.«

»Wieso hat Sie das nie gestört?« fragte der Arzt.

»Ich hab' einfach nicht in den Spiegel geguckt.« Nemetz zuckte wiederum die Achseln.

Eine lange Pause trat ein. Kein Zweifel, dem Arzt war es gelungen, ihn aus dem Gleis zu bringen. Er brauchte Zeit, um seine Gedanken zu ordnen.

»Also, Dr. Halmy«, nahm Nemetz den Faden wieder auf. »Ihre Frau verließ mein Büro um Viertel vor neun. Sie sagte, sie gehe nach Hause. Um zehn Uhr war sie schon tot und lag vor der Bäckerei Bozsán. Ich möchte jetzt nur folgendes wissen: Wo waren Sie zwischen Viertel vor neun und zehn Uhr? Wenn Sie noch zu Hause waren, könnten Sie in der Lage sein, die Untersuchung zu erleichtern. Wenn Sie im Spital waren, dann können wir von Ihnen natürlich nicht viel erwarten.«

»Darin täuschen Sie sich«, sagte Halmy grinsend. »Ich hätte jemand dingen können, der sie erschoß. Offen gestanden, das wäre gar keine so schlechte Idee gewesen. Das Dumme ist nur, ich hätte viel früher daran denken sollen. Nicht zehn Jahre warten.« Er hielt kurz inne und rieb sich die geröteten Augen. »Haben Sie zufällig den AVO-Mann gesehen, der an einem Laternenpfahl hing? Da in der Szentkirályistraße? Ich wette, er war ein Schweinehund, und doch, was für Verbrechen er auf dem Kerbholz haben mag, er war nicht ärger als meine Frau. Obschon meine Frau nie jemand gemordet oder gefoltert hat – das heißt, im körperlichen Sinne –, war sie die Personifikation all des Bösen, das dieses Land in den letzten acht Jahren heimgesucht hat. Sie war dumm, habgierig, korrupt, heimtückisch und verlogen. Jetzt ist sie tot. Gott sei Dank, sage ich. Niemand scheint sich im Augenblick um den AVO-Mann Gedanken zu machen. Warum sich also über meine Frau den Kopf zerbrechen? *Ihr* Tod, das sag' ich Ihnen, ist genauso eine Folge der Revolution wie seiner. Die Stadt säubert sich. Das ist die Wahrheit, ob's Ihnen gefällt oder nicht. Fort mit dem Dreck! Und Gott sprach: Es werde Licht! Und es ward Licht.«

Die Stimme des Arztes brach plötzlich, und seine hagere Gestalt fing an hin und her zu schwanken, als würde der Grund unter seinen Füßen sich heben. Wenn Alexa ihn nicht rasch gepackt und festgehalten hätte, wäre er wohl zu Boden gestürzt.

»Verzeihung«, murmelte er. »Ich fürchte, ich hab' ein bißchen Schlaf nötig. Ich bin hundemüde – hätte mich nicht in einen Disput mit Ihnen einlassen sollen. Ich muß um vier Uhr Dr. Kraus ablösen.«

Die Halmys waren in der József-Attila-Straße zu Hause, knapp drei Häuserblocks von der Bäckerei Bozsán entfernt. Die Wohnung lag im zweiten Stock eines einst vornehmen, jetzt aber arg heruntergekommenen Gebäudes. Neben dem Kupferschild mit dem Namen des Arztes waren zwei Karten an die Tür geheftet, auf denen die Namen János Tóth und Károly Zloch standen, beide in peinlich korrekter Handschrift. Unter Tóth mahnte ein Zusatz: *Bitte zweimal klingeln!*, und unter Zloch: *Dreimal klingeln!*, ohne ein verbindliches *Bitte*.

Nemetz klingelte einmal, und als sich nichts rührte, versuchte er es bei den Tóths. Nach dem zweiten zweimaligen Klingeln hörte er, wie sich hinter der mit Fliegenschmutz befleckten Wohnungstür jemand bewegte. Der Schlüssel drehte sich im Schloß und eine Hand mit kurzen, schmutzigen Fingernägeln machte langsam, widerwillig die Tür einen Spalt breit auf. Nemetz versuchte sie mit dem Knie aufzustoßen, aber er begegnete dem Widerstand einer eingehakten Sicherheitskette. Durch den Spalt drang ein Schwall Küchendunst, vermischt mit scharfem Schweißgeruch.

»Genosse Tóth ist nicht da«, sagte eine Stimme.

»Und Frau Tóth?«

»Auch nicht. 's ist niemand da.«

»Und wer sind Sie?«

»Ich?« Kurze Pause. »Ich bin hier nur angestellt.«

»Bei den Tóths?«

»Nein. Dr. Halmy. Aber es ist niemand zu Haus, und ich weiß nicht, wann sie zurückkommen.«

Nemetz zeigte seinen Ausweis. »Lassen Sie mich rein. Polizei.«

»'s ist niemand da«, wiederholte die Frau und wollte die Türe zuschlagen.

»Aufmachen!« donnerte Nemetz. Die unerwartete Lautstärke seiner rauhen Stimme wirkte wie ein ›Sesam öffne dich!‹ Die schmutzigen Finger lösten hastig die Sicherheitskette.

Sie war nicht größer als ein zehnjähriges Kind, knapp einen Meter fünfzig. Sie trug eine Schürze und darunter einen Herrenpullover und ausgebeulte Hosen, die sich über ihren breiten Hüften und Schenkeln grotesk bauchten. Eine schlechte Dauerwelle hatte ihr kurzes Haar ausgetrocknet und in einen glanzlosen, verfilzten Struwwelkopf verwandelt, ihr rundes Gesicht mit dem stark geschminkten Mund sah aus wie ein Hefekuchen mit einer Kirsche in der Mitte.

Nemetz betrat die Diele. Sie war lang, schmal und sehr dunkel.

»Machen Sie Licht«, befahl er der Frau.

Sie gackerte aufgeregt. »Aber gern. Nur ist der Strom seit heute früh unterbrochen. Und Gas haben wir auch nicht bekommen. Sie müssen die Hauptleitung abgeschaltet haben wegen dem Schießen. Zuletzt jagen sie uns alle noch in die Luft. Wenn meine Herrin nicht den Unfall gehabt hätte, wär' ich jetzt in Soroksár. Dort leben meine Leute. Aber ich muß beim Doktor bleiben. Zumal die Tóths abgehauen sind.«

»So? Wann?«

»Oh, Mitte letzter Woche. Donnerstag, glaube ich. Als das Schießen losging. Genosse Tóth fürchtete, man könnte mit ihm verfahren wie mit andern AVO-Leuten.«

»Warum? War Tóth bei der Geheimpolizei?«

Die Frau sah ihn schlau an. »Weiß ich nicht. Ich weiß von gar nichts. Genosse Tóth war nicht eigentlich bei der AVO — einfach bei der Partei, für den Block verantwortlich. Blockwart. Das war er. Hat sich auch eine Menge Feinde gemacht. Es sollt' mich nicht wundern, wenn der Unfall meiner Herrin etwas damit zu tun gehabt hätte.«

»Wieso? Was für eine Beziehung bestand zwischen den Tóths und Frau Halmy?«

»Beziehung?« sagte die Frau kichernd. »Sie war ihre Tochter. Das war die Beziehung.«

Sie schien plötzlich zugänglicher zu sein, und ihr Ton verriet eine Spur Leutseligkeit. Die Entdeckung, daß die Polizei nicht allwissend war, beruhigte und ermutigte sie.

»Sie war ihre jüngere Tochter. Frau Zloch ist die ältere. Sie und meine Herrin sind Schwestern. Das heißt, sie waren Schwestern.«

Nemetz schwieg. Er wartete auf eine zufällige Bemerkung, die mehr Licht auf Halmys Familienverhältnisse werfen würde. Nun wußte er, daß der Arzt die Wohnung mit den Angehörigen seiner Frau geteilt hatte: Vater, Mutter, Schwester und Schwager. Es war merkwürdig, doch in gewissem Sinn aufschlußreich, daß das Dienstmädchen von Frau Halmy als ›meine Herrin‹ sprach, wogegen sie die Tóths und Zlochs ›Genossen‹ nannte.

»Genosse Zloch hatte einen Weinberg in Mór, dort lebten sie die meiste Zeit. Ein- oder zweimal im Monat kam er dienstlich in die Stadt. Er war Leiter des Finanzamtes in Mór. Ein schöner Leiter! Hat's nie weiter gebracht als bis zur vierten Klasse der Volksschule. Konnte nicht mal richtig schreiben. Das hat mir seine eigene Frau erzählt.«

»Wie kamen die Zlochs und der Doktor miteinander aus?«

»Überhaupt nicht. Der Doktor verließ das Haus augenblicklich, wenn die Zlochs aufkreuzten. Meist schlief er dann gar im Spital und kam bloß zum Umziehen nach Hause.«

Nemetz zog Notizbuch und Bleistift hervor. »Wie ist Ihr Name?«

»Sagen Sie einfach Kleine zu mir. Wie jedermann.« Sie bot ihm die Hand.

»Ich will Ihren richtigen Namen«, grunzte Nemetz.

»Róza Fried, geborene Király, verwitwet«, sagte sie mit verletzter Würde. »Im Falle, daß Sie auch den Namen meines verstorbenen Mannes wollen: Rudolf Fried, Handlungsreisender.« Dann setzte sie hartnäckig hinzu: »Aber jedermann sagt Kleine zu mir. Wenn Sie nach Róza Fried fragen, wird keiner wissen, wen Sie suchen. Sie würden bloß Ihre Zeit vergeuden.«

»Na schön, Kleine.« Nemetz lächelte. »Jetzt sagen Sie mir bitte: Waren Sie gestern abend hier, als der Doktor zum Umziehen nach Hause kam?«

»Nun, das war so«, sagte sie und schien sich aus irgendeinem Grund unbehaglich zu fühlen. »Ich hatte mich entschlossen, die Stadt zu verlassen. Deshalb wollte ich einen Bekannten fragen, ob er mich auf seinem Motorrad nach Soroksár brächte. Aber er war nicht daheim, er ist nämlich bei der Gruppe, die den Freiheitsplatz hält. Ich wartete auf ihn, aber er erschien nicht. Als er endlich abgelöst wurde, war's halb zehn. Aus diesem Grund konnte ich sein Haus nicht vor acht Uhr morgens verlassen. Wegen dem Ausgehverbot.«

»Wann sind Sie zum Haus Ihres Freundes gegangen?«

»Muß um sechs herum gewesen sein. Am Samstag komme ich immer früh weg. Meine Herrin ging samstags gern ins Kino, und in letzter Zeit war der Doktor über Nacht weg, egal, was für ein Tag es war.«

»Also waren Sie bei Ihrem Freund von sechs Uhr abends bis acht Uhr heute früh? Waren Sie die ganze Zeit dort?«

Sie blinzelte nervös. Die Ausfragerei fing an, sie zu beunruhigen. Dies war zweifellos nicht das erste Mal, daß sie einem neugierigen Polizeibeamten gegenüberstand. Sie war mit einem Juden verheiratet gewesen, hatte die Nazizeit, den Krieg, dann einen Frieden, der weiterfuhr, wo die Nazis aufgehört hatten, durchgemacht, und in solchen Zeiten Leib und Seele zusammenzuhalten, das bedeutete für eine alleinstehende und nicht sehr wählerische Frau, daß sie zwischen den Paragraphen des Gesetzes umherhüpfen mußte, wessen Gesetz das nun auch gerade war. In der Tat konnte sie nie ganz sicher sein, was das Gesetz genau vorschrieb, denn es änderte sich oft und nach Belieben. Aus diesem Grund machte sie sich jetzt, da sie auf des Inspektors nächste Frage wartete, Gedanken, ob ihr ein Strick daraus gedreht würde, daß sie in der Nacht, in der ihre Herrin umkam, nicht im Dienst gewesen war und mit einem Mann geschlafen hatte.

»Name und Adresse Ihres Freundes?« fragte Nemetz.

Sie zögerte kurz. »Er hat nichts mit den Halmys zu tun gehabt. Kennt sie nicht mal.«

»Name und Adresse?«

»Albert Raskó. Klempner. Mérlegstraße 11, Wohnung 18.«

Nemetz notierte die Angaben. Sie beobachtete ihn mit scheelem Blick. Polizei! Man konnte eine blütenreine Weste haben, aber wenn sie's auf einen abgesehen hatten, brachten sie's zustande, daß die Weste rot, schwarz, grün, nach jeder beliebigen Farbe aussah!

Am anderen Ende der Diele führten zwei Flügeltüren zu den Räumen, die zur Straße hin lagen. Die Küche und die Schlafzimmer gingen auf dieselbe Diele, überblickten jedoch den Hof. Als Nemetz das Zimmer betrat, das er für den Salon hielt, traf ihn ein jäher, schneidender Windstoß ins Gesicht. Freitag nacht, im Verlauf eines Scharmützels, waren, ein paar Häuser entfernt, zwei russische Panzerspähwagen in die Luft geflogen, und der Druck der Explosion hatte die meisten Fensterscheiben in der Straße zertrümmert.

Nemetz sah sich im Zimmer um. Es war geräumig und hoch und enthielt ein paar schöne antike Stücke, wie einen österreichischen Barocksekretär, eine herrliche Kommode und einen mächtigen Louis-XV-Spiegel in schwer vergoldetem Rahmen; indes gab es auch mit grellem modernistischem Stoff überzogene Stühle aus dem achtzehnten Jahrhundert, chartreusefarbene Brokatvorhänge, die nicht zum Hellgrün der Tapeten paßten, Lampenschirme, die mit ihren Borten und gefältelten Spitzenstreifen wie viktorianische Hauben aussahen, und auf der Kommode eine Sparbüchse in der Form eines Hundes sowie eine Bronzekopie des Eiffelturms in Gesellschaft von zwei alten Chelsea-Tassen. Ein großer Perserteppich, ein Buchara von erlesener Schönheit, dessen warmen, dunkelroten Ton Schmutz und Abnützung getrübt hatten, bedeckte den Parkettboden – auch der hätte es ertragen, wieder einmal gebohnert zu werden.

»Das ist das Wohnzimmer«, erklärte die Kleine. »Die

Tóths und die Zlochs durften hier nur herein, wenn der Doktor nicht zu Hause war.«

Eine Tür zur Linken führte in das Arbeitszimmer des Arztes. Es war mit Zweckmöbeln eingerichtet und wirkte schmucklos, kühl und spitalhaft, ohne Eleganz und Luxus. Langsam und systematisch wanderten Nemetz' Augen über jeden Fußbreit Boden und die Polstermöbel, auf der Suche nach einer Spur der Gewalttat, die hier unter Umständen am Abend vorher begangen worden war. Doch er entdeckte nichts. Als nächstes fahndete er nach der Pistole, die der Doktor angeblich besaß. Er zog Schubladen auf, guckte in Schränkchen. Sie enthielten Medikamente, Instrumente, Präparate und Rezeptblocks.

Er fand auch sonst nirgends eine Pistole oder die dazugehörige Munition. Kein zerbrochenes Mobiliar, keine verdächtigen Flecken, keine blutigen Fingerspuren an den Wänden. Nichts in Halmys Schlafzimmer oder in dem der Tóths. Hier gingen die Fenster auf den Hof hinaus, und die Explosion hatte sie nicht beschädigt. Die Luft in den Räumen war abgestanden und frostig, besonders im Schlafzimmer der Tóths, wo sich der Geruch des ungelüfteten Bettzeugs mit kaltem Zigarrenrauch vermischte. Im Schrank hingen nur einige wenige Kleidungsstücke: ein paar Hosen, an den Knien ausgebeult, eine arg beschmutzte graue Jacke und drei Baumwollkleider.

An der Wand über dem Doppelbett prangte das Hochzeitsbild des Paares. Die Braut, das Haar zu einem festen Knoten nach hinten gekämmt, einen harten kleinen Myrtenkranz auf dem Scheitel, das breitwangige Gesicht von einem kurzen Schleier umrahmt, sah lächerlich und zugleich merkwürdig bedrohlich aus. Der Bräutigam, etwa halb so groß wie sie, machte den Eindruck einer Ratte, die fürchtete, von einer *boa constrictor* verschlungen zu werden. Seine Knopfaugen und der dünne Schnurrbart über einem O-förmigen Mund betonten die Ähnlichkeit noch.

In einer Ecke stand eine große, mit einem Vorhängeschloß versehene Aussteuertruhe und daneben eine altmodische

Nähmaschine mit Pedalen. Japanische Papierfächer und Regale hingen an den Wänden, und auf den Tischen lagen gestickte und gründlich besudelte Bauerndecken: Nemetz bekam eine ziemlich genaue Vorstellung von Frau Tóths Geschmack.

»Wissen Sie, wer dieses Zimmer bewohnte, ehe die Tóths eingezogen sind?« fragte Nemetz.

»Die Schwester des Doktors«, antwortete die Kleine. »Bevor sie heiratete und wegging. Die Wohnung gehörte ursprünglich der alten Frau Halmy, der Mutter des Doktors.«

»Wo ist die alte Frau Halmy jetzt?«

»Oh, die ist schon einige Zeit tot. Starb, lange bevor ich zu den Halmys gekommen bin. Wurde in ein Dorf deportiert und ist später dort gestorben. Man sagt, die Tóths hatten ihre Finger im Spiel. Sie konnten mit ihr nicht auskommen, sagt man. Sie war etwas altmodisch – eine kapitalistische Reaktionärin – und die Tóths rot bis auf die Knochen. Und dann wollten sie doch hier einziehen!«

Nemetz nickte. Das Bild war einfach und klar. Zentral gelegene Fünfzimmerwohnung mit Dampfheizung, fließendem kaltem und warmem Wasser und allem modernen Komfort. Eine Fünfzimmerhölle. Die Mutter des Arztes wird daraus hinausbefördert und als ›politisch unzuverlässig‹ deportiert, damit die neuen Verwandten Platz bekommen. Der Arzt verbietet ihnen seine Zimmer, als fürchtete er, ihr Atem werde die Luft verseuchen, und verbringt die Nächte außerhalb. Und langsam verbreitet sich der Geruch von muffigen Kleidern und ungewaschenen Körpern in der Wohnung, aber auch Verbitterung und Haß; Staub setzt sich in den Ecken an, japanische Papierfächer entfalten sich an den Wänden und Sparbüchsen machen sich auf den Tischplatten breit.

Nemetz ging als nächstes in das Eßzimmer. Auch hier stammte die Einrichtung aus einer geschmackvollen, kultivierten Zeit, nur das eiserne Feldbett in der Ecke, die abgetragenen Bademäntel und Nachthemden, die an ungeniert in die vergilbte Wand getriebenen Nägeln hingen, die Buchregale, die keine Bücher, sondern schmutzstarrende Schuhe,

Kinderspielzeug und verschiedene Schachteln enthielten – all das zeugte von den Veränderungen, die stattgefunden haben mußten, seit das Zimmer seine ursprüngliche Einrichtung erhalten hatte.

»Der ganze Plunder gehört den Zlochs«, erklärte die Kleine. »In letzter Zeit haben sie sich angewöhnt, die Kinder mitzuschleppen. Als ob man nicht genug zu tun hätte, ohne noch auf drei Bälger aufpassen zu müssen.«

Nemetz wollte die Speisekammer betreten, fand aber die Türe verschlossen.

»Da können Sie nicht hinein«, sagte die Kleine grinsend. »Oder Sie brechen die Tür auf. Da hat meine Herrin all ihre Schwarzmarktware aufbewahrt.«

»Schwarzmarktware??« Nemetz horchte auf.

»Sie hatte ihre Beziehungen. Wußte, wie man an diese Liebesgabenpakete herankommt, die Amerikaner ihren Verwandten hier schicken. Kaffee und Tee, Büchsenschinken, Thunfisch, kalifornische Pfirsiche, Zigaretten, Nylonstrümpfe, Abschminkcrème, Lippenstift! Sie behielt den Schlüssel an ihrem Schlüsselbund – wetten, er ist noch in ihrer Handtasche.«

Nemetz erinnerte sich an die senffarbene Handtasche an Anna Halmys Arm. Er hatte weder die Tasche noch den Mantel in der Wohnung bemerkt. Im Schrank hingen weit mehr und viel bessere Kleider und Kostüme, als Arztfrauen sich gewöhnlich leisten konnten. Sie hatte sogar ein paar Pelze. Drei Steinmarderpelze, eine Nerzstola und einen Biberpelzmantel.

»Ihre ›Herrin‹ muß auf Kleider versessen gewesen sein«, bemerkte Nemetz.

»Aber sicher«, kicherte die Kleine. »Und wie sie sich pflegte! Maniküre, Dauerwellen, Gesichtsmassagen! Zwei Nachmittage in der Woche im Schönheitssalon. War ihr nicht zu teuer. Aber bescheidene zwei Eier für mein Mittagessen, das konnte sie sich nicht leisten.« Groll und Hohn lagen in ihrer Stimme.

Nemetz blickte sie lang und forschend an.

»Übrigens, Kleine, wie haben Sie erfahren, daß Frau Halmy erschossen worden ist?«

»Frau Moller erzählte es mir, die Frau des Hausmeisters. Das hab' ich als erstes gehört, als ich heut morgen zurückgekommen bin. Um die Wahrheit zu sagen, ich bin nur zurückgekommen, um meine Sachen zu holen. Ich hatte mich entschlossen, zurück nach Soroksár zu gehen, geschehe, was wolle. Dann hörte ich, was passiert war, und entschied mich dazubleiben. Schließlich muß doch jemand nach dem Doktor sehen.«

»Weshalb glauben Sie, daß nicht die Russen Frau Halmy getötet haben?«

»Nun«, sagte die Kleine achselzuckend, »ich weiß nicht. Die Tóths haben 'ne Menge Feinde.«

»Der Doktor aber nicht?«

»O nein, er nicht! Er würde keiner Fliege was zuleide tun. Hält sich allerdings ziemlich zurück. ›Guten Morgen‹, ›Fröhliche Weihnacht‹, ›Ein gutes neues Jahr‹ – das ist alles, was die Nachbarn von ihm zu hören bekommen. Spricht auch mit mir nicht viel. Er wünscht nur selten was. Doch selbst dann heißt's: ›Wenn's Ihnen nichts ausmacht‹, und: ›Bitte‹, und: ›Danke‹. Aber sonst will er bloß in Ruhe gelassen werden. Will nicht, daß sich jemand um ihn kümmert.«

»Er und seine Frau – hatten sie häufig Streit?«

»Oh, Streit würd' ich das nicht nennen. Ich meine, der Doktor hat doch nie ein Wort gesagt. Meine Herrin, die hatte in letzter Zeit regelmäßig Wutanfälle. Letzten Montag hat sie ihm 'ne solche Szene gemacht, daß ich sie im Dachstock hören konnte, während ich die Wäsche aufhängte. Sie tobte immer noch, als ich herunterkam. Da hat der Doktor einfach seine Tasche genommen und ist gegangen.«

»Hat sie ihn gehen lassen?«

»Was blieb ihr andres übrig? 's gab Zeiten, da versuchte sie ihn mit Gewalt zurückzuhalten. Dann schüttelte er sie ab wie einen Käfer. Wenn er weg war, hat sie jedesmal ihr Heft genommen und angefangen hineinzukritzeln.«

Nemetz horchte auf. »Was für ein Heft?«

»Oh, so ein dickes mit kariertem Deckel, wie es die Kinder in der Schule benützen. Sie behielt's die ganze Zeit in der Schublade ihres Toilettentischs. Unter Verschluß. Wegschließen war sowieso ein Fimmel von ihr. Von der ganzen Familie. Ich meine die Tóths und die Zlochs, nicht den Doktor. Trotzdem wurde ihnen immer was gestohlen. Jedesmal, wenn sie irgendwas von ihrem Plunder vermißten, haben sie zuerst mich verdächtigt. Mindestens einmal in der Woche durchwühlten sie alle meine Schubladen. Ich lachte bloß. Schließlich, wenn ich was genommen hätte, wär' ich so schlau gewesen und hätt's nicht in *meinem* Zimmer versteckt. Und dann fielen sie übereinander her. Einmal hat meine Herrin ihrer Schwester eine runtergehauen, weil sie sie dabei erwischte, daß sie ihren Nylonschlüpfer trug.«

Nemetz ließ sie weiterschwatzen. Sie standen jetzt vor dem Toilettentisch, und Nemetz zog die Schubladen heraus und durchsuchte sie. Die Kleine beobachtete ihn gespannt. Wenn eine Schublade verschlossen war, öffnete er sie mit dem Dietrich an seinem Schlüsselbund.

»Ein Glück, daß meine Herrin tot ist und den Inspektor nicht sieht«, sagte sie kichernd. »Die hätt' eine schöne Wut gekriegt.«

Das Heft mit dem karierten Deckel lag dort in einer Schachtel, und als Nemetz es herausnahm, fand er acht weitere Hefte, alle vollgekritzelt in einer dünnen, nervösen Schrift. Interpunktion und Rechtschreibung waren erbärmlich. Nemetz schlug das Heft aufs Geratewohl auf und entzifferte die oberste Eintragung.

27. 6. 1956. ›Halt den Mund!‹ Darunter: *29. 6. ›Sag deinem Vater wenn er mein Zimmer nochmal verpestet, schmeiß ich seine verfluchte Zigare zum Fenster raus.‹*

4. 8. ›Hier sind zwei Karten fürs Nazionaltheater. Such dir jemand der mitgeht.‹

10. 8. ›Wo ist die Morgenzeitung?‹

15. 8. ›Gute Nacht.‹

16. 8. Nichtmal ein Gute Nacht.

20. 8. ›Verdammt nochmal! Halt endlich den Mund!‹

1. 9. ›Also gut, gestern war ich mit ihr zum Abendessen. Warum? Ich könnte dir zehn Gründe angeben. Hundert Gründe. Aber ich will nicht.‹

2. 9. ›Ich warne dich, wenn dus wagst sie zu belästigen, geh ich hier raus und du siehst mich niemehr!‹

Nemetz sah sich den Deckel des untersten Heftes an. Dort stand: 2. 3. 1952. Die Eintragungen unterschieden sich nicht wesentlich von denen aus dem Jahre 1956, nur daß ab und zu hinter einem Datum ein geheimnisvolles X erschien, meist mit Rotstift umrahmt und mit Schnörkeln und primitiven Blumen verziert.

Kein Zweifel, seit 1952 hatte Frau Halmy es sich zur Gewohnheit gemacht, alles zu notieren, was ihr Mann zu ihr sagte. Die Seiten lasen sich wie ein Rollenbuch, nur die Stichworte fehlten; doch des Arztes schroffe, lieblose Aussprüche ließen deutlich erkennen, daß sie eine Erwiderung auf Anna Halmys lange und oft böse Reden waren.

Nemetz packte die Hefte zusammen, sagte der Kleinen auf Wiedersehen und verließ die Wohnung. Allzu lohnend war die Zeit nicht gewesen, die er dort verbracht hatte; immerhin auch nicht ganz vergeudet. Das Privatleben von Dr. Zoltán Halmy hatte sich Schritt für Schritt vor seinen Augen enthüllt. Es war, wie wenn man eine Landkarte entfaltete, sie auf einem Tisch ausbreitete und dann sorgfältig ihre farbigen Flecke studierte: Grün für das fruchtbare Land, das erstarrte Braun für die Gebirgszüge; die Labyrinthe schwarzer Striche gaben die Straßen an und die kapriziösen blauen Schlangenlinien die Flüsse. Es gab Zeichen auf der Karte, die er noch nicht deuten konnte, so Anna Halmys mit Schnörkeln eingerahmtes X, obschon er verschiedene Vermutungen hatte, besonders weil hinter einem Datum von 1952 zwei X-e standen, eingefaßt von einem herzförmigen Muster. Er würde viele Stunden daran wenden müssen, um die sich ewig wiederholenden Notizen einer von tierischer Wut und Hartnäckigkeit erfüllten Frau durchzuackern, einer Frau, die dieses Zerrbild eines Tagebuches vier Jahre hindurch geführt und nie recht gewußt hatte, wozu sie es verwenden solle.

Obschon es Sonntag war, saß Irén Lesták an ihrem Schreibtisch. Sie strickte verdrossen an einem blauen Kleidungsstück, einem dicken, steifen Ding, das eher einem Kettenhemd als einem Damenpullover glich.

»Wir beide! 's gibt doch keine größeren Narren!« schnaubte sie, als Nemetz das Büro betrat. »Kommen sogar am Sonntag her. Der Dienst obenan, weit mehr, als die Pflicht verlangt. Nur weil wir sonst nirgends hingehen können. Niemand zu besuchen. Nicht mal einen Hund zum Spazierenführen.«

»Das gilt nur für Sie.« Nemetz warf ihr einen ärgerlichen Blick zu. »Zufällig kenne ich eine ganze Menge Leute, die ich besuchen könnte, wenn ich wollte. Und nun, wie steht's mit Káldy? Hat er Dr. Hommer gefunden und die Vollmacht bekommen?«

Irén legte ihr Strickzeug nieder. »Seien wir offen, Inspektor. Sie haben nie wirklich geglaubt, Dr. Hommer sei noch da. Ausgerechnet Hommer? O nein! Der war so schlau und ist ausgerückt, ohne eine Adresse zu hinterlassen. Und wenn Sie mich fragen, der ist mittlerweile in Wien und wird von den Amerikanern mit Speise und Trank bewirtet als ein großmächtiger Freiheitskämpfer. Ein schöner Freiheitskämpfer!«

Nemetz lachte in sich hinein. »Es scheint mir, nicht nur die Ratten verlassen das sinkende Schiff, auch die Mäuse«, sagte er. »Also, wir können Káldy noch immer zum Museum rüberschicken. Er ist ein sehr gewitzter junger Mann. Der wird's schon schaffen und Frau Halmys Leiche finden. Schließlich sind die neuen Gräber ja nicht tief. Und irgendeiner muß doch wissen, wo sie begraben ist.«

Irén sah ihn ungläubig an.

»Um Gottes willen, eine Revolution ist im Gange. Tote liegen tagelang herum, weil keiner da ist, der sie beerdigt. Und jetzt wollen Sie eine Wagenladung Leichen ausgraben lassen, nur damit Sie feststellen können, aus welchem Winkel der Schuß abgefeuert worden ist, der Frau Halmy getötet hat. Seien Sie vernünftig, Inspektor. Ehrlich, ich frage mich oft, ob Ihr Verstand nicht gelitten hat, weil Sie schon zu lange bei der Polizei sind.«

Nemetz ließ ihre Standpauke zum einen Ohr herein und zum andern hinaus. Ächzend sank er auf die Bank gegenüber ihrem Schreibtisch. Wenn er aufrichtig sein wollte, mußte er zugeben, daß er mit dem Fall Halmy eine harte Nuß zu knacken hatte. Das an sich war keine Tragödie, da den ganzen Fall ein blitzartiger Verdacht ausgelöst hatte, der nur in seinem Kopf bestand und nach Belieben weggeschoben werden konnte. Er brauchte lediglich zu beschließen, es habe den Fall Halmy nie gegeben, und damit wäre er erledigt. Eine Revolution fand statt, ein Krieg; Tausende waren tot, einer mehr oder weniger zählte nicht.

»Haben Sie irgendwelche Nachrichten gehört?« fragte er.

»Nur Gerüchte. Inspektor Koller sagt, wenn Ministerpräsident Nagy am Rundfunk spricht, stehe noch immer ein AVO-Mann mit gezogener Pistole hinter ihm. Andererseits sind die russischen Panzer aus der Umgebung des Parlaments verschwunden, und es sollen Verhandlungen vor sich gehen über einen Abzug der Sowjets aus der Innenstadt. Und alle ihre Frauen und Kinder sind evakuiert worden.« Plötzlich schlug ihre Stimme um. »Ich war von jeher eine Pessimistin. Aber jetzt, wenn das wahr wäre, wenn sie tatsächlich abhauen würden ... ich meine, wenn man wieder anfangen könnte, wie ein Mensch zu leben ... Inspektor, wenn das stimmte ...« Sie sprach nicht weiter, wohl weil sie befürchtete, in Tränen auszubrechen.

»Irén, Sie setzen mich in Erstaunen«, gluckste Nemetz. »Ich dachte, Sie wären die letzte, die sich vom patriotischen Floh beißen ließe.«

Irén zuckte die Achseln. »Verrückt! Ich erinnere mich, wie ich mich 1945 freute, als die Russen mit dem Scheinregime von Admiral Horthy und seiner Bande aufräumten. Und jetzt würd' ich mich noch hundertmal mehr freuen, wenn diese selbe Bande zurückkehrte und die Russen dorthin schickte, wo sie hergekommen sind.«

»Sie sind unbezahlbar, Mädchen.« Nemetz schüttelte den Kopf. »Jetzt schaffen Sie mir unsern Freund Káldy herbei. Ich möchte ihn zum Museum hinüberschicken, damit er uns Frau Halmy ausgräbt.«

Ferenc Káldy war ein blasser junger Mann mit weichem Kinn. Außerdem war er arbeitsam, recht intelligent und ein bißchen wichtigtuerisch. Nemetz schätzte ihn wegen seiner unkomplizierten Verläßlichkeit. Er hatte den Tonfall und die Manieren eines Landedelmannes, was für einen Polizisten ungewöhnlich war, da man nur Söhne und Töchter von Arbeitern und Bauern für so vertrauenswürdig hielt, daß sie Beamte der Volksrepublik werden durften.

Ganz hoch oben in der Partei mußte es jemanden geben, der Káldy stützte, aber Nemetz war nie so neugierig, diese Persönlichkeit herausfinden zu wollen. Indes hatte sich der junge Mann bei Ausbruch der Revolution nicht verkrümelt, und das deutete darauf hin, daß er ebenfalls noch in Beziehung zum andern Lager stand. Wiederum hielt es Nemetz nicht für nötig, Fragen zu stellen. Der Mann war da, wenn er gebraucht wurde, und das allein zählte.

Káldy kehrte eine Stunde später mit dem Bescheid zurück, daß etwa zwanzig Leichen unter dem Rasen vor dem Nationalmuseum begraben lägen, und da man einen Bagger zu Hilfe genommen habe, sei die Grube ziemlich tief und könne nicht geöffnet werden, bis die Revolution zu Ende sei und man die Toten zu ihrer bleibenden Ruhestätte bringe.

Nemetz fluchte leise und entließ Káldy.

Er stellte Radio Freies Györ ein und hörte einen langen Bericht über eine Schriftstellertagung mit an. Auch sie forderten den Abzug der russischen Truppen und verlangten außerdem, daß der Russischunterricht von der Liste der obligatorischen Schulfächer gestrichen werde. Die schrille, atemlose Stimme des Sprechers ging Nemetz mit der Zeit auf die Nerven und er drehte das Radio mitten in einem Satz ab.

Dunkelheit senkte sich auf die Stadt, wo inmitten der Trümmer von fünf schrecklichen Tagen immer noch Tausende von Männern und Frauen Wache standen, die Waffe in der Hand. Völlige Stille herrschte, tiefer noch als an gewöhnlichen Sonntagen. Kein Kreischen der Straßenbahn, kein Autohupen oder Hufgeklapper von Zugpferden unterbrach die Stille, und die unsichtbar wachenden Leute mit ihren Gewehren ließen sie drückend schwer erscheinen.

Nemetz saß regungslos da und horchte auf seinen Herzschlag. Er kam ihm außerordentlich schnell vor. Überall in seinem Körper spürte er das Pochen: in der Gefäßhaut seiner Augen, in den Handgelenken, den Füßen – die nach dem vielen Umhermarschieren der letzten Tage geschwollen waren –, ja sogar in den Fingerspitzen. Der warnende Rat des Arztes, den er vor ein paar Monaten aufgesucht hatte, kam ihm in den Sinn: kein Alkohol, keine Frauen, keine Nachtarbeit, kein Ärger, keine Ermüdung – mit andern Worten: Schluß mit dem Leben, wirf die Flinte ins Korn.

Frauen, das war kein Problem. Die Narbe, die von seinem linken Ohrläppchen zum Kinn hinunterlief, hatte längst dafür gesorgt. Für ihn waren Frauen gleichbedeutend mit Kassiererinnen in Nachtcafés und im besten Fall mit Animierdamen in billigen Nachtclubs. Als junger Mann hatte er sich, da er sich abstoßend und unerwünscht vorkam, sehr früh schon an die freie und zwanglose Atmosphäre von Bordellen gewöhnt und blieb ihnen sein Leben lang treu. Jetzt ging er gegen die Sechzig, und sein geschlechtliches Verlangen war nicht gerade unersättlich; trotzdem behielt er die Gewohnheit bei, dann und wann bei den Freundinnen aus seiner Jugendzeit – soweit sie noch in Umlauf waren – einen Besuch zu machen. Er hatte nie die geringsten Illusionen gehegt über die Dirne mit dem goldenen Herzen, er sah sie, wie sie waren — als sittenlose, gierige und oft wahrhaft verdorbene Frauenzimmer —, und doch fühlte er sich bei ihnen zu Hause und ergötzte sich an ihrem Witz und Individualismus und bewunderte manchmal ihren Raubtiermut. Wenn er je auf die Idee kam, sich seine Freunde vorzustellen, so dachte er zuerst an Otto Koller und gleich danach an Hanna Zágon, eine Exprostituierte, Besitzerin des feudalsten Gelegenheitshauses, das als Espressobar getarnt war — jedes große Tier, ob Ungar oder Russe, wußte von seiner Existenz, und die gesamte Polizei ignorierte es geflissentlich.

Alkohol, das war was anderes. Im Lauf der Jahre hatte er immer größere Bedeutung in seinem Leben erlangt. Er blieb oft lange Zeit enthaltsam — wenn er an einem Fall arbeitete, rührte er nie ein Glas an, aber sowie die Sache abgeschlossen war, leistete er sich als Belohnung oder, wenn seine Anstrengungen keinen Erfolg gehabt hatten, als Trost ein gewaltiges Besäufnis.

Sonst gab's nicht viel, was sein monotones Leben unterbrochen hätte. Und doch betrachtete er es nicht als vertan oder unglücklich. Vor allen Dingen liebte er seinen Beruf, obschon er nie über den Inspektor bei der Mordkommission hinausgekommen war. Leute, die unter ihm angefangen hatten, saßen ihm nun vor der Nase, aber das störte ihn nicht, denn sie waren Geschöpfe der jüngsten politischen Ära und würden so unerbittlich durch das Senkloch hinuntergespült werden wie die Günstlinge früherer Regimes.

Zum Glück hatte ihn die Politik nie interessiert. Von Kaiser Franz Joseph bis zum kommunistischen Diktator Béla Kun, vom Reichsverweser Nikolaus Horthy bis zu einem andern Kommunisten, Matyas Rákosi, war sein Land von Männern mit beunruhigend verschiedenartigen Überzeugungen und Glaubensbekenntnissen regiert worden, aber *seine* änderten sich nie um ein Jota. Er war von jeher für Gerechtigkeit und Ordnung gewesen, dafür, seine Pflicht zu erfüllen und den Ehrgeiz zum Teufel zu wünschen.

Die am vergangenen Dienstag so unerwartet ausgebrochene Revolution war das erste politische Ereignis, das—ob er sich's nun gern eingestand oder nicht — es fertiggebracht hatte, ihn aus seiner jahrelangen Gleichgültigkeit aufzurütteln. Zuerst war er erschrocken und beunruhigt gewesen und vor allem überzeugt, die Unruhen seien das Werk von *agents provocateurs*, dann plötzlich traf ihn die Erkenntnis, daß es sich um etwas von Grund auf Echtes handelte, um ein Phänomen, wie es sich in hundert Jahren vielleicht nur einmal ereignete: einen Krieg, der Ausdruck des Volkswillens war, der nicht hinter den verschlossenen Türen von Chefs des Generalstabs und Ministerpräsidenten betrieben wurde, sondern dem tiefsten Innern einer zornigen Nation entsprang.

Ein paar Stunden lang hatte ihn eine Erregung gepackt wie noch nie zuvor. Dann klang sie ab, so rasch, wie sie gekommen war. Die Möglichkeit, daß die Aufständischen als Sieger aus dem Ringen hervorgehen könnten, war äußerst gering. Und wenn sie verloren, dann gnade ihnen Gott!

Montag, 29. Oktober

Um acht Uhr früh, auf dem Weg zum Polizeipräsidium, hatte Nemetz alle Mühe, sich durch die Menge auf den Straßen zu drängen. Das Wetter war mild und trocken für Oktober, und es machte den Anschein, als hätte jede Menschenseele in der Stadt beschlossen, die Feuereinstellung auszunützen und frische Luft zu schöpfen. Seltsam, wie rasch der Mensch sich ungewöhnlichen Verhältnissen anpassen konnte. Da war Budapest, in den letzten zehn Jahren eine friedliche und ordentliche Stadt, die ihrer Bevölkerung Obdach, Beförderungsmittel und materielle Sicherheit bot. Dann auf einmal, ohne jegliche Warnung, verwandelte sie sich in ein Schlachtfeld, Kanonen pulverten los und Barrikaden wuchsen an jeder Ecke aus dem Boden. Und doch war der Durchschnittsbürger nicht einmal entsetzt über die plötzliche Wendung der Ereignisse, sondern nahm sie unerschüttert hin, als gehörte sie zu einem schon längst angekündigten Plan.

Alle hatten es eilig an diesem Morgen, da keiner wußte, wie lange die Ruhe anhalten würde oder die Vorräte reichten. Man mußte einkaufen, Vermißte suchen und Tote identifizieren. Außerdem gab es eine Menge zu sehen. Ausgebrannte Wagen, zerstörte Panzer und natürlich Leichen — ungarische ebensogut wie russische. Die Russen lagen in der Nähe ihrer verkohlten Fahrzeuge, einige glichen gekrümmten, halb verbrannten Holzklötzen, andere sahen aus wie Kinder beim Mittagsschlaf. Ein paar waren am Vortag mit Kalk bestreut worden und wirkten dadurch wie Gipsfiguren eines Gruppendenkmals in einem Soldatenfriedhof.

Während man die Russen liegenließ, wo sie der Tod ereilt hatte, waren die Ungarn durch mitleidige Hände unter den Schutz von Hausvorsprüngen, Wetterdächern und Türeingängen geschafft worden. Kleine Herbstblumensträuße lagen auf ihrer Brust und manchmal auch ein rohes Kreuz aus zwei mit einer Schnur zusammengebundenen Holzstäbchen. Fast jedes Haus in der Hauptringstraße hatte gelitten. Läden waren zerstört und alle Fenster in Stücke gegangen. Staub, dürre Blätter und Abfall, vom Oktoberwind hereingefegt, bedeckten die Auslagen in den Schaufenstern. Unterwäsche, Bücher, Kleider, Schmucksachen, Kochgeschirr, Schuhe, Strümpfe lagen beschmutzt und ungeschützt da. Jeder Vorbeigehende hätte die Hand ausstrecken und sich reiche Beute verschaffen können, doch keiner tat es.

An den belebteren Kreuzungen waren Fässer aufgestellt mit Pappschildern: FÜR DIE WITWEN UND WAISEN DER REVOLUTION. In den letzten zwei Tagen waren sie in der ganzen Stadt wie Pilze aus dem Boden geschossen, und wo so ein Faß auftauchte, füllte es sich bald mit Forintnoten jeglichen Wertes.

Als Nemetz bei einem der Fässer vorbeikam, sah er, wie ein junger Mann stehenblieb, seine Brieftasche zückte und eine Hundertforintnote auf den Haufen von Geldscheinen legte. Der Mann kam ihm bekannt vor. Nemetz hatte ein unheimliches Erinnerungsvermögen für Gesichter. Sein Gedächtnis photographierte sie und bewahrte sie nach einem absolut sicheren System im Tresor seines Hirns auf.

»Lehotzky!« rief er. Wie immer hatte er den Namen gefunden, der zum Gesicht gehörte.

Der Mann drehte sich um. Er war klein, breitschultrig und krummbeinig. Sein Gesicht bedeckten große, überreife Pickel, und er hatte die verschlagenen, schrägstehenden Augen eines Kosaken. Er wurde oft für einen russischen Soldaten in Zivil gehalten, obschon er gebürtiger Budapester war, ein echtes Produkt der Elendsviertel und Taschendieb aus Berufung. Als er den Inspektor erkannte, entblößte er seine Zähne in einem breiten, strahlenden Grinsen. Seine Zähne waren klein und ungleichmäßig, die vorderen trugen rostfreie Stahlkronen.

»Na so was, Inspektor Nemetz!« kakelte er. »Ist das nicht 'n Ding? Am dritten Tag nach meiner Befreiung in Sie hineinzurennen!«

»Wie kommt's, daß du draußen bist? Ich meinte, du hättest zwei Jahre zu sitzen.«

»Das stimmt auch. Aber sehn Sie, Inspektor, im Fö-Straße-Gefängnis freundete ich mich mit ein paar Politischen an. Ich bin kein schlechter Kerl und hab' ihnen geholfen, wo ich konnte. Schließlich kenn' ich mich an dem Ort aus, nicht? Dann kam die Revolution, sie wurden befreit und ich bin einfach mitgegangen. Das sind jetzt historische Tage, Inspektor. Weshalb sollte sich also jemand Sorgen machen wegen den paar Damenhandtaschen, die ich da angeblich genommen hab'?«

Nemetz kannte ihn schon seit Jahren, obgleich Lehotzky nicht zu seinen ›Kunden‹ gehörte. Bagatelldiebstähle wurden von Inspektor Kollers Abteilung behandelt, und Lehotzky hätte nie Nemetz' Schwelle betreten, wenn er nicht eine ganze Woche lang der Hauptverdächtige in einem grauenhaften Mordfall gewesen wäre. In der Stadt hatten die Bluttaten beispiellose, ungeheuerliche Ausmaße angenommen, als versuchten die nichtpolitischen Mörder mit den politischen Schritt zu halten. Um dem steigenden Terror Einhalt zu gebieten, hatte die Polizei den Befehl erhalten, für jedes Verbrechen einen Schuldigen beizubringen, koste es, was es wolle. Harmlose kleine Diebe wie Ernö Lehotzky sahen sich plötzlich des Mordes beschuldigt, da einige Polizeibeamte im allzu eifrigen Bestreben, ihre Tüchtigkeit zu beweisen, solche Anklagen fabrizierten. Zu Lehotzkys ganz großem Glück war sein Fall Nemetz zugeteilt worden, der auf seine langsame, gewissenhafte Art genügend Beweise für die Unschuld des jungen Mannes herbeischaffte. Das rief bei seinen Vorgesetzten große Erregung hervor, da sie nicht gern mit einem ungelösten Fall dastanden. Ein Verbrechen verlangte die entsprechende Bestrafung, und der neuen Gesetzesauslegung zufolge brauchte der Bestrafte nicht unbedingt der Täter zu sein. Ein Urteil mußte ergehen und es mußte gebührend in der Tagespresse darüber berichtet werden; das war der Zweck, der die Mittel heiligte.

Lehotzky vergaß Nemetz nie, daß er ihm den Kopf gerettet hatte, und bedankte sich auf seine Art dafür. Jahrelang war jede Weihnacht eine fette Gans – angeblich von Lehotzkys Mutter gemästet – bei Nemetz zu Hause abgeliefert worden. Nemetz hatte dem Brauch ein Ende gemacht, als er einmal entdeckte, daß Mama schon längst auf dem Kerepesi-Friedhof ruhte und die Überreichung der Gans eigenartigerweise mit der Plünderung eines Lieferwagens zusammenfiel, der einer Geflügelzuchtgenossenschaft gehörte. Von da an nahm Nemetz von Lehotzky als einzige Gefälligkeit nur noch kleine Informationen über die Unterwelt an. Inzwischen ging Lehotzky unermüdlich seinem auserwählten Beruf nach, die Möglichkeit, erwischt zu werden, als Geschäftsrisiko betrachtend.

»Inspektor, Sie werden's nicht glauben«, sagte er grinsend, »aber ich gehöre zu den Helden der Revolution. Jawohl, mein

Herr, ein gottverdammter Held! Kriegte sogar 'ne Kugel in den Arm am Freitag – nur eine Fleischwunde –, als ich einem Kumpel das Leben rettete. Zog ihn weg, gerade im allerletzten Augenblick, bevor ihn ein russischer Panzer zermalmen konnte. Ich bin mit einer Bande von ein paar Jungs gegenüber vom Hotel Astoria. Auf dem Dach vom Országos Kaszino.«

»Und warum bist du jetzt nicht auf deinem Dach?« wollte Nemetz wissen.

»Mußte runterkommen, um was Eßbares zu holen. Für die Jungs, meine ich.« Lehotzky deutete auf den prallvollen Rucksack auf seinem Rücken. »War eben bei Lili. Erinnern Sie sich? Die Kleine, die mit meinem Alibi daherkam, als dieser Scheißkerl von Leutnant Varga mir den Baldauf-Mord anhängen wollte. Seit einem Jahr arbeitet Lili jetzt in der Küche eines Restaurants – bei Schnuck, wissen Sie. 'ne gute Stelle. Sie führt die Aufsicht. So hat sie allerhand Büchsenzeug zu Hause. Auch importierte Ware! Kaviar, Gänseleber, Ananas . . .«

»Schöne Aufsicht!« brummte Nemetz.

»Wer kann's ihr verübeln? Den Fraß sollten Sie mal versuchen, den das Personal bei Schuck kriegt! Saufraß. Richtiger Saufraß. So läßt sie ab und zu ein paar Sonderrationen mitlaufen. Na und? Schließlich wird das Restaurant vom Staat betrieben. Und der Staat, das sind die Arbeiter. Also hat sie bloß genommen, was ihr sowieso gehörte.«

Nemetz spürte einen bitteren, ekligen Geschmack hochkommen. Welch ein Volk, welch ein nichtswürdiges, verdorbenes Volk! Eine Stadt von Dieben, Betrügern, Huren, Zuhältern! Lehotzky mit seinem Strafregister war geradezu die Verkörperung sittlicher Rechtschaffenheit im Vergleich zum Durchschnittsbürger. Er war ein Taschendieb. Man wußte, was man von ihm zu erwarten hatte, wie weit man ihm trauen konnte. Er war kein Rätsel. Genosse Arbeiter mit seinem makellosen Strafregister, der war das Rätsel. Der stolze, ölverschmierte Arbeitsanzug mit dem auf die Brust gehefteten Band des Stalinpreises; die tapfere Hausfrau, die vier Kinder aufzog und gleichzeitig in der Fabrik ihren Mann stand. Wer konnte von *denen* etwas sagen? Wer konnte ermessen, wie tief *deren* Verworfenheit war?

Das Grinsen auf Lehotzkys Gesicht wich und machte einem beunruhigten Ausdruck Platz.

»Sie wollen mich doch nicht etwa verhaften, Inspektor?« fragte er.

»Zum Teufel, nein.« Nemetz schüttelte den Kopf. »Ich vergesse einfach, daß ich dich gesehen habe. Aber du solltest dich lieber in acht nehmen, Ernö!« Er zeigte auf das Sammelfaß. »Laß dich zum Beispiel nicht von denen da in Versuchung führen. Stehen einfach unbewacht da.«

Lehotzky blitzte ihn entrüstet an. »Wissen Sie nicht, daß ich keinen Fillér aus diesen Fässern nehmen würde?« protestierte er. »Wissen Sie nicht, daß ich einfach nicht könnte? Sie glauben mir doch, oder?«

Nemetz nickte. »Jawohl.« Und irgendwie glaubte er's.

Das Grinsen erschien wieder in Lehotzkys Gesicht. »Ich pack' mich jetzt lieber, Inspektor«, sagte er.

»Hör mal, Ernö . . .« Nemetz kam plötzlich eine Idee. »Du kannst mir einen Gefallen tun.«

»Raus damit!«

»Es handelt sich um eine Frau . . . die Frau eines gewissen Dr. Zoltán Halmy . . .« Er tat absichtlich so, als lebte sie noch. »Ich habe Grund zu der Annahme, daß sie irgendwie mit dem Schwarzmarkt zu tun gehabt hat. Ihr Vater heißt János Tóth. Parteimitglied. Ein hohes Tier im Fünften Bezirk. Sieh mal zu, ob du was über sie erfahren kannst, ja?«

Es war lediglich eine Vermutung, aber er mußte ihr nachgehen. Die Möglichkeit bestand, daß einer von Anna Halmys Schwarzmarkt-Bekannten oder ein unzufriedener Kunde sie umgebracht hatte. Je mehr er sich mit dem Gedanken abgab, desto mehr gefiel er ihm. Das würde den Arzt und sein reizendes Fräulein Méhely reinwaschen. Zwei nette junge Leute, die eine strahlende, wolkenlose Zukunft verdienten.

Das Pflaster beim Polizeipräsidium war immer noch aufgerissen, aber man hatte einen Brettersteg gelegt, der zum weit offenen Hauptportal führte. Jetzt stand ein Polizist am Eingang Wache. Der ausgebrannte Bus war zur Seite geschoben worden, damit der Zugang zum Gebäude freilag.

Im Innern vernahm man wieder einmal das Klappern von Schreibmaschinen, männliche und weibliche Stimmen erklangen, Schritte eilten die Korridore entlang, Türen wurden geöffnet und zugeschlagen. Eine Sitzung war im Gang zwecks Wahl und Organisierung eines Revolutionsrates, der den Befehl über die Polizei übernehmen sollte. Solche Räte wurden im ganzen Land gebildet, in Fabriken, Theatern, Gewerkschaften, Zünften und unter Geistesarbeitern. Sie trugen viele verschiedene Bezeichnungen, glichen sich jedoch alle in einer Beziehung: das Aufwallen eines neuen, wenn auch noch gärenden Volkswillens hatte sie hervorgebracht und sie bezweckten die Wiederherstellung der Ordnung und die Kontrolle der Lebensmittelverteilung. Allmählich hatte sich eindeutig gezeigt, daß der Ruck nach rechts nicht so ausgeprägt war, wie einige bei Ausbruch der Revolution geargwöhnt hatten. Selbst ein Kommunist brauchte sich vor der Zukunft nicht zu fürchten, es sei denn, er hatte sich der Grausamkeit und Unmenschlichkeit schuldig gemacht.

Die Tendenz zur Beruhigung der Lage hatte geholfen, die meisten der männlichen und weiblichen Angestellten wieder auf die Beine zu bringen, die in den ersten stürmischen Tagen nach dem 23. Oktober zu Hause geblieben waren, um plötzliche Anfälle von Erkältung, Migräne, Asthma oder Verdauungsstörung auszukurieren. Jetzt saßen sie wieder an ihren Schreibtischen, ein bißchen verlegen und unbehaglich, aber sehr beschäftigt — ja so furchtbar beschäftigt, daß sie sich nicht einmal über die Art ihrer so rasch überstandenen Krankheit ausließen.

Nemetz hatte kaum seinen Mantel im Büro aufgehängt, als Irén mit einer vor Erregung fast unmerklich zitternden Stimme einen Dr. Halmy anmeldete.

»Gut, bitten Sie den Doktor herein«, sagte Nemetz nach kurzer Pause.

In einem zerknitterten grauen Anzug und einem Hemd von zweifelhafter Sauberkeit, ohne Krawatte, mit zerzaustem Haar und tiefen Schatten unter den Augen hatte Dr. Halmy nichts mehr von einem Erzengel an sich wie bei ihrer ersten Begegnung. Seltsamerweise ließ ihn Erschöpfung nicht älter erscheinen; im Gegenteil, sie machte ihn um Jahre jünger. Im Krankenhaus war etwas wie die Autorität eines Diktators von ihm ausgegangen. Jetzt sah er jung, verloren und verwundbar aus.

»Was kann ich für Sie tun, Dr. Halmy?« fragte Nemetz und streckte ihm die Hand hin.

Der Arzt drückte sie matt. »Ich habe Sie aufgesucht«, sagte er, »damit Sie nicht mich aufzusuchen brauchen. Ihr von der Polizei versteht es ausgezeichnet, immer die ungelegensten Zeiten für eure Besuche zu wählen. Ich habe Dr. Sóos die Aufsicht übergeben und mich von einem meiner Ambulanzfahrer hier absetzen lassen. Er muß am Flugplatz Ferihegy eine Sendung Medikamente abholen und kommt in genau einer Stunde wieder vorbei. Ich stehe eine Stunde lang zu Ihrer Verfügung. Sie können mir jede ausgefallene Frage stellen, die Sie wollen. Ich werde sie nach besten Kräften beantworten.«

»Schön«, sagte Nemetz. »Haben Sie Ihre Frau umgebracht?«

Wenn er gehofft hatte, den Arzt aus der Fassung zu bringen oder ihn zu einem Wutanfall zu reizen, so täuschte er sich. Der junge Mann schüttelte bloß den Kopf und lachte in sich hinein.

»Na, das war nun wirklich eine ausgefallene Frage. Sie haben bestimmt nicht erwartet, daß ich darauf mit Ja antworte.«

Nemetz nickte. »Offen gestanden, nein. Erstens: Ich bin nicht überzeugt, daß Sie sie umgebracht haben. Zweitens: Selbst wenn Sie das getan haben, erwarte ich nicht, daß Sie's gestehen. Jedenfalls nicht in diesem Stadium.«

Der Arzt holte ein Päckchen Camel aus der Tasche, bot Nemetz eine an und fragte, als der Inspektor mit der Begründung ablehnte, sie seien zu stark für ihn, ob er sich eine anzünden dürfe. Nemetz merkte sich insgeheim, wie natürlich und gewandt Dr. Halmy sich dieses unbedeutenden Höflichkeitsrituals entledigte.

Der Arzt war nicht sehr stark im Gedankenlesen. Zumindest nicht an diesem Tag.

»Ich fürchte, Sie haben keine sehr gute Meinung von mir«, fing er an. »Ich war ein schlechter Ehemann und bin ein noch schlechterer Witwer. Keine Tränen, keine Trauerkleidung, kein schwarzer Flor. Ich will Ihnen etwas sagen, was Sie noch mehr schockieren wird. Diese Zigaretten« — er hielt das Päckchen hoch —, »ich fand sie in der Kommode meiner Frau. Zwei Stangen. Ich habe sie genommen und rauche sie jetzt. Ich genieße sie ohne Vorbehalt und ohne Gewissensbisse.«

Er sah Nemetz mit heiteren, spöttischen Augen an. Dann warf er einen Blick auf seine Armbanduhr.

»Inspektor«, sagte er und schüttelte tadelnd den Kopf, »ich bin schon fünf Minuten da. Jetzt haben Sie nur noch fünfundfünfzig übrig. Wenn ich diesen Raum ohne Handschellen verlasse, kriegen Sie mich nicht mehr hierher zurück, nie mehr.«

»Ich habe meine Zeit nicht vergeudet, Dr. Halmy«, parierte Nemetz. Er war angenehm wach und munter und unterhielt sich blendend. Das Kinn in die Hand gestützt, kritzelte er krause Figuren auf ein Blatt Papier. Das half ihm immer, sich zu konzentrieren, und zugleich erhielt der andere den Eindruck, er mache sich Notizen, was er aber nie tat. »Sehen Sie«, fuhr er fort, »das ist ein eigenartiger Fall. Keine Leiche, kein Zeuge, keine Mordwaffe, kein Beweismaterial. Sie müssen mir von allen Leuten berichten, die mit Ihrer Frau in Beziehung standen. Die werden die Lösung des Rätsels bringen. Nicht nur das, was sie sagen oder tun, sondern durch ihre Persönlichkeit. Vor allen Dingen: ist einer von ihnen ein

Mörder? Nicht *der* Mörder, wohlverstanden, aber ein Mensch, der fähig ist, einen Mord zu begehen. Ein Mensch, der eine Pistole abfeuern kann, selbst wenn er nicht sein Leben oder das einer anderen Person schützt. Um nun zu einer solchen Tat imstande zu sein, dazu braucht es einen bestimmten Typ. Den Mördertyp. Es gibt natürlich Millionen von potentiellen Mördern, die durchs Leben gehen, ohne je irgend jemand zu töten. Indes —«

»Das ist alles ganz interessant«, unterbrach ihn der Arzt, »doch wär's besser, wenn Sie zur Sache kämen.«

»Na gut«, stimmte Nemetz zu. »Wer waren die Leute, mit denen Ihre Frau Umgang hatte? Familie, Angestellte, Freunde, Berufsbekanntschaften?«

Der Arzt zuckte die Achseln. »Familie? Vater, Mutter, Schwester, Schwager, drei Neffen. Alles Ungeheuer, selbst die Sprößlinge. Aber Sie kennen ja das Sprichwort. Eine Krähe hackt der andern kein Auge aus! Angestellte? Das Dienstmädchen. Die Kleine. Sie haben sie kennengelernt, also entscheiden Sie selbst. Ich persönlich glaube nicht, daß sie Ihr Mördertyp ist. Könnte einen zwar mit ihrem Essen vergiften, aber vollkommen unbeabsichtigt. Freunde? Ich fürchte, da kann ich kaum behilflich sein. Meine Frau und ich hatten nie gemeinsame Freunde. Kein Gesellschaftsleben irgendwelcher Art. Als wir frisch verheiratet waren, brachte ich sie mit einigen Leuten zusammen, mit denen ich aufgewachsen bin. Leider klappte es nicht. Allerdings war sie zum größten Teil selber schuld. Sie war überzeugt, daß die andern auf sie heruntersahen — was vermutlich auch stimmte —, so zeigte sie ihnen gleich die kalte Schulter. Ich erinnere mich nicht mehr, ob sie uns fallenließen oder wir sie. Na ja, jedenfalls besuchten wir sie nicht mehr.«

»Wie steht's mit Ihrer Schwester? Wie verhielt sie sich gegenüber Ihrer Frau? Sie haben doch eine Schwester, nicht?«

»Da haben Sie aber was gefunden«, lachte der Arzt. »Das ist eine, die hat Anna nun wirklich gehaßt. Brach mit mir, als ich heiratete. Wir haben uns allerdings später wieder versöhnt. Meine Schwester und ich, will ich sagen. Aber sie konnte sich nie für Anna erwärmen. Drängte mich immer wieder, ich solle sehen, daß ich sie loswerde. Natürlich sprach sie nie von Mord, bloß von Scheidung. Aber wenn ich mir's jetzt recht überlege, wahrscheinlich dachte sie doch an Mord. Das Temperament dazu hat sie. Gäbe eine sehr geeignete Verdächtige ab für Sie, nur daß sie vor acht Jahren nach Kanada ausgewandert ist und seither die ganze Zeit dort gelebt hat.«

Nemetz wartete, bis der Arzt eine neue Zigarette angezündet hatte. Er beobachtete seine Hände. Sie zitterten nicht.

»Was hatten Ihre Schwester und Ihre Freunde gegen Ihre Frau? War es ihre Herkunft oder ihr Charakter?«

»Beides, möchte ich sagen. Zumindest bei meiner Schwester war das der Fall. Sehen Sie, als ich meine Frau kennenlernte, war sie bei meiner Mutter angestellt. Als Dienstmädchen. Und es war nicht etwa ihre erste Stelle. Sie war keineswegs das, was Hausfrauen als ›Perle‹ bezeichnen. Sah zwar ganz hübsch aus in einer schwarzen Tracht mit weißer Musselinschürze, doch ihr hübsches Äußere war alles, was sie zum Wohl des Hauses beitrug. Sie haßte ihre Arbeit, aber da sie nie über die siebente Volksschulklasse hinausgelangt war, blieb ihr nichts anderes übrig. Offen gestanden, ich glaube nicht, daß sie damals nach etwas Höherem strebte, als einen Mann zu finden, der für sie sorgen würde, so daß sie den Dienst aufgeben könnte. Ihre Familie gehörte zur unteren Arbeiterklasse; der Vater war Hauswart bei der Lederfabrik Veritas. 1943 war das. Seither ist er mit viel bedeutenderen Posten betraut worden: Werkmeister, Personalchef und vor etwa zwei Jahren Geschäftsführer des ganzen Betriebs. Ich brauche Ihnen nicht zu sagen, daß er Parteimitglied ist. Und noch dazu ein sehr aktives, besonders seit 1948. Damals, 1943, als ich ihm zum ersten Mal begegnete, sah er eher harmlos aus. Kam jeweils ins Haus, um seine Tochter zu besuchen. So ist er mir in Erinnerung geblieben: auf einem Schemel in der Küchenecke hockend, die Mütze in der Hand und jedesmal aufspringend, wenn eines von uns die Küche betrat. Er trug einen Hitler-Schnurrbart, den er vorsorglich abrasierte, kurz bevor die Russen Budapest eroberten. Ich mochte ihn nie richtig, aber ich dachte, das läge an seiner widerwärtigen Visage. Als ich merkte, daß mehr an ihm war als ein Hitler-Schnurrbart und ein blödes Grinsen, kam meine Entdeckung zu spät. Da war er schon aus seiner Ecke hervorgekommen und hatte mehr umgeworfen als nur einen Küchenschemel.«

Er schaute kurz auf seine Uhr, dann sprang er auf und begann mit langen Schritten im Zimmer auf und ab zu gehen. Nemetz lehnte sich in seinem Sessel zurück und wartete gelassen auf Halmys nächste Worte. Etwas auf dem Bücherbrett fesselte die Aufmerksamkeit des Arztes. Er blieb stehen und griff einen Band heraus.

»*Journal of the American Institute of Criminal Law and Criminology*«, las er laut den Titel. »Ich wußte nicht, daß in diesem Haus die Lektüre von solchen Artikeln verlangt wird.«

»Es wird nicht verlangt«, erwiderte Nemetz.

»*Traité de Psychologie* ... Pavlov, *Conditioned Reflexes* ... Wundt, *Grundriß der Psychologie* ... Freud, *Über Psychoanalyse* ...« Er blickte Nemetz lange und forschend an. »Ihre Bücher?«

Nemetz nickte.

»Sie sprechen Deutsch und Französisch und Englisch?« fragte Halmy.

»Deutsch ganz gut. Französisch? Da komme ich gerade so durch. Aber Englisch! Ich möchte es nicht ›sprechen‹ nennen. Nein, wahrhaftig nicht.« Nemetz stand langsam auf und ging zum Bücherbrett hinüber. »Aber ich versteh's. Weniger das gesprochene als das geschriebene Englisch. Einmal hab' ich in der Berlitz-Schule Stunden genommen. Über ein Jahr lang. Leider Gottes hatte ich nie eine Möglichkeit, mich darin zu üben. Aber ich hab' eine Menge gelesen, hauptsächlich über Kriminologie und –« fügte er mit unterdrücktem Lachen hinzu – »Kriminalromane. Alte und neue. Von Conan Doyle bis Mickey Spillane. Agatha Christie, Chandler, Simenon. Alles was ich in die Finger kriegen kann.«

Der Arzt hörte auf umherzugehen, setzte sich aber nicht; mit dem Rücken an die Wand gelehnt, hielt er die Zigarette in der Hand, von der die Asche auf den schmutzigen Boden fiel.

»Meine Mutter«, sagte er mehr zu sich selbst als zu Nemetz, »war schrecklich anglophil. Eine ihrer Tanten heiratete einen Engländer, Landadel in Sussex, und als Mädchen hat meine Mutter zwei Jahre in England verbracht. Von da an, glaube ich, gefiel ihr das Leben in Ungarn nie mehr recht. Natürlich hat sie das nie gesagt. Das hätte uns verletzt, meinen Vater, meine Schwester und mich. Und sie hat sich nie irgendwie taktlos und unliebenswürdig verhalten. Sie war eine Hankiss. Bestimmt kennen Sie den Namen. Es gab mehrere Kabinettsminister in der Familie, Professoren, Schriftsteller — den Lyriker Lóránt Hankiss. Ideale Brutstätte für einen Schöngeist.«

»Es waren feine Menschen«, sagte Nemetz. »Schade, daß es nur *eine* Familie war. Wir hätten mehr ihrer Art haben sollen.«

»Na, ich weiß nicht. Dieses Land hatte Führer nötig, nicht Träumer. Ich hatte immer das Gefühl, die Hankiss' seien mindestens fünfzig Jahre hinter ihrer Zeit. Eine ganz anachronistische Gesellschaft. Zum Aussterben bestimmt. Wissen Sie, daß keiner von ihnen den Krieg, die Nazis und die Russen überlebt hat? Nur ein paar von ihren Witwen sind noch da.«

»Eine Schande!« sagte Nemetz, und es war ihm ernst.

»Oh, Mutter war genauso unmöglich wie der Rest. Wahrscheinlich noch unmöglicher mit ihrer Verehrung für alles Englische. Und das auch noch in einer Zeit, da man die Deutschen bewundern sollte. Jeden verfluchten Nachmittag Tee! Unten in einem Kohlenkeller, der vierzig Quadratmeter maß, mit dreißig andern Leuten, die aßen, schnarchten, Karten spielten, miteinander schliefen und ihre Bedürfnisse verrichteten.«

»Wir hatten zwei Tb-Fälle in dem Schutzraum, in dem ich

während der Belagerung war«, sagte Nemetz. »Einer davon, ein junges Mädchen, starb zwei Wochen vor dem Ende. Wir mußten sie im Keller begraben. Machten es allerdings nicht gut genug, und nach ein paar Tagen wurde der Gestank unerträglich. Da nahm ich, als der Luftschutzwart schlief, einfach meine Sachen, stieg hinauf in meine Wohnung im vierten Stock und blieb dort. Ich wollte lieber in die Luft gehen als ersticken.«

So hatten alle ihre düster-komischen kleinen Geschichten von den übelriechenden feuchten Löchern im Boden, in denen sie gehockt und den Tod zu überlisten versucht hatten, während über ihren Köpfen die Russen mit den Deutschen um die Stadt kämpften im Dezember 1944 und im folgenden Januar. Es gab ständig Streitereien unter den sich langweilenden und von Angst erfüllten Insassen, manchmal Faustkämpfe und ausgerissene Haare, aber auch junge Liebe und spontanen, wilden, verzweifelten Heroismus: ein Leben wurde geopfert für die Milchflasche eines Kinds oder für einen Hund, der in den Ruinen des Hauses nebenan heulte.

»Im Krieg leistete ich bei der Sanitätstruppe Dienst«, fuhr der Arzt fort. »Ich war einem Lazarettzug zugeteilt, der zwischen der russischen Front und Budapest pendelte. Wir luden gerade am Südbahnhof einen Verwundetentransport aus, als die Sowjetarmee die Stadt erreichte. Es war Ende Dezember, kurz vor Weihnachten. Ich hatte den Krieg gründlich satt, und anstatt mich mit den Deutschen zurückzuziehen, desertierte ich einfach. Ich trug noch Uniform, so mußte ich nach Hause gehen und Zivilkleider anziehen. Es war eine halbe Weltreise vom Bahnhof in Buda bis zu Mutters Wohnung in Pest. Die größte Gefahr bedeuteten nicht die Russen, sondern die deutsche SS oder die ungarische Militärpolizei, die nach Fahnenflüchtigen suchten. Es war etwa fünf Uhr nachmittags, als ich zu Hause ankam und Mutter im Schutzraum fand; sie saß mitten im gräßlichsten Schmutz auf einem ihrer Queen-Anne-Stühle, einen Regency-Spieltisch vor sich, und goß Tee aus einer Wedgwood-Kanne in eine Crown-Derby-Tasse. Ein

Spitzendeckchen war auf dem Tisch ausgebreitet, und auf einem Silbertablett lagen mit Schweineschmalz bestrichene ausgetrocknete Scheiben Maisbrot. Und Anna stand daneben mit einer Kanne heißem Wasser. Es war eine unbeschreibliche Szene. Mutter, die Teezeremonie zelebrierend, während zwei Schritte weiter ein kleiner Junge sich in einen Kübel erbrach und eine Frau auf einem Spirituskocher Zwiebeln briet; und Anna in ihrer schwarz-weißen Tracht schaute zu, wie ein barmherziger Engel, der der Not der Verdammten steuert. Jedenfalls erschien sie mir in jenem Augenblick so. Ich hatte schon vorher während eines Urlaubs eine Liebelei mit ihr angefangen, und ich war hauptsächlich desertiert, weil ich sie wieder umlegen wollte.« Er hielt urplötzlich inne und drehte sich jäh zu Nemetz um. »Warum zum Teufel erzähle ich Ihnen das alles?« Er stieß ein kurzes, freudloses Lachen aus. »Und warum hören Sie sich das an?«

Einen Augenblick lang empfand Nemetz das unheimliche Gefühl, diese Szene schon einmal erlebt zu haben. In den dreißiger Jahren hatte er den Tod einer jungen Frau aufzuklären gehabt, der Sekretärin eines Börsenmaklers, die in den Wäldern von Zugliget mit einem Kopfschuß aufgefunden worden war. Zuerst hatte der Fall wie ein Selbstmord ausgesehen: ein kleiner Revolver, Eigentum des Opfers, neben der Leiche; Verbrennungsspuren an der Schläfe; und auf dem Schreibtisch zurückgelassen eine hingekritzelte Nachricht, die als Abschiedsbrief ausgelegt werden konnte. Dann zeigten sich allmählich ein paar Ungereimtheiten, und nach sechs Wochen mühseliger Kleinarbeit war es Nemetz gelungen, so viel Beweismaterial beizubringen, daß der Makler den Mord gestehen mußte. Er war der gleiche zynische, kluge Typ gewesen wie Dr. Halmy. Es bestand sogar eine gewisse äußerliche Ähnlichkeit zwischen den beiden Männern — die Haarfarbe und die langgliedrige Geschmeidigkeit ihrer Körper. Trotz der Widerspenstigkeit des Börsenmaklers hatte Nemetz mit der Zeit eine Zuneigung zu ihm gefaßt. Eine seltsame, verzwickte Zuneigung, ähnlich wie der

Stierkämpfer sie empfindet für einen gerissenen, mutigen Stier, der ihm in der Arena arg zu tun gibt. Dumme, ungeschickte Verdächtige, die so verwirrt waren, daß seine Aufgabe zu einem Kinderspiel wurde, erweckten Widerwillen in ihm – Widerwillen vermischt mit Bedauern. Aber Leute wie der Makler oder Halmy forderten ihn heraus, sie machten jede Phase seiner Arbeit zu einem Genuß. Sie glichen einem unerhört spannenden Buch, das man nicht weglegen konnte, sondern in einem Zug durchlesen mußte. Zum innersten Wesenskern dieser Menschen vorzudringen, lohnte all das Nachspüren und das endlose Sich-Durchwühlen durch Belanglosigkeiten, Klatsch, Briefe, Dokumente, Bankauszüge, ja sogar durch Papierkörbe und Mülltonnen. Es gab recht selten Fälle, in denen solch ein außergewöhnlicher Verdächtiger sich als unschuldig herausstellte; doch selbst das war dann keine Enttäuschung. Denn nur das Verbrechen, nicht aber das Rätsel der Person blieb ungelöst, und Nemetz' Hauptinteresse hatte seit je dem Menschen und nicht der Tat gegolten. Die Tat an sich war stets roh und witzlos – eine Leiche unterschied sich nicht sehr von andern; alle waren sie taub, stumm und erschreckend vergänglich. Der Mörder war es, der jedem Fall seine besondern Farben und Töne gab, denn der Mörder war Sieger im Duell um Leben und Tod, und der Sieger ist immer faszinierender als der Besiegte.

»Ich glaube, ich habe Ihnen klargemacht, Dr. Halmy«, sagte Nemetz, »daß ich ein allgemeines Bild von der Umgebung Ihrer Frau und von ihrer Lebensart haben möchte. So ist alles, was Sie mir berichtet haben, genau das, was ich hören will.«

Halmy lachte von neuem. »Sie sind ein sonderbarer Vogel, Inspektor. Sehr sonderbar. Sie passen nicht ganz zu meiner Vorstellung vom ungarischen Polizeibeamten.«

»Vielleicht haben Sie eine falsche Vorstellung vom ungarischen Polizeibeamten. Wie ich merkte, war auch die Entdeckung, daß wir nicht völlig ungebildet sind, eine Überraschung für Sie.« Nemetz wechselte das Thema. »Also, Sie haben mir erzählt, wie Sie wegen Anna Tóth desertiert sind. Ich nehme an, daß Sie in sie verliebt waren.«

Halmy schüttelte den Kopf. »Nein, nein, nicht verliebt. Verliebt sein — ich glaube, der Ausdruck, der ganze Begriff ist durch und durch eine Täuschung. Existiert nur in Romanen. Auf jeden Fall ist es eine ziemlich unreife Vorstellung. Du möchtest mit einem Mädchen schlafen. Oder du hast mit ihr geschlafen und es hat dir gefallen. Manche Leute nennen das Liebe. Nun, ich nicht — nicht das, was ich für Anna empfand. Ich versuchte nicht, mir etwas vorzumachen. Das hätte nichts genützt. Weil — wissen Sie, ich war vorher tatsächlich verliebt gewesen.«

»Sie haben doch eben gesagt, Sie glaubten nicht, daß es das gebe!«

»Heute nicht. Aber damals wohl. Ich war mit einem Mädchen verlobt gewesen, das den romantischen Namen Clementina Monghetti trug. Ihre Familie war italienischen Ursprungs, patrizisch und rasend katholisch. Ich bin auch katholisch, so bestanden keine Bedenken gegen eine Heirat, weder von seiten ihrer Eltern noch meiner Mutter — mein Vater war damals schon seit Jahren tot. Die einzige Bedingung: wir sollten bis Kriegsende warten. Nun, meine Clemmy war das sinnlichste Geschöpf, von dem ein Mann je träumen konnte, und jedesmal wenn ich in Budapest gewesen war und sie gesehen hatte, kehrte ich halb wahnsinnig an die Front zurück. Sie weigerte sich, mit mir zu schlafen, verlangte jedoch absolute Treue. So hatte ich über ein Jahr lang keine Frau mehr gehabt, was mein Leben zu einer wahren Hölle machte, wenn man bedenkt, daß ich ein ganz gesunder junger Mann von fünfundzwanzig Jahren war. Ich bin überzeugt, sie liebte mich aufrichtig, und es war nur ihre verrückte Idee, unberührt zu bleiben für den Gang zum Traualtar, die sie davon abhielt, sich hinzugeben. Natürlich küßten und knutschten wir uns wie wild, und das war viel schlimmer als überhaupt nichts. Dazu quälte mich noch die Angst, ich könnte nicht lebend aus dem Krieg zurückkommen; so fühlte ich mich als Märtyrer, als Opfer einer ohnehin schon verlorenen Sache, und erwartete zumindest von ihr, daß sie die Anstandsregeln außer acht ließe und mit mir ins Bett hüpfte. Na, um es kurz zu machen: ich überlebte den Krieg unversehrt, aber bei einem Luftangriff der Alliierten wurde die Villa von Clemmys Eltern von einer schweren Bombe getroffen und buchstäblich pulverisiert. Nichts, aber auch gar nichts blieb von der ganzen Familie übrig, keine einzige Locke von Clemmys Haar, kein Glied, kein Splitter von ihren Knochen. All die Schönheit und Vollkommenheit, die Clemmy gewesen war, löste sich in Nichts auf, ging in Rauch auf wie ein Bündel Abfallpapier. Die das vollbracht hatten, waren Mutters geliebte Briten gewesen. Vielleicht hatte sogar der Sohn ihrer Lieblingscousine Eleanor, der ›reizende gute Freddyboy‹, den Hebel betätigt, der die Bombe auslöste. Wir, Cousin Freddy und ich, nahmen nach dem Krieg die unterbrochene Korrespondenz wieder auf, und dabei erfuhr ich, daß er als Bombenschütze in der Royal Air Force gedient und mehrere Einsätze über Budapest geflogen hatte. Klar, das war eine recht weit hergeholte Spekulation, aber ich fand die Vorstellung zum Schreien komisch, daß vielleicht ausgerechnet Freddyboy meine Clemmy ins Jenseits befördert hatte. Mutter wagte nicht, mir Clemmys Tod mitzuteilen, so erfuhr ich es eine Woche oder zehn Tage später, als ich mit einem Verwundetentransport nach Budapest kam. Es war natürlich ein harter Schlag, doch seltsamerweise war ich nicht auf die Briten oder die Deutschen oder die Russen böse – nein, mich erfüllte ein schrecklicher Groll auf die arme Clemmy, weil sie mir so hartnäckig ihren Körper versagt hatte, da er doch ohnehin in Rauch aufgehen sollte. Ich hab' Ihnen ja schon gesagt, ich war damals in einer ziemlich schlechten Verfassung, und wie ich es jetzt sehe, gab mir Clemmys Tod nur noch den Rest; es hakte einfach aus bei mir. Ich weiß nicht, wie ich den Tag zubrachte; dunkel erinnere ich mich noch, daß ich der Donau entlang bis nach Neu-Pest und wieder zurück marschierte, mindestens fünfundzwanzig Kilometer, wenn nicht mehr. Dann aß ich mit Mutter Abendbrot. Sie ging früh zu Bett, da in der Nacht vorher Fliegeralarm gewesen war und sie zuwenig geschlafen hatte. Nach dem Essen hörte ich im Radio ein Beethoven-Konzert – Gieseking spielte das Fünfte Klavierkonzert, ein sonderbarer Zufall, war es doch eines von Clemmys Lieblingsstücken gewesen; ich hatte ihr die Platten zu Weihnachten geschenkt, die Wiener Philharmoniker eben mit Gieseking als Solisten. Als das Konzert zu Ende war, stand ich auf und ging zu Anna ins Zimmer und nahm sie.«

Der Arzt hielt inne. Ein Ausdruck von ungläubigem Erstaunen lag auf seinem Gesicht, als hätte er eben etwas Haarsträubendes vernommen. Gut eine halbe Minute lang stierte er ins Leere und schüttelte den Kopf, verdutzt und tadelnd.

»Ich hatte Anna vorher kaum beachtet«, fuhr er fast unhörbar fort. »Für mich hatte sie einfach zum Inventar des Hauses gehört, nicht viel reizvoller als der Staubsauger. Dann plötzlich war ich in ihrem Bett und schlief mit ihr. Es erschien alles so furchtbar natürlich.« Er machte eine kurze Pause, dann sprach er mit etwas lauterer Stimme weiter. »Sie gab sich mir ohne jede Ziererei hin, über nichts erstaunt und ganz still wie ein junges Tier.«

Halmy trat ans Fenster und sah in den Himmel hinauf. Nemetz warf einen Blick auf seine Taschenuhr. Es war Viertel vor zehn. Vor fünfundvierzig Minuten hatte der Arzt das Büro betreten, wenn er also Fragen stellen wollte, war es höchste Zeit. Er überlegte sich die Sache kurz, dann beschloß er, den Arzt weiterreden zu lassen. Halmy stand mit dem Rücken zu Nemetz am Fenster. Als er sich umdrehte, lag immer noch ein verblüffter Ausdruck auf seinem Gesicht.

»Würden Sie das für möglich halten? Sie war noch Jungfrau. Sie hatte sich schon vor langer Zeit in mich verguckt und gehofft, ich würde mich schließlich für sie interessieren. Sie hatte auch gelegentliche kleine Geschenke falsch ausgelegt, wie zum Beispiel ein seidenes Halstuch zu Weihnachten oder ein Fläschchen Parfum, das für Clemmy bestimmt war, das ich ihr aber nicht geben wollte, weil wir uns gerade gestritten hatten. Nun ja, jedenfalls war das immer noch die Ära Horthy, wenn auch ihr letzter Abschnitt, und ich war immer noch der junge Herr und sie das Dienstmädchen. Aus diesem Grund gewährte sie mir vermutlich auch den Vortritt vor ihren plebejischeren Verehrern. Mutter in ihrer heiligen Einfalt hätte nie das geringste gemerkt ohne meine Schwester Daisy, die mit ihrem untrüglichen Instinkt die Veränderung in der Beziehung zwischen mir und Anna spürte. Sie erhob ein solches Zetergeschrei, als ob — für einen gesunden jungen Mann — ein Techtelmechtel mit dem Dienstmädchen der Familie der Gipfel an sexueller Verirrung wäre. Mutter bewies vorerst bei weitem mehr Nachsicht; ich glaube, sie war erleichtert, daß mich Clemmys Tod nicht völlig umgeworfen hatte, und betrachtete Anna als ein harmloses Palliativ. Viel später erst geriet sie in Sorge. An dem Tag, da ich ihr erklärte, ich sei entschlossen, Anna zu heiraten. Das Ganze war wirklich Clemmys Schuld. Sie hatte solch ein schreckliches Aufhebens von der Keuschheit gemacht, daß ich sie allmählich für einen Schatz von unermeßlichem Wert hielt, für eine verbotene Frucht von mystischer Kraft, und dabei war sie in Wirklichkeit nichts als ein überreifer, innen schon weich werdender Apfel, der nur darauf wartete, dem ersten besten vor die Füße zu fallen, der zur rechten Zeit vorbeikam.«

Halmy machte wieder eine Pause, um tief Atem zu holen, dann fuhr er fort: »Vielleicht war es nicht nur Clemmy, sondern auch der neue Friede: er erschien mir fast so unerträglich wie vorher der Krieg, brachte er doch die vollständige Auflösung der Gesellschaftsordnung und der Kultur, in der ich aufgewachsen war. Sie wissen, was ich meine — Sie haben diese Zeiten ja auch erlebt. Mutters nachmittägliche Teestunde war geradezu grotesk geworden, denn es gab kein Gebäck, keine Sandwiches, keinen Zucker, keine Milch, nicht mal Tee, bloß einen Aufguß von Kamillenblüten, aber er wurde noch immer aus einer Wedgwood-Kanne in Crown-

Derby-Tassen eingeschenkt und Anna stand noch immer in schwarzer Tracht und weißer Rüschenschürze daneben. Gegenüber von unserem Haus waren russische Marineinfanteristen in einem ehemals sehr exklusiven Club einquartiert, und abends schauten wir ihnen jeweils zu, wie sie in einen der Räume eindrangen, den Kristalleuchter anstaunten und den Lichtschalter an- und ausdrehten, an und aus, bis er kaputtging. Und was die ganze Zeit wie ein Mühlstein auf mir lastete, war mein nicht nachlassendes Gefühl von Einsamkeit. Meine Ankündigung, daß ich Anna heiraten wolle, hatte bei Mutter eine erschreckende Wirkung. Sie, die den Schwächen anderer Leute gegenüber stets zum Rasendwerden duldsam gewesen war, fiel mit der Wut einer Rachegöttin über meine zukünftige Braut her. Ich habe sie nie in einem solchen Zustand gesehen, nie zuvor und nie nachher. Sie sagte, ich sei wahnsinnig, eine Ehe mit Anna bedeute mein Ende als zivilisierter Mensch, Anna sei gewöhnlich, billig, faul, dumm und verlogen, sie würde mich auf ihr Niveau herunterziehen. Doch je mehr sie tobte, desto weniger glaubte ich ihr. Wenn Anna eine solch verachtungswürdige Person war, weshalb hatte Mutter sie nicht schon längst fortgejagt? Nun ja, gab meine Mutter zu, das sei ein Punkt für mich, aber während des Krieges sei es schwierig gewesen, eine Hilfe zu finden, und man habe seine Ansprüche zurückschrauben müssen. So kam ich eines Morgens im Februar zum Schluß, alles, was Mutter gegen Anna habe, sei ihre Herkunft, doch das störte mich nicht; ich packte Anna in meinen schwarzen Mantel ein, mein einziges warmes Kleidungsstück, das die Russen beim Plündern unserer Wohnung zufällig übersehen hatten, nahm sie mit zum Standesamt und heiratete sie, mit einem Amtsdiener und dem Bräutigam der nächsten Hochzeitsgesellschaft als Zeugen.«

Der Arzt verstummte für ein Weilchen. Ein Lächeln kam in sein Gesicht, das erste wirklich vergnügte Lächeln, frei von Zynismus und Hohn.

»Diese Hochzeit hätten Sie sehen sollen«, sagte er leise

lächelnd. »Mit dem Mantel, der ihr bis zu den Knöcheln reichte und dessen Ärmel aufgeschlagen waren, damit sie unterschreiben konnte, wirkte sie fast rührend. Sehr hilflos, sehr klein, sehr schmächtig, sehr verwundbar. So erschien sie mir jedenfalls an jenem Tag. Ich glaube, während der halben Stunde, die wir auf dem Standesamt verbrachten, war ich in sie verliebt. Wirklich verliebt. Weder vor noch nach dieser halben Stunde. Ich bin sicher, daß auch daran Clemmy schuld war. Sie hatte so viel von der Hochzeit geredet, die *sie* haben würde – die von Kerzen beleuchtete Kirche voll mit weißem Flieder, ich im Frack und sie in weißem Satin –, und jetzt stand da ein junges Mädchen in einem schwarzen Herrenmantel und wurde auf einem Standesamt getraut, dessen zertrümmerte Fenster mit Brettern verschalt waren und dem als Beleuchtung eine von der Decke hängende nackte Birne diente. Nicht daß die andern Leute etwa in einem besseren Aufzug erschienen wären als Anna. Der Bräutigam, der als nächster an der Reihe war, unser Trauzeuge, trug ein grünes Sportjackett zu Infanteristenhosen und Fallschirmjägerstiefeln, seine Braut einen blauen Trainingsanzug unter einem schäbigen Pelzcape. Und ich, ich fror jämmerlich, trotz den drei Lagen Unterwäsche, die ich anhatte.«

Halmy setzte sich auf die Bank, zog das Päckchen Camel aus der Tasche, klaubte langsam eine heraus und zündete sie an.

»Nach der Zeremonie brachte ich Anna zu einem Kollegen«, fuhr er fort, »dann ging ich heim. Mutter war in ihrem Zimmer. Ich trat zu ihr und legte wortlos die Heiratsurkunde auf den Tisch. Sie starrte das Papier lange an, es kam mir stundenlang vor, faltete es dann zusammen und reichte es mir zurück. In ruhigem Ton, ohne den geringsten Unwillen zu verraten, sagte sie zu mir, daß jetzt, da wir verheiratet seien, Anna und ich ihr Zimmer mit dem breiten Ehebett bekommen sollten, sie werde meins nehmen. Natürlich hatte ich ein verdammt schlechtes Gewissen und protestierte, aber sie lächelte nur und klingelte nach Róza, unserer Köchin, damit sie ihr beim Umziehen helfe. Als ich später Anna nach Hause brachte, küßte Mutter sie und gab ihr eine schöne alte Brosche als Hochzeitsgeschenk. Von diesem Tag an äußerte sie kein einziges Wort gegen Anna oder ihre Familie. Sie war nie kritisch oder herablassend, nur geduldig, freundlich und manchmal demütig. Das dürfte Ihnen zeigen, daß meine Mutter eine sehr bemerkenswerte Frau war.«

Er sah kurz auf seine Armbanduhr und sprang auf wie von einer Biene gestochen.

»Himmel«, sagte er, »es ist zehn! Mein Fahrer wartet jetzt bestimmt auf mich. Wahrscheinlich flucht er, und das mit Recht.« Das spöttische Lächeln erschien wieder auf seinem Gesicht. »Tut mir leid, daß ich Sie halbtot geschwätzt habe. Verdammt, wenn ich bloß wüßte, was mich dazu trieb.«

»Wir müssen uns alle hin und wieder etwas von der Seele reden«, sagte Nemetz.

»Aber das war schwerlich der Augenblick oder der Ort, um meine Lebensgeschichte zu erzählen.« Er ging auf die Türe zu, dann blieb er stehen. »Ich hab' Ihnen keine Gelegenheit gegeben, mir irgendwelche Fragen zu stellen.«

»Sie haben mir ja alles berichtet, abgesehen vielleicht von Ihrer Militärdienstzeit.«

»Ich hab' Ihnen gesagt, daß ich bei der Sanitätstruppe war.«

»Nie im Gefecht?«

Der Arzt grinste. »Ob ich im Krieg je einen getötet habe? Ist es das, was Sie wissen wollen? Nun, die Antwort lautet – nein! Ich habe keinen getötet. Weder mit einem Messer noch mit einer Handgranate, einem Bajonett oder einer Pistole. Hab' nicht ein einziges Mal auf ein Ziel geschossen, das auch nur von ferne einem feindlichen Soldaten glich. Ich hatte schon meine Assistenzzeit in der Chirurgischen Klinik bei Professor Heim angefangen, als ich im Januar 1942 einberufen wurde. Zuerst war ich einem Veteranenspital zugeteilt, dann, von 44 an, dem Lazarettzug, den ich vorher erwähnte. Nein, Inspektor, ich habe vielleicht auf dem Operationstisch ein paar Unglücksraben umgebracht, aber nie im Gefecht. Ist Ihre Frage beantwortet?«

»Danke, ja«, sagte Nemetz. »Jetzt noch eins. Wußten Sie, daß Ihre Frau ein Tagebuch geführt hat?«

»Hat sie?« Halmy schien überrascht zu sein.

Nemetz ging zum Aktenschrank hinüber und nahm den Stapel Hefte mit den karierten Deckeln heraus.

»Haben Sie die je gesehen?«

»Ach, die?« sagte der Arzt. »Nein, aber ich wußte davon. Das ist kein Tagebuch, kein richtiges. Das ist mein Sündenregister. Eine Anklageschrift. Beweisstück A in der Scheidungsklage, die sie gegen mich einreichen wollte. Sie sollten dem Gericht beweisen, daß ich ihr großen seelischen Schmerz und Demütigungen zufügte. Daß ich –«

»Sie wollen sagen, daß sie schon 1952 an Scheidung dachte?« unterbrach ihn Nemetz.

»Das wäre möglich. Ich weiß jedoch nicht, wie ernsthaft. Sie dürfen nicht vergessen, daß sie eine Lügnerin und Intrigantin war. Ständig Fallen stellend, ständig Ränke schmiedend, etwas ausheckend und einfädelnd. Ich bin sicher, es gab Augenblicke, da konnte sie selbst nicht mehr zwischen Phantasie und Wahrheit unterscheiden.« Er nahm eins der Hefte in die Hand und blätterte es durch. »Du lieber Himmel, sie hat sich ja wirklich eine Heidenmühe gemacht!« Er sah sich kurz die Daten über den Notizen an. »Und über eine so lange Zeit hinweg! Eine solche Ausdauer hätt' ich ihr nie zugetraut.«

»Und was könnten denn diese X-e bedeuten?« fragte Nemetz. »Es gibt eine ganz hübsche Anzahl davon. Allerdings bei den letzten Eintragungen nicht mehr.«

Halmy studierte die Seiten. »Je nun«, sagte er, und die Haut über seinen Backenknochen wurde rot. »Sie könnten bedeuten, daß ich sie an diesen Tagen fertiggemacht habe.«

»Soll das heißen, daß Sie bereit waren, mit ihr zu schlafen, nicht aber, mit ihr zu sprechen?«

Die roten Flecke auf den Wangen des Arztes wurden dunkler. »Genau.« Er wandte sich ab, wie um sie zu verbergen. »Nun, wenn Sie alles wissen müssen, Inspektor, ihr Körper war weit besser als ihre Rechtschreibung.« Er blickte auf seine Uhr. »Sonst noch Fragen?«

»Nein, danke. Vorderhand nicht«, sagte Nemetz.

Sie gaben sich die Hand. In der Türe sagte der Arzt grinsend: »Ich will Sie nicht auffordern, mich jederzeit zu besuchen, wenn Sie mich brauchen. Denn Sie müßten sich zuerst einen Haftbefehl besorgen, bevor Sie wieder mit mir sprechen könnten!«

Kurze Zeit nachdem Nemetz den Arzt verabschiedet hatte, erschien eine Abordnung von Kollegen und Vorgesetzten in seinem Büro und trug ihm den Vorsitz im Revolutionsrat des Polizeikommandos an. Die unerwartete Ehre, die ihm so spät in seiner Laufbahn zuteil wurde, erfüllte ihn mit stiller Belustigung. Es war recht interessant zu sehen, wie die Gesichter jetzt Eifer und Verträglichkeit ausstrahlten, und dabei zu wissen, daß sie ihn nicht auswählten, weil sie ein so großes Vertrauen in seine Fähigkeiten hatten, sondern im Gegenteil, weil sie ihn für schwerfällig, täppisch und schwach hielten — und, das zählte am meisten, ihn als eine ausgemachte politische Null betrachteten. Er hatte nie irgendeine Vorliebe für die Rechte oder die Linke gezeigt, und so brauchte keine Seite — wie die Revolution auch ausgehen sollte — von ihm Vergeltung zu befürchten. In der Gruppe, die vor seinem Schreibtisch stand, gab es Liberale, Kommunisten, Konservative und solche, die ihre Fahne nach dem Wind hängten, aber ungeachtet ihrer verschiedenen Überzeugungen stimmten sie in einem Punkt überein: es war am klügsten, auf Nummer Sicher zu gehen, zumindest im Augenblick.

Simon Lauber, der Leiter der Kriminalabteilung, hielt eine Art Einsetzungsrede. Er wies in begeisterten Worten auf Nemetz' dienstliche Leistungen hin, auf seinen unbescholtenen Ruf, seine Hingabe an jede gerechte Sache, seine große Beliebtheit bei seinen Arbeitskameraden. Nemetz ließ die samtweiche Stimme zu Ende reden, dann dankte er Lauber für die Ehre und schlug sie mit ein paar kurzen, sachlichen Sätzen aus. Als Grund gab er sein Alter, seine schlechte Gesundheit und seine mangelnde Erfahrung in administrativen Angelegenheiten an.

Durch seine Weigerung mitzumachen half er den Extremisten, in diesem Fall dem revolutionären Element, die Oberhand zu gewinnen. In einer ziemlich erregten Sitzung, in deren Verlauf die unabhängige Lauberpartei das Zimmer verließ, wurde der Vorsitz Otto Koller angetragen, der, um die Moral seiner Arbeitskameraden zu stützen, sich bereit erklärte, ihn anzunehmen.

Bald nachdem die Delegation sein Büro verlassen hatte, hörte Nemetz Lärm im Vorzimmer, und als er nachsah, entdeckte er Lehotzky, der sich mit Irén herumstritt. Anscheinend war Lehotzky einfach hereingekommen und hatte verlangt, von Nemetz empfangen zu werden. Doch Irén wollte ihn nicht anmelden und hieß ihn sich setzen und warten. Lehotzky wußte nicht, daß eines der kleinen Vergnügen, die Irén aus ihrer sonst undankbaren Stellung zog, eben darin bestand, Leute im Vorzimmer festzuhalten, besonders wenn sie es eilig zu haben schienen.

»Diese Ziege!« sagte der Taschendieb wütend, als er Nemetz ins Büro folgte. »Wenn Sie nicht nachgeschaut hätten, wär' ich noch eine Stunde lang nicht drangekommen! Ich frag' mich wirklich, warum Sie sich die gefallen lassen. Noch dazu eine solche Vogelscheuche!«

»Wir ergänzen uns gut. Sie paßt auf, daß ihr Burschen meine Weichherzigkeit nicht ausnützt. Ich halte sie wie andere Leute einen Wachhund.«

»Wie wenn Sie einen nötig hätten!« sagte Lehotzky kichernd. »Sie können einen Kerl einen Baum hinaufjagen, schneller als jeder verdammte Wachhund!«

Nemetz holte eine Flasche Schnaps und ein kleines, mit Lippenspuren verschmiertes Glas aus der Schreibtischschublade. Nachdem er das Glas flüchtig mit einer Papierserviette abgewischt hatte, goß er es randvoll.

»Hier, damit du Fräulein Lesták vergißt«, sagte er und reichte es Lehotzky. Der Taschendieb leerte das Glas auf einen Zug und Nemetz füllte es wieder. »Jetzt, was gibt's Gutes?« fragte er, nachdem der Mann sein zweites Glas gekippt hatte.

»Sie werden stolz auf mich sein, Inspektor. Sie könnten mir eigentlich einen Posten anbieten hier bei der Polizei. Besonders jetzt, wo Sie 'ne Menge freie Stellen haben!«

»Zuerst laß mal hören, was du Neues zu berichten weißt.«

»Gut«, sagte der Mann und holte tief Atem. »Die Frau, nach der Sie gefragt haben, ist schon seit letzten Samstag mausetot.«

»Das ist nichts Neues.«

»Das hab' ich mir schon gedacht«, feixte Lehotzky. »Das heißt, ich hab' mir gedacht, Sie wüßten, daß sie tot ist. Was mir nicht in den Kopf will, warum könnt ihr Polypen nicht mit offenen Karten spielen? Nicht mal, wenn ihr wollt, daß man euch hilft!« Seine Stimme verriet echte Gekränktheit.

Nemetz fand, die Situation erfordere ein versöhnliches Wort. »Du hast recht und ich entschuldige mich«, sagte er. Dann setzte er hinzu: »Da ich dich als einen solch ritterlichen Burschen kenne, fürchtete ich, ich könnte dich beeinflussen, wenn ich dir sagte, die Frau sei tot. Vielleicht hättest du bei dir gedacht, *de mortuis nil nisi bene.*«

Lehotzky schüttelte lachend den Kopf. »Das *mortu-mortis* gefällt mir, was es auch heißen mag. Sie reden vielleicht gebildet, wie ein Bischof. Nicht wie ein paar der Gorillas in diesem selben Haus.«

»Also, Ernö, was hast du herausgekriegt über die Dame?«

»Nun, erstens mal, daß sie keine Dame war. Das steht fest«, sagte er kichernd. »Eine gute Geschäftsfrau, aber keine Dame. Ein Freund von mir, Imre Kelen, hat sie nämlich sehr gut gekannt. Imre ist spezialisiert auf Kaffee, Nylonstrümpfe, Tee, Zigaretten, Parfum — Importware. Zum Teil geschmuggelt, zum Teil gekauft von Leuten, die solche Sachen von

Verwandten im Ausland bekamen. Diese Halmy hat von Imre Nylons und anderes Zeug bezogen, aber nur zum persönlichen Gebrauch. Sie selbst machte in Leder. Ihr Vater ist Verwalter der Lederfabrik Veritas. Dorther stammte die Ware. Sie verkaufte das Leder, das ihr Vater im Betrieb stahl, an Leute, die Ledererzeugnisse herstellten. Sie wissen, wie schwierig es für Selbständige ist, Rohmaterial auf legalem Weg zu bekommen. Ich hab' einen Onkel, der Schuhmacher war. Sie plagten ihn bis aufs Blut — die rote Regierung, meine ich. Jeden verfluchten Morgen, wenn er seinen Laden aufmachte, wartete entweder ein Steuereinnehmer auf ihn oder einer vom Gesundheitsamt, der drohte, seine Werkstatt zu schließen, oder sogar ein AVO-Mann mit einer Vorladung. Er ist ein halsstarriger alter Bock, mein Onkel, aber vor etwa einem Jahr hatte er die Schnauze voll und steckte auf. Jetzt arbeitet er in einer von diesen staatlichen Genossenschaften und jagt an einer Maschine Schuhe raus, die keinen Monat halten. Ist es nicht eine Schande, wie die Roten einen geschickten Handwerker zwingen, seine Selbständigkeit aufzugeben und ein lumpiger Fabrikarbeiter zu werden?«

»Es ist eine Schande«, bestätigte Nemetz ein bißchen ungeduldig, »doch wir wollen nicht abschweifen. Erzähl mir von Frau Halmy.«

»Darauf wollte ich gerade kommen. Imre sagt, sie hat ein Vermögen gemacht auf dem Schwarzmarkt, obschon sie mit den Spießgesellen ihres Vaters in der Fabrik teilen mußte. Er konnte all das Leder nicht alleine klauen, verstehen Sie. Imre sagt, die hat vielleicht verstanden, rücksichtslos ihren Vorteil wahrzunehmen. Sie quetschte ihre Kunden einfach aus bis zum letzten Tropfen. Und wenn die meckerten oder drohten, ihr Schwierigkeiten zu machen, schlug sie zurück. Imre weiß von mindestens zweien, die sie fix und fertig gemacht hat. Hier, da sind die Namen.« Er zückte eine abgegriffene Brieftasche und fischte einen Straßenbahnfahrschein heraus. »Ich hab' kein anderes Papier gefunden«, entschuldigte er sich. »Da sind sie! József Bartha. Baross-

Straße 74. Schuhmacher. Und Klein. Ebenfalls Schuhmacher und ebenfalls József. Stalinplatz 36. Übrigens, der Name ist soeben geändert worden. Sie haben gerade die alten Straßenschilder runtergenommen und draufgepinkelt, als ich vorbeiging.« Er machte eine kurze Pause, dann fuhr er fort: »Dieser Bartha hat seine Lizenz verloren wegen Frau Halmy. Sie zog ihn mit irgendeiner falschen Beschuldigung vor ein Arbeitsgericht. Der andere, Klein, kam mit einer Geldstrafe davon. Imre sagt, sie muß wirklich gute Beziehungen gehabt haben, sonst wäre sie mit so einem Trick nicht durchgekommen.«

»Wie steht's nun mit diesem József Bartha? Wohnt er noch in der Baross-Straße?« fragte Nemetz.

»Ich weiß nicht«, entgegnete Lehotzky achselzuckend. »Ich würd's für Sie in Erfahrung bringen, Inspektor, wenn ich nicht schleunigst zu meiner Gruppe zurück müßte. Die Munition wurde knapp und ich soll welche in der Petöfikaserne holen.«

»Seid ihr noch immer auf demselben Dach?«

»Jawohl, aber nicht mehr lange. Da ist kein Russe mehr im ganzen Bezirk. So ist es sinnlos, wenn wir da oben hokken wie ein verfluchter Krähenschwarm.«

»Hör mal, Ernö«, sagte Nemetz und legte Lehotzky die Hand auf die Schulter. »Wenn diese Revolution vorüber ist, dann möchte ich, daß du dich nach einer ehrlichen Arbeit umsiehst. Du hast doch einen Beruf, nicht?«

»Aber sicher. Ich war ein verdammt guter Steinmetz, bevor mich die Roten hereingelegt haben. Dann kam eins zum andern. Sie wissen, wie das geht.«

Nemetz ließ das Wort ›hereingelegt‹ unwidersprochen. »Steinmetz«, sagte er und nickte. »Das ist ja großartig. Du wirst dich nicht mehr retten können vor Arbeit. Denk bloß an all die Grabsteine, die gebraucht werden, wenn das da mal vorüber ist. Du wirst noch ein reicher Mann, Ernö.«

Lehotzky blickte ihn bekümmert und wissend an. »So ist's, Inspektor. Ich werd' mir eine ehrliche Arbeit zulegen und zufrieden leben, bis irgendeine blöde Frau an mir vorbeigeht und ihre Handtasche unbekümmert am Arm baumeln läßt und die Tasche sagt: ›Los! Mal sehen, ob du's wagst!‹ «

József Bartha wohnte in seiner ehemaligen Werkstatt an der Baross-Straße. Über der Türe hing kein Schild; es war wohl entfernt worden, als er seine Lizenz verloren hatte. Eine Aufschrift auf dem Fenster war mit weißer Ölfarbe überschmiert; trotzdem konnte man noch deutlich lesen: *Bartha József, Schuhmacher. Maßarbeit und Reparaturen.* Ein sandfarbener Baumwollvorhang war drinnen vorgezogen und ein Rolladen vor dem schmalen Eingang heruntergelassen und verriegelt. Nemetz mußte eine ganze Zeitlang dagegen hämmern, bis eine ältere Frau aufmachte. Draußen die Straße lag noch im Licht einer launischen Oktobersonne, die zwischen jagenden Wolken Verstecken spielte, drinnen aber, zwischen den abblätternden Wänden, herrschte schon Nacht. Die Frau ließ Nemetz eintreten, dann verriegelte sie die Türe wieder. Sie stand schweigend da und wartete, daß er etwas sagte. Nun hatten sich seine Augen an das Halbdunkel gewöhnt. Was er erblickte, war ein Mittelding zwischen einer Werkstatt und einem Schlafzimmer. Die Werkbank stand noch da, aber es gab auch zwei Betten, halb hinter einem den Raum aufteilenden Kleiderschrank versteckt, einen Eßtisch mit vier Stühlen und ein Sofa. Es befanden sich noch zwei weitere Personen im Zimmer, ein mageres junges Mädchen, das in einen Schal gewickelt auf dem gichtbrüchigen Sofa kauerte, und ein grauhaariger Mann in ausgebeultem Pullover, offenbar Schuhmacher Bartha. Er stand auf und hinkte auf Nemetz zu. Er war groß, leicht gebeugt und hatte ein Holzbein. Auch er schien darauf zu warten, daß Nemetz erklärte, was ihn herführe. Das Mädchen starrte den Inspektor mit verhaltenem Atem an.

Nemetz zeigte seinen Ausweis und sagte, er möchte mit József Bartha sprechen.

»Ich bin József Bartha«, bestätigte der Mann nickend.

»Wann haben Sie Frau Halmy das letzte Mal gesehen?« fragte Nemetz ohne Umschweife.

Die Augenlider des Mannes zuckten ganz leicht. Er schüttelte den Kopf. »Ich kenne keine Frau Halmy.« Dann drehte er sich um und machte einen Schritt gegen den hinteren Teil des Zimmers, zum Zeichen, daß die Unterredung für ihn zu Ende sei.

»Ich fürchte, Sie irren sich.« Nemetz brachte ihn zum Stehen. »Sie kennen sie sehr gut. Sie haben einige Jahre lang gewisse Geschäftsbeziehungen mit ihr unterhalten.«

Der Mann zuckte die Achseln. »Also sagen wir's so — ich erinnere mich nicht an sie.«

»Hören Sie, Herr Bartha, wir wollen keine Zeit verschwenden. Sie pflegten gegerbte Felle von der Frau zu kaufen. Nämlich bis zu dem Zeitpunkt, da Ihnen die Lizenz entzogen wurde.«

»Meinetwegen, ich hab' also Felle von ihr gekauft. Ich hab' von vielen Leuten Felle gekauft. Erwarten Sie von mir, daß ich mich an jeden einzelnen erinnere?«

»An diese eine Frau müssen Sie sich bestimmt erinnern. Sie war schuld, daß Sie Ihre Lizenz verloren haben.«

Der Mann stierte einen Riß in der andern Ecke der Wand an. »Und wenn sie schuld war? Was dann?« sagte er matt.

Nemetz sah sich das Gesicht des Mannes genau an. Es wirkte grobschlächtig, wie aus einem Klotz grünen Holzes geschnitzt, dann eingetrocknet und im Lauf der Jahre zu seiner jetzigen Form zusammengeschrumpft. Es war ein grundhäßliches, ja groteskes Gesicht, mit den riesigen Fledermausohren und der Hakennase, und es ging etwas Trauriges von ihm aus. Irgendwie fiel Nemetz dabei das erste Kapitel der Genesis ein: ›Und Gott schuf den Menschen ihm zum Bilde, zum Bilde Gottes schuf er ihn.‹

»Herr Bartha — wo waren Sie letzten Samstagabend zwischen acht Uhr fünfundvierzig und neun Uhr fünfundvierzig?« fragte er den Schuhmacher.

Die Frage kam unerwartet und brachte das hölzerne Gesicht zum Leben. Der Mann blickte Nemetz halb verblüfft, halb neugierig an.

»Ich war aus«, sagte er. »Mit ein paar Freunden. Zum Feiern. Wegen dem Sieg über die Russen beim Corvin-Kino.«

»Und wo haben Sie denn gefeiert?«

»Also, wir fingen in der Weinstube Radó an, gleich um die Ecke, dann machten wir in der Bierhalle an der Rákóczistraße weiter. Natürlich hatten sie geschlossen. Ließen uns durch die Hintertüre rein. Dann — Teufel, ich weiß es nicht mehr! Ich erinnere mich nur noch, daß mir meine Frau die Schuhe auszog.« Er wies auf die Frau, die an die Tür gekommen war.

Sie war klein und rundlich und hatte den glasigen Blick und den runden, zitternden Mund eines Karpfen.

»Nahmen Sie Ihre Pistole mit?« fragte Nemetz den Schuhmacher.

»Meine Pistole?« Der Mann runzelte die Stirn, dann brauste er auf: »Was wollt ihr von mir? Ihr könnt nicht einfach hereinkommen und etwas aus mir herauspressen! Die Zeiten haben sich geändert! Das konntet ihr vor zwei Jahren noch, als ihr mir die Lizenz weggenommen habt auf Grund einer falschen Beschuldigung — daß das Mädchen hier«, und er zeigte auf das bleiche Geschöpf auf dem Sofa, »für mich gearbeitet hätte. Daß ich eine Angestellte hätte, ohne es zu melden! Sie ist die Nichte meiner Frau und schwindsüchtig. Hat kaum mehr was von ihren Lungen übrig. Aber ihr habt Zeugen beigebracht, die gesehen hatten, wie sie ein paar Oberleder zusammennähte. Und ihr habt mich erledigt, aber richtig. Ich war einer der besten Schuhmacher in dieser Stadt. Hatte mein Handwerk in Italien gelernt. Die vornehmsten Leute waren meine Kunden. Alle zehn Kinder von Erzherzog József Ferenc sind in meinen Schuhen aufgewachsen! Ich machte ein schönes Geld! Ließ diesen Laden umbauen. Und die Wohnung dahinter. Das Badezimmer hätten Sie sehen sollen, das ich bauen ließ! Als ich meine Lizenz verlor, wurde die Wohnung von einem Regierungsrat beim Handelsministerium beschlagnahmt. Jetzt hat er mein Badezimmer, und mir bleibt nur ein Ausgußbecken da hinten im Raum. Ich hab' den Stöpsel herausgenommen, und nachts im Winter, wenn's so bitterkalt ist, daß wir uns nicht um den halben Block herum zur öffentlichen Anstalt wagen, hocken wir auf dem Rand des Ausgußbeckens wie gottverdammte Vögel und verrichten unser Geschäft hier, während Genosse Regierungsrat sein heißes Bad nimmt in meiner zweieinhalb Meter langen Badewanne und die Frau Regierungsrat sich über meinem rosaroten Marmorbidet duscht!« Er hielt inne und strich sich müde über die Stirn.

Nemetz wiederholte unbeirrt die Frage: »Wo waren Sie letzten Samstagabend zwischen acht Uhr fünfundvierzig und neun Uhr fünfundvierzig? Das ist alles, was ich wissen will.«

»Wozu?« fragte der Mann kratzbürstig.

»Weil in diesem Zeitraum Frau Halmy erschossen worden ist.«

Der Mann blieb ruhig, sein Gesicht verzog sich nicht. Indes kam von der Frau ein kurzes, lautes Einatmen. Nemetz warf ihr einen raschen Blick zu. Sie stierte ihn wie versteinert an, nur ihr Mund bewegte sich. Er öffnete und schloß sich in raschem Rhythmus. Das tuberkulöse Mädchen schauderte leicht und zog den Schal fester um die Schultern.

Endlich regte sich Bartha. Er wandte sich Nemetz zu und sah ihm offen ins Gesicht. »Ich habe sie nicht umgebracht.«

»Einige Leute wollen wissen, Sie hätten sie nach der Verhandlung bedroht«, behauptete Nemetz.

»Das hätte ich allerdings können«, gab der Mann zu. »Und mit gutem Grund. *Sie* hat mich angezeigt. Ich war entschlossen, anzugeben, daß ihr Vater die Felle gestohlen hatte, die sie mir verkaufte; auch wenn ich mich dadurch selbst belastete, ich wollte das sagen. Doch der Richter unterbrach mich jedesmal, wenn ich mit ihrem Namen kam. Und mein Anwalt riet mir, sie nicht zu erwähnen. Er hatte seine Anweisungen von der Partei erhalten. Er hat es mir selbst gesagt, als ich ihm letzte Woche zufällig begegnet bin. Es erleichterte ihn, sich das vom Herzen zu reden. Wir mußten uns alle mit den Roten irgendwie arrangieren, wenn wir existieren wollten. Ich wurde Hehler und er Rechtsverdreher. Aber das ist jetzt alles vorbei. Jetzt können wir wieder sein, was wir vorher waren. *Menschen!*«

Plötzlich fing die Frau an zu schluchzen. Sie gab sonderbare gutturale Laute von sich, die fast wie Kichern klangen. »Mein Mann, er ist ein guter Christ, er würde keiner Fliege was zuleide tun, ob betrunken oder nüchtern! Würde nicht mal auf die Russen schießen. Sagt, sie sind auch Menschen. So junge Burschen. Sie haben alle eine Mutter, das hat er gesagt.«

»Warum trägt er dann eine Pistole bei sich?« fragte Nemetz sie.

Es war der Mann, der antwortete: »Das hab' ich nicht gesagt!«

Nemetz tat, als hätte er nichts gehört. »Zeigen Sie mir die Pistole!« Als Bartha keine Anstalten machte, der Aufforderung nachzukommen, setzte Nemetz etwas ungeduldig hinzu: »Ich weiß, daß sie hier irgendwo versteckt ist. Schluß mit dem Spiel. Ich will nicht den ganzen Abend danach suchen.«

Bartha rührte sich nicht. »Und wenn ich sie Ihnen zeige und Sie dann damit erschieße?« fragte er.

Seine Frau stieß wieder einen gequälten Seufzer aus.

Nemetz wandte sich zu ihr. »Keine Angst, er wird mich nicht erschießen. Er ist ein guter Christ. Er würde keiner Fliege was zuleide tun. Wieviel weniger noch einem Polizeibeamten. Nicht, wenn er nüchtern ist!«

Bartha humpelte zum Schrank und nahm einen Browning heraus, der oben auf einem Stapel zusammengefalteter Betttücher lag. Dann kam er zu Nemetz zurück und überreichte ihm wortlos die Pistole. Nemetz wickelte den Browning in sein Taschentuch und steckte ihn ein.

Bevor er ging, versuchte er noch einmal, von Bartha einen Bericht zu erhalten über das, was er am Samstagabend getrieben hatte, aber der Mann beharrte darauf, daß er sich an nichts erinnern könne, was nach dem Aufenthalt in der Bierhalle passiert sei.

Es gab keinen Grund für den Inspektor, an den Worten des Schuhmachers zu zweifeln, und doch wirkten seine langen, verstockten Pausen wie Hinhaltemanöver. Nemetz notierte sich die Namen von Barthas Trinkkumpanen und sagte ihm, er solle am nächsten Morgen um zehn Uhr ins Büro kommen.

»Und machen Sie ja keinen Fluchtversuch, denn einer von meinen Leuten beschattet Sie, und zwar bis Sie entlastet oder verhaftet sind!«

Mit dieser Warnung verließ er die Werkstatt. Ein feiner kalter Sprühregen nieselte herunter, als Nemetz sich auf den Weg zum Polizeipräsidium machte. Es waren mehr Leute auf der Straße als vorher. Ein paar Lebensmittelgeschäfte hatten geöffnet und lange Schlangen standen davor. An einigen Stellen reichten die Schlangen um den ganzen Häuserblock.

Nemetz fragte sich, wie diese Frauen in ausgebeulten Hosen und die Männer in abgetragenen Hemden unter schäbigen Mänteln — einige mit umgehängten Gewehren und andere mit Handgranaten am Gürtel — auf einen Reisenden gewirkt hätten, der nach über zwanzig Jahren Abwesenheit wieder nach Budapest käme. In der Erinnerung des Reisenden wäre Budapest noch eine Stadt gewesen, in der das Leben mit der gleichen, von keiner Welle bewegten Ruhe dahinfloß wie die blaugrauen Wasser der großen, trägen Donau unter ihren eleganten Brücken; in der die Stadtparks sich am ersten warmen Frühlingstag mit Frauen und Tulpen bevölkerten, beide in leuchtenden Farben prangend; in der die Männer vor allem über Pferde, Spielkarten und Frauen redeten, und zwar in dieser Reihenfolge; in der Armut appetitanregend nach Sauerkraut und geräuchertem Schweinefleisch roch und Reichtum überhaupt keinen Geruch hatte. Es war kaum zu glauben, daß all die Pracht und der Glanz dieses Budapester Lebens sich in die scheckige Schlange vor einem schmuddeligen staatseigenen Lebensmittelladen verwandelt haben konnte. Es wirkte, wie wenn der Kommunismus Budapest gezwungen hätte, die regenbogenfarbene Seide abzulegen und sich in Sackleinwand zu hüllen, die jetzt im biblischen Schmerz des Aufstands zerrissen wurde.

Das Rasseln schwerer Fahrzeuge näherte sich aus der Richtung der Rákóczistraße. Die Leute in der Schlange wurden plötzlich ganz still. Keiner rannte davon; sie rückten einfach nahe an die Hauswände, drückten sich dagegen, als versuchten sie in die Mauern hineinzuschlüpfen. Die Fahrzeuge kamen um die Ecke, und die Leute sahen, daß es sich um ungarische Panzer handelte; sie führten die Trikolore mit einem großen Loch in der Mitte. Junge Burschen und Mädchen kauerten unterhalb der Türme mit den geöffneten Luken oder saßen rittlings auf den Geschützen, wie Seemöwen, die sich an Deck eines Schiffes ausruhen. Manche der Burschen waren Soldaten, manche Studenten, manche Arbeiter, alles ganz junge, rotwangige Leute mit dichten, störrischen Haarmähnen, die Jungen wie Mädchen zurückgekämmt trugen. Nemetz bemerkte auf den vier Panzern keinen einzigen Glatzkopf, nicht mal einen einzigen zurückweichenden Haaransatz.

Einer in der Schlange rief den jungen Leuten eine Frage zu. Nemetz konnte die Antwort nicht verstehen, aber wie sie auch lautete, die Schlange erbebte und schwankte, als durchliefe sie ein elektrischer Schlag. Lachen und Beifall ertönte, dann stimmte eine grelle Frauenstimme etwas unsicher die Nationalhymne an. Im nächsten Augenblick sang alles die feierliche und traurige Weise, viel frischer und mißtönender, als sie je zuvor erklungen war. Nemetz blieb stehen und nahm den Hut ab. Als er die ersten Tropfen auf der durch kurze ergrauende Stoppeln nur spärlich bedeckten Kopfhaut spürte, wußte er, daß die Erkältung, die er seit Tagen herumgeschleppt hatte, sich nun ohne Zweifel verschlimmern würde. Er sah die jungen Leute auf den Panzern an; sie waren bis auf die Haut durchnäßt, ihr Haar klebte vom Regen, und doch verrieten ihre feuchten, faltenlosen Gesichter kein körperliches Unbehagen. Nemetz beneidete sie. Revolution, wie Eishockey und Liebe, ist etwas für die Jungen, dachte er bei sich. Für einen alten Mann sind viele Gefahren damit verbunden, von dem drohenden gewaltsamen Tod ganz abgesehen. Selbst wenn ihn die Kugeln vielleicht verschonen, die Bazillen tun es nicht.

Der Gesang dauerte an. Jetzt, da er sich mit einem unvermeidlichen neuen Grippeanfall abgefunden hatte, konnte Nemetz die Aufmerksamkeit wieder auf seine Umgebung richten. Einige der Frauen schienen zu weinen, aber es war schwer zu sagen, ob die Bächlein, die über ihre Gesichter liefen, vom Regenwasser oder von den Tränen herrührten. Sie sangen, als ob sie sich — wohl zum ersten Mal in ihrem Leben — der Bedeutung der Worte bewußt wären, die sie so oft gedankenlos geleiert hatten, vor Beginn von Fußballspielen oder bei andern solchen Anlässen, als Ritual, aber nie als Gebet. Sie sangen mit dem Ausdruck von Leuten, die am Telephon ein großes Tier anflehen.

Segne, Herr, mit frohem Mut
Reichlich den Magyaren;
Schütz' ihn gegen Feindeswut
In des Kampfs Gefahren;
Gönn' nach langem Mißgeschick
Ihm ein Jahr der Freude,
Hat's bezahlt, der Zukunft Glück,
Mit vergangnem Leide!

Die Hymne klang mißtönend aus, so wie sie begonnen hatte. Nemetz wischte sich mit dem Handschuh über den Kopf — das Taschentuch hatte er zum Einwickeln des Brownings benützt — und setzte den Hut auf. Im Hals spürte er einen leisen, lästigen Schmerz, das erste Anzeichen für einen Bronchialkatarrh. In der Schlange warteten recht viele Männer seines Alters. Auch sie hatten barhäuptig dagestanden und sahen nun durchfroren und unbehaglich aus. Nemetz fragte sich, wie viele von ihnen sich mit Lungenentzündung oder zumindest einer bösen Grippe ins Bett legen würden.

Dienstag, 30. Oktober

ALEXA MÉHELY LAG AUSGESTRECKT auf ihrem Liegesofa; sie war so in Spannung, daß sie nichts anderes tun konnte, als an die Decke zu starren und mit gespitzten Ohren auf das Klingeln an der Tür zu warten — einmal kurz, zweimal lang, *ihr* Zeichen. Außer ihr lebten noch drei Familien in der Wohnung, und damit es keine Verwechslung gab, stand bei jedem Mieter auf dem Namensschild, wie oft und wie lange seine Besucher klingeln sollten.

Zum ersten Mal seit Ausbruch der Revolution hatte Alexa zu Hause geschlafen, und jetzt wartete sie auf Dr. Halmy, der versprochen hatte vorbeizukommen. Seit mehr als zehn Tagen war er nicht mehr bei ihr gewesen. Sie hatten sich nur im Krankenhaus gesehen, wo sie nicht richtig mit ihm reden konnte, selbst wenn sie ihn allein antraf, weil er so müde war, daß er nicht mehr antwortete oder zuhörte. Seit ihrem letzten Zusammensein war er Witwer geworden — durch was für eine Schicksalswendung, darüber konnte und wollte sie nicht nachdenken —, und sie brannte danach, herauszufinden, auf welche Weise der veränderte Zivilstand wohl ihre Beziehung beeinflußte.

Die Klingel ertönte; sie fuhr hoch, dann fiel sie auf die Kissen zurück, weil das Zeichen einem andern Mieter galt. Ihr kleines Zimmer lag im ersten Stock einer Villa nahe beim Stadtpark. Das Haus war für eine Familie gebaut worden; aber nach 1949 hatte man mehrere Wohnungen daraus gemacht, und in jede teilten sich ungemütlich viele Leute. Alexas Fenster überblickte den hübschen Garten auf der Rückseite des Gebäudes, und das entschädigte sie für die Tatsache, daß man zu ihrer Bude nur durch ein von allen Mitbewohnern benütztes Badezimmer gelangte oder durch ein anderes Zimmer, in dem ein Fabrikarbeiter mit seiner Frau und einem bettlägerigen idiotischen Sohn von achtzehn Jahren hauste.

Wenn es sich irgendwie einrichten ließ, vermied es Alexa, durch dieses Zimmer zu gehen, denn sobald der Junge sie sah, warf er sofort die Decke zurück und entblößte seinen abstoßenden, verwachsenen Körper. Der Weg durchs Badezimmer hatte natürlich ebenfalls seine Tücken. Da mußte man häufig warten, außerdem gab es den Schmutz und den Gestank und man geriet womöglich in die peinliche Situation, jemanden zu überraschen, der vergessen hatte, sich einzuschließen. Und doch bot die Nähe des Badezimmers ihre Vorteile. Alexa konnte zu beliebiger Zeit eine Dusche nehmen, sich die Haare waschen oder ihre Wäsche besorgen und das ungeduldige Klopfen ihrer Mitmieter fröhlich ignorieren. Ihr Reinlichkeitsfimmel machte sie nicht gerade beliebt, aber das war ihre letzte Sorge. Seit mehr als sieben Jahren stand sie nun auf eigenen Füßen und hatte sich zu helfen gelernt, auch wenn das manchmal bedeutete, daß man andern Leuten auf die Zehen trat. Sie war nicht engherzig, sie wollte nur nicht geben, ohne zu wissen, daß sie nicht mindestens den Gegenwert zurückerhielt. Da sie alle gefühlsmäßigen Bindungen scheute, war sie jedem aus dem Weg gegangen, der Anspruch auf ihre Ergebenheit und Treue erhob. Dann hatte sie eines Tages Zoltán Halmy getroffen und war ihm mit Haut und Haar verfallen.

Das war im Sommer 1956 geschehen, ein paar Monate, nachdem sie mit ihrer Arbeit im Krankenhaus angefangen hatte. Zuerst schien er sie bewußt zu meiden, vermutlich weil er wie alle anderen wußte, daß sie die Stelle Béla Borbás, dem Direktor, verdankte, einem dem Trunk ergebenen, großen, stämmigen Kommunisten, dem in den frühen Fünfzigerjahren der Sprung vom Krankenpfleger zum Leiter des Spitals gelungen war. Trotz seiner politischen Zugehörigkeit hatte Borbás eine große Schwäche für die zarten, langbeinigen Frauen der Oberschicht. Als sich Alexa bei ihm vorstellte, bemühte er sich nicht, ihre Referenzen zu lesen oder sie über ihre Befähigung auszufragen, sondern lud sie zum Essen am selben Abend ein. Vom Restaurant aus fuhr er mit ihr zu dem kleinen Sommerhaus mitten in einem Obstgarten auf den Hügeln von Buda, der ihm gehörte. Am nächsten Morgen war sie eingestellt.

Borbás war nicht der erste Mann, mit dem sie geschlafen hatte, um eine Gunst oder eine Stelle zu erhalten, die sonst, in Anbetracht ihrer Herkunft, für sie unerreichbar gewesen wäre.

Sie war die Tochter Tibor von Méhelys, Parlamentsmitglied von 1930 bis 1948, Landwirtschaftsminister während des Kriegs und Gutsbesitzer mit beträchtlichem Vermögen. Als Politiker wurde er sogar von der Opposition geachtet; man kannte allgemein seine unbedingte Redlichkeit, jegliche Eitelkeit und jeglicher billige Ehrgeiz gingen ihm ab. Alexa war er ein wunderbarer Vater und seiner Frau ein liebevoller Gatte. Alexas Mutter war eine altmodische Schönheit, fast so groß wie ihr Mann, nicht rundlich, lediglich voll erblüht; sie hatte klare, haselnußbraune Augen, pechschwarzes Haar und einen Schatten von samtigem Flaum auf der Oberlippe. Auch sie stammte aus einer alten ungarischen Familie, war Baronin und ziemlich wohlhabend aus eigenem Recht.

Sie lebten auf einem Gut im westlichen Ungarn. Alexa erinnerte sich noch aus ihrer Kindheit an die Reisen, die sie zu dritt in die Schweizer Alpen oder zu den Bayrischen Seen unternommen hatten. Sie ließen in ihr eine unstillbare Sehnsucht nach einer Welt voll Sonnenschein, Spaß und Freiheit zurück, die jenseits der Grenzen ihres durch Stacheldraht und Minenfelder abgeriegelten Landes lag. Ihre Kindheit erschien ihr wie eine zauberhafte Reihe von Fastnachtssonntagen, die an einem späten Winternachmittag plötzlich und unwiderruflich in den freudlosesten aller Aschermittwoche überging.

Das geschah an dem Tag, da die Russen das Dorf Hangony einnahmen. Das Gut lag einige Kilometer außerhalb. Ein paar Tage früher hatten die Deutschen einen sogenannten taktischen Rückzug durchgeführt, wonach Méhely die Dorfbewohner auf dem Marktplatz versammelt und ihnen geraten hatte, die Russen nicht als Eindringlinge, sondern als

Freunde, als Friedensboten zu betrachten und sie ohne Furcht oder Feindseligkeit zu begrüßen. Trotzdem, fügte er vorsichtshalber hinzu, sollten sie ihre jungen Töchter und ihren alten Schnaps gut versteckt halten. Nach einem langen, blutigen Feldzug dürfe man Soldaten, unbesehen um ihre Nationalität, bei keinem von beiden über den Weg trauen. Er selbst hatte von seinen Landarbeitern am andern Ende des Parks einen unterirdischen Zufluchtsraum ausheben lassen, wo sich die Mädchen des Haushalts, darunter Alexa, verbergen konnten.

Als sich am Horizont die erste von Infanteriestiefeln, Karrenrädern, Pferdehufen und Panzerraupen aufgewirbelte Staubwolke zu erheben begann, stellten sich Méhely und seine Frau mit einigen angesehenen Dorfbewohnern an der Straße vor dem weit offenen Parktor auf. Sie hielten eine riesige weiße Fahne hoch, ein sehr gefragter Artikel längs des russischen Vormarschwegs.

Gegen Mittag überschritt die sowjetische Vorhut die Gutsgrenze. Sie kamen nicht auf der Straße, sondern über die Felder, mit entsicherter Waffe, bereit, auf alles Verdächtige loszuknallen, ob Mensch, Tier oder Gegenstand. Dennoch gelang es Méhely, sie von seinem und der Dorfbevölkerung guten Willen zu überzeugen. Das war keine Kleinigkeit, wenn man bedachte, daß es sich bei den Soldaten nicht einmal um Russen handelte, sondern um Tataren. Er machte ihnen auch begreiflich, es liege ihm daran, mit ihrem Kommandeur Fühlung aufzunehmen.

Der Kommandeur, ein erschöpfter Oberst in schmutzigem grünem Mantel, fuhr auf einem pferdebespannten Bauernwagen, einem der vielen, die bald danach jeden Verkehr zwischen dem Gut und dem Dorf blockierten. Er sprach ein paar Worte Deutsch, gerade so viel, daß ein Anschein von freundlicher Beziehung zu Méhely hergestellt wurde. Seine Leute hatten einen beschwerlichen Marsch hinter sich, und seine Hauptsorge war, passende Unterkunft für sich und die Truppe zu finden. Méhelys Einladung, sein Stabsquartier im Herrschaftshaus aufzuschlagen, nahm er gern an.

Trotz der freundschaftlichen Atmosphäre verlangte er, daß ihm alle Feuerwaffen auf dem Gut abgeliefert würden. Méhely hatte das vorausgesehen und führte den Kommandeur zu einem Schuppen, wo über fünfzig Gewehre und Faustfeuerwaffen aller Art und jeden Alters, von bejahrten Musketen bis zu den neuesten Selbstladepistolen, in einem ordentlichen Stapel beisammenlagen. Sie stammten zum Teil aus seiner Sammlung, zum Teil waren es die Jagdbüchsen seiner Knechte.

Der Tag verging ohne große Aufregung. In Hangony wurden nur einige wenige Häuser geplündert und drei Frauen vergewaltigt, die so blöd waren, sich in einem Weinberg außerhalb des Dorfs erwischen zu lassen. Auf dem Gut blieb alles friedlich. Der Oberst und sein Stab wurden im Herrschaftshaus mit Speise und Trank bewirtet, und die Unteroffiziere und Mannschaften richteten sich in den Ställen und Scheunen ein. Méhely und seine Frau begannen erleichtert aufzuatmen.

Die Dämmerung brach herein, als die deutsche Waltherpistole gefunden wurde. Es konnte nie geklärt werden, ob Méhely die Waffe absichtlich versteckt oder sie einfach vergessen hatte, als er seine schöne Sammlung zusammensuchte. Ein Hauptmann fand sie in einer Schreibtischschublade im Spielzimmer, in dem er übrigens nichts zu suchen hatte.

Der Oberst, ein Ukrainer und ein gebildeter, freundlicher Mann, war geneigt, Méhelys Erklärung, er habe die Waffe übersehen, anzunehmen und die Sache als erledigt zu betrachten. Inzwischen hatte jedoch der dem Stab zugeteilte NKWD-Offizier von dem Zwischenfall gehört und bestand darauf, daß Méhely erschossen werde. Der Oberst hatte schon zu viele Schlachten gegen die Deutschen geschlagen und war zu müde für einen Kampf mit dem NKWD. Er zog seinen beschmutzten Mantel an, sprang auf einen vorüberfahrenden Panzer und überließ das Schicksal seines Gastgebers den Händen des NKWD-Mannes.

Méhely wurde auf dem Hof gegen die dicke weißgetünchte Stallmauer gestellt und durch ein Hinrichtungskommando von einem halben Dutzend eilig zusammengetrommelter Soldaten in verschiedenen Stadien der Bekleidung und Trunkenheit erschossen.

Frau Méhely hatte kaum zehn Minuten vorher an einem Essen teilgenommen, das die größte russisch-ungarische Versöhnungsfeier zu sein schien, und war zuerst nicht imstande, den bitteren Ernst der Lage zu begreifen. Nach dem überstürzten Aufbruch des Obersten war der Fall ihres Mannes auf russisch verhandelt worden, das sie nicht verstand. Sie verschwendete kostbare Minuten mit dem Versuch, einen Dolmetscher zu finden, und kam gerade in den Hof, als das Kommando die Gewehre hob. Sie warf sich auf den NKWD-Mann, aber es war zu spät. Ohne mit der Wimper zu zukken, gab er den Feuerbefehl. Als sie ihren Mann zu Boden stürzen sah, rannte sie schreiend zu ihm. Da knallte ein schießwütiger Soldat los und traf sie in den Rücken.

Sie brach im überdachten Laufgang zwischen den Ställen und der Futterküche zusammen und blieb verwundet, aber bei vollem Bewußtsein dort liegen. Ihre Wirbelsäule mußte durch die Kugel verletzt worden sein, denn sie hatte kein Gefühl in den Beinen und konnte sie nicht bewegen. Sie spürte keinen Schmerz, schlotterte jedoch vor Kälte, weil die Temperatur nahe am Gefrierpunkt war. Sie rief um Hilfe, aber niemand hörte sie; die Knechte und die Dienstboten waren in die Wälder geflüchtet oder hatten sich im unterirdischen Schutzraum versteckt.

Stunden später erspähte der erste Soldat sie im Laufgang — ein Tatar, wie der Rest der Truppe. Es waren wilde und undisziplinierte Männer, vor denen sich selbst ihre russischen Offiziere fürchteten. Wenn sie eine Frau fanden, die nicht vor ihnen weglaufen konnte, scherte es sie nicht, ob sie krank, verwundet oder am Sterben war, sie befriedigten ihren Geschlechtstrieb ebenso wahllos, wie sie ihren Durst an jedem Brunnen oder jeder Quelle stillten, die sie am Weg antrafen.

Als der Morgen kam, war sie unerklärlicherweise immer

noch am Leben. Mittlerweile wußte sie nicht mehr, wie viele verlauste, zuckende Körper sie auszuhalten gehabt hatte. Eines ihrer Dienstmädchen, die einzige, die sich hinter den großen Kesseln in der Futterküche versteckte, nahm all ihren Mut zusammen, kroch zu ihrer Herrin und brachte ihre durcheinandergeratene Kleidung in Ordnung. Sie wischte ihr auch das Gesicht ab und gab ihr einen Schluck Wasser.

Einige Zeit später wagte sich ein Offizier in den Laufgang, ein junger Mann mit rosigen Wangen und weißblondem, flaumigem Haar. Er konnte nur Russisch, und als Frau Méhely ihn anrief, meinte er zuerst, sie bitte um Hilfe, und da er sich nicht mit dem NKWD-Mann anlegen wollte, beachtete er sie nicht. Doch ihre Stimme war von einer solch fürchterlichen Not erfüllt, daß er schließlich stehenblieb und sich zu ihr hinunterbeugte. Sie sagte ihm, zuerst auf deutsch, dann auf französisch, und als er immer noch nicht verstand, in Zeichensprache, er solle sie doch erschießen.

Der Offizier war sehr jung, aber er hatte drei Jahre lang einen Krieg mitgemacht, der barbarischer war als die Heerzüge Tschingis Chans, und hatte schon verstümmelten Hunden, Pferden, Kühen den Tod gegeben, wahrscheinlich sogar seinen eigenen verwundeten Leuten, die er nicht mitnehmen konnte und auch nicht einem rachsüchtigen Feind überlassen wollte; deshalb fand er es nicht unmöglich, die Bitte der Frau zu erfüllen. Er war durch all das Entsetzliche, das er gesehen hatte, über seine Jahre hinaus wissend geworden und verstand, daß Frau Méhely mit dem Leben fertig war und der Tod für sie eine Erlösung bedeutete. Er kniete nieder, zog seinen Revolver, entsicherte ihn, bedeckte ihr die Augen mit der linken Hand und schoß ihr eine Kugel durch den Kopf.

Die Klingel in Alexas Wohnung schrillte wieder, und diesmal war es ihr Zeichen. Sie sprang auf und stürzte durchs Badezimmer hinaus, das gerade leer war. Dabei spürte sie, wie ihr Herz schneller schlug, und mußte stehenbleiben, um Atem zu schöpfen. Schrecklich, daß sie immer noch so erregt werden konnte, jedesmal wenn sie Halmy sah, obwohl sie doch schon seit fast fünf Monaten mit ihm schlief.

Als sie die Tür öffnete, fiel ihr auf, wie furchtbar bleich und erschöpft er aussah. Tiefe Ringe waren unter seinen Augen, und sogar sein dichtes blondes Haar schien den Glanz verloren zu haben.

Sie wechselten kein Wort in der Diele und küßten sich nicht. Man konnte nie sicher sein, ob nicht einer der Mieter hinter einer halbgeschlossenen Tür lauerte. Alexa als einziges alleinstehendes und dazu noch sehr schönes Mädchen im Haus war der Hauptgegenstand ihrer Neugier.

Sie brachte Halmy in ihr Zimmer und schloß die Tür ab. Dann blieb sie stehen und wartete auf seinen nächsten Schritt. Sie hatte ihn das letzte Mal am Abend vorher im Krankenhaus gesehen; trotzdem vermochte sie seine Stimmung nicht zu erraten. Es war zum Verrücktwerden, wie wenig sie seine Eigenheiten kannte. Vielleicht stand sie gerade aus diesem Grund so vollkommen in seinem Bann. Einen Mann lieben war wie Gott lieben; man mußte ihn fürchten und an ihm zweifeln und konnte die ganze Zeit nicht recht wissen, ob er einen auch wiederliebte.

»Du siehst müde aus«, sagte sie, als die Stille allmählich zu drückend wurde. »Bestimmt hast du letzte Nacht nicht geschlafen.«

Er ließ sich auf das Sofa nieder. »Viel hab' ich nicht geschlafen. Als ich meinte, es sei alles ruhig, bekam der russische Oberst eine Blutung. Wenn ich ihn nicht gleich in den Operationssaal runtergebracht hätte, wäre er gestorben. Auch so habe ich nicht viel Hoffnung. Jetzt hat auch die intakte Niere angefangen zu streiken. Er ist ein Wrack, der arme Teufel.«

Alexa trat näher. Er streckte den Arm aus und zog sie zu sich nieder. Sie kam sich vor wie ein Kind, das endlich sein Geburtstagsgeschenk aufmachen darf. Sie kuschelte sich an ihn und preßte das Gesicht gegen die Schulter seiner abgetragenen Tweedjacke, die nach Desinfektionsmitteln, Tabak und Naphthalin roch. Plötzlich überschwemmte sie eine Woge vollkommenen Glücksgefühls. Es war eine solch mächtige Verzückung, daß ihr schwindlig wurde. Sie wollte sich nicht rühren oder reden, einfach dasitzen und seine Nähe auf sich wirken lassen. Nie zuvor hatte sie etwas Ähnliches erlebt, und sie wußte, daß sie das auch nie mehr erleben würde.

Seit ihr zum ersten Mal bewußt geworden war, daß sie ihn liebte, hatte sie sich immer wieder über ihre Beweggründe befragt. Er sah gut aus und war gescheit, allein das traf bei verschiedenen ihrer früheren Liebhaber auch zu. Er konnte bisweilen sehr geistreich und amüsant sein, doch in seine Fröhlichkeit mischte sich immer eine Spur Ungeduld und Bitterkeit. Als Arzt bewies er gegen die Patienten mehr Mitleid als die meisten seiner Kollegen, war aber manchmal auch beunruhigend kalt und gleichgültig. Er hatte Vorurteile und Launen, die nicht gut zur Weitherzigkeit seiner Prinzipien paßten. Sie wagte es nicht, über seine Schuld oder Unschuld an Annas Tod nachzudenken, sie wußte so wenig über sein wahres Wesen, daß sie sich beide Möglichkeiten vorstellen konnte.

»Ich traf gestern abend zufällig einen Freund von dir«, fing er an.

»So?« sagte sie. Jetzt wußte sie, weshalb er sie nicht geküßt hatte, weshalb er so zurückhaltend und beherrscht dasaß wie bei einem lästigen Höflichkeitsbesuch.

»Einen Burschen namens Fillér. Albert Fillér«, fuhr Halmy fort. Ihr Kopf ruhte immer noch an seiner Schulter, und sie hatte den Eindruck, daß seine Muskeln sich versteiften, geradezu feindlich wurden. »Er brachte einige Verwundete aus Tata her. Er hatte gehört, daß du im Spital arbeitest. Schien sehr erpicht darauf, dich zu sehen. Er fragte mich sogar nach deiner Adresse, aber ich dachte, ich wollte zuerst fragen, ob es dir recht ist, wenn ich sie ihm angebe.«

»Ich halte es ganz gut ohne ihn aus«, sagte sie und setzte sich auf.

»Das kann ich auch verstehen«, sagte Halmy und lachte

unterdrückt. »Ein aufdringlicher Wicht. Sieht aus wie ein kleiner schwarzer Käfer.«

Stimmt genau, dachte sie. Albert Fillér, ein kleiner schwarzer Käfer in einer zerknüllten Pyjamajacke. So hatte sie ihn in Erinnerung, wie er mitten im Zimmer stand, verdattert, erschrocken und ein bißchen mitleiderregend.

Das war im Spätsommer 1949 gewesen, in dem Jahr, da Ungarn offiziell zur Volksrepublik wurde. Alexa hatte im Juni die Abschlußprüfung an der Oberschule gemacht. Sie war die Beste ihrer Klasse gewesen, jedoch erbarmungslos zurückgewiesen worden, als sie versucht hatte, sich an der Universität Budapest einzuschreiben. Die Politik der Regierung ging dahin, nur Kindern von Bauern und Arbeitern eine Hochschulbildung zu gestatten.

Alexa wohnte bei einer Schwester ihrer Mutter, einer mürrischen, frommen Kriegerwitwe, in den Ruinen von deren Stadthaus oben auf dem Berg, nahe beim ebenfalls bombenzerstörten Königsschloß. Man hatte von dort aus eine herrliche Sicht auf die Donau und die Stadt Pest, die sich dahinter ausbreitete. Bewohnbar waren nur die Küche und zwei Räume im Kellergeschoß. Alexa hatte mehr als drei Jahre mit der Tante zusammengelebt und jede einzelne Minute gehaßt. Wenn sie zur Universität zugelassen worden wäre, hätte sie in ein Studentenheim ziehen können, wo Kost und Logis sozusagen frei waren. Statt dessen wurde sie zwangsweise zur Arbeit in einer Konservenfabrik verpflichtet, und zu einem solch elenden Lohn, daß sie nicht daran denken konnte, das Haus ihrer Tante mit seinen abbröckelnden Mauern und der Atmosphäre von Düsterkeit und Verfall zu verlassen.

Sie machte eine Periode tiefster Verzweiflung durch, als sie in einem öffentlichen Donaubad in Albert Fillér hineinrannte — oder eher hineinschwamm —, einen ›Landsmann‹ von ihr, der auch in Hangony geboren war, nur nicht im Herrschaftshaus, sondern in einer muffigen engen Stube hinter dem Kramladen seines Vaters. Sie hatte Albert Fillér in Erinnerung als kleinen, pickligen, häßlichen Jungen mit kreischender Stimme und einer Verbitterung gegen die ganze überhebliche, geschlossene Welt der Blaublütigen. Er war immer noch klein und häßlich, als er sie im Strandbad anredete, aber von den Pickeln sah man nur noch die Narben. Auch die Verbitterung war verschwunden, es sei denn, sie lag tief unter der plump vertraulichen Überschwenglichkeit eines Parteimitglieds vergraben. Seit Alexa ihn das letzte Mal gesehen hatte, wie er verdrossen in seines Vaters Laden auf Kundschaft wartete, war ihm ein großer Sprung vorwärts gelungen. Er hatte eine gute Stelle im Unterrichtsministerium und gehörte zum engeren Kreis seines Ministers.

Er begegnete Alexa genau in dem Augenblick, als sie schwankte, ob sie sich in der Donau ertränken oder in den neuesten Film von Varkonyi im Corvin-Kino gehen solle. Gegen das Ertränken sprach die Tatsache, daß sie eine gute Schwimmerin war, und gegen den Streifen, daß die Karten nicht wenig kosteten. Der Anblick von Albert Fillér ließ beinahe die Donau obsiegen, weil er die Erinnerungen an Hangony wieder heraufbeschwor. Aber zu guter Letzt ging sie mit ihm ins Kino.

Von da an sahen sie sich ziemlich oft. Er nahm sie mit in die Oper, in Konzerte, Theater und teure Restaurants, Vergnügungen, die sonst außerhalb ihrer Möglichkeiten geblieben wären. Er versprach auch, er wolle dafür sorgen, daß sie sich an der Universität immatrikulieren könne und ein Stipendium sowie Unterkunft im Studentenheim erhalte.

Im September schlug er vor, ob sie nicht zwei Wochen in den Mátra-Bergen verbringen wollten. Mittlerweile hatte er sich in sie verliebt und machte Annäherungsversuche mit der Zärtlichkeit einer Planierraupe. Sie könnten in einem Hotel wohnen, das von der Partei als Urlaubsstätte für ihre neue herrschende Klasse übernommen worden war. Nach vielen schlaflosen Nächten und trüben Tagen abscheulicher Unentschlossenheit sagte sie schließlich zu. Die Arbeit in der Konservenfabrik machte sie halb verrückt. Sie sehnte sich danach, mit Leuten ihres Alters und ihrer Interessen zusammenzusein, statt ihr Leben unter unflätigen Fabrikarbeiterinnen zu verbringen. Zudem wurde ihre Tante jetzt immer schwerer zu ertragen. Sie war knickrig und nörgelig und hatte allerlei Unarten, die an Alexas Nerven zerrten. In der Frühe pflegte sie sich hustend zu räuspern, daß es wie ein Todesröcheln klang, und spuckte weiter in das Spülbecken, während ihre Nichte frühstückte. Jedesmal wenn Alexa das Husten hörte, hätte sie am liebsten den Schürhaken gepackt und ihn der Tante auf den Schädel geschmettert.

Als sie verkündete, sie gehe für zwei Wochen weg, gab es einen gehässigen Streit, der damit endete, daß Alexa ihre Habe packte und das Haus für immer verließ.

Sie war schon im Zug, als ihr die volle Bedeutung ihres Entschlusses dämmerte. Sie sah Albert Fillér an, der neben ihr im überfüllten Abteil saß und kurze, abgedroschene Koseworte flüsterte; sie tropften von seinen aufgesprungenen Lippen wie Quecksilber aus einem zerbrochenen Thermometer. Und plötzlich überfiel sie der gleiche Schrecken und Ekel wie damals in Hangony, als die Horde von Tataren in ihr Zimmer eingebrochen war.

Den Tod ihrer Eltern hatte sie durch den Gutsverwalter erfahren, der am Ende zum Schutzraum geschlichen war, wo sie sich mit der französischen Gouvernante versteckt hielt. Er ersparte ihr die grauenhaften Einzelheiten über das Ende ihrer Mutter; die erfuhr sie erst viel später von dem Dienstmädchen, das an jenem Morgen Frau Méhely zu trinken gegeben hatte. Da war Alexa selbst schon genügend aufgeklärt über die sexuellen Gewohnheiten der Tataren und konnte das schauerliche Erlebnis ihrer Mutter in seinem vollen Ausmaß erfassen.

Ihre Unterweisung erhielt sie nicht persönlich, sondern sozusagen durch Stellvertretung. Ihre Gouvernante, eine sehr resolute und praktische Frau, schmuggelte sie in das Dorf, als sich absehen ließ, daß die Russen früher oder später das Versteck entdecken würden. Die beiden kamen im Haus eines Bauern unter, der Alexas Eltern ergeben gewesen war. Das Dorf schien sicherer als der Gutshof, wo das Gesetz des Dschungels herrschte. Trotzdem wollte Mademoiselle die Sicherheit ihres Schützlings nicht dem Zufall überlassen und traf eine unorthodoxe, doch sehr wirksame Vorkehrung zu Alexas Abschirmung. Sie dingte das Zimmermädchen vom Gasthaus *Zum Braunen Hengst,* eine Blondine mit liebem Gesicht, rund und knusprig wie ein frisches Brötchen; sie diente gleichzeitig als Ortsprostituierte und schenkte ihre Gunst allen Handlungsreisenden und Getreideeinkäufern, die weibliche Gesellschaft brauchten. Dieses Frauenzimmer, Sari mit Namen, zog zu Mademoiselle und Alexa aufs Zimmer. Es wurde ihr klargemacht, daß sie der Lockvogel sei, falls einer der Befreier das Haus auf der Suche nach Schnelliebe betreten sollte.

Es war mitten in einer scheinbar friedlichen Märznacht, als sich der Plan bewährte. Indes wurden die Frauen überrascht, und nichts verlief wie vorgesehen. Die betrunkenen Tataren hämmerten an die Tür und drohten sie aufzubrechen. Sari hatte keine Zeit, sie ins Vorderzimmer zu locken, noch konnte Alexa ins Dachgeschoß klettern oder unter das Bett kriechen. Ihr blieb nichts anderes übrig, als sich die Bettdecke über den Kopf zu ziehen, den kleinen, mageren Körper gegen die Wand zu pressen und die aufsteigenden Angstschluchzer zu unterdrücken. Die Tataren, blind vor Begierde, bemerkten sie nicht unter der schweren Daunendecke. Einer schnappte sich Mademoiselle und der andere packte Sari. Sie wurde auf Alexa hinaufgeschleudert, und von da an schienen Alexa und Sari wie siamesische Zwillinge zu sein, ihre Körper waren durch Hunderte von Muskeln, Nervenfasern und Blutgefäßen miteinander verbunden. Alexa spürte jeden Stoß und jede Zuckung asiatischer Liebesglut: den schnellen, grausamen Rhythmus, die Steigerung, das Sichgehenlassen, das plötzliche Erschlaffen nach dem Höhepunkt.

Da sie auf einem Gutshof aufgewachsen war, wußte Alexa mit ihren fünfzehn Jahren ziemlich genau, wie die Paarung in der Tierwelt vor sich ging, aber was sich bei den Menschen abspielte, davon hatte sie nur eine unklare, von romantischen Ideen verbrämte Vorstellung. Jetzt erfuhr sie zu ihrem Entsetzen, daß es kaum einen Unterschied — oder überhaupt keinen — gab. Nur daß der menschliche Geschlechtsakt weniger sauber und natürlich zu sein schien als die unschuldige und gottgewollte Begattung der Tiere.

Da war der schreckliche Gestank, den die Körper der Soldaten ausströmten, und die noch schrecklichere drohende Brutalität, die sie ins Zimmer mitgebracht hatten. Nachdem sie gegangen waren und Alexa endlich die Schreckerstarrung abgeschüttelt hatte, merkte sie, daß Sari bewußtlos neben ihr auf dem Bett lag. Sie und Mademoiselle, die sich vergeblich auf ihre französische Staatsangehörigkeit berufen hatte und ebenfalls vergewaltigt worden war, brauchten eine gute Stunde, bis sie Sari wiederbelebt hatten. Es sollte erwähnt werden, daß Mademoiselle, obgleich keine Handlungsreisenden und Getreideeinkäufer sie vorher geschult hatten, nicht ein einziges Mal während oder nach dem Vorfall ohnmächtig geworden war. Das bewies wieder einmal die Unverwüstlichkeit der Franzosen.

Und nun war Alexa unterwegs zu einem Hotel in den Bergen, wo sie zwei Wochen mit einem Mann verbringen sollte, vor dem ihr schauderte, wenn er sie berührte. Er würde in ihr Bett steigen, und da würde keine Sari sein, die den Schock abfangen, und keine Mademoiselle, die sie trösten und an einen Ort bringen könnte, wo sie vor solchem Greuel sicher wäre. Einen Augenblick lang spielte sie ernstlich mit dem Gedanken, sich aus dem dahinrasenden Zug zu stürzen. Doch sie ließ den Augenblick vorübergehen und die Geschehnisse ihren Lauf nehmen.

Sie durchlebte die zwei Wochen in einem Zustand von angewiderter Betäubung. Unablässig dachte sie an ihre Mutter und deren letzte Stunden auf der Welt. Bis dahin hatte sie beharrlich alle Vorstellungen an jene Nacht verdrängt, als ob sie fürchtete, sie trüge zu der Erniedrigung ihrer Mutter bei, wenn sie versuchen würde, den Schleier vor dem Geheimnis wegzuziehen. Doch nun, da Alexa sie vor ihrem inneren

Auge abrollen ließ wie einen Horrorfilm, war sie plötzlich ihrer Mutter viel näher als je zuvor. Sie konnte nicht sagen, warum, aber sie hatte das Gefühl, ihre eigene Entwürdigung mache die Schauerlichkeit jener Stunden für ihre Mutter erträglicher.

Während der letzten drei Jahre inmitten von Ruinen hatte sie sich oft nach der grünen Freiheit der Landschaft gesehnt. Die Sonne untergehen oder den Mond aufgehen zu sehen, war ihr als wahrer Gipfel der Glückseligkeit erschienen. Nun gönnte sie der Aussicht kaum einen Blick, und wenn sie die halbe Nacht lang auf der Terrasse den Mond anstarrte, dann tat sie das nur, weil sie nicht neben ihrem zufrieden schlafenden Liebhaber liegen wollte.

Die Stunden außerhalb des Zimmers waren auch nicht viel erfreulicher. Die Gesellschaft von lärmigen, unerzogenen, schlecht berichteten und unglaublich selbstgefälligen Leuten ärgerte und langweilte sie, und sie begann Heimweh zu haben nach dem Kreis ihrer Tante, den glanzlosen Überbleibseln eines *ancien régime*.

Albert Fillér bemerkte ihre Geistesabwesenheit, schrieb sie jedoch dem seelischen Aufruhr zu, den Mädchen angeblich erfahren, nachdem sie ihre Jungfräulichkeit verloren haben. Er war ungeheuer stolz und rasend glücklich, der erste gewesen zu sein. Er hatte nie ein himmlischeres Geschöpf kennengelernt, ganz abgesehen davon, daß sie die Tochter des Gutsherrn von Hangony war. Mit dem Leninorden ausgezeichnet zu werden, hätte kein größerer Erfolg sein können.

Sie kehrten nach Budapest zurück, und sie blieb bei ihm, weil sie nirgendwo anders hingehen konnte. Ihre Immatrikulation an der Universität verzögerte sich, denn Fillér brauchte die Hilfe des Ministers, fand aber keinen günstigen Augenblick, die Frage aufs Tapet zu bringen. Ein paar Wochen später wurde er verhaftet. Eine Schar Geheimpolizisten pochte mitten in der Nacht an ihrer Tür und zerrte ihn ohne große Umstände aus dem Bett. So hatte sie ihn zum letzten Mal gesehen – voller Angst, fröstelnd, mit eingezogenem Kopf, nur mit der Pyjamajacke bekleidet, ein kleiner schwarzer Käfer, der unter das Rad eines totalitären Systems geriet. Wie sie später erfuhr, war er das Opfer eines Umbruchs in der Oberschicht der Partei. Sein Minister fiel und er mit ihm. Jahrelang wußte Alexa nicht, ob er tot oder am Leben war – bis 1955, als er wieder auf der politischen Bühne erschien. Aber mittlerweile hatte sie ihr Studium der Biochemie an der Universität Budapest abgeschlossen und eine recht gut bezahlte Stelle in einer pharmazeutischen Fabrik erhalten, und so ging sie ihm aus dem Weg.

Der Mann, der es ihr schließlich ermöglichte, die Universität zu besuchen, gehörte zu der siegreichen Clique von Parteipolitikern, die bis zum Frühjahr 1956 an der Macht blieb. Er war über fünfzig, verheiratet und vielbeschäftigt, stellte also nicht zu große Ansprüche an ihre Zeit und Aufmerksamkeit. Da sie sich auch nicht das geringste aus anderen Männern machte, war ihr Verhältnis eine angenehme Einrichtung, besonders seit sie sich allmählich mit ihrem neuen Leben abfand. Sie betrachtete es nicht als unmoralisch oder sündhaft. Es geschah ja nicht aus freien Stücken. Die neue Gesellschaft, in der sie existieren mußte, verlangte das von ihr als Preis für Ausbildung, wünschenswerte Stellen, verhältnismäßige Sicherheit und die kleinen, aber notwendigen Annehmlichkeiten des Lebens. Natürlich hätte sie sich weigern können, den Preis zu zahlen, aber das wäre gleichbedeutend gewesen mit neuerlicher Fabrikarbeit oder Arbeitslager. Es bestand noch die Möglichkeit zu heiraten, aber da sie keinen Mann fand, den sie hätte lieben können, war sie nicht gewillt, ihre schwer verdiente Unabhängigkeit aufzugeben.

Sie war nicht wahllos und wechselte die Liebhaber nicht öfter als nötig. Der letzte war Borbás gewesen. Sie hatte mit ihm gebrochen, als sie sich in Zoltán Halmy verliebte.

Ein paar Wochen, nachdem sie mit der Arbeit im Spital angefangen hatte, lernten sie sich kennen. Er stand im Ruf eines Puritaners, zumindest insoweit, als es jeden vertrauteren Umgang mit dem weiblichen Personal betraf. Seine Gleichgültigkeit war für einige Frauen geradezu eine Herausforderung gewesen, aber keine konnte die Wand von Zurückhaltung durchbrechen, mit der er sich umgab, selbst seine Kollegen auf Armlänge von sich haltend. Im Bestreben, den Schlüssel zu seinem Wesen zu finden, entschieden sie schließlich, er sei ein treuer und anhänglicher Ehemann, auch wenn er seine Frau nie zu Empfängen und Gesellschaften mitnahm. Die wenigen, die Frau Halmy kannten, räumten ein, daß sie eine sehr attraktive junge Frau sei, also erschien die Erklärung einleuchtend.

Er begann sich für Alexa zu interessieren, als er sie zum ersten Mal in der Kantine beim Mittagessen entdeckte. Bei ihrer ersten wirklichen Begegnung, die er eigenartigerweise eher zu vermeiden als herbeizuführen versucht hatte, war er schon mit ihrer Lebensgeschichte vertraut, oder wenigstens mit denjenigen Kapiteln, die das Krankenhauspersonal kannte. Während ihrer ersten Zusammenkünfte schlug er einen Ton leicht spaßiger, gönnerhafter Kameradschaftlichkeit an, so wie man zu einem reizenden, aber pflichtvergessenen Kind spricht. Er schalt sie nie und machte ihr keine Vorwürfe wegen ihrer befleckten Vergangenheit, nie äußerte er ein ›warum hast du‹ und ›wie konntest du nur‹, er redete ein bißchen spöttisch amüsiert darüber, als ob sie sich über eine längst abgelegte, nicht sehr artige Kindergewohnheit von ihr unterhielten, wie zum Beispiel Nägelbeißen oder Bettnässen. Und doch, wenn sie gut aufpaßte, konnte sie eine Spur Bitterkeit in seiner Neckerei heraushören, und je näher sie einander kamen, desto mehr trat die Bitterkeit hervor.

»Er sagte, ihm habest du's zu verdanken, daß du immatrikuliert worden seist.« Halmy sprach noch immer von Albert Fillér.

»Das ist eine verdammte Lüge«, sagte Alexa gehässiger, als sie beabsichtigt hatte. »Das nächste Mal, wenn du ihn siehst, kannst du ihm das ausrichten!«

Er warf ihr einen seiner halb belustigten, halb forschenden Blicke zu, die sie irgendwie fürchtete und ihm übelnahm.

»Schön, ich werd's ihm ausrichten«, entgegnete er, streckte den Arm aus und preßte sein Gesicht gegen ihren Hals. »Gott, riechst du gut! Ich habe beinahe vergessen, daß ein menschlicher Körper nicht nach Schweiß und Eiter zu riechen braucht.«

Ihre Spannung wich, und das Glücksgefühl überflutete sie von neuem. Wie wenn sie in einer Badewanne läge, die langsam mit warmem Wasser volliefe.

»Heut abend würd' ich gerne mit dir ausgehn«, sagte er. »Einem Jazzorchester zuhören, tanzen, sich betrinken. Aber in dieser ganzen verfluchten Stadt ist kein einziges Lokal offen. Ist das nicht zum Heulen? Wenn ich schon einmal in der richtigen Stimmung bin, ist alles zu.«

Sie hörte ihn zum ersten Mal so reden. Sie hatten nur bei dem Sommerfest zu Ehren einer Besuchergruppe von russischen Ärzten ein paarmal miteinander getanzt. Außer bei dieser Gelegenheit hatten sie sich nie wie frisch Verliebte aufführen können. Auf dem Programm war eine Mondscheinfahrt mit dem Schiff zu den Weinkellern von Budafok gestanden, anschließend ein großer Empfang durch die Partei und ein Ball in der Konzerthalle. Keines von ihnen hatte je zuvor an solchen Veranstaltungen teilgenommen, aber diesmal waren sie hingegangen, weil jedes gewußt hatte, daß das andere dort sein würde.

»Erinnerst du dich noch an den Weißwein, den sie in Budafok ausschenkten?« fragte sie. »Selbst Mademoiselle hätte er geschmeckt.«

Mademoiselle hatte von ungarischen Weinen sehr wenig gehalten; das war auch verzeihlich, da sie aus dem Burgund stammte.

»Was glaubst du, können wir je miteinander nach Paris gehen?« fragte sie.

Im Badezimmer, hinter der nächsten Türe, zog jemand

die Kette der Wasserspülung. Plötzlich schien Paris auf einem anderen Planeten zu liegen.

»Ich meine, wenn wir gewinnen. Wenn der Aufstand gut ausgeht, heißt das«, fuhr sie fort. »Und wenn sich die Grenzen nach dem Westen öffnen und man wieder Reisen machen kann wie vor dem Krieg!«

Er antwortete nach einer kurzen Pause. »Ich habe auch schon daran gedacht. An Paris, unter anderem. Vielleicht nicht sofort Paris. Aber zu seiner Zeit schon. Paris, Venedig und vielleicht New York. Oder Florida oder Kalifornien.«

Sie starrte ihn an. »Du willst in den Westen gehen.« Sie fragte nicht. Sie stellte es fest.

»Ja«, sagte er. »Kämst du mit?«

Ihr schwindelte der Kopf. »Ob ich mit dir gehen würde? Weißt du das nicht? Nach China, nach Timbuktu, zum Südpol! Wohin du auch gehen willst!«

»Weg von hier, dahin will ich gehen. Bloß weg.«

»Wann ... wie bald ... morgen ... heute ... gestern?«

Er stand auf und begann im Zimmer hin und her zu gehen. »Morgen noch nicht. Oder übermorgen. Es sei denn, Professor Lendvai und sein Kumpel Forster tauchen wieder auf. Aber ich fürchte, das werden sie nicht. Meines Erachtens haben sie inzwischen österreichischen Boden erreicht. Ich kann unmöglich Dr. Sóos die ganze Station überlassen. Das wäre nicht anständig. Wir müssen also warten, bis Professor Bálaint Ersatz für mich findet. Ich habe schon mit ihm gesprochen und er war sehr verständnisvoll.«

»Oh, aber wir können nicht allzulange warten«, sagte sie. »Wer weiß, wie lange die Grenzen offenbleiben? Du mußt an dich selber denken. Du kannst nicht immer an die anderen denken!«

Er sah sie mit einem belustigten Funkeln in den Augen an. »Wozu die Eile? Vor einer Minute hast du noch nicht einmal gewußt, daß wir gehen. Himmel, du bist das ungestümste aller Frauenzimmer! Es überrascht mich, daß du nicht schon gepackt hast.«

»Nur ein Wort, und in einer Minute ist es soweit!«

Er trat ans Fenster und blieb dort mit dem Rücken zu ihr stehen.

»Du tust, als hätte ich gesagt, wir wollen den Nachmittag freinehmen und einen Vergnügungspark besuchen. Aber ich habe gesagt, machen wir, daß wir für immer aus diesem elenden Land herauskommen. Und ich habe auch gesagt, komm mit *mir*. Und das ist ein weiterer Punkt, den du sehr sorgfältig erwägen solltest. Denn da gibt es diesen alten Mann, der glaubt, ich hätte Anna umgebracht.«

Sie starrte ihn sprachlos an. Nach ein paar Sekunden hatte sie sich soweit erholt, daß sie protestieren konnte.

»Er ist verrückt! Oder ganz einfach bösartig!« rief sie.

»Nein. Er ist ein sehr netter alter Kerl. Und ganz gescheit dazu. Du würdest staunen, wie gebildet er ist. Für einen Polizeibeamten, meine ich. Und sein gesundes Urteil ist sehr beachtlich.«

Sie war seltsam betroffen. »Meinetwegen kann er ein neuer Sherlock Holmes sein! Du hast deine Frau nicht umgebracht!«

»Nun, darum dreht es sich nicht. Wenn er zu dem Schluß kommt, ich sei der Täter, wer kann das Gegenteil beweisen?«

»Du! Wer sonst?«

Er setzte sich auf das Sofa und zündete langsam, umständlich eine Zigarette an. Eine Camel. Mit sichtlichem Genuß zog er daran.

»Aber ich kann es nicht beweisen. Ich kann lediglich sagen, ich habe es nicht getan. Mein Wort steht gegen seins. Also wird es immer dein Problem sein, wem du glauben sollst.«

Sie verstand nicht, worauf er hinauswollte.

»Na hör mal, wie kann er behaupten, du habest sie umgebracht? Wie kann er wissen, was zwischen dir und deiner Frau vorgegangen ist? Er war nicht dabei!«

»So wenig wie du. Und doch behauptest du, ich hätte sie nicht umgebracht. Verstehst du nicht? Wir gehen fort, und wo immer wir auch sind, vielleicht kommt in einem Monat, in einem Jahr, in zehn Jahren ein Brief, ein Telegramm, eine Vorladung, weil zufällig irgendwelches Material gefunden worden sei, das meine Schuld an der Ermordung meiner Frau beweise.«

»Es wird kein Telegramm kommen. Schließlich *gibt* es doch so etwas wie die Wahrheit.«

Er drückte die Zigarette aus. »Nein, das gibt's nicht. Zumindest nicht in dem Sinn, wie du es auslegen möchtest. Und in meinem Fall nicht. Am Samstagabend ist etwas vorgegangen, das aller Wahrscheinlichkeit nach nur zwei Menschen sicher wissen: der Mörder und das Opfer. Das Opfer ist tot. Der Mörder wird nicht sprechen. Für dich und den Alten und den Rest der Welt ist die Wahrheit das, was ihr glaubt. Ich kann dir sagen, daß ich sie nicht getötet habe, bis ich blau im Gesicht bin, aber sofern ich's nicht beweise, gibt's keine Möglichkeit für dich, es wirklich zu wissen. Und so wie die Dinge stehen, kann ich's nicht beweisen und werd's nie können.«

Er sprach ganz gelassen und sachlich. Irgendwie machte seine Ruhe sie gereizt.

»Das ist der größte Blödsinn, den ich je gehört habe«, brach es aus ihr heraus. »Selbst darüber zu reden ist ... ist ... Ach zum Teufel! Du weißt, was ich meine. Wir sind eine Ewigkeit nicht mehr allein gewesen, und der Himmel weiß, wann wir wieder zusammensein können. Und du vergeudest bloß kostbare Zeit.«

Er zündete wieder eine Zigarette an. Ihr fiel auf, daß er Kettenraucher geworden war.

»Wir wollen zusammen fortgehen. Aber du kannst nur mit mir kommen, wenn du dich mit dem Gedanken abfindest, daß ich möglicherweise Anna umgebracht habe. Andernfalls wäre es mir oder dir gegenüber nicht richtig.«

»Willst du sagen, du hast sie umgebracht?!«

»Nein, das hab' ich nicht gesagt.« Er sah sie amüsiert an. »Denk nur ja nicht, das sei so etwas wie eine Beichte. Beichten ist nicht meine Art. Ohnehin hab' ich's immer als den Gipfel der Taktlosigkeit angesehen, wenn ein Schuldiger einem Unschuldigen das Wissen um seine Tat aufbürdet. Das ist so, wie wenn man einen Freund zwänge, eine Zeitbombe in seinem Wandschrank zu verstecken. Ihn vor das Dilemma stellte, ob er sich an die Polizei wenden und in Sicherheit sein oder treu bleiben und in Stücke gerissen werden wolle. Das muß höllisch sein. Denk daran, Judas hat sich aufgehängt.«

»Bitte, laß uns das Thema wechseln«, sagte sie nervös.

»Wir sind aber noch zu keinem Schluß gekommen«, hielt er ihr grinsend entgegen.

»O doch, das sind wir.« Sie war erregt. »Du hast versucht, mich zu erschrecken, aber das ist dir nicht gelungen. Ich gehe mit dir. Und ich *weiß*, daß du deine Frau nicht umgebracht hast!«

Er seufzte enttäuscht. »Ich haßte sie. Ich wollte von ihr loskommen. Ich war zur kritischen Zeit zu Hause. Ich hatte eine Pistole. Auch wenn ich's mit allen Mitteln versuchen würde, kann ich dir also nie die absolute Gewißheit geben, daß ich unschuldig bin. Deshalb möchte ich, daß du annimmst, ich sei nicht unschuldig. Daß du mich mit diesem Defekt akzeptierst, wie wenn ich elf Finger oder einen Sprachfehler hätte.«

»Das ist nicht ganz dasselbe«, sagte sie.

»Also gut, dann akzeptiere mich nicht. Sag, du könntest nicht mit einem Mann leben, der unter Mordverdacht steht, und ich werde es verstehen. Sag's, und ich werde zu dieser Türe hinausgehen und nie mehr zurückkommen.«

»Schön«, sagte sie nach einer Weile, »wie du willst. Mir ist es egal, ob du ein zweiter Landru bist, ich bin bereit, mit dir zu gehn, wohin du auch gehst, und bei dir zu bleiben, solange du mich willst.«

»So ist's besser«, bestätigte er.

Sie schwiegen lange. Dann fragte sie: »Hast du wegen des Inspektors beschlossen fortzugehen?«

»Nein. Umgekehrt. Der Inspektor ist in Erscheinung getreten, weil ich beschlossen hatte fortzugehen. Nicht genau deshalb – aber es bestand doch ein Zusammenhang. Anna hatte herausgefunden, daß ich tatsächlich für uns Vorbereitungen traf, rauszukommen und –«

»Für uns?« unterbrach ihn Alexa.

»Ja, für dich und mich. Und da lief sie aus dem Haus und ging schnurstracks zur Polizei, um mich anzuzeigen.«

Alexa blieb eine Minute lang still. Sie versuchte die verschiedenen Stücke der Geschichte zusammenzufügen. Manches paßte, manches nicht.

»Du hast für *uns* Vorbereitungen zum Fortgehen getroffen. Aber du hast mir nie davon erzählt. Das heißt, nie bis eben jetzt.«

»Ich hatte es vor, aber dann ging es los. Ich mußte abwarten und mich orientieren. Mir klarwerden, ob ich immer noch rauskommen wolle oder nicht.«

Sie trat zu ihm und schlang die Arme um seinen Hals. »Willst du sagen, du hast beschlossen, mit mir fortzugehen, als sie noch lebte?«

»Ja, natürlich.«

»Aber sie hätte nie in die Scheidung eingewilligt.«

»Das wußte ich wohl.«

»Aber dann hätten wir nicht heiraten können.«

»Was hätte das für einen Unterschied gemacht? Man braucht nicht verheiratet zu sein, um miteinander zu leben. Wir sind nicht Minderjährige. Und wir sind nicht mehr im Mittelalter.«

Alexa ließ die Arme sinken und trat zur Seite. Sie bemühte sich, in natürlichem und unbeteiligtem Ton zu sprechen. »Und jetzt? Da du frei bist? Wie denkst du jetzt darüber?«

»Genauso wie vorher. Wir brauchen nichts zu überstürzen. Die Standesämter haben fünf Tage in der Woche geöffnet. Die stehen immer gern zu Diensten, sobald es einem paßt.«

Das hätte für sie natürlich nichts Neues sein sollen. Er hatte nie von Heirat gesprochen, und sie zog voreilige Schlüsse, wenn sie glaubte, ›miteinander fortgehen‹ bedeute mehr als eben diese zwei Worte. Und doch war sie verletzt und enttäuscht und spürte, wie ihr die Tränen aufstiegen. Sie nahm sich indes zusammen und schluckte sie hinunter. Sie schmeckten bitter, wie alle Tränen.

»Glaubst du nicht, daß eine Heirat die Dinge vereinfachen könnte?« fragte sie vorsichtig. Sie merkte, daß sie rot wurde. Sie war die Frau, und sie machte einen Antrag.

»Nein«, sagte er. »Ich glaube nicht. Wir machen einen neuen Anfang, weil wir frei sein wollen. Wenn wir jetzt heiraten würden, wären wir wie zwei aneinandergekettete Sträflinge, die einen Fluchtversuch unternehmen.«

Sie sah ihn lange an und versuchte ihn zu verstehen. Dann plötzlich leuchtete ihr Gesicht auf. »Aber wenn du nie im Sinn hattest, mich zu heiraten, dann war sie dir *nicht* wirklich im Weg!«

»Wer war mir nicht im Weg?« fragte er, obschon er wohl wußte, wen sie meinte.

»Anna. Es stimmt doch, sie war dir *nicht* im Weg?« Sie wiederholte die Frage mit einer seltsamen hohen Stimme, die wie der Schrei eines Raubvogels klang.

»Natürlich stimmt's. Wer hat je das Gegenteil behauptet?«

»Niemand, aber sicher denkt das der Alte.«

»Vergiß den Alten. Jetzt sage *ich* dir, wir wollen das Thema wechseln.«

Er ließ sich auf das Sofa fallen und streckte sich aus, schloß die Augen und entspannte die Muskeln wie nach einer großen körperlichen Anstrengung. Alexa setzte sich neben ihn.

»Sagst du mir bitte eines?« fragte sie, als seine Hand zum obersten Knopf ihres Kleids glitt. »Würdest du gehen, wenn ich sagte, ich käme nicht mit dir?«

Seine Hand hielt inne und er blickte Alexa bestürzt an. »Heißt das, du willst nicht mit mir kommen?« Seine Stimme klang seltsam hohl, wie ein Echo.

»Antworte mir! Würdest du gehen?« drang sie in ihn.

Er zögerte kurz. »Nein, ich würde nicht gehen.« Dann

setzte er hinzu: »Ich glaube, ich könnte es nicht. Ich bin – ich muß schrecklich an dir hängen. Lächerlich, nicht?«

»Man könnte es auch Liebe nennen«, sagte sie.

»Du hast gescherzt, nicht wahr? Du kommst doch mit?«

»Natürlich komme ich mit. Das hast du die ganze Zeit gewußt.«

Er machte die restlichen Knöpfe auf, dann streifte er ihr das Kleid von den Schultern. Ihre Haut war noch ein bißchen gebräunt vom vergangenen Sommer.

»Nein, ich wußte es nicht. Du hast mir wirklich einen Schrecken eingejagt.«

Als Nemetz am Vormittag ins Büro kam, wartete Káldy schon auf ihn mit dem Bericht, daß József Klein, der andere Schuhmacher, der Anna Halmys Rachsucht zum Opfer gefallen war, schon lange vor Ausbruch der Revolution nach Komárom, einer Stadt unweit der tschechischen Grenze, gezogen sei, so daß er als Täter bestimmt nicht in Frage kam. Nemetz vernahm das mit einem Seufzer der Erleichterung. Er hatte ein bißchen Fieber, zwar nur wenig über der normalen Temperatur, doch war das immerhin so lästig, daß er sich einen Tag ohne neue Probleme herbeiwünschte. Er gab Káldy die Liste mit Barthas Trinkkumpanen und wies ihn an, irgendeinen Detektiv, der gerade verfügbar sei, auf die Suche nach ihnen zu schicken. Káldy selbst arbeitete an einer noch viel schwierigeren Aufgabe, er sollte nämlich das Mädchen ausfindig machen, das Nemetz am Samstagabend neben der blonden Toten vor der Bäckerei sitzend angetroffen hatte.

Káldy hatte geduldig und pflichtgetreu den ganzen Montag bei der Bäckerei Wache gehalten und jeden einzelnen Kunden befragt, der den Laden betrat. Er erfuhr, daß die blonde tote Frau entweder Kovács, Takács oder Szakács hieß. Damit kam man nicht viel weiter, da alle drei Namen sehr verbreitet waren, aber er fand auch heraus, wo die Frau gewohnt hatte – nicht ihre genaue Adresse, lediglich daß ihre Wohnung in einer Straße hinter dem Parlament lag.

Der Bezirk wurde von den Russen gehalten, war aber mit Stützpunkten der Aufständischen durchsetzt. Trotz wiederholten Aufrufen der Regierung machten die Männer in diesen Nestern keine Anstalten, ihre Waffen niederzulegen, sondern blieben zusammengekauert, hartnäckig und mit Todesverachtung hinter ihren Barrikaden. An diesen Nestern vorbeizukommen, war kein ganz gefahrloses Unterfangen, doch Káldy zog los, ohne auch nur zu fragen, weshalb Nemetz so viel daran lag, die Kleine ausfindig zu machen. Daß Káldy sich überhaupt nicht für die Fälle interessierte, an denen er arbeitete, verblüffte Nemetz und ärgerte ihn sehr oft. Es war ihm unbegreiflich, daß ein Mann jahraus jahrein gleichgültig wie ein Automat seine Aufgaben erledigen konnte. Je brauchbarere Arbeit Káldy leistete, desto widerwärtiger erschien Nemetz seine ruhige und brave Willfährigkeit.

Kurz vor zehn Uhr meldete Irén József Bartha an. Er war nicht allein; er hatte seine Frau und die schwindsüchtige Nichte mitgebracht. Alle drei trugen feierliches Schwarz und sahen so bestürzt und kummervoll drein wie bei einer Beerdigung. Nemetz rief Bartha in sein Büro. Die beiden Frauen blieben im Vorzimmer auf der Bank sitzen. Neben Frau Bartha befand sich eine Pappschachtel. Vermutlich hatte sie für ihren Mann Unterwäsche zum Wechseln und eine Zahnbürste mitgenommen.

Nemetz bot dem Schuhmacher Platz an, und Bartha ließ sich mit einem Seufzer nieder. Eine lange Stille trat ein, dann fragte der Inspektor, ob er etwas Neues zu sagen habe über den Samstagabend.

»Nichts, was ich Ihnen nicht schon gestern gesagt hätte«, verneinte Bartha kopfschüttelnd. »Ich habe zwei Freunde aufgesucht, die dabei waren. Sie sagten das gleiche. Wir fingen in der Weinstube Radó an, dann zogen wir weiter zur Bierhalle. Blieben bis neun Uhr dort.«

»Wohin sind Sie von dort aus gegangen? Erinnern sich die andern nicht? Oder waren sie zu betrunken?«

»Nein. Sie hatten nicht zuviel getrunken. Nur —« Er hielt

inne und holte tief Atem. »Nur sagen sie, daß ich mich nach Verlassen der Bierhalle von ihnen getrennt hätte und allein davongegangen sei. Und keiner weiß, wohin.«

»Haben sie nicht versucht, Sie zurückzuhalten? Sie mußten doch sehen, wie betrunken Sie waren.«

»Ich glaube nicht.«

»Sehen Sie, Herr Bartha, ich habe Ihre Pistole untersuchen lassen. Sie ist vor noch nicht langer Zeit abgefeuert worden. Das heißt, innerhalb der letzten vier oder fünf Tage.«

Der Mann blickte auf. »Das hätt' ich Ihnen selber sagen können. Klar ist sie abgefeuert worden. Letzte Woche hab' ich an einem Nachmittag im Hof auf Scheiben geschossen. Zum Teufel, jeder tut das.«

»Wie kommt es, daß Sie eine Pistole hatten?« wollte Nemetz wissen.

»Jeder hat eine! Hinter dem Spiegelrahmen versteckt oder in einem wasserdichten Beutel in der Abzugsröhre. Da war meine. Ich vermute, wir haben die ganze Zeit gewußt, daß uns eines Tages eine Pistole zustatten kommen könnte, deshalb bewahrten wir die Waffen und die Munition gut auf. Nur so läßt sich erklären, daß die ganze Stadt plötzlich bis an die Zähne bewaffnet war.«

»Herr Bartha«, sagte Nemetz, »wäre es möglich, daß Sie unter dem Einfluß von Alkohol einem tiefverwurzelten Haß gegen Frau Halmy Luft machten und beschlossen, mit ihr abzurechnen? Sie wußten, wo sie wohnte – Sie waren früher einmal bei ihr zu Hause gewesen. Herr Bartha, Sie sind nicht der einzige Verdächtige in diesem Fall. Es gibt noch andere. Sie könnten diesen Leuten eine Menge Unannehmlichkeiten ersparen, wenn –«

»Wenn ich Ihnen sagen würde, ich hätte die Frau erschossen?!« unterbrach Bartha ihn. Er stand auf und sah Nemetz offen ins Gesicht. »Ich würd's Ihnen sagen, wenn ich's getan hätte. Ich schwöre zu Gott, ich würd's sagen. Aber ich weiß es nicht. Sie war niederträchtig und sie hat mich ruiniert und mich um meinen Lebensunterhalt gebracht. Ich hatte allen Grund, sie zu hassen. Ich träumte davon, ich würde sie durchhauen. Nacht für Nacht träumte ich davon. Doch ich habe nie jemand durchgehauen – nicht mal meine Frau –, außer im Traum. Mein Leben lang bin ich ein friedfertiger Mensch gewesen. Ein Christ. Ich würd's Ihnen sagen, wenn ich sie umgebracht hätte. Ich schwöre zu Gott, ich würd's Ihnen sagen. Aber ich weiß es nicht.«

Es blieb nichts anderes übrig, als Bartha nach Hause zu schicken mit der Mahnung, sich für weitere Verhöre bereitzuhalten. Nemetz brachte ihn zur Tür und beobachtete ihn, wie er zu den beiden Frauen im Vorzimmer trat. Barthas Frau nahm seine Mitteilung, er dürfe heimgehen, überrascht und ungläubig auf, dann ergriff sie hastig ihr Paket und schob ihren Mann und das Mädchen ungeduldig zur Tür hinaus, als ob sie fürchtete, der Inspektor könnte seine Meinung ändern.

›Sie glaubt, er habe Anna Halmy umgebracht‹, merkte sich Nemetz. ›Vielleicht ist er am Ende doch nicht ein so friedfertiger Christenmensch.‹

Wieder in seinem Büro allein, drehte Nemetz das Radio an. Ein Sprecher des Verbands Selbständiger Handwerker meldete, er habe von der Regierung die Versicherung erhalten, daß Schritte unternommen würden, den wichtigsten Beschwerden des Verbands stattzugeben, insbesondere die Ungerechtigkeiten bei der Verteilung unentbehrlichen Rohmaterials zu beheben. Nemetz konnte ein ironisches Lächeln nicht unterdrücken. Diese Wendung kam zu spät für József Bartha wie für Anna Halmy. Letztere war unwiderruflich tot, und Bartha, bei dem war es zweifelhaft, ob er sich eine neue Existenz aufbauen konnte, selbst wenn die Regierung all seinen Beschwerden stattgeben würde.

Er wickelte eben den kalten Imbiß aus, den ihm seine Schwägerin mitgegeben hatte, altbackenes Brot mit einer Scheibe Schweinebraten vom Abend vorher – sie hatte wieder vergessen, es mit Senf zu bestreichen und eine Essiggurke dazuzulegen, so wie er es liebte –, als Káldy hereinkam und mit leicht näselnder, eintöniger Stimme meldete, es sei ihm geglückt, das fragliche Mädchen zu finden, aber er könne es nicht herbringen, weil es sich hartnäckig weigere, ihn zum Polizeipräsidium zu begleiten. Er habe nicht Gewalt anwenden wollen, ohne vorher den Inspektor zu fragen. Da er indes annehme, der Inspektor wolle die Kleine aufsuchen, habe er einen der Streifenwagen angehalten und werde den Inspektor gerne zur Wohnung des Mädchens bringen. Nemetz sagte, das sei eine gute Idee und sie könnten sogleich losfahren. Er wollte sein Brot unterwegs im Wagen essen.

Die Kleine hieß Mária Kovács, aber jedermann sagte Mimi zu ihr. Sie wohnte an einer breiten, baumbestandenen Straße unweit des Parlamentsgebäudes. Es war eigentlich eine angenehme Wohnlage, jetzt jedoch, seit man das Pflaster aufgerissen und Barrikaden daraus errichtet hatte und die Hälfte der Häuser von den Russen zerbombt war, roch es dort nach Untergang und Verzweiflung. Vor der Revolution hatte die Wohnung der Kovács' aus einem großen und einem kleinen Zimmer, Küche und Bad bestanden, aber beim Einschlag einer russischen Granate war die Decke eingestürzt und nur der größere Raum bewohnbar geblieben, wenn auch mit Einschränkungen, da die meisten Fensterscheiben kaputt waren.

Mimi war vierzehn, etwas darüber. Die Leute fanden sie über ihr Alter hinaus reif – nicht nach dem Aussehen, aber in ihrer Einstellung und ihrem Verhalten. Unter den Kindern aus der Nachbarschaft oder unter ihren Klassenkameraden hatte sie keine Freunde. Solange ihre Mutter am Leben gewesen war, hatte sie kein Bedürfnis danach gehabt. Ihr Vater war im Laufe der großen russischen Offensive im Juni 1944 gefallen. Mehr als zwei Jahre, nachdem ihr Vater den letzten Heimaturlaub erhalten hatte, 1946, war ihr Bruder Joey zur Welt gekommen. Einmal hatte sie gehört, wie eine Nachbarin Joey als Bankert bezeichnete. Eine andere freundliche Nachbarin hatte die Bemerkung fallen lassen, Joeys Vater sei ein amerikanischer Sergeant von der Alliierten Kontrollkommission nach dem Krieg gewesen, daher der für einen ungarischen Jungen recht ungewöhnliche Name. Irgendwie hatte Mimi nie den Mut aufgebracht, ihre Mutter über Joeys Geburt zu befragen, obwohl sie ganz kameradschaftlich miteinander umgegangen waren, kaum wie Mutter und Tochter, sondern fast wie Schwestern.

Frau Kovács hatte alle ihre Probleme mit Mimi besprochen: ihren ständigen Kampf, mit dem Geld auszukommen, ihre Hoffnung, daß ein ehrbarer Mann sie mit ihren zwei heranwachsenden Kindern heiraten würde, und ihre Eroberung einer anderen Art Männer, meist mittleren Alters, die ihr nachstrichen wie hungrige Wölfe einem verirrten Lamm. Obschon sie nur als Kassiererin in einem staatseigenen Metzgerladen arbeitete und sehr wenig verdiente, waren ihre Kinder gut genährt und gekleidet, dank ihrer Umsicht, ihre Herrenbekanntschaften danach auszuwählen, was sie zum Haushalt beitragen konnten. Zum Beispiel mußte ihr Vorgesetzter, der Geschäftsführer der Metzgerei, jedesmal, wenn sie ihm einen Besuch erlaubte, mit einem halben Schinken – natürlich von der Hinterkeule – oder einem großen Ring Rauchwürste oder mindestens mit einem Kilo Kalbsschnitzel beladen anrücken. War sie mit einem anderen Verehrer aus gewesen, so kramte sie stets aus ihrer mächtigen Handtasche, wie eine Kormoranmutter aus ihrem Kropfsack, etwas Eßbares oder Trinkbares.

Mimi hatte nur eine blasse Erinnerung an ihren Vater, an eine einzige Szene, die zeigte, wie ein Mann in bräunlich grüner Offiziersuniform ihr Heim durch die Küchentür verließ und aufpaßte, daß er die beiden herrenlosen Katzen nicht störte, die sich mitten auf dem Weg sonnten. Zuweilen war sie nicht einmal sicher, ob sie sich wirklich an ihn erinnerte oder einfach das Bild wie ein Puzzlespiel zusammensetzte aus Bruchstücken, die sie über ihren Vater aufgeschnappt hatte, einen sehr freundlichen und braven Mann. Sie hegte eine große, unverwelkliche Liebe für ihn, als lebte er noch. Nun waren beide tot, er und ihre Mutter, die sie mit gleicher Inbrunst geliebt hatte; er weit weg in fremdem Boden, sie in der fruchtbaren, lockeren Erde eines Stadtparks. Mimi fragte sich, ob die riesige Entfernung, die sie so grausam trennte, es am Tag der Auferstehung nicht unmöglich machen würde, daß sie einander fanden.

Als Nemetz an die Tür klopfte, war Mimi dabei, eine Büchse Rindereintopf auf einem Spirituskocher aufzuwärmen. Sie starrte Nemetz zuerst verwirrt und voller Schrecken an; sie wußte nicht, wo sie ihn unterbringen sollte. Dann fiel ihr das ganze Elend vom Samstagabend wieder ein, sie begann zu zittern und mußte sich setzen.

»Hab' keine Angst, Kleine«, sagte Nemetz. Er blieb in der Türe stehen und wartete, daß sie sich beruhigte. »Niemand will dir was zuleide tun.«

Mimi blickte ihn feindselig und argwöhnisch an. Am Samstagabend war sie so benommen gewesen, daß sie auf das Gerede um sie herum nicht geachtet hatte, aber jetzt fielen ihr wieder einige Gesprächsfetzen ein. Plötzlich wußte sie, daß der Mann ein Detektiv war. Er hatte jemanden gesucht, endlose Fragen gestellt und sie zum Schluß auf die Polizeiwache mitnehmen wollen. Sicher war die ganze Fragerei nur eine Tarnung. Der Mann hatte es auf sie und Joey abgesehen, Joey sollte weggeschleppt, in ein Waisenhaus oder Pflegeheim gesteckt werden; und sie würde man auf eine Kolchose oder in eine Erziehungsanstalt schicken.

Sie nahm ihren Mut zusammen und sah dem Mann offen ins Gesicht. »Uns fehlt hier nichts«, sagte sie. »Meinem Bruder und mir. Ich kann für ihn sorgen. Ich habe genug Geld für eine Woche. Inzwischen kann ich meiner Tante schreiben – sie wohnt in Debrecen –, und sie wird mir noch ein bißchen schicken. Wenn die Revolution vorüber ist, rede ich mit dem Geschäftsführer der Metzgerei, wo meine Mutter gearbeitet hat, und er wird mir eine Stelle verschaffen. Ich will mit meinem Bruder hierbleiben. Ich will hier nicht weg.«

»Ich will dich doch nicht fortbringen«, sagte Nemetz. »Ich habe bloß deine Hilfe nötig in einem Fall, den ich bearbeite.«

»Der andere Mann hat was anderes gesagt.« Die Kleine schüttelte den Kopf. »Er wollte mich zum Polizeipräsidium mitnehmen.«

Die kaputten Fensterscheiben waren durch einen Pappdeckel ersetzt worden. Jetzt fegte ein jäher Windstoß den Karton auf den Boden. Die Kleine hob ihn auf, holte aus einer Schublade Leim und klebte den Deckel schnell und gewandt wieder an seinem Platz an.

»Du bist sehr geschickt«, sagte Nemetz. Mimi gab keine Antwort. Sie blieb mit dem Rücken zu Nemetz am Fenster stehen. Ein zischendes Geräusch kam vom Topf auf dem Kocher. Nemetz lächelte. »Ich fürchte, du mußt dein Fleisch umrühren.«

Sie sprang hinzu und nahm den Deckel ab. »Du meine Güte, beinah hätt' ich's anbrennen lassen!« Sie warf Nemetz einen vorwurfsvollen Blick zu, als wollte sie ihm die Schuld geben für die gerade noch abgewendete Katastrophe. »Warum gehen Sie nicht?« fragte sie aufgebracht.

»Ich werde gehen, wenn du mir versprichst, mich vorher anzuhören.«

Sie rührte den Eintopf um und goß ein bißchen Wasser dazu. »Na gut«, willigte sie ein. Etwas in der Stimme des häßlichen Mannes mit der Narbe beruhigte sie gegen ihren Willen.

»Darf ich mich setzen?« fragte Nemetz so höflich wie zu einer erwachsenen Frau.

»Sie dürfen«, brummte sie. Nach kurzem Schweigen setzte sie in etwas umgänglicherem Ton hinzu: »Bitte.«

»Also, wie gesagt, ich habe deine Hilfe nötig«, fing Nemetz an. »Ich bin nämlich Detektiv und muß einen Mörder finden. Der Mörder der Frau in der grünen Jacke, die am Samstagabend vor der Bäckerei lag, am nächsten der Straßenecke zu.«

»War sie eine liebe Frau?« Die Frage kam von der Türöffnung her. Der kleine Junge im pelzgefütterten Ledermantel stand bestimmt schon eine ganze Weile dort. Er hatte ein rundes, lustiges Gesicht, glattes blondes Haar und schwarze

Knopfaugen. Seine Nase lief und er wischte sie immer wieder mit dem Handschuh ab.

Nemetz war um eine Antwort verlegen. »Nun«, sagte er schließlich, »das spielt keine Rolle. Selbst wenn man eine böse Frau tötet, ist es ein Verbrechen.«

»Wer hat sie getötet?« fragte der Junge und kam näher.

»Das muß ich ja eben herausfinden.«

»Warum?«

»Damit er bestraft werden kann.«

»Meine Mutter ist auch getötet worden, und keiner bestraft ihre Mörder«, griff das Mädchen in die Auseinandersetzung ein. Es sah den Bruder an und sagte ohne Übergang: »Warum putzt du deine Nase nicht? Ich hab' dir doch ein Taschentuch gegeben.«

Der Junge zog ein zerknülltes Taschentuch hervor und schneuzte sich gehorsam.

»Deine Mutter ist von der Revolution getötet worden«, sagte Nemetz zum Mädchen. Er hatte das Gefühl, er müsse gewisse moralische Kernfragen klarstellen, sonst könne er nicht auf die Mitarbeit der Kleinen zählen. »Eine Revolution ist wie ein Krieg. Nicht die einzelnen Menschen bezahlen für die Verbrechen, sondern die ganze Nation. Du bist zu jung, du erinnerst dich nicht an Hitler, aber du hast bestimmt von ihm gehört.« Das Mädchen nickte und Nemetz fuhr fort. »Sein Heer und seine Luftwaffe haben alle Länder Europas verwüstet. Am Ende waren seine eigenen Städte Trümmerhaufen, Millionen seiner Landsleute wurden getötet.«

»Genauso wird's auch den gottverdammten Russen gehen!« verkündete der Junge feierlich.

»Du sollst nicht fluchen, Joey«, sagte Mimi. »Mama hätte das nicht gern.«

Nemetz fand es besser, auf sein eigentliches Anliegen zurückzukommen. »Ich möchte, daß du mir erzählst, was du am Samstagabend gesehen hast. Es gibt mehrere Verdächtige, und wenn du mir hilfst, den Schuldigen zu finden, erspart das den Unschuldigen eine Menge Unannehmlichkeiten.«

Mimi setzte sich und faltete die Hände im Schoß. Porzia auf einem Küchenschemel. »Wer sind sie? Ich meine, die Verdächtigen?« fragte sie im Ton eines Untersuchungsrichters.

»Einer ist Schuhmacher, der andere Arzt. Der ist viel jünger. Und es gibt noch weitere.«

Die Kleine holte tief Atem. »Ich habe nicht gesehen, wie sie umgebracht wurde«, sagte sie. »Sie war tot, als sie dort ausgekippt wurde.«

»*Ausgekippt?*« fragte Nemetz. »Was meinst du mit ausgekippt?«

»Nun, es war eine Frau mit einem Schubkarren. Einem großen Schubkarren. So einem, wie Maurer sie brauchen. Die Tote in der grünen Jacke lag in dem Schubkarren, und die Frau fuhr sie zur Straßenecke und kippte sie einfach aus. Dann ging sie mit dem Schubkarren davon.«

»Eine Frau? Bist du sicher, daß es eine Frau war?«

»Ja.«

»Hat sie dich gesehen?«

»Ich glaube nicht. Ich stand im Türeingang von Nummer 10. Das ist das Haus neben der Bäckerei. Gerade bevor diese Frau kam, waren zwei Lastwagen mit Russen vorbeigefahren, deshalb versteckte ich mich im Türeingang. Ich blieb eine ganze Weile dort. Ich — ich hatte furchtbar Angst. Ich konnte noch immer nicht glauben, daß Mama tot sei. Ich war so . . . so durcheinander . . . ich erinnere mich eigentlich an nichts ganz genau.«

»Aber du erinnerst dich an die Frau mit dem Schubkarren?«

»Jawohl. Ich bin später eingeschlafen und habe alles mögliche geträumt. Aber sie war kein Traum. Sie war Wirklichkeit. Die russischen Lastwagen waren auch Wirklichkeit.«

»Könntest du sie wiedererkennen, wenn du sie noch einmal sehen würdest?«

»Ich glaube schon«, antwortete Mimi und nickte.

»War sie klein und rundlich?« fragte Nemetz. Er dachte an Frau Bartha.

Das Mädchen schüttelte den Kopf. »Nein. Sie war groß

und nicht rundlich. Auch nicht mager. Einfach Durchschnitt. Und sie trug keinen Mantel, nicht einmal eine Jacke. Ach ja, sie hatte eine Schürze umgebunden. Über ihrem Kleid.«

Die Beschreibung schloß Frau Bartha und die Kleine aus, beließ aber die tuberkulöse Nichte und Alexa Méhely im Rennen.

»Würdest du mich begleiten?« fragte Nemetz. »An der Ecke wartet ein Wagen auf mich. Ich nehme dich mit zum Schuhmacher. Wir wollen sehen, ob wir die Frau finden können.«

Mimi schien zu zögern. »Ich muß zuerst Joey zu essen geben. Mama verlangte immer, er solle pünktlich zu essen bekommen.«

»Sie hat auch gesagt, du sollst nie mit fremden Männern irgendwohin gehen«, piepste der Junge schrill dazwischen.

»Sei nicht albern«, wies sie ihn großartig zurecht, »er ist nicht einfach ein Mann. Er ist ein Detektiv.«

»In Ordnung«, sagte der Junge. Dann wandte er sich nach einer Weile zu Nemetz und fragte: »Könnte ich mit Ihnen im Wagen mitfahren?«

So erfuhr Nemetz, daß er von seinen jugendlichen Richtern gewogen und nicht zu leicht befunden worden war.

Káldy und der Junge blieben im Wagen, während Nemetz die Kleine bei der Hand nahm und an die Tür des Schuhmachers klopfte. Wieder machte die Frau auf. Bartha kam hinter dem Schrank hervor, der vor den Betten stand. Die Nichte kauerte, wie zuvor, auf dem Sofa, aber diesmal mit einer Illustrierten im Schoß.

Nemetz bat Bartha, das Licht anzudrehen, dann hieß er die beiden Frauen, sich mit dem Gesicht zu Mimi unter die ungeschützte Glühbirne zu stellen. Die Kleine musterte sie mindestens zwei Minuten lang, die junge Stirn gerunzelt und die Lippen vor Konzentration zu einem Strich zusammengepreßt. Dann drehte sie sich zu Nemetz herum und schüttelte langsam, aber entschieden den Kopf.

Nemetz dankte den Barthas und ging mit dem Mädchen hinaus.

»Bist du vollkommen sicher, daß es keine der beiden Frauen war?« fragte er Mimi im Wagen.

»Jawohl«, sagte die Kleine. »Sie war viel größer und ganz anders als diese beiden. Sie hatte eher etwas von einer Dame. Ich meine nicht wegen den Kleidern – sie trug keine hübschen Sachen, nur ganz einfache Kleider, und dazu eine große Schürze –, aber sie sah genau wie eine Dame aus.«

»Wie alt war sie, was meinst du?«

»Oh, sehr alt«, entgegnete Mimi. »Bestimmt so alt wie meine Großmutter.«

»Wie alt ist die?« wollte Nemetz wissen.

»Mindestens hundert!« ließ Joey sich vernehmen.

Mimi blickte ihn streng an. »Sei nicht albern! Sie ist erst fünfundfünfzig.«

Mittwoch, 31. Oktober

Um halb neun Uhr morgens drückte Nemetz auf die Türklingel von Halmys Wohnung. Er klingelte dreimal. Schließlich hörte er drinnen jemanden an der Sicherheitskette fummeln und die Tür wurde aufgerissen. In einem kobaltblauen wollenen Morgenrock, das Haar mit einem Band zurückgehalten, stand ihm Alexa Méhely in der Türöffnung gegenüber. Sie sah ärgerlich und verschlafen aus.

»Ach, Sie sind's wieder?« begrüßte sie ihn.

»Ja, ich bin's«, bestätigte Nemetz. »Könnte ich den Doktor einen Augenblick sprechen?« Und bevor sie antworten konnte, setzte er rasch hinzu: »Ich rief im Krankenhaus an und erhielt den Bescheid, er habe die Nacht zu Hause verbracht.«

»Das hat er«, stieß sie hervor; sie wurde zusehends wacher und wütender. »Zum ersten Mal seit einer Woche. Er schläft noch, und ich habe nicht im Sinn, ihn zu wecken.«

»In dem Fall werd' ich einfach warten, bis er aufwacht«, entschied er.

»Wie Sie wünschen«, sagte sie und wollte Nemetz schon die Tür vor der Nase zuschlagen, als sie es sich plötzlich anders überlegte. »Na schön, kommen Sie rein. Da draußen zieht's ja scheußlich. Sie können geradesogut in der Diele warten.«

»Danke«, sagte er höflich und trat ein.

»Bitte nehmen Sie Platz.« Sie deutete auf einen Stuhl.

Nemetz setzte sich nicht, denn das wäre für sie ein Vorwand gewesen, ihn allein zu lassen. »Wo ist die Kleine?« fragte er.

Sie sah ihn verständnislos an. »Wer?« Dann begriff sie. »Sie meinen das Dienstmädchen? Die ist weg. Ging am Sonntag. Sofort nach Ihrem Besuch. Sie müssen ihr einen Schrekken eingejagt haben«, fügte sie mit dem Anflug eines Lächelns hinzu. »Der Doktor hat ihre Adresse, falls Sie sich mit ihr in Verbindung setzen wollen. Sie wäre bestimmt entzückt, Sie wiederzusehen.« Als Nemetz die Spitze ignorierte, wechselte sie das Thema. »Was wollen Sie vom Doktor? Vielleicht kann ich Ihnen helfen, und dann brauchen Sie nicht zu warten.«

»Mir macht das Warten nichts aus.«

Sie zuckte die Achseln und ging davon durch den dunklen Tunnel der Diele, die zur Küche und zu den Schlafzimmern führte. Eine gute halbe Stunde lang rührte sich nichts in der Wohnung.

»Jetzt ist er wach«, verkündete sie, als sie schließlich zurückkam. »Aber ich will nicht, daß er aufsteht. Er hat Ruhe nötig. Sie können hineingehen und mit ihm reden, ich bereite derweil das Frühstück zu.«

Dr. Halmy saß im Pyjama, das Haar noch zerzaust vom Schlafen, in dem riesenbreiten Ehebett. Kein Zweifel, in beiden Hälften des Betts hatte jemand geschlafen, denn auch die Kissen auf der leeren Seite waren zerwühlt. Eine der Schranktüren stand offen, und Nemetz stellte fest, daß weniger Frauenkleider als am Sonntagmorgen dort hingen, und nicht dieselben. All die persönlichen Kleinigkeiten und Toilettenartikel, die Anna Halmy gehört hatten, waren vom Frisiertisch und der Kommode verschwunden.

Die Kleider des Arztes lagen sauber gefaltet über einem Stuhl, und auf einem anderen befanden sich ein weißes Nylonhöschen, ein Paar Strümpfe und ein rosaroter Hüftgürtel. Die Luft roch sauber und frisch, ein Hauch Fichtenduft, wohl von Badeöl, und ein würziges, bittersüßes Parfum waren beigemischt.

»Sind Sie nicht ein bißchen früh dran für einen Höflichkeitsbesuch, Inspektor?« begrüßte ihn Halmy.

»Ich fürchte schon«, gab Nemetz grinsend zurück. »Also sagen wir, es sei ein geschäftlicher Besuch, ja? Ich hab' ein paar Fragen zu stellen. Aber wenn Sie nichts dagegen haben, würde ich lieber auf Fräulein Méhely warten. Sie kann mir vielleicht auch helfen.«

Dr. Halmy zog eine Augenbraue hoch, entgegnete jedoch nichts. Er schaltete das Radio ein, und sie lauschten einem Nachrichtenbulletin der Regierung. Die letzten mechanisierten Einheiten der Russen sollten Budapest im Lauf der Morgenstunden räumen, sagte der Sprecher und forderte die Bevölkerung auf, keine Zwischenfälle hervorzurufen und die Russen sich ruhig und geordnet zurückziehen zu lassen.

»Hoffen wir, sie wissen, was sie reden«, bemerkte Nemetz. »Als ich daheim wegging, waren immer noch russische Panzer rund um das Parlament in Stellung.«

»Sie müssen gehen«, sagte Halmy. »Sie können die Weltöffentlichkeit nicht herausfordern. Ihr Bluff ist durchschaut worden.«

»Ich fürchte, die Russen scheren sich den Teufel um die Weltöffentlichkeit. Der Westen hat zugelassen, daß sie einen undurchdringlichen eisernen Vorhang um ihr Interessengebiet zogen, aber jetzt ist es uns Ungarn gelungen, ein kleines Loch in diesen Vorhang zu reißen. Genosse Chruschtschow hat im Augenblick nur eine Sorge — dieses Loch zu stopfen, um jeden Preis. Ein empörter Westen stört ihn nicht, wohl aber das Loch im Vorhang.«

Alexa kam herein mit Kaffee, Toast, Marmelade und drei Tassen und Tellern auf einem Servierboy.

»Trinken Sie eine Tasse Kaffee mit uns?« fragte sie Nemetz wie bei einer Einladung. »Es ist echter Kaffee.«

Ein seltsames Bild, dachte Nemetz, wie sie drei da in dem ungemachten Schlafzimmer gemütlich beisammensaßen wie alte vertraute Freunde.

»Danke, ich kann nicht widerstehen. Es riecht zu gut«, sagte er.

»Und ein bißchen Toast mit Marmelade?« fragte sie weiter. »Die Marmelade ist wirklich ausgezeichnet. *Made in Scotland.* So steht's auf dem Glas. Wie kommst du zu solchen Schätzen?«

»Das hättest du Anna fragen sollen«, entgegnete der Arzt achselzuckend. Eine leise, herausfordernde Schärfe lag in seinem Ton, offensichtlich gegen Nemetz gerichtet. »Jetzt werden wir's nie erfahren.«

»Fragen Sie Imre Kelen. Er wird's wissen«, sagte Nemetz. Dann wandte er sich zu Alexa. »Ich glaube, ich nehme ein Stück Toast, wenn ich darf.«

Der Arzt legte den Löffel nieder. »Wer ist Imre Kelen?« fragte er.

»Wissen Sie das nicht?« Nemetz sah ihn verdutzt an. »Er ist einer der Schwarzhandels-Bekannten ihrer verstorbenen Frau.«

Halmy runzelte die Stirn. »Ich möchte sagen, Sie haben schwer gearbeitet an diesem Fall, Inspektor. Haben Dinge entdeckt, von denen *ich* nichts wußte. Aber Einkaufen schlug auch nicht in mein Fach. Und offen gestanden, ich habe nicht so häufig zu Hause gegessen, daß ich an der Kost etwas Ungewöhnliches festgestellt hätte. Höchstens daß sie ungewöhnlich schlecht war. Anna war eine erbärmliche Köchin und die Kleine nicht viel besser.« Er grinste und deutete auf Alexa. »Und sie versteht auch nichts davon!«

Alexa seufzte. »Leider nicht.«

»Ich suche mir immer die falschen Frauen aus«, fügte Halmy hinzu. »Sie ist eine schlechte Köchin und schrecklich im Haushalt. Unordentlich. Hat kein System. Ich weiß nicht, wie ich mit ihr zurechtkommen soll.«

»Haben Sie vor, Dr. Halmy den Haushalt zu führen?« fragte Nemetz.

»Ja«, sagte sie. »Ich bin gestern eingezogen.«

»Ein Glück, daß Sie nicht an Geister glauben, Fräulein Méhely«, bemerkte der Inspektor.

Sie blickte ihn lange an, dann setzte sie behutsam die Tasse ab. »Sie finden, es sei abscheulich von mir, im Bett einer Frau zu schlafen, die erst seit vier Tagen tot ist?« fragte sie gleichmütig.

»Nein«, antwortete Nemetz und schüttelte den Kopf. »Obwohl manche Leute das vielleicht finden.«

»Ich habe natürlich die Bettwäsche gewechselt«, sagte sie spöttisch lächelnd. »Ich fand zwei Dutzend nagelneuer amerikanischer Leintücher in einer Schublade. Ungebraucht, noch in der Originalverpackung.« Sie stand auf und griff nach Nemetz' leerer Tasse. »Noch einen Kaffee, Inspektor?«

Sie konnte Nemetz nicht täuschen. Er merkte, daß sie bewußt abgebrüht und verdorben wirken wollte. Die Auskünfte, die Káldy über ihre Vergangenheit zusammengebracht hatte, lauteten so ungünstig, daß sie diesen Eindruck wohl unterstützen konnten. Trotzdem kam sie Nemetz wie ein kleines Mädchen vor, das in einer plötzlichen Anwandlung von Groll gegen die Welt der Erwachsenen sie mit Steinen bewarf, während es ihm hinter der Maske seines frechen Trotzes kaum gelang, das Schluchzen eines angsterfüllten Kindes zu unterdrücken.

Und der junge Witwer in seinem für besondere Gelegenheiten aufgesparten Pyjama aus chinesischer Seide, der am laufenden Band die von seiner Frau geerbten Zigaretten rauchte, war auch nicht so blasiert und kaltblütig, wie er erscheinen wollte. Und ihre erste Nacht in dem großen, weichen Bett war nicht die wilde Orgie gewesen, worauf die zerknüllten Kissen hindeuten sollten, sondern die angstbebende Umarmung von Hänsel und Gretel, die sich vor der bösen Hexe fürchten.

»Nein, danke«, antwortete Nemetz. »Ihr Kaffee ist köstlich, aber ich glaube, ich sollte lieber zur Sache kommen. Wie ich schon sagte, ich habe ein paar Fragen zu stellen.« Er machte eine kurze Pause, dann fuhr er fort: »Wir haben erfahren, daß die Leiche von Frau Halmy in einem Schubkarren zur Ecke der Perc-Passage gebracht wurde.«

Der Arzt setzte sich gerade auf. »In einem *Schubkarren?«* wiederholte er ungläubig.

»Von einer Frau«, sagte Nemetz nickend. »Von einer älteren großen Frau mit Schürze. Unsere Quelle fand, sie habe etwas von einer Dame gehabt. Können Sie sich jemand vorstellen, auf den diese Beschreibung zutrifft?«

Nemetz erwartete, der Arzt würde mit der Bestürzung des Verbrechers reagieren, dessen Komplize aufgespürt worden war, doch auf dem Gesicht des jungen Mannes spiegelte sich bloß echte Verblüffung.

»Nein«, murmelte Halmy. »Sind Sie sicher, daß Ihre ›Quelle‹ nicht versucht hat, Sie an der Nase herumzuführen, oder betrunken war?«

»Ja. Die Quelle ist so nüchtern, wie man sich's nur wünschen kann.« Nemetz lachte in sich hinein.

»Eine alte Frau, die aussieht wie eine Dame und nachts ausgeht, um Tote in einem Schubkarren umherzufahren?« Halmy schüttelte den Kopf. »Tut mir leid, Inspektor — das klingt mir ein bißchen zu ausgefallen.«

»Ich fragte Sie schon früher, ob Frau Halmy irgendwelche Feinde hatte«, sagte Nemetz nach einer Pause. »Sie halfen uns nicht — so mußten wir auf eigene Faust vorgehen. Wir haben schon zwei Männer überprüft.«

Halmy zeigte kein Interessse. »So?« fragte er und griff nach seinen Zigaretten.

»Wir haben Bartha und Klein überprüft — und wir haben sie entlastet.«

»Wer in aller Welt sind sie?« Offensichtlich hörte der Arzt die Namen zum ersten Mal.

»Beide sind Schuhmacher. Beide waren Kunden Ihrer Frau.«

»Sie wollen sagen, meine Frau war ihre Kundin«, verbesserte Halmy.

»Nein, umgekehrt.« Und in ein paar Worten berichtete Nemetz über Frau Halmys Schwarzmarkttätigkeit.

»Davon hatte ich nie die geringste Ahnung.« Halmy verriet ehrliches Erstaunen. »Ich hätte natürlich wissen müssen, daß sie all diese Kleider und kosmetischen Mittel nicht von *meinem* Gehalt kaufte. Aber sie sagte mir, sie bekomme sie durch ihren Vater, zu günstigen Preisen. Das genügte mir. Ich hatte schon seit Jahren mein Leben gelebt und sie das ihre. Vielleicht wollte ich keine Fragen stellen, aus Angst, sie könnte sie beantworten.« Er hielt kurz inne und drückte nervös die kaum angezündete Zigarette aus. »Mittlerweile müßten Sie eigentlich wissen, Inspektor, daß ich ein Drückeberger und Feigling bin.«

»Sind wir das nicht alle?« Nemetz stand auf. »Ich gehe jetzt lieber. Sie wissen also wirklich nicht, wer die Frau mit dem Schubkarren sein könnte?«

»Tut mir leid, aber da kann ich Ihnen nicht helfen. Das Ganze kommt mir sowieso ein bißchen an den Haaren herbeigezogen vor, sehr Edgar Allan Poe«, sagte Halmy.

Alexa und er schienen erleichtert zu sein, daß der Besuch zu Ende ging. Des Arztes Händedruck beim Abschied war herzlich und kräftig, und Alexa verwandelte sich wieder in die reizende Gastgeberin. Sie begleitete Nemetz zur Tür und dankte ihm, daß er vorbeigekommen sei. Aber der Inspektor konnte sich lebhaft vorstellen, wie sie jetzt zu ihrem Geliebten zurückstürzte, sich aufs Bett warf und ihn lange umarmte und wahrscheinlich noch länger weinte.

Auf dem Weg nach unten hielt Nemetz seinen Blick auf die schmutzigen Stufen geheftet; er hoffte halb, dort irgendeinen Anhaltspunkt zu entdecken. Das erinnerte ihn an seine Großmutter, die immer so gegangen war wie er jetzt und den

Boden abgesucht hatte in der Hoffnung, einen verlorenen Schatz oder wenigstens ein Paar Handschuhe, ein Taschentuch oder ein Geldstück zu finden. Das Komische war, daß ihre Aufmerksamkeit sich tatsächlich lohnte; sie besaß eine Sammlung von Gegenständen, die sie auf der Straße aufgelesen hatte, teils sogar sehr schöne, wie eine chinesische Jadeschildkröte und eine barocke Nadel mit zwei Rubinen.

Wäre er gefragt worden, wonach er eigentlich Ausschau halte, er hätte keine sehr einleuchtende Antwort geben können. Es wäre lächerlich gewesen, anzunehmen, er könnte irgendein wichtiges Beweisstück auf einer Treppe finden, die seit Samstagabend viele hundert Füße begangen hatten. Da, als er die untersten Stufen erreichte und einen Blick in den langen rechtwinkligen Hof des Hauses warf, blieb er wie festgenagelt stehen.

Er sah einen Sandkasten, Bretter und einen Haufen neuer Backsteine. Eine Wohnung im Erdgeschoß, die zum Hof hin lag, wurde umgebaut; eines der Fenster war herausgebrochen und durch eine Türe ersetzt worden. Er sah keinen Schubkarren, obschon einer hätte da sein sollen, denn alle Werkzeuge und Geräte, die zu einer solchen Arbeit nötig waren, lagen umher, wie die Arbeiter sie zurückgelassen hatten.

Nemetz suchte die Wohnung des Hausmeisters und entdeckte sie dort, wo sie in Budapester Mehrfamilienhäusern stets lag: auf dem untersten Absatz, gegenüber der Treppe. Aus dem Dunkel seines feuchten, höhlenartigen Kämmerchens heraus konnte der Hauswart das ganze Treiben im Haus beobachten: die Besucher, die aus- und eingingen, die Briefe und Pakete, die ihm gebracht und bei ihm abgeholt wurden.

Nemetz klopfte an die Tür, und nach kurzem Warten ließ ihn eine große Frau ein, die ihn irgendwie an eine sturmzerzauste Pappel mahnte. Als er ihr sagte, wer er sei und daß er Erkundigungen über die Bewohner des Hauses einziehen möchte, schien sie verwirrt zu sein und nur ungern Bescheid geben zu wollen. Ihr Verhalten überraschte Nemetz, denn nach seiner Erfahrung gaben Hausmeister und ihre Familien sonst äußerst eifrig und bereitwillig Auskunft. Außerdem wurde er das Gefühl nicht los, daß er nicht zum ersten Mal in seinem Leben der Frau gegenüberstehe. Auch ihre Stimme kam ihm bekannt vor — tief, etwas heiser, aber trotzdem melodisch, und mit einem leicht fremdländischen Anklang.

Die Küche diente ebenfalls als Wohn- und Eßzimmer für die Familie. Daß sie eine Familie *hatte*, schloß er aus der großen Menge von Tellern und Tassen im Spülstein. Die Türe zu einem zweiten Raum stand halb offen. Durch den Spalt konnte Nemetz zwei ungemachte Betten sehen.

»Darf ich Platz nehmen?« fragte er die Frau. »Ich würde mir gern Notizen machen.«

Sie antwortete nicht, sondern deutete bloß mit ihrer langfingrigen und sehr schmutzigen Hand auf einen der Stühle am Küchentisch.

»Darf ich?« wiederholte er.

»Natürlich«, sagte sie, dann lächelte sie und setzte sich. »Entschuldigen Sie, wenn ich verwirrt erscheine. Sie haben mich so überrascht. Ein Polizeibeamter, der einen höflichen Ton anschlägt! Das habe ich seit Jahren nicht mehr erlebt. Liegt es an der Revolution oder an Ihnen, Inspektor?«

Die Stimme! Nemetz sagte sich dauernd: Sie paßt nicht zu einer Hausmeistersfrau! Sie ist zu kultiviert und zu beherrscht. Er setzte sich.

Es brannte zwar nur eine einzelne Birne über dem Tisch, doch sie warf genug Licht auf die Frau, so daß Nemetz sie genau ansehen konnte. Sie war zwischen fünfzig und sechzig, aber noch schlank und kerzengerade. Ihr Gesicht hatte etwas, das man vergangene Schönheit nennen konnte: makellose Knochen unter einer noch nicht runzligen, nur durch Altersflecken beeinträchtigten Haut. Ihre Augen hatten die Farbe und Weichheit von dunkelbraunem Samt, aber sie lagen unter müden, rotgeränderten Lidern. Um das Kinn und auf der Oberlippe sproßten eigenwillig ein paar graue Stoppeln. Auch das Haar ergraute. Es war, kurz geschnitten und hochgesteckt, sonderbar sauber und gepflegt, verglichen mit ihrer sonst vernachlässigten Erscheinung. Sie trug kein richtiges Kleid, sondern eine große, im Rücken zugeknöpfte Schürze. Zweifelsohne war sie nervös, ja erschrocken, doch nicht betäubt oder bockig vor Angst, wie oft Frauen ihres Stands. Sie beherrschte durchaus ihre Stimme, ihre Bewegungen, ihre Reaktionen, aber die Antworten kamen immer nach kurzem Zögern und in einem etwas schrillen Ton, trotz ihrer Altstimme.

Nemetz bat sie um eine kurze Schilderung jeder Familie im Haus und ihres Verhältnisses zu den Halmys und erfuhr, daß der Arzt entweder gern gesehen war oder mit Gleichgültigkeit behandelt wurde, wogegen jedermann die Tóths und Zlochs haßte. Besonders Tóth, der als Blockwart ständig Mitbewohner geplagt hatte. Als Nemetz anfing, die Frau über die Beziehung zwischen den Tóths und ihrer eigenen Familie auszufragen, wurde sie sichtlich aufgeregt.

Mittlerweile zweifelte Nemetz kaum mehr, daß sie die Dame mit der Schürze war. Er hatte sich immer noch nicht nach ihrem Namen erkundigt, weil er ihn erraten wollte. Dieses Spielchen betrieb er manchmal, um zu sehen, ob er sich noch auf sein Gedächtnis verlassen konnte. Als ihm der Name nicht einfiel, gab er es auf und fragte.

»Frau Moller«, antwortete sie. »Frau Rudolf Moller.«

Plötzlich begriff er, obgleich sie ihn irreführen wollte, indem sie ihm nur die Hälfte des Familiennamens angab. In Wirklichkeit war sie Frau Rudolf Máray-Moller, und er hatte sie zu der Zeit gekannt, da er als junger Kriminalbeamter auf Gesellschaften und Empfänge geschickt worden war, die die vornehme Gesellschaft von Ungarn gab. Das war in den zwanziger Jahren gewesen, als die Oberschicht sich schon vom Krieg und den nachfolgenden Revolutionen erholt und an ein Dasein von scheinbarer Ruhe und Sicherheit gewöhnt hatte. Nemetz wurde zu diesem Dienst bestimmt, trotz seinem Narbengesicht, weil er im Smoking oder gar Frack nicht lächerlich wirkte, tadellose Manieren und so viel Geistesgegenwart hatte, daß er mit jeder heiklen oder gefährlichen Situation fertig wurde. Offiziell war Ungarn noch ein Königreich, obwohl man den legitimen König nach Funchal auf Madeira abgeschoben hatte, wo er in einer feuchten Villa an Schüttelfrost starb, und seine Söhne und Töchter nach dem ungefährlichen Belgien, wo sie von den Almosen einiger übriggebliebener Royalisten lebten. Die elegante Clique ignorierte jedoch diese Belanglosigkeiten ebenso wie die gewaltsameren Ereignisse, die sich in Deutschland und Rußland abspielten, und setzte das Menuett um zwei gesellschaftliche Mittelpunkte fort, die beinahe königlichen Höfe eines selbsternannten Reichsverwesers, Nikolaus Horthy – ein Admiral ohne See –, und eines übriggebliebenen Erzherzogs, Josef von Habsburg-Lothringen. Es war eine Epoche der Widersprüche, der Verdrängung und des Übergangs, trotzdem benahm sich die ›Welt‹ so, als wäre der Boden unter ihren Füßen fester Fels und nicht Triebsand. Debütantinnen in schneeweißen Ballkleidern wurden in die Gesellschaft eingeführt, die traditionelle Festtracht wurde an Hochzeiten und Begräbnissen abgewetzt, den Winterurlaub verbrachte man an den Spieltischen von Monte Carlo und die Sommerferien an den Spieltischen des Lido. Toscanini dirigierte im Vigado und Gigli sang im Königlichen Opernhaus. Die ungekrönte Königin, weit mehr First Lady als die vornehme, elegante Madame Horthy oder die exzentrische Erzherzogin Augusta, war Frau Rudolf Máray-Moller, geborene Béatrice Bédier. Sie konnte vor den Damen der neuen und der alten Aristokratie, vor den großen Schauspielerinnen und den Politikergemahlinnen Vorrang nehmen, weil sie reicher, klüger und schöner war als sie alle.

Nemetz pflegte ihr bei den glänzenden Veranstaltungen zu begegnen, denen er in seiner Rolle als Wachhund beiwohnte. Sie erschien – mit erlesener Eleganz gekleidet, in Zobel oder Chinchilla gehüllt und märchenhaften Schmuck tragend – stets genau in dem Augenblick, da ihr Zuspätkommen noch chic und nicht taktlos wirkte. Sie wurde von ihrem sehr gut aussehenden Mann begleitet und von allen Herren mit Bücklingen begrüßt, von den berühmten, den gefeierten, wie von den nach oben drängenden und unbedeutenden.

Nemetz hatte sie besser gemocht als alle andern Damen, über deren Sicherheit und Schmuck er wachen mußte. Sie war die einzige, die ihn jedesmal herausbat und ein paar Worte mit ihm sprach oder ihm wenigstens zunickte. Wenn er an einem Empfang in ihrem Haus teilnahm, kümmerte sie sich persönlich darum, daß er beim Essen einen bequemen Platz erhielt und gut versorgt wurde.

Nach 1924, als Nemetz zur Mordkommission versetzt worden war und Frack und Smoking eingemottet hatte, sah er sie nur noch ganz selten in Person, wurde aber durch die Tagespresse, die Klatschspalten und das Stadtgespräch über sie auf dem laufenden gehalten. Einer der anziehenderen entthronten Könige Europas fing an, ihretwegen lange und häufige Besuche in Budapest zu machen. 1930 gebar sie ihrem Mann die Tochter Margit und 1933 die Zwillingssöhne Miklós und Mihály. Beide Taufen, die der Tochter und die der Zwillinge, waren das große gesellschaftliche Ereignis des betreffenden Jahres, an dem der Reichsverweser mit seiner Gemahlin, der Erzherzog mit seiner Erzherzogin, der Adel mit seinen Frauen und auch der entthronte König ohne seine Königin teilnahmen.

Einen Augenblick lang war Nemetz versucht, sie über ihren Abstieg vom Schloßberg zur Hausmeisterwohnung zu befragen, aber dann unterließ er es. Sie hatte offensichtlich vorgezogen, sich auszuschweigen, und er mußte ihren Wunsch achten. Mit den Grundtatsachen ihrer Geschichte war er ohnehin vertraut.

Rudolf Máray-Moller war Halbjude, demnach von 1938 an in Ungnade, als er wegen Hitler seinen österreichischen Besitz verlor. Der Rest seines Industriereichs wurde von den Nazis in den folgenden Jahren beschlagnahmt. Von Juni 1944 bis zur Ankunft der Amerikaner war er in Dachau. Da hatte er dann die Wahl, ob er sich im Westen niederlassen oder nach Ungarn zurückkehren wolle. Er entschied sich für Ungarn. Sein Haus hatte bei der Belagerung Schaden gelitten, aber wie durch ein Wunder waren seine Renoirs, van Goghs, Utrillos, Modiglianis unversehrt geblieben. Mit blutendem Herzen trennte er sich von ihnen und begann sein Haus und sein Leben wieder aufzubauen. Das Jahr 1949 sah ihn in einem anderen Konzentrationslager. Diesmal saß er nicht als Jude dort, sondern als Kapitalist. Seither waren über ihn keine Nachrichten mehr an die Öffentlichkeit gedrungen. Soviel Nemetz und die Welt wußten, hätte er tot sein können. Und ebenso seine Frau, die schließlich nicht vor der Sintflut zu ihrem König geflohen, sondern bei ihrem Mann geblieben war. Nun saß sie in einer von Kakerlaken bevölkerten Küche Nemetz gegenüber — ihr Gesicht verschmiert, die Finger von Arthritis geschwollen und ihr noch immer edel geformtes Kinn durch respektlosen, wenig damenhaften Bartwuchs entstellt.

»Ich habe gehört, Frau Moller«, fing Nemetz an, sie zu befragen, »daß Ihre Söhne und Ihr Mann mit den Tóths nicht auf gutem Fuße standen.«

Natürlich hatte ihm kein Mensch das je erzählt, es war einfach ein Schuß ins Blaue.

»Das stimmt«, bestätigte sie ruhig.

»Warum? Was haben sie gegen die Tóths?«

»Eigentlich nichts. Ich will sagen, es war Herr Tóth, der angefangen hat.« Sie sagte ›Herr‹, nicht ›Genosse‹. »Ich glaube, er hat es nicht geschätzt, daß meine Zwillinge im gleichen Betrieb arbeiteten wie er. In der Lederfabrik Veritas. Oh, wir hatten auch schon vorher Scherereien mit ihm. Seit wir 1952 den Posten hier übernommen haben. Er war Blockwart und hatte als solcher das Recht, sich — sagen wir, einzumischen. War die Treppe sauber geschrubbt? Hatten wir die Mülleimer rechtzeitig geleert? Kontrollierten wir auch die Besucher eines bestimmten Mieters?« Sie hielt inne und setzte rasch hinzu: »Es war nichts Ernsthaftes. Wir bemühten uns, Reibereien zu vermeiden, so blieb es immer im Rahmen.«

Nemetz bemerkte, wie sehr sie darauf bedacht war, die Spannung zwischen ihnen als unbedeutend darzustellen. Sie schwieg eine Weile, und er mußte sie auffordern fortzufahren.

Sie holte tief Atem. »Es ging alles gut, bis durch Zufall die Jungen Arbeitsplätze bei der Veritas fanden. Etwa zwei Jahre sind es her. Von da an war Herr Tóth wirklich —« Sie verstummte.

»Wirklich —?« half Nemetz nach.

»Wirklich entschlossen, uns aus dem Haus und die Jungen aus der Fabrik zu vertreiben. Lange Zeit hatte er keinen Erfolg. Nicht einmal, als er zum Verwalter befördert wurde. Der Werkmeister der Jungen hatte sie sehr gern und stellte sich vor sie. Aber schließlich gewann Herr Tóth. Er hängte ihnen eine Sabotagebeschuldigung an. Er brachte ein halbes Dutzend falsche Zeugen bei, und am Ende verurteilte das Gericht die Zwillinge zu achtzehn Monaten Zwangsarbeit. Sie hatten noch vier Monate abzusitzen, als sie durch die Revolution befreit wurden.«

»Warum hat ihnen Tóth das wohl angetan?« fragte Nemetz.

Frau Moller zuckte die Achseln. »Ich weiß es eigentlich nicht. Es scheint, die Jungen hatten irgendwelche Unregelmäßigkeiten in der Fabrik entdeckt. Aber das ist nur reine Vermutung. *Meine* Vermutung«, fügte sie hastig hinzu. »Die Jungen haben es mir nie gesagt.«

Nemetz hätte am liebsten hinübergelangt und beruhigend ihre abgearbeitete Hand getätschelt, aber dann dachte er daran, wer er war und wer sie war — ein Polizeibeamter und eine Verdächtige —, und nahm sich zusammen.

»Es tut mir leid«, fing sie wieder an, »wenn ich wie eine Mutter rede. Diese Dinge, ich meine falsche Beschuldigungen, harte Urteile, die passieren jeden Tag. So sind nun mal die Zeiten, in denen wir leben. Es gab schlimmere Vorgesetzte als Herrn Tóth. Wir, meine Jungen und mein Mann, haben ihm den Vorfall nie vorgeworfen.« Ihre Stimme wurde aufgeregt. »Das haben wir längst vergessen! Ich weiß gar nicht, warum ich es zur Sprache gebracht habe. Wohl weil ich befürchtete, Sie könnten von der Verurteilung erfahren und von meinen Söhnen einen falschen Eindruck bekommen. Sie sind so wunderbare Jungen, sehr gescheit, sehr talentiert. Es ist schade, daß sie Arbeiter sein müssen. Vielleicht erhalten sie jetzt, wenn wir gewinnen — das heißt, wenn die Revolution Erfolg hat —, die Gelegenheit, weiterzustudieren. Sie sind noch jung, erst dreiundzwanzig. Sie hatten schon zwei Semester am Polytechnikum hinter sich, als —« Sie brach ab, weil sie wieder fürchtete, sie habe zuviel gesagt.

Ursprünglich hatte Nemetz vorgehabt, Mimi zu holen, aber jetzt wurde es offensichtlich, daß das unnötig war. Was Frau Moller endgültig verriet, war genau das, von dem sie gehofft hatte, es werde ihn täuschen: der Eifer, mit dem sie zu beweisen versuchte, daß es kein böses Blut gegeben habe zwischen Tóth und ihren Männern und daß vierzehn Monate Arbeitslager keine Verbitterung in einem jungen Burschen oder seinen Eltern hinterlasse.

»Wo sind die Tóths jetzt, wissen Sie das?« fragte er.

»Keine Ahnung. Sie verschwanden, als der Aufstand ausbrach.«

»Und Frau Halmy?«

Sie sah ihn mit aufgerissenen Augen an. »Sie ist tot. Von den Russen erschossen vor der Bäckerei Bozsán.«

»Was wird da im Hof hinten gebaut?« Nemetz wechselte schlagartig das Thema.

Sie starrte ihn an und versuchte, den Haken an der Frage herauszufinden.

»Ach«, sagte sie schließlich, »eine Wohnung sollte in zwei aufgeteilt werden, aber die Arbeiter sind weggeblieben seit dem Ausbruch der Wirren.«

»Haben sie nicht einen Schubkarren zurückgelassen?«

Sie erbleichte. »Ich weiß nicht. Ich habe nicht nachgeschaut.«

»Wo ist er?«

»Wo ist was?«

»Der Schubkarren. Wo haben Sie ihn am Samstagabend gelassen?«

»Ich . . . ich weiß nicht, was Sie meinen«, stotterte sie.

Er stand auf, ging um den Tisch herum und blieb vor ihr stehen.

»Sie wissen ganz genau, was ich meine, Frau Moller.«

Er liebte es durchaus nicht, die brutalen Augenblicke, wenn ein der Tat Verdächtiger sich ergeben mußte, in die Länge zu ziehen. Aber in Wirklichkeit, so traurig es war, verschafften ihm diese Augenblicke stets Befriedigung, ein gewisses Vergnügen, trotz dem Mitleid, das ihn in den meisten Fällen erfüllte. Er glich einem, der auf die Fuchsjagd geht, Tierquälerei haßt und doch die Tötung um nichts in der Welt verfehlen möchte.

»Frau Moller«, sagte er, »Sie sind gesehen worden. Sie brachten Frau Halmys Leiche zur Ecke der Perc-Passage und ließen sie dort. Das an sich war keine strafbare Handlung. Wir wissen nicht, wer sie getötet hat. Sie könnten es jedoch gewesen sein.«

Sie sprang auf. »Nein – nein!« schrie sie.

»Oder jemand anderes. Das müssen wir herausfinden, und Sie könnten uns dabei helfen, indem Sie uns alles sagen, was Sie wissen.«

»Ich habe sie nicht getötet«, rief sie laut. »Ich habe sie gefunden – habe sie tot gefunden, gerade da auf der Treppe. Sie war tot! Inspektor, Sie müssen mir glauben. Sie war tot!« Ihre Stimme tönte so schrill wie eine Telephonklingel.

»Ich glaube Ihnen, Frau Moller«, sagte Nemetz. »Sagen Sie mir einfach alles, was Sie wissen. Sie behaupten, Sie hätten sie gefunden. Wie und wann?«

»Nun, ich habe sie gefunden und sie war tot! Mehr kann ich nicht sagen.«

Nemetz schüttelte den Kopf. »Nein, Sie können sehr viel mehr sagen. Wo waren Sie zum Beispiel am Samstag? Wann haben Sie Frau Halmy zum letzten Mal am Leben gesehen?

Zum letzten Mal gesprochen? Beruhigen Sie sich. Wenn Sie bloß die Tote aufgelesen und zur Straßenecke gebracht haben, brauchen Sie sich überhaupt nicht zu ängstigen.«

Sie sah ihn mit einem gequälten, müden Lächeln an und setzte sich.

»Ich ging meine Tochter besuchen«, fing sie an. »Sie wohnt in der Budaörsistraße. Sie hat zwei kleine Kinder. Ich machte mir ihretwegen Sorgen, da wir hörten, die meisten Häuser in ihrer Nachbarschaft seien getroffen worden. Am Samstagmorgen hielt ich es nicht länger aus. Ich fuhr über die Kettenbrücke nach Buda – Sie werden's nicht glauben, oben auf einem russischen Panzer. Ich war so verzweifelt, ich ging einfach hin und fragte, ob sie mich mitnehmen würden. Ich spreche ein bißchen russisch, gerade so viel, daß ich mich verständlich machen kann. Die Besatzung waren nette junge Burschen; einer hatte das gleiche dichte blonde Haar wie meine Zwillinge. Es ist eine Schande, daß sie sich als Feinde gegenüberstehen müssen, wenn sie sich im Grunde so ähnlich sind, nicht? Also, ich fuhr mit ihnen über die Brücke, und dann rollten sie davon zum Landwirtschaftsinstitut, um die Studenten anzugreifen. Schließlich gelangte ich zur Wohnung meiner Tochter. Sie und die Kinder waren wohlauf. Allerdings hatte sie ihren Mann seit Tagen nicht mehr gesehen; als letztes hatte sie von ihm gehört, daß er bei der Gruppe mitkämpfte, die den Zsigmondplatz hielt. In der Umgebung war es ziemlich ruhig, abgesehen von der Schießerei beim Institut, acht Häuserblocks entfernt. So verließ ich sie und machte mich auf den Heimweg. Das war kurz nach sechs. Ich wollte zu Hause sein, für den Fall, daß die Zwillinge heimkämen. Das vergaß ich Ihnen zu sagen – sie hatten sich einem Trupp der Aufständischen angeschlossen. Ich bat sie, es nicht zu tun, aber sie wollten nicht hören. Sie gingen am Mittwoch. Freitagmittag kamen sie nach Hause, aber nur, um sich umzuziehen. Seither haben wir sie nicht mehr gesehen. Ich hoffte, sie würden am Samstag zurückkommen, weil ich gehört hatte, daß ihre Gruppe aufgelöst worden sei, da im ganzen Bezirk keine Russen mehr übriggblieben. Ein Teil der Männer ging heim, andere schlossen sich der Nationalgarde an, einige flohen nach Österreich.«

»Und Ihr Mann? Wo war der?«

»Oh, er war überall in der Stadt. Um mit Leuten zu reden. Besuchte alte Freunde. Die Revolution war eine Belebungsspritze für ihn. Vorher machte ich mir seinetwegen Sorgen. In den letzten Jahren war er teilnahmslos, gelähmt, geschlagen gewesen. Er saß den ganzen Tag in seiner Ecke, unternahm nichts, stierte einfach ins Leere. Jetzt ist er wieder zum Leben erwacht.«

»Wo war er am Samstagabend?«

»Das müssen Sie ihn schon selber fragen. Ich weiß nur, daß er einen Teil des Abends mit einem Mann namens Laci Tarján verbrachte. Ihr einziger Sohn war von den Russen erschossen worden. Er hatte Backsteine gegen die Panzer geworfen. Er war dreizehn. Mein Mann ist erst am Sonntagmorgen zurückgekommen.«

»Wann sind *Sie* am Samstagabend zurückgekommen?«

Sie stand auf, ging zum dickbäuchigen eisernen Ofen und warf ein paar Kohlen auf das Feuer, das schon gut versorgt war und munter brannte. Kein Zweifel, sie suchte Zeit zu gewinnen, da sie den entscheidenden Punkt ihrer Geschichte erreicht hatte.

»Nun«, sagte sie schließlich und setzte sich wieder, diesmal in den altersschwachen Lehnstuhl, »es muß um halb zehn herum gewesen sein. Es war keine einfache Reise. Aber unweit der Margitbrücke hatte ich Glück. Ich konnte wieder mitfahren, diesmal in einer Rotkreuzambulanz. Sie waren unterwegs zum Sankt-Rochus-Spital und setzten mich hier an der Ecke der Ringstraße ab. Von dort an war es nicht mehr schlimm, außer daß das Licht in unserer Straße nicht brannte. Später kam es wieder, doch auf dem Weg nach Hause brannte es nicht. Die Eingangstür war wegen des Ausgehverbots zugeschlossen, aber ich hatte den Schlüssel dabei. Als ich mich durch den Flur tastete, stolperte ich über etwas. Ich hob es auf und merkte, daß es eine Damenhandtasche war. In der Wohnung zündete ich eine Kerze an und entdeckte, daß sie Frau Halmy gehörte. Ich hatte sie oft damit gesehen. Es kam mir seltsam vor, daß sie die Tasche im Flur fallen gelassen hatte, deshalb ging ich mit der Kerze hinaus und fand ihre Leiche«, schloß sie mit einem hilflosen Zukken ihrer knochigen Schultern.

»Und dann? Was geschah dann?« drängte Nemetz sie.

»Ich legte sie auf den Schubkarren und brachte sie zur Ecke der Perc-Passage und ließ sie dort. Ich kehrte nach Hause zurück und sah an der Stelle nach, wo sie gelegen war. Zum Glück, denn dort entdeckte ich eine kleine Blutlache. Ich holte Eimer und Schrubber und wusch das Blut auf. Dann stellte ich den Schubkarren in den Keller.«

»Weshalb die Perc-Passage?«

»Ich dachte, man würde sie mit den andern Frauen dort wegschaffen.«

»Augenblick mal, Frau Moller. Sie sagten, Sie hätten das Haus am Morgen verlassen. Die vier Frauen wurden am Samstagnachmittag erschossen. Wie kommt's, daß Sie davon wußten, wenn Sie doch den ganzen Tag weg waren?«

Ein leises, triumphierendes Lächeln huschte über ihr Gesicht. »Oh, aber ich habe Ihnen doch gesagt, die Ambulanz setzte mich an der Ecke ab. Ich kam auf dem Weg nach Hause dort vorbei.«

»Die Straße war dunkel. Das haben Sie geagt.«

»Unsere Straße, ja. *Nicht* die Perc-Passage. Dort brannte das Licht.«

»Wußten Sie, daß die Russen sie erschossen hatten?«

»Zu diesem Zeitpunkt nicht. Da sah ich einfach vier Frauen tot auf dem Gehsteig liegen. Es waren nicht die einzigen Toten, die ich am Samstag gesehen habe. Die Stadt war voller Toter. Sie wissen so gut wie ich, wie das war.«

Nemetz trat näher zu ihr. »Nun, Frau Moller, Sie kamen vom andern Ende der Stadt nach Hause. Sie hatten eine sehr gefahrvolle Reise hinter sich. Aber auf der Stelle waren Sie bereit, einen sogar noch gefährlicheren Gang zu wagen. Spät nachts, während der Ausgangssperre, und dazu mit einer toten Frau!«

»Nicht auf der Stelle. Es kostete mich einige Zeit, bis ich entschieden hatte, was zu tun war«, sagte sie und erwiderte seinen Blick; ihr Gesicht wurde streng wie eine Totenmaske. »Zuerst dachte ich, ich wolle auf meinen Mann warten.«

»Und die Zwillinge? Waren sie zu Hause?«

»Nein, natürlich nicht. Sagte ich Ihnen das nicht? Ich habe sie seit Freitag nicht mehr gesehen.«

»Ja, das sagten Sie mir«, bestätigte Nemetz.

»Und jetzt sage ich's Ihnen noch mal«, bekräftigte sie, und zum ersten Mal war der Ton feindselig. »Ich bin die ganze Samstagnacht aufgeblieben und habe auf sie gewartet. Aber nicht ein Wort, nichts. Ich habe nicht die leiseste Ahnung, wo sie sind. Vielleicht sind sie in den Westen gegangen, wer weiß. Ich lasse ständig Radio Freies Europa laufen, in der Hoffnung, sie geben eine Botschaft durch, wie andere auch, wenn sie über der Grenze in Sicherheit sind.«

»Sie glauben, sie hätten gehen können, ohne sich von Ihnen zu verabschieden?«

»Herr Nemetz«, sagte sie gereizt, »wenn man fliehen muß, nimmt man sich nicht Zeit für Abschiedsbesuche. Das gibt's bloß in den Filmen.«

Nemetz schwieg. Ihre Annahme, daß die Zwillinge geflohen seien, sprach Bände. ›Wenn man fliehen muß‹, sagte sie. Ohne Zweifel glaubte sie, daß sie tatsächlich hatten fliehen müssen. Sie glaubte, daß sie Anna Halmy erschossen hatten aus Rache für die vierzehn Monate Arbeitslager.

»Weshalb konnten Sie denn die Leiche nicht liegen lassen, wo Sie sie gefunden hatten?« fragte er nach einer Weile.

»Ich konnte einfach nicht.« Jetzt sprach sie nervös und hastig. »Ich bin verantwortlich für die Zustände in diesem Haus. In normalen Zeiten hätte ich einen Krankenwagen gerufen. Nun, es kam mir nicht einmal in den Sinn. Ich wollte sie bloß aus *meinem* Haus draußen haben. Es wohnen

Kinder hier. Ich wollte nicht, daß diese Kinder am Morgen heruntergekommen wären und eine Leiche auf der Treppe gefunden hätten!«

»Aber Sie haben Dr. Halmy benachrichtigt, nicht wahr?«

Sie blickte ihn kalt an. »Soviel ich weiß, war er nicht zu Hause.«

»Sind Sie sicher? Haben Sie bei ihm geklingelt?«

Sie setzte sich in ihren Lehnstuhl zurück. »Was wollen Sie von mir, Inspektor? Ich schwöre, ich habe Frau Halmy kein Haar gekrümmt. Ich fand sie tot daliegen. Ich brachte sie an einen Ort, wo ich wußte, man würde sie abholen. Das ist alles.«

»Haben Sie versucht, Dr. Halmy im Spital anzurufen?«

Sie schüttelte den Kopf. »Es war ein Fehler. Alle machen wir Fehler.«

Ein langes Schweigen folgte. Sie strich sich über die Stirn und sah sich verwirrt um. Ihr Blick blieb an den schmutzigen Tellern im Spülstein hängen. Sie runzelte die Stirn, als würde sie das Geschirr erst jetzt gewahr.

»Hier sieht's wirklich furchtbar aus«, sagte sie mit einem nervösen Lachen. »Ich hatte vor, das Haus zu putzen, gerade bevor Sie gekommen sind. Sehen Sie —« Sie beendete den Satz nicht, wie wenn sie gemerkt hätte, daß die schmutzigen Teller nicht ihr brennendstes Problem seien. »Was jetzt, Inspektor?« fragte sie fast heiter.

Nemetz zog seinen Mantel an und wickelte den Schal um den Hals. »Ich muß Sie leider mitnehmen, Frau Moller.«

Sie ging zum Spülbecken und rieb sich die Hände mit einem Bimsstein ab. »Das habe ich mir gedacht«, sagte sie nickend, dann drehte sie sich um. »Könnte ich eine Nachricht dalassen für meinen Mann? Sonst weiß er nicht, wo ich bin.«

»Das dürfte nicht nötig sein«, entgegnete Nemetz. »Einer meiner Leute wird hier auf ihn warten und ihn zu mir ins Büro bringen.«

»Ich verstehe«, sagte sie mit einem müden, schmerzlichen Lächeln und knöpfte die Schürze auf. Dann holte sie einen

Vorkriegs-Kamelhaarmantel aus dem Schrank und ließ Nemetz ihr beim Hineinschlüpfen helfen. Aus einer Schublade nahm sie eine abgenützte Handtasche.

»Was haben Sie mit Frau Halmys Tasche gemacht?« fragte Nemetz.

»Sie werden es nicht glauben«, antwortete sie, und wieder erschien das eigenartige, wehmütige Lächeln, aber diesmal mit einer Spur Ironie. »Ich wollte sie in die erste beste Mülltonne auf der Straße werfen, als ich am Lederwarengeschäft Kurnicz vorbeikam. Alle Fenster waren zerschmettert. Da schob ich Frau Halmys Tasche einfach in die Auslage. Sie ist bestimmt noch dort. Komisch, wie ehrlich die Leute plötzlich geworden sind. In anderen Zeiten hätten sie einen solchen zerstörten Laden bis aufs letzte ausgeräumt. Aber jetzt nicht. Man plündert einfach nicht. Die Leute sind hungriger und mittelloser denn je, aber sie wollen einfach nichts nehmen, was ihnen nicht gehört.«

»Und ihr Mantel? Sie trug doch einen, nicht?«

»Ja, einen rostroten Tweedmantel ... Als ich sie wegschaffte, legte ich ihn in den Schubkarren, damit es keine Blutspuren gab. Dann kam ich zurück und verbrannte ihn im Ofen. Den hätte ja niemand mehr brauchen können – mit dem Loch von der Kugel und all den schrecklichen Flecken ...«

Am Morgen, auf dem Weg zu Dr. Halmys Wohnung, hatte Nemetz durch die Akademiestraße hinunter einen Kreis von russischen Panzern gesehen, die das Parlamentsgebäude umzingelt hielten. Als er jetzt mit Frau Moller zum Polizeipräsidium ging, fuhr eine lange Kolonne von sowjetischen gepanzerten Fahrzeugen in Richtung Buda über die Kettenbrücke. Von allen Seiten strebten sie auf die Brücke zu: große graugrüne Ungeheuer, die lärmend auf ihren trägen, erbarmungslosen Raupen dahinrasselten.

Sobald er ins Büro kam, drehte er das Radio an. Es war genau zwölf Uhr, Zeit für die Mittagsnachrichten. Der Sender Budapest gab sich beruhigend. Der planmäßige Rückzug der sowjetischen Truppen aus der Hauptstadt habe in der Nacht begonnen und scheine immer noch im Gang zu sein. Bei einer Ansprache an eine große Menschenmenge vor dem Parlament habe Ministerpräsident Nagy ›Siegesgewißheit‹ gezeigt. ›Unsere Landesregierung wird keine Einmischung in ungarische Angelegenheiten zulassen‹, habe er gesagt. ›Wir bestehen auf der Grundlage der Gleichberechtigung mit unsern Nachbarn und werden stets unsere Souveränität und Unabhängigkeit verteidigen.‹ Dann habe er hinzugefügt: ›Ich habe von Herrn Mikojan, dem Ersten Stellvertretenden Ministerpräsidenten der UdSSR, der sich seit dem 25. Oktober in Budapest aufhält, die Zusicherung seiner Regierung erhalten, daß alle russischen Truppen bis zum 15. Januar 1957 aus Ungarn abgezogen werden sollen.‹ Die nächste Meldung betraf die Luftbrücke aus dem Westen nach Ungarn, die reibungslos funktioniere. Große Mengen von Medikamenten und Lebensmitteln würden ununterbrochen auf dem Flugplatz Ferihegy eintreffen. Radiosender näher an der nordöstlichen Grenze tönten nicht so hoffnungsvoll und behaupteten, während gewisse Einheiten der Sowjetarmee von Budapest abzuziehen schienen, strömten andere in das Land.

Mit einem Seufzer stellte Nemetz das Radio ab. Er hatte Irén in der Kantine Wurst und Brötchen holen lassen und lud Frau Moller zu einem Picknick auf seinem von Papieren übersäten Schreibtisch ein. Sie nahm ohne Umstände an und aß mit gesundem, ungezwungenem Appetit.

Sie waren fast fertig mit Essen, als Irén meldete, Káldy wartete draußen und wünsche dringend Nemetz zu sprechen.

»Raten Sie, wer Dr. Halmy gestern abend besucht hat?« fragte Káldy, als Nemetz zu ihm herauskam, und seine Stimme verriet ein bißchen Erregung. Auch das geringste Anzeichen, daß Káldy an einem Fall Interesse bekundete, war ganz ungewöhnlich für ihn. »Lóri Kun! Es war reines Glück, daß ich's herausfand. Zufällig hat Inspektor Koller – ich vergesse immer, ihn Chef zu nennen – plötzlich beschlossen, auf Schmuggler Jagd zu machen. Natürlich besteht die

Schmuggelware gegenwärtig vor allem aus Menschen. Der Verkehr über die österreichische Grenze ist wirklich ungeheuer. Deshalb ließ der Chef durch einen Mann die Lokale kontrollieren, wo die Jungs sich mit den Kunden verabredeten. Chef Kollers Mann nahm Lóris Fährte im Cuban-Espresso auf, dann beschattete er ihn für den Rest des Tages. Kun merkte es nicht, sonst hätte der gewiefte kleine Dreckskerl –«

»Was hat Koller gegen Kun in der Hand?« schnitt ihm Nemetz das Wort ab.

»Nichts Neues. Einfach seine alten Schandtaten. Der Chef dachte, jetzt sei es eine günstige Zeit, ihn zu schnappen. Seine Beschützer sind verschwunden oder anderswo beschäftigt, deshalb fand er, er dürfe sich diese Gelegenheit nicht entgehen lassen.«

Lóri Kun war ein Schmuggler, wahrscheinlich derjenige, der am unverschämtesten und erfolgreichsten direkt vor der Nase der Polizei und der Grenzwache sein Wesen trieb, oft mit der heimlichen Unterstützung der letzteren. Vor dem Aufstand war er spezialisiert gewesen auf Luxusartikel, wie schottische Wolle, französisches Parfum, italienische Schuhe, deutsche Photoapparate, Schweizer Uhren; nur das Auserlesenste, nichts so Gewöhnliches wie Zigaretten oder Nylonstrümpfe. Zu seinen besten Kunden zählten Russen von hohem Dienstrang – Zivilisten und auch Militärs –, und ihre Protektion war das Drachenblut, das ihn, einen kleinen, verderbten Siegfried, unverletzlich machte. Gelegentlich verhalf er auch Leuten zur Flucht, aber das Schmuggeln von Menschenfleisch gehörte nicht zu seinen Lieblingsbeschäftigungen. Das war zu gefährlich, und er ließ sich nur darauf ein, wenn ein unwiderstehlich hohes Honorar in Aussicht stand. Doch jetzt, da der Stacheldraht wie eine verhaßte Schlingpflanze weggerissen und die Minen wie reife Kartoffeln ausgegraben und die Scheinwerfer wie vom Star befallene Augen blind geworden waren, jetzt gab es für einen gerissenen jungen Mann keinen leichteren Weg, in kürzester Zeit ein Vermögen anzuhäufen. Aus der ganzen freien Welt strömten Leute nach Wien, die den Lóri Kuns – diesen modernen Nachfahren von Hermes – von fünfhundert bis fünftausend Dollar jeden Betrag zahlten, damit sie seit langem getrennte Ehepaare, Brüder, Schwestern und Freunde wieder einander zuführten.

Lóri Kun unterhielt ein regelrechtes Büro in einer kleinen Espressobar, wo seine zukünftigen Klienten mit ihm in Verbindung treten konnten. Seine Dienste waren so gefragt, daß er die ihm Anvertrauten nicht mehr einzeln über die Grenze brachte, sondern gruppenweise, wobei ihm ein Gang zwischen fünf- und fünfzehntausend Dollar einbrachte. Er war neunzehn Jahre alt, ledig, ein Waisenkind und *summa-cum-laude*-Absolvent einer Besserungsanstalt für Jungen.

»Wo ist Lóri mit Dr. Halmy zusammengetroffen?« fragte Nemetz.

»Er besuchte den Arzt im Spital. Um den Kopf hatte er eine Serviette gewickelt, als wäre er verwundet und ginge für Erste Hilfe dorthin. Die beiden schlossen sich im Labor ein und blieben etwa zehn Minuten drin. Als Lóri ging, trug er den Verband immer noch, aber er machte bei der Toilette in der Rákóczistraße halt und nahm ihn dort ab.«

Nemetz rief Koller an und bat ihn, Lóri weiter zu beschatten und ihn, Nemetz, über all seine Schritte auf dem laufenden zu halten. Dann wandte er seine Aufmerksamkeit wieder der Familie Moller zu und wies Káldy an, eine gründliche Suche nach den Zwillingen einzuleiten und ferner die Leute zu befragen, mit denen Herr Moller am Samstagabend zusammengewesen sei.

Káldys Aufgabe war nicht leicht; ja, eigentlich kam sie der sprichwörtlichen Suche nach der Nadel im Heuhaufen gleich. Dessenungeachtet kehrte er nach ein paar Stunden zurück und meldete triumphierend, er wisse, wo die Zwillinge seien. Er hatte ihre Namen auf der Verwundetenliste des Roten Kreuzes gefunden. Beide waren ins Sankt-István-Spital, unweit des Volksparks, gebracht worden.

Nemetz schaute auf die Uhr. Es war sechs. Er hatte seiner

Schwägerin versprechen müssen, zeitig zum Nachtessen nach Hause zu kommen. Wenn er das Versprechen nicht einhielt, konnte er hingehen und die Zwillinge vernehmen und mit ein bißchen Glück den ganzen Fall Halmy abschließen. In einem der leeren Büroräume eingesperrt, wartete Frau Moller auf seine Entscheidung, was er mit ihr anfangen sollte. Sie wußte nicht, daß die Zwillinge gefunden worden waren, da Nemetz mit ihnen reden wollte, bevor er es ihr sagte. So beschloß er, Lilla sitzenzulassen, und machte sich auf den Weg zum Sankt-Istvan-Spital.

Káldy, der Mann, der alles möglich machte, erwischte einen Polizeiwagen und brachte Nemetz hin. Das Krankenhaus lag im nordöstlichen Randgebiet der Stadt, und es wurde eine lange, holprige Fahrt mit vielen Umwegen, wo das Pflaster aufgerissen war oder Haustrümmer oder ausgebrannte Fahrzeuge und zerstörte Straßenbahnwagen den Weg versperrten. Überall herrschte Ruhe. Sie sahen keinen lebenden Russen, nur ein paar tote. Der 31. Oktober war der Tag vor Allerheiligen, und so brannten Hunderte von Kerzen auf frisch ausgehobenen Notgräbern in öffentlichen Parks.

Das Sankt-Istvan-Spital bestand aus einer Gruppe von Gebäuden zwischen alten, schattenspendenden Bäumen in Gartenanlagen, die von einer hohen Backsteinmauer umgeben waren. Nachdem Nemetz und Káldy sich auf verschiedenen Abteilungen erkundigt hatten, erfuhren sie schließlich durch die Annahmeschwester der chirurgischen Station, daß einer der Zwillinge vor ein paar Stunden gestorben sei. Seinen Leichnam habe man in eine notdürftige Leichenhalle im Keller geschafft. Der andere junge Mann sei nur leicht verwundet worden und wieder soweit in Ordnung, daß man ihn entlassen könne.

Die Schwester ließ den überlebenden Zwilling durch einen Pfleger holen, während Nemetz in den Keller hinabstieg. Über ein Dutzend Leichen lagen dort zwischen Eisblöcken auf langen, zinkverkleideten Tischen, die man wohl aus der Kantine geholt hatte. Zu Füßen jedes Toten führte eine

Karte Namen, Adresse, Alter, Todesursache und -zeit auf. Einige Karten trugen nur die Worte: *unbekannter Mann*, oder: *unbekannte Frau*. Man hörte kein Geräusch außer dem von Wasser, das von den Tischen auf den Betonboden tropfte. Die Luft war feuchtkalt. Ein paar Glühbirnen hingen von der Decke und streuten ein mattes gelbes Licht auf die Leichen.

Nemetz erkannte den jungen Moller, ohne daß er seinen Namen zu lesen brauchte. Er hatte das klassische Profil und die langen, an Greco erinnernden Glieder seiner Mutter. Er lag nackt da, nur sein Hemd war statt eines Grabtuchs über ihn gebreitet. Es war ein billiges, verschossenes Hemd, mit den von liebender Hand gestickten Initialen MMM verziert. Jemand hatte ihm einen Strauß frischer hellroter Astern auf die Brust gelegt. Von weitem sahen sie aus wie eine große offene Wunde.

Als Nemetz nach ein paar Minuten die Treppe hinaufstieg, sah er sich plötzlich von Angesicht zu Angesicht mit dem jungen Mann, den er eben da unten auf dem zinkverkleideten Tisch zurückgelassen hatte. Natürlich war es nicht derselbe Junge – nicht Miklós, sondern Mihály, der einen blutbefleckten Regenmantel trug. Sein linker Arm ruhte in einer Schlinge. Die Ähnlichkeit zwischen ihm und seinem Zwillingsbruder war verblüffend. Und doch gab es einen Unterschied. Miklós, der Tote, schien zu ruhen, sein Gesicht war von einem Ausdruck der Zufriedenheit, ja fast von Glückseligkeit geglättet. Mihály sah gepeinigt und elend aus, seine jungen Augen starrten glasig vor Schmerz.

Als Nemetz ihn beim Namen ansprach, fuhr er zusammen.

»Warum haben Sie Ihre Mutter nicht benachrichtigt, daß Sie verwundet worden waren?« fragte Nemetz vorwurfsvoll, nachdem er seinen Namen genannt hatte. »Sie hatte keine Ahnung, wo Sie waren. Sie macht sich furchtbare Sorgen.«

»Mein Bruder ist tot«, sagte Mihály tonlos. Sein Schmerz war wie eine schalldichte Wand um ihn, durch die keine Stimme von außen dringen konnte.

Nemetz faßte ihn am rechten Arm. »Kommen Sie mit, ich bringe Sie zu Ihrer Mutter. Die Krankenschwester sagte, Sie seien wieder soweit in Ordnung, daß Sie entlassen werden könnten.«

»Mein Bruder ist tot«, wiederholte der Junge.

»Ich weiß. Wir müssen es Ihrer Mutter sagen. Es wird nicht leicht sein. Aber sie hat ja noch Sie, und das wird den Schlag weniger grausam machen.«

Nach einigem Zögern war der Junge bereit, mit Nemetz zu kommen, aber nur, wenn er vorher noch in den Keller gehen und von Miklós Abschied nehmen könne. Die Schwester sagte, das sei nun wohl schon das zehnte Mal seit Mittag, daß er dort hinuntersteige. Er kehrte bleich, aber ohne Tränen zurück. Während der Rückfahrt saß er anfangs zusammengesunken hinten im Wagen. Dann, als sie beim Palace-Hotel vorbeikamen, erwachte er plötzlich zum Leben.

»Sehen Sie dieses Dach?« fragte er und wies auf ein fünfstöckiges Gebäude auf der gegenüberliegenden Seite der Straße. Die Hausfront war aufgerissen und sah aus wie ein von Aussatz zerfressenes Gesicht ohne Nase. »Dort haben wir uns am Mittwoch eingerichtet. Wir waren etwa fünfzig – fast jeder hatte ein Gewehr oder einen Revolver, eine Menge Handgranaten, Munition in Hülle und Fülle. Bis Freitag verloren wir die Hälfte der Leute und das Haus war so gut wie zerstört. Doch wir gaben nicht auf. Mindestens zwei Dutzend Panzer haben wir zur Strecke gebracht. Am Samstagnachmittag hatten wir dann keine Munition mehr und mußten das Dach räumen. Etwa die Hälfte unserer Leute ging nach Hause zum Essen und Kleiderwechseln. Wir wollten auch gehen, aber dann sagte einer, der Trupp, der das Corvin-Kino halte, brauche Verstärkung. Mein Bruder und ich und fünf weitere beschlossen, dorthin zu gehen, aber etwa zwei Häuserblocks entfernt liefen wir in ein russisches Widerstandsnest hinein. Wir hatten keine einzige Patrone mehr, so blieb uns nichts übrig, als uns zu ergeben. Sie luden uns auf einen Lastwagen und fuhren uns die Ringstraße hinunter.

Wir dachten, sie würden uns zur Kommandatura bringen, als sie plötzlich anhielten und uns befahlen runterzusteigen. Die meisten Häuser waren völlig zerstört, aber irgendwie war ein Herrenmodegeschäft verschont geblieben. Die Russen trieben uns mit vorgehaltener Waffe zu diesem Laden. Einer trat zu dem großen Schaufenster und schlug es mit dem Gewehrkolben ein. Ein anderer Russe, ein Hauptmann, sagte uns in gebrochenem Ungarisch, wir sollten uns die Sachen aus dem Fenster nehmen. Zuerst begriffen wir nicht, was er meinte, dann sahen wir einen andern russischen Lastwagen mit einer aufmontierten Filmkamera herbeifahren. Die Schweinehunde wollten Aufnahmen von uns machen, wie wir den Laden plünderten, damit sie der Weltöffentlichkeit beweisen könnten, daß wir nichts als eine Bande Hooligans seien. Wir sagten dem Hauptmann, er solle sich zum Teufel scheren. Darauf sagte er, er zähle bis drei und schieße dann. Er zählte bis drei und feuerte dann mit seiner Maschinenpistole auf uns. Vier von uns waren sogleich tot. Einer starb eine halbe Stunde später. Wir, Miklós und ich, wurden von einer Ungarin mit einem Privatwagen aufgelesen und ins Sankt-Istvan-Spital gebracht.«

Nemetz wartete, bis der junge Mann ausgeredet hatte, dann fragte er: »Haben Sie gesagt, das sei am Samstagnachmittag geschehen?«

»Ja«, bestätigte Mihály. »So um drei herum.«

»Am Samstagnachmittag«, murmelte Nemetz. Frau Halmy war am Samstagabend erschossen worden. Jetzt wußte er, daß er auf dem Holzweg gewesen war. Er konnte die Moller-Jungen auf der Stelle ausschließen. Statt verärgert oder enttäuscht zu sein, empfand er eigenartigerweise ein Gefühl der Erleichterung. Nun durfte er Frau Moller in die eintönige und ungestörte Anonymität zurückkehren lassen, in der zu leben sie beschlossen hatte.

Im Polizeipräsidium sagte er dem Jungen, er solle allein mit seiner Mutter reden. Angespannt wartete er darauf, daß ein Schrei die Stille im Gebäude unterbrechen würde. Aber nichts war zu hören. Er fand eine Nachricht von Káldy in dessen sauberer, gut leserlicher Handschrift auf dem Schreibtisch vor. ›Rudolf Moller verbrachte am Samstagabend die Stunden zwischen sieben und zwölf Uhr in Gesellschaft seines Freundes Laci Tarján, der das Alibi bestätigte.‹

Nemetz faßte sich ein Herz und schaute bei Frau Moller hinein. Sie saß auf einer Bank neben ihrem Sohn Mihály und hatte den Arm um ihn gelegt. Ihre Augen waren rot, aber sie war ruhig, keineswegs hysterisch.

»Sie können ebensogut gleich nach Hause gehen, Frau Moller«, sagte der Inspektor. »Es tut mir furchtbar leid um Ihren Sohn Miklós. Und verzeihen Sie mir bitte all die Unannehmlichkeiten, die ich Ihnen bereitet habe.«

Sie stand langsam auf und sah ihn müde lächelnd an.

»Nicht der Rede wert, Inspektor. Glauben Sie mir, ungeachtet der Umstände war es wirklich nett, Sie wiederzusehen. Es ist so lange her, seit wir uns das letzte Mal begegnet sind, nicht?«

Sie streckte die Hand aus. Er ergriff sie, und die beiden blieben lange regungslos stehen und blickten einander an, sahen aber zwei andere Menschen, die zu einer tief unter der Asche der Zeit vergrabenen Welt gehörten, so tief wie Pompeji oder Herculaneum.

Donnerstag, 1. November

ALEXA TRAT AUF DIE STRASSE HINAUS. Sie blieb kurz stehen und atmete tief die kühle, frische Morgenluft ein. Sie sog sie mit dem Durst eines Alkoholikers ein, der das erste Glas des Tages kippt. Ein Westwind wehte ihr den Geruch des Flusses in die Nase. Eine Schar von Frauen fegte den von der Revolution hinterlassenen Abfall auf dem Józsefplatz weg. Es handelte sich zweifellos um Freiwillige, da sie besser gekleidet, fröhlicher und begeisterter an der Arbeit waren als berufsmäßige Straßenkehrer. Eine von ihnen, ein junges Mädchen, stimmte ein Lied an und die andern fielen ein. Dadurch erhielt die Szene etwas Unwirkliches, Theaterhaftes. Nur in Operetten kehrten Mädchen eine Straße mit so viel Schwung und so wenig Erfolg.

Sekundenlang brach die Sonne durch die riesige Wolkendecke, und ihr schimmernder Strahlenkegel wirkte wie eine Hoffnungsbotschaft nach der tödlichen Düsternis der letzten Woche. Die Tragödie war aus, und ihre Überreste wurden zu einem sauberen, ordentlichen Haufen zusammengefegt. Der Friede wartete hinter der nächsten Straßenecke mit all seinen kleinen Freuden des Lebens, die er zurückbrachte: Theater, Filme, Konzerte, Ausgehen zum Essen, Bootsfahrten auf der Donau. Seltsam, wie man dies selbst innerhalb so kurzer Zeit vermissen konnte.

Wenn die Russen wirklich gingen und das Land frei würde, so wie schon Österreich, wäre Budapest eigentlich kein so übler Ort, dachte Alexa, als sie auf die Ringstraße zuging. Vorausgesetzt, Halmy bliebe mit ihr. Der Frühling käme und die Roßkastanienbäume entlang dem Quai würden blühen; der Sommer käme und kleine Kapellen von Zigeunern in Jacketts mit Glanzstellen an den Ellbogen, mit durchgescheuerten Hemdkragen und langem öligem Haar würden in den Gartenrestaurants von Buda spielen; der Herbst käme und *Die lustige Witwe* würde neu inszeniert werden mit einer Primadonna, so massiv gebaut und beinahe so alt wie die Zitadelle oben auf dem Sankt-Gellért-Berg; der Winter käme und man würde in den Bergen Ski fahren und nachher in kleinen, überhitzten Hotelräumen flirten. Und einmal im Jahr hätte man einen kurzen Urlaub und würde eine Reise nach Venedig, Paris oder in die Schweiz machen. Nein, das Leben wäre alles in allem doch nicht so übel.

Als sie zur Ringstraße kam, war die Sonne verschwunden und ein leichter Nieselregen hatte eingesetzt. Die meisten Häuser waren mit der verstümmelten Trikolore beflaggt. Man sah auch schwarze Trauerfahnen im Gedenken an die

Toten. Allerheiligenkerzen brannten in den Fenstern, ihre kleinen Flammen leuchteten jetzt hell, da ihr großer Rivale, die Sonne, die Szene verlassen hatte.

Alexa hob das Gesicht und ließ sich ein Weilchen vom Regen besprühen. Dies war ein Tag, da nichts ihr das Gefühl von Wohlbehagen verderben konnte. Sie und Zoltán hatten die zweite Nacht in dem breiten, gastfreundlichen Bett geschlafen. Seit ihr ausnahmsweise erlaubt worden war, zu ihren Eltern ins Bett zu kriechen, hatte sie sich nie mehr so wundervoll geborgen und behaglich gefühlt. Es kam ihr vor, als wären alle Betten und alle Nächte, die dazwischen lagen, plötzlich ausgelöscht oder als gehörten sie einfach zur Vergangenheit einer anderen Person.

Ihr Leben lang hatte sie es zu ihrem großen Glück verstanden, unangenehme Erinnerungen mit der gleichen Leichtigkeit beiseitezulegen wie den Taschenkalender vom Vorjahr. Sie war wie ein weißer Schwan, der einen verschmutzten See durchschwimmen und dann ans Ufer steigen und jedes bißchen fauligen Stoff abschütteln konnte, das an seinem Federkleid klebte, weil die Natur es wasserabstoßend gemacht hatte. Im selben Augenblick, da Alexa mit einem Mann brach, wurde er für sie ein gänzlich fremder Mensch oder, noch schlimmer, ein zufälliger Bekannter, denn sie erwies ihm nie die Ehre, ihn zu hassen. Die einzigen Erinnerungen, die ihre Ex-Liebhaber hinterließen, waren kleine Gewohnheiten und Vorlieben, die sie von ihnen angenommen hatte und die sie nicht ablegte, weil sie zu bequem war oder der Brauch schon zu tief eingewurzelt. Zum Beispiel liebte sie guten starken Kaffee, ein Luxus, den sie sich schlecht leisten konnte, und sie machte ihn stets so, wie Béla Borbás es ihr beigebracht hatte. Oder sie blieb einer bestimmten Zahnpasta treu, lange nach dem Ende ihrer Affäre mit dem Mann, der diese Marke immer gebraucht hatte. Der Starreporter einer großen Sportzeitung hatte sie Wasserskifahren gelehrt, und das betrieb sie auch mit seinen Nachfolgern. Selbst Albert Fillér hinterließ ihr, wenn nicht eine Gewöhnung, so doch eine

Vorliebe für eine besondere Art Kopfwehtabletten, die sie zum ersten Mal auf ihrer Reise in die Mátra-Berge genommen hatte.

Als sie sich Halmy hingegeben hatte, war sie wie eine jungfräuliche, noch gänzlich unerfahrene Braut gewesen. Es hatte ihn überrascht, aber auch irritiert, denn ihre Zurückhaltung war seiner Ansicht nach nur ein gut einstudiertes Theater. Die Männer, die sie völlig aus ihrer Erinnerung verbannt hatte, blieben leider in der seinen deutlich gegenwärtig. Obgleich er ihre Namen nicht ein einziges Mal erwähnt hatte, waren sie die ganze Zeit da und bildeten eine unsichtbare Wand — einem hohen Lattenzaun vergleichbar mit einem anderen Gesicht auf jeder Latte —, die ihn davon abgehalten hatte, sich ihr bedingungslos zu ergeben. So waren in den ganzen fünf Monaten ihres Verhältnisses nie die drei Worte: ›Ich liebe dich‹ über seine Lippen gekommen, die Wendung, die am einfachsten und knappsten ausdrückt, weshalb ein Mann mit einer Frau essen, reden, Musik hören, ins Kino gehen, spazieren und schlafen möchte. Er sagte: ›Du bist schön!‹ oder: ›Du amüsierst mich!‹ oder: ›Ich hab' dich nötig‹, oder: ›Du tust mir gut‹, oder: ›Du hast mir gefehlt!‹ oder: ›Ich begehre dich!‹ oder: ›Ich bin verrückt nach dir‹. Aber *nie:* ›Ich liebe dich!‹

Vor Annas Tod hatte sie gedacht, es sei seine Ehe, die zwischen ihnen stehe. Er liebte Anna nicht, aber es hätte ja sein können, daß Scheidung, selbst von einer lästigen Frau, für ihn außer Frage stand. Es gab Männer, für die bedeutete die Ehe eine lebenslange Bindung, aus religiösen Gründen, aus Aberglauben, Gewohnheit, Feigheit, psychischen Hemmungen. Allein Anna Halmy war nun schon seit einigen Tagen tot, und er machte immer noch keinen Heiratsantrag. Alexa kam zu dem Schluß, es müsse daran liegen, daß er ein Moralist sei, ein Mann von strengen Ansichten und tief eingewurzelten Vorurteilen; ein Atheist mit dem Kodex und den Prinzipien eines bigotten Menschen, der unerschütterlich bei seiner Überzeugung blieb, man könne von einer Frau, die eine ganze

Reihe von Liebhabern gehabt hatte, nicht erwarten, daß sie den Rest ihres Lebens mit einem einzigen Mann verbringe.

Gegenüber dem Hotel Astoria bog sie in die Rákóczistraße ein, den Schauplatz der wildesten Kämpfe in der vergangenen Woche. Da gab es den schon gewohnten Anblick von kaputten Schaufenstern mit den halb unter Trümmern begrabenen, aber von keinen plündernden Händen berührten Waren. In einer der Auslagen hatte jemand auf die dort ausgestellten Nylonstrümpfe ein mit roter Farbe bedrucktes Schild gelegt: *Auch wir haben uns dem Generalstreik angeschlossen!* Und darunter konnte man lesen: *Verband der Diebe und Taschendiebe.*

Das Schaufenster eines zerstörten Juweliergeschäftes gleich daneben war leer. Ein Stück Pappe war mit einem Reißnagel an eines der Gestelle geheftet. In einer linkischen, kindlichen Handschrift stand eine Mitteilung darauf: *Sehr geehrter Herr! Ich habe Ihre Ware weggeschafft und sie mit einem Verzeichnis dem Hausmeister übergeben. Sie können die Sachen bei ihm abholen. Mit patriotischen Grüßen. Sándor Gelb, Freiheitskämpfer.*

Alexa las die Mitteilung und spürte, wie eine heiße Woge von Rührung sie überflutete. Oh, wie sie ihn liebte, diesen unbekannten Gelb, und wie sie alle andern liebte, das ganze verrückte, verwegene, unbezähmbare, todesverachtende, wilde Volk, ihr Volk, das sich in einen wahnwitzigen, anachronistischen Kampf gestürzt hatte, der unmöglich gut ausgehen konnte!

Ein Mann in mittleren Jahren, ein Unbekannter, blieb neben ihr stehen, und als er die hingekritzelten Zeilen gelesen hatte, blickte er Alexa an. In seinen Augen spiegelte sich die gleiche Gemütsbewegung, die auch sie empfand. Eine Weile standen sie regungslos und sahen einander in dem vollkommensten gegenseitigen Verstehen an, das je zwei Menschen zusammengekettet hatte. Dann gingen sie ihrer Wege und sollten sich nie mehr begegnen. Es war einer der großen, nur einmal im Leben vorkommenden Augenblicke der Solidarität, eines Gefühls von Einer-für-alle-und-alle-für-Einen, einer Trunkenheit ohne Wein, eines wahren Rausches von *amor patriae.*

Alexa ging weiter. In der Nähe des Krankenhauses begegnete sie einer Gruppe von drei Männern. Der in der Mitte — klein, blond, rosig — kam ihr irgendwie bekannt vor. Er trug einen grauen Tweedanzug mit Fischgrätenmuster, so sauber und gut gebügelt, als käme er eben von der Kleiderpuppe beim Schneider. Das Geckenhafte des jungen Mannes ließ die beiden, die ihn flankierten, noch schäbiger erscheinen, als sie waren. Sie gingen ganz dicht neben ihm, berührten ihn fast. Nur er sprach und drehte dabei den Kopf von links nach rechts, um die Wirkung seiner Worte zu beobachten, aber seine Begleiter stierten scheinbar schwerhörig geradeaus. Alexa dachte, sie sähen aus wie Kriminalbeamte in Zivil, die einen Verbrecher abführten.

Sie hatte gut beobachtet, denn genau das waren sie. Sie hatten Lóri Kun, den jungen Stutzer, bei seiner Freundin zu Hause geschnappt und brachten ihn jetzt ins Polizeipräsidium, wo ihn Inspektor Nemetz über seine Beziehung zu Dr. Halmy vernehmen wollte.

Er war Alexa bekannt vorgekommen, weil sie ihn bei seinem Besuch im Spital flüchtig gesehen hatte. Seine beispiellose Eleganz inmitten von Blut und Dreck des Aufstands war ein bizarrer Anblick gewesen und hatte sie noch lange verfolgt, nachdem der junge Mann um die Ecke des Korridors verschwunden war. Jetzt, da sie ihn auf der Straße erblickte, erlebte sie das Gefühl des *déjà vu,* ohne sich an den Schauplatz ihrer ersten Begegnung entsinnen zu können. Unerklärlicherweise störte ihr Versagen sie, und sie zermarterte sich auf dem ganzen Weg bis zum Krankenhaus das Hirn.

Sie betrat das Gebäude und stieg die Treppe hinauf zum zweiten Stock. Als sie auf den Gang kam, entdeckte sie Halmy, gefolgt von Frau Schulz, der Oberschwester, und den Kollegen Sóos und Wirth. Halmy wirkte frisch und ausgeruht und sprach so lebhaft mit den anderen, wie er es seit dem Ausbruch der Revolution nicht mehr fertiggebracht hatte. Alexa blieb stehen, da ihr plötzlich schwach und schwindlig wurde, so überwältigte sie ihre ungeheure Liebe zu ihm. Vor zwei Stunden war er weggegangen, doch selbst diese kurze Trennung schien ihr Verlangen nach ihm verstärkt und ein körperliches Begehren wiederbelebt zu haben, das so heftig und leidenschaftlich war, daß ihr ein betäubender Schmerz durch den Unterleib fuhr. Sie überlegte, ob sie nicht weglaufen und ihre wahnsinnige Berauschung verbergen sollte, die auf ihrem Gesicht zu sehen sein mußte. Als ihre Augen denen Halmys begegneten, lächelte er ihr mit einem Ausdruck von Freude zu, die der ihren entsprach.

›Gott, er liebt mich!‹ dachte sie. Die Worte fluteten durch ihren Kopf, wie eine Lerche durch den Himmel segelt. ›Er wird mich heiraten und mir Kinder schenken und bis zu meinem Lebensende bei mir bleiben!‹

»Was gibt's Neues?« fragte sie Frau Schulz, aber nur, um ihre Gemütsbewegung nicht erkennen zu lassen.

»Nichts Gutes«, antwortete die Schwester. »Leider geht es dem Oberst gar nicht besonders.«

Das brachte sie wieder auf die Erde zurück. »Was ist denn passiert?« fragte sie Halmy.

»Seine Niere. Die bereitet mir Kummer. Sieht nicht aus, als ob sie mitmachen wollte.«

Sie sprachen vom russischen Obersten, der am zweiten Tag der Kämpfe schrecklich zugerichtet ins Spital eingeliefert worden war. Alle stimmten überein, es sei nahezu ein Wunder, daß es Dr. Halmy gelungen war, ihn wieder zusammenzuflicken, indem er die zerfetzte linke Niere entfernt und die aufgerissenen Eingeweide genäht hatte. Der Oberst lag im hintersten Winkel des Krankenzimmers, im besten Bett, das die Schwestern aufgetrieben hatten, der Sicht der übrigen Patienten durch eine breite spanische Wand entzogen. Am Vortag, nicht ganz eine Woche nach der Operation, hatte er schon eine große Portion Fleischsaft und Gemüse gegessen, war bester Stimmung gewesen und hatte anscheinend keine großen Schmerzen verspürt. Dann plötzlich verschlimmerte sich sein Zustand.

Er ging gegen die Fünfzig und war ein gebildeter, feinfühliger Mann, Verfasser von Jugendbüchern. Alexa und Halmy hatten ihn beide sehr gern.

»Darf ich ihn besuchen?« fragte Alexa den Arzt.

»Wenn er wach ist. Als ich das letzte Mal nach ihm schaute, schlief er.«

Sie durchquerte das überfüllte Krankenzimmer, wo die Verwundeten auf Betten, Feldbetten und Matratzen, ja sogar auf dem Boden lagen. Von den sechs jungen russischen Soldaten, die Nemetz am Sonntagmorgen gesehen hatte, waren nur noch vier übrig, da einer gestorben und einer wiederhergestellt war und sich zu seiner Einheit zurückbegeben hatte. Die vier befanden sich in recht guter Verfassung und hatten keine Lust fortzugehen. Sie schienen mit dem Essen und der Betreuung mehr als zufrieden zu sein und bewiesen kindliche Anhänglichkeit und Dankbarkeit. Sie freundeten sich mit den andern Patienten an, und die beiden, die gehen konnten, halfen den Schwestern oft bei ihren Arbeiten.

Der Oberst war hellwach, als Alexa an das Fußende seines Betts trat.

»Oh, Mademoiselle Méhely«, lächelte er schwach, aber herzlich. »Wie nett von Ihnen, mich zu besuchen.«

Sie redeten französisch miteinander, sie die fließende Umgangssprache, die sie bei Mademoiselle gelernt hatte, er eine vorsichtige, geschraubte anachronistische Sprache, durchsetzt mit Ausdrücken, die aus den Stücken von Racine, Corneille und Molière stammten. Als Alexa auf ihn niedersah, bemerkte sie erschüttert, wie abgezehrt er geworden war. Er erinnerte sie an einen kleinen Vogel, den sie einst im Garten vor ihrem Zimmer aufgelesen hatte. Der Vogel – winzig, gewichtlos und beinahe nackt – war bei einem heftigen Unwetter aus dem Nest gefallen. Sie hatte ihn in ihr Zimmer genommen, ein Bett aus Wolle für ihn gemacht und ihn mit in Wasser eingeweichtem Brot und toten Fliegen gefüttert.

Einen Tag lang war er gefräßig und hungrig gewesen, dann hatte er am Morgen des zweiten Tages den Appetit verloren und nicht mehr so durchdringend gepiepst. Noch einen Tag war er dahingesiecht, immer magerer und stiller geworden und hatte noch mehr Federn verloren, bis er zuletzt ein unglaublich zartes Gerippe war. Der Oberst sah jetzt aus wie der Vogel an jenem zweiten Tag. Große Augen unter schweren Lidern; eine spitze, abstoßende, mitleiderregende Nase; kein Kinn; ein langer hagerer Hals. Er lag in sonderbarer, verkrümmter Haltung unter der schweren Spitaldecke. Alexa beugte sich zu ihm hinunter.

»Wie fühlen Sie sich?« fragte sie und versuchte einen vergnügten Ton anzuschlagen. »Sie sehen prächtig aus«, log sie.

»Ich bin froh, daß Sie das finden«, sagte er langsam. »Ich möchte lieber nicht so aussehen, wie ich mich fühle.« Er hielt kurz inne. »Ich glaube, ich werde sterben.«

»Unsinn«, protestierte sie und brachte ein leises Lachen zustande. »Dr. Halmy sagte, in ein paar Wochen seien Sie wieder auf den Beinen.«

»Nein. Ich werde sterben. Und das ist gar nicht so schlimm. Jeder muß eines Tages sterben. Es ist nur ... nun ja, es ist so komisch.«

»Was ist so komisch?«

»Hier zu sterben, in Budapest, von Ungarn getötet.« Er hob seine Hand in einer entschuldigenden Geste. »Ich mache Ihren Landsleuten keinen Vorwurf. Ich weiß, es mußte geschehen. Man kann den Lauf der Geschichte nicht aufhalten. Es ist nur komisch. Mein Vater ist von Finnen umgebracht worden, meine Mutter von Deutschen, mich haben Ungarn getötet. Von wem wird wohl mein Sohn erschossen werden? Vielleicht von Amerikanern? Mein Sohn liebt die Amerikaner, genauso wie ich die Ungarn liebe. Wenn einer sechs Jahre in einem fremden Land lebt, lernt er das Volk entweder hassen oder lieben. Ich habe es lieben gelernt.«

Kleine glänzende Schweißtropfen, gleich farblosen Fischschuppen, erschienen auf seiner Stirn. Alexa holte ihr Taschentuch hervor und wischte ihm das Gesicht ab.

»Welch ein köstlicher Duft«, sagte er in seinem altmodischen, gestelzten Französisch. »Russische Frauen riechen nie so herrlich. Sie riechen nach Erde und Plackerei. Ich bin ein großer Bewunderer der ungarischen Frauen. Sechs Jahre in Ihrem Land! Ich habe jede Minute genossen. Wenn ich es mir so überlege, waren sie den Preis wert.«

»Das werden Sie bereuen«, sagte Lóri Kun zu Nemetz. »Ich habe Freunde in dieser Stadt. Die werden dafür sorgen, daß Sie bereuen, je auf die Welt gekommen zu sein!«

Sie saßen in Nemetz' Büro, der Inspektor zusammengesunken hinter seinem Schreibtisch und der junge Mann auf der Bank; die kurzen Beine hatte er lässig übergeschlagen, und zwischen seinen bleichen langen Fingern, die wie spitz zulaufende weiße Kerzen aussahen, hielt er eine qualmende Havanna-Zigarre. Die Nägel waren seidig glänzend poliert.

»Werd nicht frech, Lóri«, grunzte Nemetz.

»Passen Sie mal auf, Alter«, fuhr Lóri fort. Er nahm einen halb blasierten, halb drohenden Ton an. »Sie lassen mich jetzt gehen und wir vergessen die ganze Geschichte. Ich bin kein schlechter Kerl und werde nur unangenehm, wenn ich dazu gezwungen bin. Aber ich warne Sie. Ich bin ein Puppenspieler. Ich ziehe hier an einem Draht, dort an einem, und Sie sind aus diesem weichen Schreibtischsessel draußen, bevor –«

Er konnte nicht weiterreden, weil Nemetz aufsprang und brüllte, daß die Wände wackelten.

»Halt die Schnauze, du kleiner Mistkerl!« Die furchterregenden, unmenschlichen Laute, die überraschend kamen von einem so leise sprechenden und ruhigen Menschen wie Nemetz, taten wie immer ihre betäubende Wirkung. Lóris Mund blieb offen, er saß da und glotzte den Inspektor sprachlos und versteinert an, wie ein mechanisches Spielzeug, das abgelaufen war.

»Du hast Dr. Halmy am Samstagabend, den 27. Oktober, in seiner Wohnung aufgesucht. Warum?« Nemetz sprach noch immer laut, aber nicht so grob wie zuvor. »Um was ging es dabei?«

Lóri wand sich unbehaglich, als zum ersten Mal, seit er das Büro betreten hatte, der Name Halmy fiel. Ihm war eine ganze Anzahl von Gründen eingefallen, weshalb die Polizei hinter ihm her sein könnte, aber der Halmy-Handel gehörte nicht dazu. Er begriff den Zusammenhang nicht, und das beunruhigte ihn. Wie sollte er sich verteidigen, wenn er nicht wußte, was man ihm ankreidete?

»Um was es dabei ging?« wiederholte Lóri. Dann feixte er plötzlich. »Er ist doch Arzt, nicht? Ich war krank, und so hab' ich ihn aufgesucht.«

»Was hat dir denn gefehlt, Lóri?« Nemetz sah ihn halb angewidert, halb belustigt an.

»Das brauch' ich nicht zu sagen. Wegen dem hippokratischen Eid.«

»Das hast du ganz verkehrt mitgekriegt, Junge! Es ist anders herum«, lachte Nemetz. »Der Arzt ist durch diesen Eid gebunden, nicht der Patient. Und du siehst sowieso frisch wie eine Rose aus. Also raus mit der Sprache!« Als Lóri hartnäckig schwieg, fuhr er fort: »Du hast dich anerboten, ihn und eine Begleiterin nach Österreich zu bringen. Du bist um sechs Uhr abends zu ihm nach Hause gegangen. Er war nicht dort, dafür seine Frau. Du hast mit ihr über die Pläne des Doktors gesprochen und später herausgefunden, daß sie nichts davon erfahren sollte. Der Doktor war wütend über dich und warf dich raus.« Nemetz hielt inne und wartete auf Lóris Reaktion.

Der junge Mann zuckte mürrisch die Achseln. »Wenn Sie alles wissen, warum quetschen Sie dann *mich* aus?«

»Du hast die Wohnung vor sieben verlassen. Um wieviel Uhr bist du an diesem Abend dorthin zurückgekehrt?«

»Was soll das heißen, um wieviel Uhr? Ich bin nicht zurückgegangen!«

Nemetz ließ die Bemerkung unwidersprochen. »Auf was für eine Bezahlung hast du dich mit dem Doktor geeinigt?«

»Die übliche«, antwortete Lóri. Seine Stimme klang unsicher. Er überlegte immer noch, was die vorangehende Frage bedeuten sollte. »Hat Ihnen jemand gesagt, ich sei zurückgegangen?« fragte er. »Dann haben sie gelogen. Ich wäre nie zurückgegangen, nicht für tausend Dollar! Nicht, nachdem ich gesehen hatte, wie die Frau den Doktor anfuhr. Wenn's etwas gibt, was ich hasse, dann Familienszenen. Zudem, was kümmert's mich, mit wem er weglaufen will? Die Hälfte meiner Klienten läuft nicht vor den Russen davon, sondern vor ihrer Frau!«

»Du hast mir nicht geantwortet. Wieviel wollte er dir bezahlen?«

»Nun, zuerst bot er mir zehntausend Forint an, dann erhöhte er auf zwanzigtausend. Aber Forint sind nichts wert, nicht mehr. Wien ist mit Forint überschwemmt. Die Flüchtlinge sind beladen damit. Der Schwarzhandelskurs stand vorher auf vierzig Forint für einen Dollar; jetzt steht er auf fünfhundert und drüber!«

»Also gut, du nimmst keine Forint. Was nimmst du denn?«

»Dollar. Deutsche Mark, Schweizer Franken, Pfund – harte Währung.« Unvermittelt hörte er auf und starrte Nemetz an. »He, wozu holen Sie mich aus? Gut, ich werde bezahlt, damit ich Leute über die Grenze bringe. Gut, es ist illegal. Aber Russen erschießen und Panzer in die Luft jagen ist auch illegal, und es wird gemacht! Im ganzen Land. Eine Revolution ist ausgebrochen, also hab' ich mich angeschlossen. Genau wie alle andern!«

»Nicht ganz«, sagte Nemetz und schüttelte den Kopf. »Du tust es für Geld, wogegen sie –« Plötzlich kam er sich albern vor, weil er sich mit einem Lóri Kun in eine Auseinandersetzung über ethische Fragen einließ. »Na, egal. Du hast mir immer noch nicht über deinen Handel mit Dr. Halmy berichtet.«

Lóri war mit dem Wiederanzünden seiner Zigarre be-

In schlechten Zeiten muß man …

... Geld haben und vor allen Dingen das richtige: harte Währung, wenn es mit der des eigenen Landes rasend bergab geht.

In wirtschaftlich stabilen Zeiten ist etwas anderes wichtig: das Geld richtig anzulegen.

schäftigt. Es stellte sich als ein komplizierter Vorgang heraus und nahm ihn ungebührlich lang in Anspruch. Nemetz verlor die Geduld, er stand auf, trat zu Lóri, riß ihm die Zigarre aus den Händen, drückte sie aus und schmiß sie in den Papierkorb.

Lóri warf ihm einen vernichtenden Blick zu. »He, das können Sie nicht machen! Diese Zigarre hat mich zwei Dollar gekostet!«

Nemetz kehrte an seinen Platz zurück. »Hör mit dem Affentheater auf, Lóri. Beantworte meine Frage!«

»Der Doktor hatte keine Dollar«, fing Lóri seinen Bericht an. »So wollte er mit irgendwelchem Schmuck zahlen. Er hat ihn von seiner Mutter geerbt. Deshalb ging ich zu seiner Wohnung, um den Schmuck zu schätzen. Aber wir kamen nicht dazu. Wegen seiner Frau. Ich meine, wegen dem Gezeter, das sie anstellte. Sind Sie jetzt zufrieden? Ich habe Ihre Frage beantwortet.« Er wandte sich um und griff nach seinem feschen kleinen Tirolerhut, der auf dem Aktenschrank lag. »Kann ich jetzt gehen?« fragte er.

»Nein, du kannst nicht. Wann hast du den Arzt das nächste Mal gesehen?«

»Er hat mich rausgeworfen, erinnern Sie sich? Weshalb sollte ich ihn wiedersehen? Ich hab' meinen Stolz. Außerdem bin ich keineswegs in Verlegenheit um Kunden. Ich habe mehr Aufträge, als ich erledigen kann.«

»Du hast ihn vorgestern abend im Spital gesehen«, sagte Nemetz.

»Na und? Was beweist das?«

»Das beweist, daß der Handel immer noch läuft.«

Lóri nickte betrübt. »Ich verstehe. Die Stadt wimmelt von Polizeispitzeln. Man kann nicht mehr für sich sein. Na schön! Ich will Ihnen alles erzählen, was ich weiß. Es war so. Ich war über den Sonntag weg, und als ich am Montagabend zurückkam, gab mir meine Wirtin diese Mitteilung von Halmy. Gut – der Zettel besagte, ich solle den Doktor sogleich aufsuchen. Am nächsten Tag, es war der Dienstag, hielten mich andere Dinge auf, und ich kam erst am Abend dazu, ihn zu besuchen. Er war noch im Spital. Ich bot an, ihn und sein Mädchen bei meinem nächsten Ausflug über die Grenze mitzunehmen. Das sollte heut abend sein. Aber er sagte, er könne das Krankenhaus nicht so rasch im Stich lassen, so einigten wir uns auf einen späteren Termin.«

»An welchem Tag?«

»Sonntag – den vierten.«

Nemetz war nicht überrascht. Wenn der Arzt schon vorher fortlaufen wollte, so hatte er jetzt einen noch triftigeren Grund zu gehen. Vorher war er auf der Flucht gewesen vor einem Leben, das er verachtete, jetzt floh er vor dem Tod. Der Schatten seiner Frau schwebte über ihm, und es war ein unheilverkündender Schatten.

»Hast du die Reise mit ihm in allen Einzelheiten besprochen?«

»Jawohl«, antwortete Lóri und zuckte fast unmerklich die Achseln. Nemetz nahm es wahr und merkte, was es bedeutete. Lóri hatte sich entschlossen, den Arzt im Austausch für seine eigene Freiheit zu verraten. »Am Sonntagabend«, fing er an, »sollen der Doktor und die Kleine zur Wohnung eines Manns gehen, den ich kenne. Er wird sie in seinem Lastwagen zusammen mit einigen andern nach Györ bringen. Ich stelle mir vor, sie werden am Montagmorgen vor Sonnenaufgang dort sein. Sie bleiben dann im Haus eines andern Freunds und werden am Abend bis kurz vor Hegyeshalom mitgenommen. Dort treffe ich sie. In einem Bauernhaus. Gehört einem dritten Freund. Wenn alles gut verläuft, überschreiten wir die Grenze in dieser Nacht. Wenn nicht, bleiben wir den Tag über in Deckung und gehen nach Sonnenuntergang los.«

»Du bist ja ein richtiger Organisator«, sagte Nemetz aufrichtig anerkennend.

Der Junge grinste. »Muß ich auch sein. Ich arbeite nicht für Erdnüßchen.«

»Hast du nie daran gedacht, deine Talente an irgendein

Gewerbe im Rahmen der Gesetze zu verwenden?« fragte Nemetz zum Spaß; die Antwort wußte er.

»Bringen Sie mich nicht zum Lachen, Inspektor. Im Rahmen der Gesetze? Das Gesetz ist wie ein Vogelkäfig. Da kann man drinnen auf engem Raum herumhüpfen und erhält jeden Tag sein Vogelfutter. Aber wer möchte schon von Vogelfutter leben?«

»Du glaubst also nicht, daß Gesetze nötig sind?«

Ein durchtriebenes Grinsen erschien auf Lóris Gesicht.

»Aber doch, Inspektor! Bestimmt«, kakelte er. »Was würde denn aus mir, wenn's keine Gesetze gäbe? Jeder doofe Lumpenkerl würde mir Konkurrenz machen! Das Gesetz ist es, das sie davon abhält, mir ins Handwerk zu pfuschen! Die Trottel, die Schiß haben oder nicht hell genug sind für meine Methode. Heiliger Strohsack, Inspektor, wenn Schmuggeln für gesetzlich erklärt würde, müßt' ich mich erschießen. Sagen Sie ja nie, ich sei nicht für das Gesetz!«

Nemetz ließ ihm Zeit, damit er seinen Witz auskosten konnte, dann stellte er die Frage: »Am Samstagabend, den 27. Oktober, um welche Zeit hast du da die Wohnung des Doktors verlassen?«

Lóri runzelte die Stirn. »Haben wir das nicht schon erledigt? Ich hab' Ihnen gesagt, wann ich gegangen bin! Kurz nach sieben.«

»Das hab' ich dir gesagt. Jetzt sag *du* es mir.«

»Es war um sieben herum.«

»Und wann bist du zurückgekehrt?«

Lóri blitzte ihn wütend an. »Ich hab' Ihnen auch gesagt, daß ich nicht zurückgegangen bin. Was soll das überhaupt? Haben Sie irgendeine fixe Idee? Weshalb hätt' ich zurückgehen sollen?!«

»Wegen dem Schmuck. Du wußtest, daß der Doktor ins Spital mußte und niemand in der Wohnung sein würde als Frau Halmy.«

Lóri atmete tief ein und stieß die Luft mit einem ärgerlichen Stöhnen aus. »Was führen Sie im Schild, Inspektor?«

fragte er mit zusammengebissenen Zähnen. »Versuchen Sie mir etwas anzuhängen? Warum? Wozu? Was wollen Sie von mir?« Seine Stimme wurde lauter, sie klang dünn, metallisch und beleidigend. »Was zum Teufel soll das? Erpressung? Na schön. Nennen Sie Ihren Preis. Wieviel? Nennen Sie ihn! Da sind elf Leute, die in der Nähe der Grenze auf mich warten. Wenn ich nicht jetzt gleich losziehe, geraten sie in Schwierigkeiten und ich verliere ein Vermögen. Also nennen Sie Ihren Preis. Ich werde zahlen! Ich zahle, was Sie wollen. Bloß lassen Sie mich laufen!«

Nemetz blieb sitzen und beobachtete das Feuerwerk mit listigem, kritischem Blick. »Wie kann ich dich laufen lassen, Lóri?« fragte er gelassen. »Außer du beweist mir, daß du am Samstagabend nicht in die Wohnung der Halmys zurückgegangen bist und Frau Halmy erschossen hast?«

Beim Sprechen behielt er den jungen Mann im Auge. Zuerst änderte sich nichts auf Lóris Gesicht, noch glühte er vor Zorn wie vorher. Dann begann langsam, ganz langsam die Bedeutung von Nemetz' Worten in sein Bewußtsein zu dringen. Er schüttelte den Kopf, wie um eine brummende Wespe zu verscheuchen. Seine Augen wurden groß und glasig vor Schreck.

»Wie war das? Was haben Sie gesagt?« fragte er mit hoher Stimme. »Frau Halmy wurde erschossen?« Er schüttelte von neuem den Kopf.

»Du hast gehört, was ich sagte. Sie wurde an diesem Samstagabend umgebracht. Zwischen neun Uhr fünfundvierzig und zehn Uhr fünfundvierzig. Wo warst du zu dieser Zeit?«

Der kleine Schmuggler öffnete den Mund, als wollte er etwas sagen, aber kein Laut kam aus seiner Kehle. Daß er des Mordes beschuldigt wurde, war in jedem Fall ein Unglück, aber gerade jetzt war es eine Katastrophe für ihn. Er regte sich nicht und stierte Nemetz ausdruckslos an.

»Kannst du ein Alibi erbringen, Lóri?« fragte der Inspektor.

Der Klang seiner Stimme schien den jungen Mann wiederzubeleben.

»Das ist's also«, stöhnte er. »Eine Mordbeschuldigung. Na schön, wie lauten Ihre Bedingungen?«

»Hör mal, Söhnchen, ein für alle Mal, ich lasse mich nicht bestechen. Du kannst gestehen oder ein Alibi liefern. Das sind die Bedingungen. Kapiert?«

Lóri verfärbte sich. Er knirschte mit den Zähnen und machte ein Gesicht wie eine Fastnachtsmaske.

»Sie sollten mir mehr Achtung entgegenbringen, Inspektor«, sagte er schließlich. »Sie könnten mich eines Tages nötig haben. Bald! Ich kann Ihnen eines sagen: die Russen kommen zurück, sie strömen aus Rumänien und der Tschechoslowakei herein. Ich weiß es, ich hab' sie gesehen. Alle Flugplätze sind von ihnen umzingelt, alle Bahnstationen im Osten ebenso. Im Handumdrehen werden die Leute aufwachen und zu laufen anfangen. Es wird einen Auszug geben, wie man noch keinen zuvor gesehen hat, und dann werd' ich Ihnen sehr zustatten kommen!«

Nemetz schüttelte den Kopf. »Vergiß die Russen. Du hast meine Frage nicht beantwortet. Wo warst du und mit wem warst du zusammen am 27. abends zwischen neun Uhr fünfundvierzig und zehn Uhr fünfundvierzig?«

Lóri seufzte resigniert. »Ich war mit einem Paar namens Simay zusammen. Auf dem Weg zur österreichischen Grenze. Mit dem Motorrad. Ich holte sie ab, gleich nachdem mich Dr. Halmy rausgeschmissen hatte. Wir überschritten die Grenze in dieser selben Nacht.«

»Das ist ja ausgezeichnet«, sagte Nemetz nickend. »Jetzt brauchst du nur die Simays beizubringen und sie deine Aussage bestätigen zu lassen.«

»Wie zum Teufel soll ich sie beibringen?« schrie Lóri. »Wer weiß, wo sie sind? In irgendeinem gottverdammten Flüchtlingslager in Österreich . . . in Frankreich . . . in Amerika. Ich setzte sie auf der österreichischen Seite ab und kehrte um. Das war das letzte, was ich von ihnen gesehen hab'.« Auf seiner Stirn bildeten sich Schweißtropfen. »Herrgott noch mal, Inspektor, Sie können mich doch nicht hierbehalten auf diese falsche Beschuldigung hin! Da wartet ein Amerikaner auf mich in Wien. Er möchte, daß ich siebzehn Leute von hier nach Österreich bringe. Das sind siebzehntausend Dollar! Heut ist die Grenze weit offen. Wer zum Teufel weiß, ob sie morgen noch offen ist?«

Nemetz langte nach der Klingel auf seinem Schreibtisch. »Das wär's für heute, Lóri«, sagte er. »Vielleicht reden wir morgen noch ein bißchen ausführlicher darüber.«

Er klingelte, und als Káldy hereinkam, befahl er ihm, Lóri über Nacht einzusperren. Nemetz blickte dem immer noch protestierenden jungen Mann nach, als er abgeführt wurde, und er fragte sich, wie Dr. Halmy wohl die Verhaftung seines Führers aufnehmen werde.

Freitag, 2. November

NEMETZ ERWACHTE MIT EINEM STEIFEN HALS und einem dumpfen, bohrenden Schmerz im Kreuz. Die Erkältung, gegen die er sich fast eine Woche lang gewehrt hatte, griff jetzt seine Muskeln und Knochen an. Er überlegte, ob es nicht besser wäre, mindestens einen Tag im Bett zu bleiben und zu einer Roßkur Zuflucht zu nehmen, beispielsweise heißen Tee mit Schnaps zu trinken und im Bett unter drei Daunendecken zu schwitzen – oder lieber nur Schnaps ohne Tee und Daunendecken. Aber dann stellte er sich vor, was für ein Wesen seine Schwägerin davon machen würde, und diese Aussicht bewog ihn, sich anzuziehen und sich ins Büro zu schleppen. Er drehte das Radio an und hörte, während er sich die Schuhe zuband, die Wiederholung von Ministerpräsident Nagys ›Neutralitätserklärung‹ mit an. Nagy legte die Gründe dar, die sein Land veranlaßt hatten, aus dem Warschauer Pakt auszutreten.

›Das ungarische Volk wünscht auf der Grundlage von Unabhängigkeit und Gleichheit und in Übereinstimmung mit dem Geist der Charta der Vereinten Nationen in wahrer Freundschaft mit seinen Nachbarn, der Sowjetunion und allen Völkern der Erde zu leben.‹

Draußen schienen mehr Straßenbahnen zu verkehren als am Vortag. Nemetz ging über den Freiheitsplatz, in der Hoffnung, eine zu erwischen, aber bei der Haltestelle wartete eine lange Schlange, und so machte er sich zu Fuß auf den Weg. Überall in den Straßen herrschte ein Gedränge, und mehrere Geschäfte hatten geöffnet.

Irén saß schon an ihrem Schreibtisch, als Nemetz das Vorzimmer betrat.

»Wissen Sie was, Inspektor?« begrüßte sie ihn. »Lóri ließ ausrichten, er möchte Sie sehen. Er hat etwas sehr Wichtiges auf dem Herzen. Wachtmeister Polowitzer, der die Meldung brachte, sah aus, als wüßte er, um was es sich handelt, aber er wollte es mir nicht sagen.«

Nemetz überlegte ein Weilchen. Er hatte beabsichtigt, bei Dr. Halmy hereinzuschauen und ihn über den Fluchtplan auszufragen. Jetzt beschloß er, zu warten und zuerst zu sehen, was Lóri wollte, obwohl er von dem Jungen keine entscheidenden Enthüllungen erhoffte.

Lóri wurde hereingeführt. Er sah so elegant, glattrasiert, sein Anzug so piekfein gebügelt aus wie am Vortag, was ungewöhnlich war, da eine Nacht in der Gefängniszelle meist unter den Augen als auch in den Hosen eines Tatverdächtigen einige Falten hervorrief. Er erschien ohne Zigarre, Schuhnestel, Krawatte und Gürtel.

»Ich habe nachgedacht, Inspektor, und mich entschlossen, mit der Wahrheit herauszurücken«, fing er an, als sie allein waren. »Ich hab' Sie gestern angelogen. Ich ging tatsächlich am Samstagabend zu Dr. Halmy zurück. Die Frau war allein dort, genau wie Sie sagten. Ich verlangte den Schmuck von ihr, aber sie . . . sie schlug mich. Schlug mich mit aller Kraft. Ich wurde rasend vor Wut und erschoß sie.«

Nemetz hörte fassungslos zu. Das Geständnis war das letzte, was er erwartet hatte. Wenn er aufrichtig sein wollte, mußte er zugeben, daß er nicht einen Augenblick ernsthaft geglaubt hatte, Lóri sei des Mordes an Anna Halmy oder der Beteiligung daran schuldig. Jetzt erwies es sich, daß das ein peinlicher Irrtum war.

»Du hast sie also tatsächlich erschossen?« hörte er sich fragen.

»Aber sicher«, antwortete Lóri mit einem triumphierenden Unterton.

Dieser Unterton war es, der Nemetz nicht gefiel. Er machte ihn stutzen. Lóri kam ihm vor wie ein Schauspieler, der seine Verse auswendig gelernt, sich aber nicht die Mühe genommen hatte, das ganze Stück zu lesen, und sie nun mit einer Betonung aufsagte, die nicht zur Situation paßte.

»Du sagst, du habest Frau Halmy erschossen. Wo hat sich das denn abgespielt?«

»In der Wohnung. Wo sonst?«

»Aber sie ist von der Hausmeistersfrau auf dem untersten Treppenabsatz gefunden worden, Lóri!«

Der junge Mann zuckte die Achseln. »Na und? Vielleicht hab' ich sie nur verwundet und sie konnte sich noch die Treppe hinunterschleppen, bevor sie gestorben ist. Was ist denn los mit Ihnen, Inspektor? Sie wollten ein Geständnis. Da haben Sie eins. Jetzt tun Sie so, als möchten Sie, daß ich's widerrufe.«

Nemetz überging die Bemerkung. »Wandte sie dir das Gesicht zu, als du sie erschossen hast?«

Lóri überlegte kurz. »Ich weiß nicht. Es war dunkel, verstehen Sie. Übrigens erinnere ich mich nicht an viel bei der ganzen Geschichte. Nur daß sie mich ins Gesicht schlug und daß ich rasend wurde und sie erschoß. Dann hat es irgendwie ausgeschaltet bei mir.«

»Was soll das heißen — ausgeschaltet?«

Lóri schien einen Augenblick verlegen zu sein. Dann faßte er sich wieder. »Ich verlor wegen dem Schock das Gedächtnis.

Ich wußte meinen Namen nicht mehr und alles. Amnesie, so nennt man das.«

»Vor allem im Film«, brummte Nemetz. Es war erstaunlich, wie die Filme den Wortschatz von Leuten auf der falschen Seite des Gesetzes bereicherten, dachte er.

»Ja, es war genauso wie im Film«, fuhr Lóri harmlos fort. »Als nächstes erinnere ich mich erst wieder, daß ich auf der Straße war.«

Nemetz konnte ihn noch so eindringlich über die Einzelheiten ausfragen, Lóri blieb bei seiner Geschichte. Schlag, Schuß, Bewußtseinsstörung, Weggehen in einem Dämmerzustand.

Nach einer Stunde fruchtlosen Hin und Hers wurde Irén hereingerufen, das Geständnis stenographiert, dann auf der Maschine getippt, von Lóri durchgelesen und unterschrieben. Um zwölf Uhr machte Nemetz dem Chef Koller seine Meldung, der den Befehl erteilte, Lóri Kun ins Büro des Untersuchungsrichters an der Markóstraße überzuführen.

Alexa saß auf einem Klappstuhl am Bett des russischen Obersten und wartete, daß er starb. Es gab nichts, was sie oder sonstwer zu seiner Rettung hätte tun können; die gestörte Funktion seiner Niere hatte eine Harnvergiftung hervorgerufen und tötete ihn. Er hätte eigentlich bewußtlos sein müssen, war es aber nicht. Von immer wieder einsetzenden Krämpfen erschöpft, lag sein Körper geschwächt und gewichtslos unter der Spitaldecke. Ab und zu wurde er hellwach, öffnete die Augen und sah Alexa mit der Andeutung eines Lächelns um die wunden Lippen an. Dann plötzlich zogen sich seine Muskeln zusammen und ein letzter schrecklicher Anfall krümmte seinen Körper zu einem Knäuel von verrenkten, zitternden Gliedern. Seine Augen weiteten sich, er streckte seine knochige Hand nach Alexa aus. Es war die Bewegung eines Menschen, der stürzte und seinen Fall aufhalten wollte, indem er sich an einen Zweig klammerte. Als sie die Hand ergriff, entspannte sich sein Körper, sein Kopf sank zurück und ruhte auf dem Kissen, mit halb offenem Mund und Augen, die Alexa anstarrten, sie aber nicht mehr sahen.

Alexa ließ Frau Schulz ihm die blicklosen Augen zudrücken und die Decke über das häßliche, erschütternde Gesicht ziehen, dann ging sie Dr. Halmy suchen. Sie fand ihn im Operationssaal, wie er die Gummihandschuhe abstreifte nach einer Operation, der dritten an diesem Morgen. Er sah blaß und müde aus, aber nicht unglücklich. Daraus schloß sie, die Operation sei erfolgreich verlaufen. Es war traurig, daß sie die Überbringerin schlechter Nachrichten sein und ihm seine Siegesstimmung verderben mußte. Bevor sie etwas sagen konnte, sah er sie an und wußte, was sie melden wollte.

»Wann?« fragte er.

»Eben jetzt, vor einer Minute.«

Halmy schleuderte die Handschuhe in den Ausguß. »Himmelherrgott noch mal! Warum mußte er in diese gottlose Schweinerei hineingeraten? Das war nicht sein Kampf. Diese Kugel galt in Wirklichkeit nicht ihm! Sie galt Genosse Mikojan und General Grebennik! Jesus, wann wird das Morden von armen Unschuldigen endlich einmal aufhören auf dieser Welt?«

Alexa nahm ein Handtuch, tauchte es in lauwarmes Wasser und wischte ihm den glänzenden Schweiß von der Stirn. Er zog sie an sich und preßte seine Wange gegen ihre. »Deine Haut ist wie Samt«, murmelte er.

»Aber du liebst nicht *mich,* nur meine Haut«, sagte sie und bereute es sogleich.

Er blickte sie mit leicht gerunzelter Stirn an. »Wie kannst du so was Dummes sagen.« Er ging auf die Türe zu. »Ich muß bei Nummer Vier hineinschauen. Das kleine Mädchen, das am Montagabend mit zerschmetterten Beinen eingeliefert worden ist, macht mir Kummer. Vielleicht muß das linke weg. Aber ich möchte warten. Möglicherweise kann es gerettet werden. Ich weiß nicht. Manchmal hab' ich den Eindruck, ich wisse rein nichts mehr. An einem einzigen Tag bin ich Neurochirurg, dann Knochenspezialist, dann Urologe, immer auf eigene Verantwortung und immer vor Entscheidungen um Leben oder Tod. Es ist zuviel!«

Er ging mit schleppendem Gang aus dem Saal. Alexa rief ihm nach.

»Ich hole das Essen und bringe es ins Labor. Mach schnell! Wenigstens einmal solltest du was Warmes essen!«

Da das Personal jetzt so überlastet war, hatte sie es sich zur Gewohnheit gemacht, ihre Mahlzeiten selber auf einem Tablett zu holen. Die Spitalkost konnte man nicht gerade als lukullisch bezeichnen, aber immerhin standen Erbsensuppe und Kalbsbraten auf dem Speisezettel, und der Diätkoch zauberte sogar eine Flasche Bier für Halmy herbei. Die Angestellten hatten den Arzt gern und wußten, wenn sie nicht auf ihn aufpaßten, würde er vermutlich den ganzen Tag ohne einen Bissen herumlaufen und schließlich an Unterernährung eingehen.

Nach dem Essen streckte sich Halmy auf dem Liegesofa im Labor aus, und Alexa untersuchte ein paar Blutproben. Sie wünschte, er möchte ein wenig schlafen, aber er stand zu sehr unter Spannung. Er machte einen nervösen und kribbeligen Eindruck und rauchte wie ein Schlot.

»Die Würfel sind gefallen«, sagte er aus heiterem Himmel. »Wir gehen am Sonntag!«

Ihre Hände glitten vom Mikroskop ab, sie wandte sich Halmy zu. »Das ist der Vierte. Übermorgen!« Sie holte tief Atem, um etwas zu fragen, aber er fuhr dazwischen, bevor sie sprechen konnte.

»Professor Bálint meint, ab Sonntag werde er es ohne mich machen können«, sagte Halmy. »Professor Hódossy von der Universität Debrecen wird Lendvais Stelle übernehmen. Er soll morgen mit zwei Assistenten ankommen.«

Alexa starrte ihn an. »Mußtest du eigentlich sagen, daß du gehen willst?«

»Ich könnte ihn nicht einfach sitzenlassen!«

Alexa untersuchte ein Präparat. »Bist du felsenfest entschlossen wegzugehen?« fragte sie. »Es sieht aus, als hätten wir gewonnen. Die Russen ziehen wirklich ab. Es wird ein anderes Leben für uns anfangen. Ungarn wird ein neutrales Land sein, genau wie Österreich. Es wird Freiheit und Wohlstand geben. Wirtschaftshilfe vom Westen und —«

»Das kann an meinem Entschluß nichts ändern«, unterbrach Halmy sie. Seine Stimme klang kühl, fast eisig. »Ich bleibe nicht mal hier, wenn das Land in Dollars schwimmen würde! Ich will nichts als fort. Mir reicht's! Wenn du lieber nicht fortgehst, so sag's. Komm nicht mit. Komm nicht meinetwegen mit. Lieber nicht.«

Ihr Herzschlag setzte aus. »Wie lieblos du wieder bist. Du weißt, daß ich nicht ohne dich bleiben würde.« Tränen stiegen ihr in die Augen. Arbeit, Anspannung und Aufregung der letzten Wochen machten sich bemerkbar. Sie weinte jetzt so leicht wie ein Kind, dann schämte sie sich, weil sie keine Selbstbeherrschung hatte.

»Also, dann schwatz keinen Unsinn. Ich weiß, daß ein neuer Anfang in einem neuen Land kein Honigschlecken ist, aber ich hab' keine Wahl.« Er setzte sich auf; seine Augen glühten seltsam fiebrig. »Mein Leben, verstehst du, war wie ein billiges Hemd. Zuerst paßte es gut, lag kühl und frisch auf der Haut, aber dann gab ich nicht mehr acht, es wurde beschmutzt und zerknittert. Doch das machte nichts, weil ich dachte, es käme alles bei der Wäsche heraus, wenn nicht mit Seife, dann mit einem starken Bleichmittel. Allein nach einer Weile begann die Bleiche das Gewebe anzugreifen und das Hemd mußte genäht, über und über geflickt werden, bis es ein Flicken über dem andern war. Nur noch Flicken und kein Hemd. Und deshalb muß ich das gottverdammte Ding wegwerfen und mir ein neues anschaffen!«

Alexa hörte überrascht zu. Nie zuvor hatte er eine solche Bitterkeit erkennen lassen. Es war immer ein gewisser Abstand um ihn gewesen, als ob er es verstanden hätte, ohne ein verletzliches Ich zu existieren, als ob er nichts ernst nehmen könnte im Leben, nicht einmal sich selbst.

»Dann werd' ich anfangen müssen zu packen«, sagte sie leise.

»Was soll das heißen, packen? Wir haben nicht vor, Schrankkoffer mitzunehmen. Oder du etwa?«

Sie warf ihm einen ärgerlichen Blick zu. »Natürlich nicht. Aber etwas müssen wir doch mitnehmen. Kleider, Papiere ...« Sie stand auf und sah ihm trotzig ins Gesicht. »Mir ist's egal, wenn du dich über mich lustig machst, aber es gibt gewisse Sachen, die ich einfach nicht zurücklassen kann. Eine Bonbonnière, die meiner Mutter gehörte. Und das Porträt meines Vaters. Du hast es nie gesehen, weil es im Haus meiner Tante hängt.«

»Was noch?« fragte Halmy spöttisch lächelnd.

»Ich kann's nicht aus dem Stegreif sagen. Aber ich bin sicher, du wirst ebenfalls merken, daß es gewisse Sachen gibt, die man einfach nicht zurücklassen kann.«

»Klar«, grinste er, stand auf und setzte sich auf einen Stuhl neben dem Tisch, an dem Alexa arbeitete. »Zum Beispiel die japanischen Papierfächer meiner Schwiegermutter oder Bruder Zlochs Spucknapf, der die Ecke meines Eßzimmers zierte, oder die Frauendusche seiner Frau, die jedesmal an einem Haken in meinem Badezimmer hing, wenn sie mit ihrem Mann Verkehr gehabt hatte. Oder Annas Photo! Ohne diese Dinge könnte ich kein neues Leben beginnen!«

Zuerst lachte sie, aber dann versetzte der Name ›Anna‹ ihrer kurzen Fröhlichkeit einen Dämpfer. Er merkte es und reagierte darauf mit plötzlicher Verärgerung.

»Freilich, wenn ich mir's recht überlege«, sagte er, »brauch' ich wohl nichts von alledem, in Anbetracht, daß ich Genosse Borbás' ausrangierte Freundin mitnehme.«

Sie hatte keine Zeit für eine Antwort, denn der Satz war kaum gesprochen, als er schon neben ihr stand und sie so wild und verzweifelt umschlang, daß sie zuerst dachte, er wolle sie erwürgen. Sie spürte, wie seine trockenen, heißen Lippen ihr Gesicht, ihren Hals, ihr Haar mit fiebrigen, reumütigen Küssen bedeckten.

»Schatz, Liebling, verzeih mir! Ich meinte es nicht so! Weiß Gott, ich möchte dir doch nicht weh tun! Nicht dir. Gerade dir nicht!«

Sie war wie gelähmt, sie konnte sich nicht befreien und blieb regungslos, kalt und verletzt in seinen Armen.

»Sag etwas«, flehte er. »Sag, du vergibst mir, daß ich so etwas bloß sagen konnte. Ich weiß nicht, was mich dazu getrieben hat, etwas derartig Idiotisches zu sagen!«

Endlich fand sie ihre Stimme wieder. »Ich will dir sagen, was dich dazu getrieben hat.« Sie löste sich sanft aus seinen Armen und trat zurück. »Du hast daran gedacht, das hat dich dazu getrieben. Und es spielt wirklich keine Rolle, ob du's laut sagst oder nicht, solange du das denkst.«

»Bitte, vergib mir und vergiß es.«

Sie schüttelte den Kopf. »Aber ich will nicht. Ich möchte darüber reden. Es muß besprochen werden. Das ist der einzige Weg.« Sie ließ eine kurze Pause eintreten, dann sprach sie weiter. »Du bist nicht der erste Mann in meinem Leben. Es hat andere gegeben. Und das ist jetzt nicht mehr zu ändern. Wenn ich gewußt hätte, daß du kommen würdest, ich hätte auf dich gewartet. So wahr mir Gott helfe, ich hätte auf dich gewartet. Ich liebe dich. Ich liebe dich so, daß es an Wahnsinn grenzt. Ich glaube, ich liebe dich gerade deshalb so, weil ich tatsächlich andere Männer vor dir gekannt habe, weil ich mich vom einen zum andern treiben ließ. Daß ich dich fand, erschien mir wie das größte aller Wunder. Ich möchte mich an dich klammern, auch wenn ich weiß, daß du mir gegenüber nicht ebenso empfindest.«

»Aber das tu' ich doch!« protestierte er.

»Das ist nicht wahr. Ich merke es. Trotzdem, ich brauche ein kleines Zeichen, daß du dir aus mir etwas machst. Daß du mich hinnimmst mit all meinen ... all meinen Fehlern. Denn wenn ich dieses Zeichen nicht erhalte, wird es mir noch schmerzlicher sein, mit dir zu leben, als ohne dich zu leben.«

Er ging zum Fenster, wo er mit dem Rücken zu ihr stehenblieb.

»Ich bin ein Narr«, sagte er. »Du bist etwas Wunderbares für mich gewesen und du bist der wahre Grund, weshalb ich von hier weg möchte. Ich will reinen Tisch machen für uns beide. Ich würde nie gehen ohne dich. Das würde ich nicht. Nie! Andererseits möchte ich auch nicht mit dir hierbleiben. Es gibt zu viele – zu viele Bonbonnièren hier, auf meinem Bord und auf deinem, und zu viele Porträts von Toten. Deshalb müssen wir rauskommen und sie hinter uns lassen. Wie wenn sie nie existiert hätten.« Er packte sie bei den Schultern. »Verstehst du nicht? Auch ich hab' meine Genossen Borbás. Nur die Namen sind anders, aber sie bedeuten dasselbe. Weißt du, was ich glaube? Was ich jetzt schon seit einiger Zeit glaube? Daß die Revolution nicht nur ausgebrochen ist, weil die Leute die Russen und die Kommunisten haßten, sondern weil sie noch mehr sich selbst haßten. Sie lebten allzu lange ohne Würde und Selbstachtung. Zuerst unter den Nazis, dann unter den Russen. Sie hielten es nicht länger aus. Sie mußten hinausgehen und töten oder getötet werden, das war die einzige Möglichkeit, sich von ihrer Schmach zu befreien. Steine gegen einen Panzer werfen und erlöst sterben!«

Er ließ Alexa los und holte eine Packung Zigaretten aus der Tasche. Es war ein noch ungeöffnetes Päckchen Camel. Er begann an der Zellophanhülle zu fummeln, dann warf er plötzlich voller Zorn das ganze Päckchen in den Papierkorb.

»Gib mir eine von deinen«, sagte er.

Sie zündete eine ungarische Zigarette an und schob sie ihm zwischen die Lippen. Dann fischte sie die Camel aus dem Papierkorb.

»Du bist verrückt, so gute Zigaretten wegzuwerfen. Du kannst damit jemand eine Freude machen.«

Er zog den Rauch ein. »Ich will niemand eine Freude machen. Außer dir.« Er ließ eine kurze Pause eintreten. »Das erste, was wir nach Überschreiten der Grenze tun: wir werden heiraten.«

Das kam so plötzlich und unerwartet, daß sie die volle

Bedeutung zuerst nicht erfaßte. Dann ging ihr langsam auf, daß er ihr einen Antrag gemacht hatte. »Du willst mich wirklich heiraten?« fragte sie mit verhaltenem Atem.

Er wollte etwas sagen, aber da klopfte es an die Tür. Der Pfleger János streckte den Kopf herein.

»Der alte Polyp ist wieder da«, sagte er. »Wissen Sie, der mit der roten Narbe im Gesicht. Möchte mit Ihnen sprechen. Ich sagte ihm, daß Sie sich ausruhen. Aber er behauptet, es sei wichtig.«

Alexa stöhnte. »Was will denn der jetzt?«

Halmy dachte kurz nach. »Sagen Sie ihm, ich wolle ihn gleich empfangen«, sagte er zu János.

»Warum hast du den Alten nicht weggeschickt?« fragte Alexa, nachdem der Wärter gegangen war. »Er ist ein solcher Plagegeist.«

Halmy schüttelte den Kopf. »Zum Schluß müßte ich ihn ja doch empfangen. Ich stehe unter Mordverdacht. Reg dich also nicht jedesmal auf, wenn die Polizei anklopft.«

Als Nemetz hereinkam, tat Alexa so, als wäre sie furchtbar in ihre Arbeit vertieft. Er begrüßte sie, und sie antwortete kurz: »Guten Tag.«

»Was gibt's Gutes, Inspektor?« fragte Halmy grinsend.

»Es ist in der Tat was Gutes«, entgegnete Nemetz. »Wir haben ihn gefunden.«

»Wen gefunden?«

»Den Mann, der Ihre Frau umgebracht hat.«

Halmy schluckte die Nachricht ohne ein Zeichen der Überraschung oder besonderer Anteilnahme. Alexas Hände blieben über den Präparaten stehen. Sie lauschte gespannt und regungslos.

»Hoffentlich haben Sie den Richtigen erwischt«, bemerkte Halmy.

»Ich glaube schon«, sagte Nemetz nickend. »Er hat gestanden, so besteht die Wahrscheinlichkeit, daß er wirklich der Richtige ist.«

Ein langes Schweigen trat ein. Halmy ging zum Tisch und

nahm das Päckchen Camel in die Hand, das Alexa geborgen hatte. Langsam, sorgfältig, als ginge er mit einem zerbrechlichen, kostbaren Gegenstand um, öffnete er die Verpackung.

»Kenne ich ihn?« Er sprach im gleichgültigen Ton eines Gastgebers, der bei einem ungelegenen Besuch höflich Konversation zu machen versucht.

Nemetz ließ den Arzt nicht aus den Augen.

»Ja, Sie kennen ihn. Es ist Ihr Freund – Lóri Kun.«

Halmy tat nicht länger blasiert. »Nein!« rief er aus und ließ die Zigaretten fallen. »Das kann nicht sein! Sie müssen sich irren!«

Nemetz konnte nicht umhin, sich zu freuen. Diesen Teil seiner Arbeit hatte er am liebsten, dieses geistige Katz-und-Maus-Spiel, diese Schachpartie, bei der die Geschicklichkeit eines alten Profis sich mit dem Schwung eines jungen Amateurs maß.

»Er hat gestanden«, war alles, was Nemetz sagte. Dann wartete er.

Halmy überlegte kurz. »Wo ist er?« fragte er.

»In Haft. Schon im Markóstraße-Gefängnis.« Er zog seine Uhr. »Er ist jetzt bestimmt dort. Wahrscheinlich wird er eben vom Untersuchungsrichter verhört.«

»Und was wird mit ihm geschehen?«

»Er bleibt in Haft, bis sein Fall zur Verhandlung kommt«, antwortete der Inspektor.

Halmy ging auf und ab. »Ich nehme an, Sie sind über mein Abkommen mit Kun im Bilde.« Unvermittelt blieb er vor Nemetz stehen. »Die ganze Sache ist lächerlich. Er hat meine Frau nicht umgebracht. Ich weiß nicht, wie Sie's angefangen haben, dieses Geständnis aus ihm herauszuholen, aber es ist kompletter Unsinn. Dieser Junge hatte nichts gegen meine Frau. Er ist ihr ein einziges Mal begegnet, und nur ganz kurz.«

»Zweimal. Er sagte, er sei wegen des Schmucks zurückgegangen.«

Der Arzt starrte ihn einen Augenblick an. »Das ist ja blödsinnig. Er hätte diesen Schmuck ohnehin gekriegt. Er brauchte sie deswegen nicht zu töten!«

»Suchen Sie ja nicht nach Logik in einem Mordfall«, sagte Nemetz. »Neunzig Prozent aller Morde werden begangen, weil jemand Denkfehler macht.«

Halmy sah bleich aus. »Der Junge brauchte doch kein so blödes Risiko einzugehen«, sagte er. »Er machte mehr Geld, als Sie und ich in unserm Leben je gesehen haben. Verdammt noch mal«, brauste er auf. »Sie können nicht einen Menschen zugrunde richten, weil Sie einen Sündenbock haben wollen! Sie wissen, daß er's nicht getan hat. Weshalb lassen Sie ihn also nicht gehen?«

»Warum sind Sie so sicher, daß er's nicht getan hat?«

Halmy trat wieder ans Fenster und starrte auf die Häuser über der Straße, die bei den Kämpfen gelitten hatten. Nemetz hielt den Atem an. In diesem Augenblick wäre er jede Wette eingegangen, daß der Fall Anna Halmy innerhalb der nächsten fünf Minuten zu einem Ende kommen würde.

Da klingelte das Telephon. Alexa nahm den Hörer ab und fragte, wer anrufe.

»Ist Dr. Halmy da?« Die Stimme klang hoch und hell. Alexa wußte nicht, ob es ein Mann oder eine Frau war.

»Wen soll ich melden?«

»Sagen Sie ihm nur, es sei wichtig. Sehr wichtig.«

Jetzt merkte sie, daß es sich um einen Mann handelte und daß er außer Atem war und es vermutlich höchst eilig hatte.

»Es ist für dich, Zoltán«, sagte sie zu Halmy. Und als der Arzt zögerte, drängte sie: »Komm schon, ja?«

Er sah sie fragend an und ergriff den Hörer.

»Hier ist Lóri«, sagte die Stimme. »Wir müssen unsere Abmachungen ein bißchen abändern. Sie können nicht bis Sonntag abend warten, müssen am Morgen aufbrechen. Ein Freund von mir wird Sie und die Dame zwischen acht und elf im Krankenhaus abholen. Er heißt Jóska Jordán. Aber lassen Sie niemand wissen, daß ich angerufen habe. Und passen Sie auf. Von jetzt an werden Sie vielleicht beschattet.«

Halmy hörte sprachlos zu. Er warf einen verstohlenen Blick auf Nemetz, der etwa fünf Meter entfernt saß. Es sah nicht so aus, als ob er argwöhnte, wer anrief.

»Sind Sie noch da?« fragte Lóri aufgeregt. »Ich muß jetzt aufhängen, weil —«

»Augenblick!« unterbrach ihn Halmy. »Was gibt's Neues bei Ihnen? Ich habe gehört, es sei Ihnen nicht gut gegangen. Sie hätten einen Unfall erlitten . . .« Er suchte nach Worten, wollte Lóri zu verstehen geben, daß er nicht offen reden könne, und gleichzeitig nicht Nemetz' Verdacht erregen.

»Das haben Sie also gehört«, gluckste Lóri. »Ja, ich hatte einige Scherereien, aber jetzt bin ich wohlauf. Sorgen Sie sich bloß nicht um mich. Kein Schweinehund von einem Polypen wird Lóri Kun je unterkriegen.« Er hielt inne und fragte dann in gemäßigterem Ton: »Wer hat Ihnen davon erzählt?« Als Halmy nicht antwortete, fragte er weiter. »Was genau hat man Ihnen gesagt?«

»Nicht viel.« Endlich merkte Lóri aus Halmys Ton, daß der Arzt nicht allein war.

»Ist da jemand bei Ihnen im Zimmer? Können Sie deshalb nicht reden?« fragte Lóri und senkte die Stimme zu einem Flüstern.

»Ja, genau.«

»Dann hänge ich lieber auf. Vergessen Sie nicht, Jóska Jordán wird Sie am Sonntagmorgen zwischen acht und elf im Krankenhaus abholen.«

Es klickte. Der Arzt legte ebenfalls auf.

»Wer war das?« fragte Alexa. Halmys Ausdruck sagte ihr, daß sie nicht hätte fragen sollen.

»Ein alter Bekannter. Du kennst ihn nicht.« Es war eine knappe und einfache Lüge, aber der Arzt brachte es nicht zustande, daß sie überzeugend klang. Er wandte sich zu Nemetz. »Entschuldigen Sie die Unterbrechung. Worüber haben wir gesprochen?« Das alte spöttische Lächeln lag wieder auf seinem Gesicht.

»Wir unterhielten uns über Lóri Kun«, sagte Nemetz. »Ich

wunderte mich, warum Sie so sicher seien, daß er Ihre Frau nicht umgebracht habe?«

»Ach, das war eigentlich nur *in dubio pro reo*. Schließlich weiß ich ja nicht viel über den Burschen. Trotzdem, er machte auf mich nicht den Eindruck, als könnte er einen Mord begehen.«

»Man braucht nicht wie ein Mörder auszusehen, um einer zu sein«, sagte Nemetz tonlos.

»Nun ja, ich bin nicht Fachmann auf dem Gebiet. Und bestimmt kein Gedankenleser. Bringen Sie den Jungen her, und ich gebe Ihnen eine präzise Diagnose über seine körperliche Verfassung. Ich röntge seinen Brustkasten, seinen Magen, seinen Kopf. Aber sein Gewissen, das kann ich nicht röntgen.«

Plötzlich dämmerte es Nemetz, daß da ein Zusammenhang bestand zwischen dem Anruf und der veränderten Haltung des Arztes. Vor dem Telephongespräch hatte er Lóri heftig in Schutz genommen, aber jetzt war er leidenschaftslos und gleichgültig geworden. Er mußte bei dem Anruf eine Nachricht oder irgendeine Anweisung erhalten haben, durch die der Umschwung hervorgerufen worden war.

»Wollten Sie sonst noch etwas besprechen?« fragte Halmy und gab zu verstehen, daß er die Unterredung zu beenden wünschte.

»Sie sagten, Sie hätten ein Abkommen mit Lóri Kun —«

»Ja«, fiel ihm Halmy ins Wort. »Ich hatte mit ihm ausgemacht, daß er uns, Fräulein Méhely und mich, über die Grenze nach Österreich bringe.« Wieder erschien das belustigte Lächeln auf seinem Gesicht. »Leider fällt die Reise jetzt ins Wasser. Dank Ihrem bemerkenswerten Spürsinn.«

Nemetz blieb nichts anderes übrig, als sich zu verabschieden und zu gehen. Auf dem ganzen Weg zurück zum Polizeipräsidium konnte er sich des Gefühls nicht erwehren, er habe sich zum Narren halten lassen. Ohnehin begann er des Falls Halmy überdrüssig zu werden. Es war wie Schattenboxen: eine ausgezeichnete Leibesübung für einen jungen Streithahn, aber eine unnötige Anstrengung für einen alten Kämpen, dessen letzte Runde schon weit zurückliegt.

Er betrat das Vorzimmer zu seinem Büro, und ein einziger Blick auf Iréns Gesicht zeigte ihm, daß er sich auf einen Schlag gefaßt machen müsse.

»Ich hab 'ne Neuigkeit für Sie«, sagte Irén. Es klang höchst heiter, was bedeutete, daß die Neuigkeit schlecht war. »Lóri Kun hat sich französisch empfohlen. Er ist entkommen.«

»Was?« schnaubte Nemetz, der nicht ganz verstand, was sie sagen wollte.

»Auf dem Weg zur Markóstraße. Er fuhr hier in einem Streifenwagen mit zwei Wachen, Blaskó und Polowitzer, um zehn nach eins ab. Jetzt ist es drei Uhr, doch weder er noch die Wachen haben sich im Büro des Untersuchungsrichters gemeldet. Káldy ist schon zur Markóstraße und zurück gegangen, hat alle Fahrwege kontrolliert, die sie hätten einschlagen können, aber keine Spur von ihnen *oder* vom Wagen. Káldy ist jetzt unterwegs zu den Wohnungen der Wachleute, um mit ihren Familien zu reden. Er dachte, vielleicht wüßten sie etwas.«

Káldy kehrte mit der Nachricht zurück, es sei ihm nicht nur nicht gelungen, die zwei Wärter ausfindig zu machen, sondern er habe auch ihre Familien nicht angetroffen. Blaskó hatte Frau und vier Kinder, Polowitzer Frau und Sohn, und alle sieben waren kurz vor elf Uhr morgens daheim weggegangen. Sie hatten Bündel und Koffer geschleppt und waren anscheinend in großer Eile, sagten die Nachbarn. Da Blaskó am Ferencring und Polowitzer in Zugliget wohnte, bedeutete die zeitliche Übereinstimmung ihres Auszugs, daß sie nach einem festgelegten Plan handelten.

»Die sind jetzt auf dem Weg zur Grenze«, mutmaßte Irén, »mit dem Rattenfänger Lóri Kun vornean. Jammerschade«, setzte sie hinzu, »nach all der Mühe, die Sie sich gemacht haben, um dieses Geständnis aus ihm herauszuquetschen.«

Nemetz gab keine Antwort. Er drehte sich um, ging in sein

Zimmer und schloß die Tür hinter sich. Es tröstete ihn ein bißchen, daß er ja Lóris Geständnis keine Sekunde geglaubt, sondern es für einen Trick gehalten hatte, und siehe da, als genau das stellte es sich heraus. Lóri hatte mit den Wachen abgemacht, er wolle ihnen und ihren Familien zur Flucht nach dem Westen verhelfen. Sie konnten nicht einfach seine Zellentür öffnen und ihn herausspazieren lassen, deshalb waren sie übereingekommen, er werde den Mord gestehen, was automatisch seine Überführung in die Dienststelle des Untersuchungsrichters nach sich ziehen mußte. Und dann hatten die Wachen sich bloß noch freiwillig zur Begleitung Lóris in die Markóstraße zu melden brauchen.

Nemetz konnte nicht umhin, über den kunstvoll ersonnenen Plan zu staunen. Er dachte an den Anruf, den Dr. Halmy erhalten hatte, als er nach Mittag bei dem Arzt gewesen war, und wußte jetzt, daß der Mann am andern Ende der Leitung entweder Lóri oder einer seiner Helfershelfer gewesen sein mußte. Er wußte auch, daß der Arzt noch immer entschlossen war, das Land zu verlassen, fester denn je. Nemetz rief Káldy herein und befahl ihm, Dr. Halmy unauffällig, aber ganz scharf überwachen zu lassen.

Samstag, 3. November

Es war ein Tag des allergrößten Durcheinanders, der widersprüchlichen Meldungen, der Hoffnung, Freude und Verzweiflung. Um zehn Uhr morgens brachte Radio Kossuth die Nachricht, daß eine sechzehn Mitglieder zählende Delegation der Vereinten Nationen auf dem Flugplatz Ferihegy erwartet werde. Ministerpräsident Nagys Kabinett erfuhr eine einschneidende Umbildung; die meisten Kommunisten wurden ausgebootet, und General Maléter, der Sieger der Schlacht um die Kiliánkaserne, wurde zum Verteidigungsminister ernannt. Einer Nachrichtensendung von fünfzehn Uhr achtzehn zufolge hatte Genosse Andropow, der russische Botschafter, Ministerpräsident Nagy davon unterrichtet, daß die Regierung der UdSSR bereit sei, dessen Vorschlag für den vollständigen Abzug der sowjetischen Truppen aus Ungarn anzunehmen, und um Mittag hatten Delegationen von beiden Seiten begonnen, die technischen Fragen des Abzugs zu besprechen.

Alexa blieb an diesem Morgen zu Hause. Obwohl sie Hausarbeit haßte, ging sie mit Feuereifer ans Putzen, Polieren, Abstauben. Schließlich war es jetzt ihrer beider Heim, ihrs und Zoltáns. An dem Tag, da sie eingezogen war, hatte der Arzt Annas Sachen und den ganzen Trödel und die Kleider der Familie Tóth und Zloch in Kisten und Schachteln gepackt und sie in dem Raum aufgestapelt, der Tóths Schlafzimmer gewesen war. Die zwei Namensschilder an der Eingangstür, die japanischen Fächer, die geschmacklosen Kalender, all der Plunder kam weg, und so erinnerte nichts mehr an die Tóth-Zloch-Zeit. Er ging mit der gleichen Begeisterung an die Reinigungsarbeit wie die Leute, die ein paar Tage vorher die Stalinstatue im Stadtpark von ihrem Sockel gestürzt hatten. Alexa hatte ihn nie so jung und glücklich gesehen wie an jenem Tag; sein Gesicht leuchtete frohlockend wie das eines Geistlichen, dem es nach langem Kampf gelungen war, die bösen Geister aus seiner Kirche auszutreiben. Sie hoffte insgeheim, daß er jetzt, da er alle widerwärtigen Mahnzeichen aus der Wohnung entfernt hatte und sie wieder zu seinem Zuhause geworden war, den Gedanken an das Auswandern aufgeben würde.

Sie war so in die Arbeit vertieft, daß sie nicht merkte, wie zwei Frauen die Wohnung betraten. Erst als eine der beiden etwas sagte, wurde ihr bewußt, daß sie nicht mehr allein war. Sie guckte die beiden überrascht an.

»Guten Tag«, sagte die ältere. Sie war klein und so breit und massiv wie ein Grabstein. Die Skihosen und der knielange Mantel, die sie trug, gaben ihr das Aussehen eines alternden Eunuchen. Ihre Begleiterin war größer, schmaler und viel jünger; sie hatte eine spitze Nase, ein scharfes Kinn und aschblondes Haar, das ihr lose und ungekämmt auf die Schultern fiel. Sie trug ebenfalls Hosen. Beide hatten etwas hinterhältig Angriffiges an sich. Sie wirkten wie zwei Soldaten bei einem Spähtruppunternehmen – furchterfüllt, aber schießwütig.

»Suchen Sie jemand?« fragte Alexa.

»Ist Frau Halmy zu Hause?« Jetzt sprach die jüngere Frau. Sie hatte eine laute, tiefe Stimme, vom Akzent des Komitats Bihar gefärbt.

Alexa fand keine Antwort. Sie wußte jetzt: vor ihr standen Anna Halmys Mutter und Schwester, die offensichtlich keine Ahnung hatten, daß Anna nicht mehr am Leben war.

»Frau Halmy ... ist nicht hier ... nicht mehr«, stotterte sie schließlich.

»Was soll das heißen, sie ist nicht hier?« fragte die Schwester mit erhobener Stimme. »Sie wohnt doch hier, oder?«

Ihr trüber Blick richtete sich starr auf Alexa. Auch die Mutter stierte sie an, mit komisch zusammengekniffenen Augen, als ob sie über einen Gewehrlauf Ziel fassen würde.

Alexa riß sich zusammen und beschloß, es ihnen ohne Umschweife zu sagen. »Leider habe ich schlechte Nachrichten für Sie. Frau Halmy ist gestorben.«

Die Mutter blieb unbewegt. Die Schwester stieß einen gellenden Schrei aus: »Was?!«

»Es war eine schreckliche Tragödie«, fuhr Alexa fort. »Es passierte am Samstag, vor einer Woche. Frau Halmy stand vor einer Bäckerei Schlange. Ein russischer Panzer kam um die Ecke und feuerte auf die Leute. Sie wurde erschossen. Mit vier andern Frauen.«

So hatte sie die Geschichte von Anna Halmys Tod das erste Mal gehört, und sie entschloß sich, diese Version zu erzählen.

Endlich kam Leben in die Mutter. Ihre Lippen begannen zu zittern, und große, schwere Tränen rollten über ihre Wangen.

»Mein Kind«, jammerte sie. »Mein schönes Kind, meine Kleine. Ich hätte nicht fortgehen dürfen! Meine arme, arme Kleine —« Sie gab einen seltsamen, gurgelnden Laut von sich, wie wenn sie am Ersticken wäre.

»Bitte setzen Sie sich«, sagte Alexa und nahm sie beim Arm. »Kann ich Ihnen etwas zu trinken holen? Ein Glas Wasser?«

»Ich hol's für sie«, fiel die Schwester ein. »Wir wohnen ja hier.« Es klang, als ob sie auf einen Streit hoffte. Als Alexa nichts entgegnete, setzte sie hinzu: »Wer sind Sie überhaupt? Was machen Sie hier?«

Die Frage und der Ton brachten Alexa aus der Fassung. Indes hatte sie das Gefühl, sie müsse antworten. »Nun, ich räumte gerade auf. Der Doktor mußte ins Spital gehen. Ich räumte gerade auf.« Sie wiederholte es lahm, weil sie nichts anderes zu sagen wußte.

Ihre Erklärung besänftigte für den Augenblick die Schwester, auch wenn sie nicht ganz zufriedenstellend schien. Sie kam zurück auf Annas Tod.

»Sagten Sie, sie sei vor einer Bäckerei erschossen worden? Von den Russen vor einer Bäckerei?«

»Ja, so ist's geschehen«, gab Alexa zurück. Ihr gefiel der Nachdruck nicht, den Frau Zloch auf die Worte ›Russen‹ und ›Bäckerei‹ legte.

»Wie kommt's, daß Sie wissen, wie es geschehen ist?« fragte Frau Zloch. »Waren Sie dabei?«

Alexa unterdrückte ihren Ärger. »So habe ich's sagen hören.«

»Von wem sagen hören?«

»Von der Polizei. Sie fanden sie vor der Bäckerei, sie und vier andere Frauen.«

Die Besucherinnen wechselten rasch einen argwöhnischen Blick. Alexa spürte das Blut in ihre Wangen steigen. Sie überlegte sich, wie sie die beiden loswerden könnte. »Wenn Sie mit dem Doktor sprechen wollen, er ist im Spital. Er wird nicht vor heut abend spät zurückkommen. Aber Sie rufen ihn besser an, bevor Sie hingehen. Er hat schrecklich viel zu tun in diesen Tagen.«

Die Frauen gingen darüber hinweg.

»Wann war das Begräbnis?« fragte die Mutter. »Gott im Himmel«, stöhnte sie plötzlich. »Warum hat's mir niemand gesagt? Warum hab' ich sie nicht noch mal sehen dürfen?«

»Es gab kein Begräbnis«, sagte Alexa. »Die Opfer wurden noch am selben Abend weggeschafft. Soviel ich weiß, sind sie in einem Park beerdigt. Wenn dann Ruhe einkehrt, wird man sie wieder ausgraben und eine richtige Beerdigung machen.«

Die Alte fing an zu schluchzen. »Mein Kind ... meine Kleine ... sie war so schön!« Plötzlich hörte sie auf und ihre Finger vergruben sich in dem Mantelstoff über ihrem Herzen. »Wasser«, murmelte sie.

»Ich hol' dir welches«, sagte die Schwester und verließ das Zimmer. Im Nu kehrte sie ohne Wasser zurück. Sie war aschgrau. »All unsere Sachen sind weg«, verkündete sie in hohlem Ton. »Papas und deine und meine! Sogar unser Bett! Alles!«

»Der Doktor räumte sie fort«, erklärte Alexa und sah sie an. »Er dachte, Sie hätten die Stadt verlassen – für immer.«

»Hat er das?« fiel Frau Zloch über sie her. »Nun, ich will Ihnen sagen –« Unvermittelt besann sie sich und hielt inne. »Gehn wir, Mama«, sagte sie. »Aber wir nehmen lieber etwas von Annas Sachen mit, bevor sie auch verschwinden.« Sie warf Alexa einen gehässigen Blick zu und ging aus dem Raum. Sie lief so schnell, daß sie schon im Schlafzimmer war, bevor Alexa sie einholen konnte.

»Sie sind nicht hier«, rief Alexa. Sie wurde jetzt wirklich wütend. Aber zugleich empfand sie eine eigenartige Furcht, wie wenn die Besucherinnen nicht gewöhnliche Frauen wären, sondern böse Geister; moderne Furien, auf Rache und Vernichtung aus.

»Ich sage, sie sind hier!« behauptete Frau Zloch und eilte an ihr vorbei zum Schrank und riß die Tür auf. Lange stand sie da und starrte die zwei Wollkleider, das dunkelbraune Kostüm und den Morgenrock an, die darin hingen. Sie gehörten alle Alexa.

»Die Sachen Ihrer Schwester sind weggeschafft worden«, sagte Alexa. »Sie sind im zweiten Schlafzimmer. Dort sind auch Ihre Kleider.«

Mittlerweile hatte Frau Tóth ebenfalls das Zimmer betreten und stand hinter ihnen. Ihre Tochter drehte sich zu ihr um.

»Weißt du was? Dieses Weibsstück wohnt hier«, sagte sie mit einer knappen Bewegung des Daumens nach Alexa. »Sie ist des Doktors Hure!«

»Raus!« schrie Alexa. Sie war nicht mehr von Angst, nur noch von rasendem Zorn erfüllt. »Schert euch raus, ihr beiden!«

»Das würd' Ihnen so passen, nicht?« lachte ihr Frau Zloch ins Gesicht.

»Raus, oder ich hole die Polizei!« rief Alexa, weil das die einzige Drohung war, die ihr einfiel.

»Bringen Sie mich nicht zum Lachen«, sagte die Frau. »Wir sind hier zu Hause. Die Polizei wird nicht *uns* rauswerfen. Sie wird vielleicht fragen, was *Sie* hier zu suchen haben.« Sie blickte Alexa mit hämischer Befriedigung an.

Alexa wurde schwindlig. Sie ging zum Telephon, rief das Polizeipräsidium an und verlangte Inspektor Nemetz zu sprechen. Die beiden Frauen beobachteten sie gespannt. Zuerst kam das Rufzeichen, schließlich das Klicken, und eine Stimme meldete sich am andern Ende der Leitung.

»Hier ist Alexa Méhely, Inspektor«, begann sie außer Atem. »Es tut mir leid, daß ich Sie störe, aber ich bin in der Wohnung von Dr. Halmy, und die beiden Frauen, Mutter und Schwester der verstorbenen Frau Halmy, sind hereingekommen und treten reichlich unverschämt auf. Sie wohnten früher hier, sind aber weggegangen, als die Revolution ausbrach. Herr Tóth war Spitzel für die Geheimpolizei, deshalb mußten sie verschwinden.«

Die Frauen standen ein paar Schritte von ihr entfernt, schweigend und regungslos. Als sie die Geheimpolizei erwähnte, machte Frau Zloch eine Bewegung, als wollte sie auf Alexa losstürzen, aber ihre Mutter streckte die Hand aus und hielt sie zurück.

»Was wollen sie?« fragte Nemetz.

Der Klang der gelassenen tiefen Männerstimme beruhigte Alexa.

»Sie sind sehr frech und beleidigend und wollen nicht gehen«, erklärte Alexa.

»Ich komme gleich rüber.«

»Danke, Inspektor«, sagte Alexa und legte den Hörer auf. Sie wandte sich zu den Frauen. »Der Inspektor kommt gleich rüber.«

Sie wußte immer noch nicht, weshalb sie Nemetz angerufen hatte, einen Menschen, den sie als Bedrohung und Quälgeist ansah.

»Mir ist es Wurst, wer Ihr Inspektor ist«, schnaubte Frau Zloch, »aber er tut besser daran, uns aus dem Weg zu bleiben, oder er wird wünschen, er wäre nie geboren worden. Und das gilt auch für Sie!« setzte sie giftig hinzu.

»Gehn wir, Róza«, sagte die Mutter.

»Warum die Eile?« schnauzte die Tochter, dann wandte sie sich zu Alexa. »Wo sind die Sachen meiner Schwester?«

»Ich sagte Ihnen ja, im zweiten Schlafzimmer.«

Alexa blieb in der Diele, während Mutter und Schwester die Habseligkeiten der toten Frau durchstöberten. Sie flüsterten miteinander, vergaßen sich aber manchmal und redeten laut. Alexa hörte Ausrufe wie: »Achtzehn Paar Nylonstrümpfe! Ihr Bibermantel! Ich seh' die grüne Strickjacke nirgends! Guck dir das an, echte Seide! Ich wußte nicht mal, daß sie das hatte! Sechs Flaschen Parfum! Sieh mal all die Seife!«

Nach ein paar Minuten tauchten sie wieder auf; sie schleppten Koffer und Pelzmäntel und trugen Kleider über den Armen.

»Den Rest holen wir uns noch«, sagte Frau Tóth.

»Das gehört alles Anna«, fügte Frau Zloch hinzu. »Sie hat mit ihrem eigenen Geld dafür bezahlt. Der Doktor hat kein Recht, es zu behalten!«

»Das hat er bestimmt nicht vor«, erwiderte Alexa aufgebracht. »Doch schicken Sie lieber jemand anderen und kommen nicht selber. Der Doktor würde Sie sicher nicht hereinlassen.«

»Würd' er nicht, he?« kreischte Frau Zloch. »Nun, es kommt bald ein Tag, wo ihm keine andere Wahl bleiben wird!«

Endlich gingen sie. Alexa blickte ihnen lange ganz benommen nach. Dann fiel ihr Nemetz ein, sie ging zum Telephon, um das Polizeipräsidium anzurufen und ihm zu sagen, er brauche nicht mehr zu kommen, weil sich das Problem von selber gelöst habe. In dem Augenblick klingelte er an der Tür.

»Die Frauen sind weg«, sagte Alexa, als sie ihm aufmachte. »Es tut mir furchtbar leid, daß ich Ihnen Unannehmlichkeiten bereitet habe, aber ich geriet in Panik und wußte nicht mehr, wie ich mir helfen sollte.«

Sie standen an der offenen Wohnungstür – Nemetz mit dem Hut in der Hand, während der Luftzug sein spärliches graues Haar bewegte, und sie hinter der Schwelle.

»Vergessen Sie's.« Sein abstoßendes Gesicht verzog sich zu einem freundlichen Lächeln. »Ich stehe immer gern zu Diensten«, sagte er und wandte sich zum Gehen.

Sie streckte die Hand aus und berührte seinen Arm. »Möchten Sie nicht hereinkommen, Inspektor? Trinken Sie eine Tasse Kaffee mit mir. Echten Kaffee!«

»Nun, Kaffee ist eine meiner Schwächen«, sagte er und trat ein. »Und Sie verstehen ihn zuzubereiten.«

»Danke.« Sie nickte, führte Nemetz ins Wohnzimmer und bot ihm Platz an. Dann ging sie in die Küche und stellte die Kaffeemaschine auf den Brenner. »Das war furchtbar freundlich von Ihnen«, sagte sie, als sie zurückkam, »und ich bin wirklich dankbar dafür. Diese Tóths scheinen ganz schreckliche Leute zu sein. Ich weiß nicht, wie der Doktor so lange mit ihnen auskommen konnte!«

»Genau wie andere, die mit ebenso schrecklichen Leuten auskommen müssen«, bemerkte Nemetz. »Was wollten sie überhaupt?«

»Ich glaube, die Männer schickten sie aus zum Aufklären. Wissen Sie, so wie Stanley immer einen seiner Träger vorausschickte, wenn er im finstersten Afrika auf ein Eingeborenendorf stieß. Kehrte der Träger lebend zurück, dann betrat auch er das Dorf. Wurde der Träger gefressen, dann umging Stanley es in aller Eile. Ich vermute, die Genossen Tóth und Zloch wollten auskundschaften, ob es für sie gefahrlos sei, aus dem Versteck herauszukommen.«

In der Küche kochte der Kaffee pfeifend über, und sogleich durchzog sein Duft die Wohnung. Alexa stürzte hinaus und kam kurz darauf mit einem Teewagen zurück. Er war mit Spitzendeckchen und dünnem englischem Porzellan gedeckt, und Alexa schenkte den Kaffee aus einer alten englischen Silberkanne ein.

»Entzückend«, sagte Nemetz. »Aber Sie hätten nicht solche Umstände machen sollen.«

»Ich bin immer froh, wenn ich eine Gelegenheit habe, diese hübschen Sachen zu brauchen. Sie gehörten alle Zoltáns Mutter. Natürlich ist ein gut Teil ihres Porzellans in Stücke gegangen. Ich fürchte, Anna Halmy hat es nicht zu schätzen gewußt. Ich habe sie nie kennengelernt, aber nach dem zu urteilen, was ich über sie hörte, kann sie keine sehr angenehme Frau gewesen sein.«

»Nein, das war sie nicht.«

»Oh, aber dann, weshalb –« Sie wollte etwas fragen, brach aber ab und bekam rote Wangen.

Nemetz sah ihr glühendes Gesicht an. »Sie wollten fragen, weshalb ich dann eine solche Sache mache aus ihrem Tod? Weshalb ich nicht einfach sage, sie habe bekommen, was sie verdiente, und die ganze Geschichte vergesse?«

»Nun«, sagte Alexa und lächelte schuldbewußt, »das habe ich tatsächlich gedacht.«

»Ja, sie war kein netter Mensch. Sie war habsüchtig, verdorben und schäbig. Sie fügte andern Leuten Unrecht zu. Sie übertrat sogar das Gesetz. Aber ich bin nicht Richter, ich bin Polizeibeamter. Meine Aufgabe ist es, die Person zu finden, die sie umgebracht hat, und die Urteilsfindung dem Gericht zu überlassen.«

»Sie glauben wirklich, Zoltán habe sie umgebracht, nicht?« Nemetz wollte antworten, aber sie fuhr fort: »Obschon Sie keinen andern Beweis haben als *ihr* Wort. Weshalb wird, nur weil sie tot ist, alles was sie gesagt hat, für bare Münze genommen? Anna Halmy war eine Lügnerin. Eine rachsüchtige Lügnerin. Und wenn nun eines ihrer Opfer beschlossen hätte, sie zu erschießen? Könnten Sie nicht verstehen, was den Betreffenden dazu getrieben hätte?«

»Ich kann sogar verstehen, was einen Mann dazu treibt, sich an kleinen Mädchen zu vergreifen«, entgegnete Nemetz. »Das bedeutet aber nicht, daß ich es entschuldigen oder ihn ungestraft entkommen lassen kann.«

»Wenn ich Sie etwas fragen würde, Inspektor«, sagte Alexa, »versprechen Sie mir, wahrheitsgemäß darauf zu antworten?«

»Ich verspreche es.«

»Wenn Sie am Samstagabend nicht bei der Bäckerei vorbeigekommen und zufällig auf Frau Halmys Leiche gestoßen wären, gäbe es dann noch eine Untersuchung über die Umstände ihres Todes? Oder wäre sie für eines der Opfer der Revolution angesehen und mit den andern zusammen begraben worden?«

»Das glaube ich schon«, gab Nemetz zu. »Ja, ich bezweifle, ob es dann jetzt einen Fall Halmy gäbe.«

Alexa beugte sich vor. »Also, können Sie dann nicht einfach so tun, als ob Sie nicht in die Nähe der Bäckerei gekommen wären?«

»Tut mir leid, das kann ich nicht!« sagte er etwas barsch.

Sie wandte sich mit einem müden, enttäuschten Achselzucken von ihm ab. »Bitte vergessen Sie, daß ich das zur Sprache brachte.« Sie ergriff die Kaffeekanne. »Noch ein wenig Kaffee?«

»Nein, danke. Und leider muß ich jetzt gehen.« Er stand auf.

»Ich hoffe, Sie sind mir nicht böse.«

»Du lieber Himmel, nein. Und wenn Sie je irgendwelche Hilfe nötig haben, wenden Sie sich ruhig an mich.«

Sie lächelte ihn an. »Danke sehr. Ich werde dran denken, jedesmal wenn ich einen umbringe.«

Sie lachten beide. Alexa begleitete ihn zur Tür und verabschiedete sich dort freundlich von ihm. Sie blieb in der offenen Tür stehen, bis er im Treppenhaus verschwand, dann seufzte sie tief auf und wünschte im stillen, ihn nie mehr zu sehen.

ZWEITES BUCH

Sonntag, 4. November

Das telephon klingelte dreimal, bevor es Otto Koller gelang, sich aus dem Schlaf zu reißen und nach dem Hörer zu greifen.

»Sie kommen am besten sofort ins Büro, Chef«, rief der Mann am andern Ende der Leitung, ohne daß er sich erst bemühte, seinen Namen zu nennen. Koller erkannte ihn als einen seiner Leute, die Nachtdienst hatten.

»Wo brennt's?« stammelte Koller, noch halb benommen.

»Die Russen rücken auf Budapest vor. Sie kommen aus allen Richtungen. Wir haben eben eine Meldung erhalten, daß Flugplätze und Bahnstationen im ganzen Land in ihrer Hand sind. Gerüchte wollen wissen, General Maléter sei gefangengenommen worden. Er war in Tököl zu Verhandlungen mit General Malinin über den russischen Abzug. Um Mitternacht sei noch General Serow, Leiter des sowjetischen Sicherheitsdienstes, dazugestoßen. Seither hat man keine Nachrichten mehr von Maléters Delegation. Im Parlamentsgebäude herrscht heillose Verwirrung. Sie wissen nicht, was los ist. Vorderhand wünscht Ministerpräsident Nagy von allen Aufständischen, daß sie nicht schießen. Er wartet immer noch auf Bescheid von Maléter.«

Im andern Bett bewegte sich Frau Koller und wälzte ihre Leibesfülle von links nach rechts.

»Was ist los?« fragte sie auf italienisch. Sie hatte noch die weiche, wohlklingende Stimme, die zwanzig Jahre früher Koller vor Wonne erschauern lassen konnte. »Ich wette, es ist wieder eine von deinen Nutten, die anruft«, ächzte sie. »Die Unverfrorenheit von manchen Leuten!«

»Weißt du was, Edda?« Koller grinste, legte ärgerlich den Hörer auf und stieg aus dem Bett. »Eines Tages wirst du wünschen, es wäre eine von meinen Nutten gewesen.« Er begann sich anzukleiden. »Die Russen kommen zurück. Geh in den Keller und bleib dort. Die ganze Nacht, wenn nötig.«

»Es ist schrecklich feucht dort unten.«

»Nicht ganz so feucht wie unter dem Boden«, sagte er und verließ das Zimmer.

Frau Moller war über Nacht bei ihrer Tochter zu Hause geblieben und hatte ihr geholfen, die Kinder zu pflegen, die zwei Tage vorher an Mumps erkrankt waren. Alle in der chaotischen Einzimmerwohnung, drei Erwachsene und zwei Kinder, schliefen, als die Geschütze das Feuer auf die Infanteriekaserne an der Budaörsistraße eröffneten. Der erste Feuerschlag weckte die Kinder. Sie setzten sich schreiend in ihrem Bettchen auf. In jeder kurzen Pause zwischen den Detonationen erfüllte das Rumpeln schwerer Panzerfahrzeuge, die am Haus vorbeirollten, die Luft. Ein benachbartes Gebäude wurde getroffen und ging in Flammen auf. Die paar Fensterscheiben, die ganz geblieben waren, zersprangen in tausend Stücke. Plötzlich hatte Frau Moller den Eindruck, das ganze Haus werde von einer Riesenfaust gepackt und aus den Fundamenten gehoben. Sie warf sich mit ausgebreiteten Armen über das Kinderbett, ihre Lippen murmelten etwas zwischen einem Fluch und einem Gebet. Das Mauerwerk begann zusammenzubrechen, das Licht ging aus und die vier Stockwerke von Balken, Backsteinen, Möbeln und Leuten stürzten auf sie nieder.

Pochende Kopfschmerzen weckten Halmy. Seit Ausbruch des Aufstands hatte er sich tagsüber mit Benzedrin und nachts mit Schlaftabletten durchgeschlagen, und das fing an, ihm mehr zu schaden als zu nützen. Er fragte sich, ob er ein Aspirin nehmen solle, aber dazu hätte er sich bewegen und Alexa stören müssen. Sie lag mit dem Rücken zu ihm, ihre Wirbelsäule gegen seine Brust gepreßt, ihre Beine mit den seinen verschlungen, als wollte sie verhindern, daß er sie verlassen könnte, während sie schlief. Nach jahrelangem Beinahe-Zölibat bedeutete dieses enge Verbundensein mit einem anderen menschlichen Körper ein neuartiges Erlebnis für ihn – zuzeiten ein großes Vergnügen, zuzeiten fast etwas Lästiges.

Er war schon gute fünf Minuten wach, als er die erste Detonation hörte. Der Lärm kam von weit her, wahrscheinlich von den Budabergen. Eine Weile blieb er liegen und starrte in die Dunkelheit vor Tagesanbruch. Als nach einer Pause von ein paar Minuten das Schießen weiterging, schob er Alexa sanft zur Seite, machte seine Beine frei und stieg aus dem Bett. Sie rührte sich und brummte etwas, schlief jedoch weiter. Halmy schlich auf den Zehenspitzen aus dem Raum, ging in sein Arbeitszimmer und drehte das Radio an. Die Inlandsender schwiegen; ein fremder Sender brachte leichte Musik, und eine Stimme sprach in schnellem Russisch. In der Nachbarschaft flammten Lichter auf, als der Gefechtslärm lauter und deutlicher wurde. Er schien nun von verschiedenen Stellen im Randgebiet der Stadt herzukommen.

›Jetzt ist es soweit‹, dachte Halmy.

Seltsamerweise war er ganz ruhig und keineswegs überrascht. Irgendwie hatte er die ganze Zeit über das Gefühl gehabt, eine Katastrophe sei unvermeidbar; ein Sieg wäre zu schön gewesen, um wahr zu sein. Er ging ins Badezimmer, putzte sich die Zähne, nahm eine kalte Dusche und zog sich an. In eine kleine Reisetasche packte er seinen guten marineblauen Anzug, etwas Unterwäsche, den Schmuck seiner Mutter, ein altes Familienphoto und verschiedene Dokumente, darunter seine Geburtsurkunde und das Doktordiplom. Dazu suchte er einige Bände aus seiner medizinischen Bibliothek zusammen und verschnürte sie zu einem ordentlichen Paket. Dann weckte er Alexa.

»Zieh dich an, wir müssen ins Spital«, sagte er. »In Buda sind neue Kämpfe ausgebrochen. Könnten die Kommunisten oder die Russen sein. Wenn's auch hier losgeht, kommen wir vielleicht gar nicht mehr zum Krankenhaus durch, so brechen wir lieber möglichst bald auf. Lóri sagte, sein Freund hole uns zwischen acht und elf Uhr ab. Wir wollen ihn nicht verfehlen.«

Während sie sich ankleidete, machte er Kaffee und Rührei und toastete einige Scheiben Brot. Nach dem Frühstück wollte sie das Geschirr spülen, aber er erlaubte es nicht. Wenn man sein ganzes Leben zurücklasse, neckte er sie, was bedeuteten dann ein paar schmutzige Teller noch? Dann hieß er sie einen kleinen Koffer packen, den leichtesten, den sie finden könne.

»Denk daran, vielleicht mußt du ihn stundenlang schleppen, durch Wälder und schlammige Felder.«

»Bist du immer noch entschlossen, heute zu gehen?« fragte Alexa.

»Jawohl, das bin ich. Nichts kann mich zurückhalten.«

»Aber wenn die Russen wirklich wieder angreifen, gibt's sicher noch mehr Verwundete als vorher. Sie werden dich nötig haben im Spital.«

»Sie werden eben ohne mich zurechtkommen müssen«, knurrte er.

Sie machten sich auf den Weg, mit ihren Koffern beladen und er außerdem mit seinen Büchern. Der Himmel war noch pechschwarz, nur tief im Südwesten überzog ein rötliches Glühen die Finsternis.

Die Straßen wimmelten von Menschen — Männern und Frauen, jungen und alten, die meisten bis an die Zähne bewaffnet. Vor dem Rathaus machte ein Oberst mit etwa dreißig jungen Burschen, einige noch keine achtzehn, Schießübungen. Der neu gepflasterte Gehsteig vor dem Hotel Astoria wurde von einer Gruppe Zivilisten, Soldaten und Mädchen wieder aufgerissen, die aus den Steinen eine Reihe von Sperren errichteten. Auf der andern Seite der Straße bezogen mit Geschützen und Panzerabwehrkanonen ausgerüstete ungarische Panzerfahrzeuge Stellung.

Auf der Rákóczistraße fuhr eine lange Lastwagenkolonne mit Munitionskisten in Richtung Ostbahnhof vorbei. An der Ecke der Dohánystraße war aus Sandsäcken und kaputten Wagen eine regelrechte Festung gebaut worden. Die flammendrote Karosserie eines Autos, das einmal ein Porsche-Kabriolett gewesen war, leuchtete wie ein Mohnbüschel zwischen verbogenen, graugrünen Metallteilen zerstörter Militärfahrzeuge. Die vertraute Ecke der guten alten Dohánystraße, die sich zu einem Kampf auf Leben und Tod rüstete, kam einem so unwirklich vor wie ein Albtraum oder wie Filmkulissen.

Rund ein Dutzend Menschen wartete in der Vorhalle des Krankenhauses, als Halmy und Alexa sie betraten. Da die öffentlichen Verkehrsmittel nur noch selten fuhren und man sich nicht auf sie verlassen konnte, verbrachten oft Verwandte von Patienten die Nacht zusammengekauert auf den harten, abgenutzten Bänken. Ein paar davon schliefen nicht, sondern saßen kerzengerade da und starrten auf die Treppe zu den oberen Geschossen, wo ein Kind, ein Mann oder ein Vater mit dem Tode rang.

Halmy war schon halb durch die Halle, da merkte er, daß ihm eine gedrungene Gestalt folgte, die eine Lederjacke und eine Schirmmütze trug. Er erinnerte sich, den Mann schon gesehen zu haben, als er und Alexa durch die Einfahrt gekommen waren.

»Dr. Halmy!« sprach ihn der Bursche an. »Ich bin Jóska Jordán. Lóri schickt mich.« Er warf einen Seitenblick auf Alexa. »Ist das die Dame?« Als Halmy nickte, nahm er sich Zeit für ein anerkennendes Grinsen. »Sie müssen auf der Stelle mitkommen, Doktor. In einer Stunde könnte es zu spät sein. Alle Landstraßen sind schon abgeriegelt, aber wir bringen Sie durch Seitenstraßen und Fußwege hinaus. Wir müssen uns jedoch beeilen, denn in einer Stunde werden selbst die Wälder von Russen wimmeln.«

Halmy blieb stumm. Er wußte, jetzt ging es um die Entscheidung, ob er schwimmen oder untergehen würde. Er sah Alexa an, als erwartete er die Antwort von ihr. Sie gab den Blick zurück, abwartend und sich zurückhaltend, aber darin drückte sich zugleich wortlos ihre bedingungslose Unterwerfung unter jede Wahl aus, die er treffen würde.

Halmy holte tief Luft, um etwas zu sagen, da kam Frau Schulz, die Oberschwester der chirurgischen Station, die Treppe herabgeeilt.

»Wir haben auf Sie gewartet, Dr. Halmy«, rief sie ihm entgegen. »Ich sagte dem Pförtner, er solle mich anrufen, sobald Sie kommen. Professor Bálint möchte Sie sogleich sehen. Wir müssen uns auf einen neuen Schub Verwundete vorbereiten. Es sind schon mehrere Ambulanzen unterwegs von der Budaörsistraße.«

Halmy rührte sich nicht. Er stand in der Mitte der Halle mit der Reisetasche in der rechten Hand, die linke hielt das Bücherpaket und ein Handköfferchen gepackt, seinen Wintermantel hatte er über die Schulter geworfen.

»Wie steht's mit Professor Hódossy? Ist er da?« fragte er.

»Du lieber Himmel, nein. Er ist noch in Debrecen, hat eben angerufen, vor einer halben Stunde etwa. Er weiß nicht genau, wann er kommen kann, wenn überhaupt. Gestern ist er mit dem Wagen losgefahren, gelangte bis Karcag und wurde dort von den Russen zurückgeschickt. Alle Straßen sind gesperrt, kein Zug fährt mehr. Professor Bálint hatte Tränen in den Augen, als er den Hörer auflegte. So hab' ich ihn noch nie gesehen.«

»Gut, Edna. Ich gehe gleich rauf«, sagte Halmy.

»Er ist in seinem Arbeitszimmer!« rief die Schwester über das Durcheinander in der Vorhalle. Sie jagte schon wieder die Treppe hinauf.

»Sie haben keine Zeit mehr, jetzt noch mit jemand zu reden«, sagte Jordán nervös. »Ich hab's furchtbar eilig –

muß noch zwei weitere Paare abholen. Ich kann nicht auf Sie warten.«

»Nun, lassen Sie's bleiben«, entgegnete Halmy. »Ich kann heute nicht fort. Wahrscheinlich nächste Woche. Ende nächster Woche.«

Der junge Mann kratzte sich ärgerlich den Kopf. »Aber Doktor, wer weiß denn, wie's Ende nächster Woche aussieht? Bis dahin sind wir vielleicht alle tot.« Er dachte kurz nach. »Lóri wird schrecklich eingeschnappt sein, daß Sie ihn sitzenlassen. Zum letzten Mal, kommen Sie?«

»Nicht jetzt.«

»Und die junge Dame?«

»Sie soll gehen, wenn sie möchte.« Halmy blickte Alexa fragend an.

»Die junge Dame möchte nicht«, sagte Alexa.

»Schön, damit ist der Fall klar«, grinste Halmy.

Jordán starrte sie beide fassungslos an. »Ich hab' eine ganze Stunde verloren Ihretwegen. Stand seit fünf Uhr vor dem Spital.«

»Ich habe Sie nicht darum gebeten«, sagte Halmy kurz. »Lóri sagte, Sie würden zwischen acht und elf kommen.« Er drehte sich um und wollte auf die Treppe zugehen.

Jordán stellte sich ihm in den Weg. »Für den Fall, daß Sie sich anders besinnen, geb' ich Ihnen meine Adresse: Békestraße 120. Benachrichtigen Sie mich, sobald Sie startbereit sind. Ich weiß, wie man mit Lóri Verbindung aufnimmt. Der wird ganz sicher verstehen, Sie über die Grenze zu bringen, was auch passieren mag. Wenn sich Lóri etwas in den Kopf gesetzt hat, gibt's kein Halten.«

»Gut, gut.« Halmy nickte ungeduldig und wandte sich ab. »Richten Sie Lóri aus, es tue mir leid, aber es sei nicht zu ändern. Und Dank auch Ihnen.« Das sagte er schon auf dem Weg zur Treppe.

Der Bursche folgte ihm durch die Halle. »Vergessen Sie nicht, Herr Doktor: Békestraße 120.«

»Schreib's bitte auf«, rief Halmy über die Schulter zu

Alexa, dann stieg er die Treppe hinauf, zwei Stufen auf einmal nehmend, was nicht so selbstverständlich war, wenn man das Gewicht des Gepäcks berücksichtigte, das er trug.

»Können Sie ihm nicht Vernunft beibringen, Fräulein?« fragte Jordán in klagendem Ton Alexa. »Er wird's bereuen, daß er diese Gelegenheit verpaßt hat.«

»Ich weiß wohl«, sagte Alexa achselzuckend, »aber ich kann nichts daran ändern.«

»Lóri wird schrecklich eingeschnappt sein«, seufzte Jordán. Langsam, zögernd ging er auf den Ausgang zu. Auf halbem Weg blickte er zurück, aber der Arzt und die junge Dame waren verschwunden.

Der Revolutionsausschuß des Personals hatte Professor Bálint zum Leiter des Spitals gewählt, als offenkundig geworden war, daß sowohl Genosse Borbás als auch sein Günstling Professor Lendvai sich dünngemacht hatten. Bálint ging gegen siebzig, er war Internist, der bedeutendste Diagnostiker des ganzen Landes und offen und standhaft *ancien régime*.

Er fummelte an den Knöpfen seines Kofferradios, als Halmy eintrat. Er drehte, bis eine müde, verzweifelte Stimme aus dem Lautsprecher drang. Imre Nagy sprach zur Nation.

»— Tagesanbruch sowjetische Truppen unsere Hauptstadt angegriffen in der unzweifelhaften Absicht, die legale ungarische demokratische Regierung zu stürzen. Unsere Truppen stehen im Kampf. Die Regierung ist auf ihrem Posten. Ich gebe das hiermit dem Volk unseres Landes und der ganzen Welt bekannt.«

»Es ist soweit«, sagte der Professor und stellte das Radio leiser. »Ich würde alle Patienten, die gehen können, nach Hause schicken, um Platz zu schaffen für die neuen Verwundeten. Natürlich haben Sie auch dann nicht genügend Betten. Die nächsten paar Tage werden schlimmer sein als alles, was wir bisher erlebt haben, die Belagerung inbegriffen. Wenn bloß Hódossy durchgekommen wäre! Schade, daß die Russen nicht noch einen Tag länger warten konnten. Übrigens, wie ist Ihre Station mit Antibiotika versorgt?«

»Wir haben einen schönen Vorrat«, antwortete Halmy, »aber wenn wir so viele Verwundete kriegen wie in der Woche vom 23. Oktober, wird es bedenklich aussehen.«

»Gehen Sie ja vorsichtig mit allen Medikamenten um; seien Sie knausrig. Auch mit Sedativa.« Der Professor erhob sich und begann nervös auf und ab zu gehen. »Zu allem Übel haben wir auch noch viel zuwenig Personal. Lendvai könnte wenigstens den Anstand haben und zurückkommen. Ich weiß, er ist ein Pfuscher, aber wir brauchen jeden. Ich wäre sogar froh, Dr. Forster wieder hier zu sehen, obwohl ich mir durchaus im klaren bin, daß er ein Saufbold und Schweinehund und manchmal imstande ist, die einfachste Appendektomie zu verpatzen.«

»Wir schaffen's schon irgendwie«, sagte Halmy. »Wir haben's vorher geschafft und werden's wieder schaffen.«

Der Professor klopfte ihm herzlich auf die Schulter. »Danke, mein Junge.« Dann setzte er hinzu: »Ich weiß, es ist ein großes Opfer, aber ich muß Sie bitten, die geplante Reise zu verschieben.«

»Das ist schon geschehen«, entgegnete Halmy.

Nemetz hatte das Geschützfeuer geweckt, aber er verließ das Haus erst nach der Ansprache von Ministerpräsident Nagy. In der Zwischenzeit rief ihn Otto Koller mehrmals an, um ihn über die letzten Nachrichten auf dem laufenden zu halten.

Wie es schien, hatten die Leute im Parlamentsgebäude, auch der Ministerpräsident, die Hoffnung aufgegeben, daß General Maléter aus Tököl zurückkommen werde.

»Die Schweine haben ihn in eine Falle gelockt«, schäumte Koller. Er ließ ein paar passende Flüche los, wie sie nur eine asiatische Sprache wie die ungarische hervorbringen konnte.

»Halte dich an die Seitenstraßen, wenn du ins Büro kommst«, riet er Nemetz. »Russische Panzer sind an mehreren Stellen durchgebrochen und nähern sich der Donau. Sie rücken in Gefechtsformation vor, Schützenpanzer, schwere

Panzer, Selbstfahrlafetten und Jagdflugzeuge. Sie hätten keine stärkere Armee antreten lassen können, wenn sie gegen die ganze NATO marschieren würden.« Er stieß wiederum einen typisch ungarischen Fluch aus, der in einem einzigen Ausrufesatz seine Schmähung über Nikita Chruschtschow, seine Mutter, seine Großmutter und die russische Weiblichkeit im allgemeinen ausgoß. »Ich fürchte«, schloß er in einem plötzlich ausdruckslosen, gleichmütigen Ton, »um Mittag gehört ihnen der größte Teil der Stadt.«

Nemetz legte den Hörer auf. Als er aufstehen wollte, knickten seine Beine ein und er mußte sich aufs Bett fallen lassen. Auf seiner Stirne standen Schweißtropfen, seine Hände zitterten. Ohne sich zu rühren, blieb er eine Weile sitzen, bestürzt über das, was ihm zustieß; zum ersten Mal seit seiner Kindheit war er vor Angst gelähmt. Diese Erscheinung war so neu und unerwartet, daß sie keine Analyse zuließ. Schließlich hatte er es verstanden, den ersten Akt eines Schauerstücks vollkommen gleichmütig und mit unerschütterlicher Gelassenheit durchzustehen, deshalb konnte er nicht begreifen, warum seine Gemütsruhe, sobald sich der Vorhang zum zweiten Akt hob, in Scherben ging wie ein billiger Steingutkrug. Es war eine tief erniedrigende und lächerliche Erfahrung, aber er konnte nichts machen als stillbleiben und warten, bis der Anfall vorüberging.

Zum Glück kam aus der Küche das Klappern von Geschirr, seine Schwägerin war also auf und machte sich mit ihrer ruhelosen Geschäftigkeit an die Hausarbeit. Das rüttelte ihn endlich aus seiner Erstarrung auf. Er kleidete sich fertig an und ging zu ihr in die Küche.

»Wie schrecklich!« jammerte sie, ohne guten Morgen zu wünschen. »Die Russen sind wieder da! Aber das überrascht mich nicht. Ich wußte die ganze Zeit, daß das kommen würde. Ich hab's dir gesagt, weißt du noch?«

Natürlich hatte sie nie so etwas gesagt, aber es wäre bloß Zeitverschwendung gewesen, sie zu berichtigen.

»Du mußt deinen Kaffee schwarz trinken«, fuhr sie fort.

»Die Milch ist alle. Heut werden keine Läden offen sein, weil Sonntag ist, aber vielleicht komme ich bei Frank durch die Hintertüre rein. Ich werd's wenigstens versuchen.«

»Nein, das wirst du nicht«, fuhr er sie an. Sie machte ihn gereizter denn je, wohl weil sie sich nicht zu fürchten schien, wogegen er noch immer Angst hatte. »Du wirst die Kinder anziehen und sie in den Keller bringen. Und mit ihnen dort bleiben. Für die nächsten paar Tage, oder mindestens solange die Kämpfe andauern. Wir werden mit dem auskommen, was gerade da ist.«

Kurz nach sieben ging er aus dem Haus. In Buda wüteten schon Feuersbrünste. MIG-Jäger, die wie ein Schwarm lärmender Raubvögel wirkten, ließen ihren Kot von kleinen, glänzenden Bomben auf irgendeinen Stützpunkt der Aufständischen im Achten Bezirk, wahrscheinlich die Kiliánkaserne, fallen. Als Nemetz zum Polizeipräsidium kam, beschossen die Russen über die Donau hinweg Pest. Um acht Uhr hatten sie die Brückenköpfe in der Hand und überschritten den Fluß. Sie rückten durch die Hauptstraßen vor, umzingelten das Parlamentsgebäude und nahmen den Radiosender. Als Nemetz kurz vor neun in seinem Büro zum Fenster hinausspähte, wimmelte der ganze Platz von sowjetischen Panzern.

Im Innern des Hauses herrschte lethargische Ruhe. Selbst Otto Koller mußte einsehen, daß Widerstand sinnlos war. Das Gebäude konnte nicht gehalten werden, sie hatten nicht genügend Munition und sogar zuwenig verfügbare Leute, da es nur einem geringen Teil des Personals gelungen war, auf dem Weg zur Arbeit zwischen der endlosen Schlange von Panzern durchzuschlüpfen, die sich um die Innenstadt wand. Nach einiger Zeit wehte eine weiße Flagge über dem Portal des Polizeipräsidiums. Es kam nie heraus, wer den Befehl dazu erteilt noch wer sie tatsächlich gehißt hatte.

Nemetz blieb am Fenster. Von da unten waren mindestens ein Dutzend 7,5 cm-Panzergeschütze auf ihn gerichtet, doch er hatte keine Angst mehr, er empfand nur das ohnmächtige, schuldgepeinigte Grauen, das Zuschauer bei einer Hinrichtung erleben.

Jetzt, wie auf Befehl, kletterte bei mehreren Panzern die Besatzung heraus, und die Leute rückten mit der Maschinenpistole in der Hand gegen den Eingang vor. Ein kleiner, untersetzter Oberst und ein junger Hauptmann, der an einen hungrigen Adler erinnerte, führten sie an. Sie näherten sich dem Haus wachsam und vorsichtig, als wäre es ein Hornissennest, und warfen immer wieder nervöse Blicke auf die weiße Fahne, um sich zu vergewissern, daß sie noch da war und sich nicht durch irgendein unerklärliches ungarisches Taschenspielerkunststück aufgelöst hatte.

Plötzlich hörte Nemetz ein sonderbares Geräusch in seinem Rücken. Es tönte wie das Gurgeln einer verstopften Abflußröhre. Er drehte sich um und sah, was er nie zu sehen erwartet hatte: Irén Lesták in Tränen aufgelöst. Sie stand an der Türe, große dicke Tränen rollten über ihre Wangen und ihr Mund klaffte wie eine aufgeplatzte Naht. Weiß Gott, eine lachende Irén war nichts für empfindliche Augen, aber eine schluchzende war ein unvergeßlicher Anblick: zum Lachen reizend und zugleich furchtbar rührend in ihrer unheilbaren Häßlichkeit. Es kam Nemetz vor, als hätte er mit einem Mal entdeckt, daß die Medusa kein Ungeheuer sei, sondern eine Sterbliche mit mitleidendem Herz. Er wollte ihr etwas Tröstendes sagen, konnte aber die rechten Worte nicht finden und wandte sich ab, über seine eigene Unzulänglichkeit verlegen.

Drunten drangen die Soldaten in das Gebäude ein. Der Lärm ihrer schweren Stiefel, die durch die Vorhalle und die Treppe emporstampften, hallte unheilverkündend durch das ganze Haus. Nemetz sann darüber nach, weshalb das Getrampel des Feinds stets lauter erschien als das der eigenen Soldaten! Sie erreichten den dritten Stock und schwärmten im Korridor aus, wo die Büros des Chefs und der höheren Beamten lagen.

Jemand kam auf Nemetz' Tür zu. Der Inspektor und Irén

wandten sich um und sahen mit großer Erleichterung, daß Káldy eintrat. Als er sich aber näherte, war Nemetz unangenehm berührt von dem Anflug eines Grinsens auf Káldys kinnlosem Gesicht.

»Was geht im dritten Stock vor?« fragte ihn Nemetz.

Das Grinsen vertiefte sich. »Die Russen verhören die Mitglieder des Revolutionsrates. Für manche Leute ist's Feierabend.«

Nemetz blickte ihn verdutzt an. Etwas Heiteres und Gelöstes war an dem Mann, wie es Nemetz nie zuvor an ihm gesehen hatte. Er pflegte sich steif und vorsichtig zu bewegen, wie eine Frau in einem ganz engen Rock. Jetzt war er ein junger Kavallerieoffizier, schritt flott aus und schwang eine imaginäre Reitpeitsche.

Irén hörte auf zu heulen. Sie sah Káldy zornig an.

»Es ist nicht vorbei!« schrie sie. »Die werden wieder zurückschlagen! Warten Sie nur!« Sie musterte ihn durchdringend. »Was zum Teufel ist in Sie gefahren, daß Sie einen solchen Blödsinn verzapfen?«

Káldy zuckte die Achseln und wandte sich an Nemetz. »Manche Leute wollen einfach den Tatsachen nicht ins Auge blicken. Viertausend Panzer und zweihunderttausend Mann! Womit wollen Sie gegen die kämpfen? Mit heißer Luft?« Das Lächeln schwand aus seinem Gesicht und machte einem Ausdruck von verdrießlicher Ungeduld Platz. »Wissen Sie, was General Grebennik gestern gesagt hat? Er hat gesagt, daß seine Truppen Ungarn erst verlassen werden, wenn die Krebse pfeifen und die Fische singen!«

»Wie kommt's denn, daß Sie wissen, was er *gestern* gesagt hat?« fragte Irén schrill. »Ich habe gehört, daß die Roten ihre Spitzel zurückließen, als sie auszogen. Ich habe das leise Gefühl, Sie sind einer davon.«

Káldy antwortete nicht, aber sein Gesicht verfärbte sich, zuerst zu einer krankhaften Blässe und dann langsam zu einem abstoßenden, unnatürlichen Purpurrot. Nemetz beobachtete ihn und dachte mit stiller, wenn auch flüchtiger Genugtuung daran, daß er den Mann nie gemocht hatte.

Das Trampeln schwerer Schritte und laute russische Kommandorufe drangen vom oberen Geschoß her.

»Gehen sie?« fragte Nemetz niemand Bestimmten. Er sprach eigentlich nur, um das Schweigen zu brechen.

»Ich glaube nicht«, entgegnete Káldy. Sein Ton war wieder höflich und sachlich. »Vorläufig, bis die Ordnung wiederhergestellt ist, übernimmt das Sowjetische Militärkommando die Verwaltung des Landes. Das betrifft auch uns.«

»Sie sind ja recht gut im Bild, nicht?« Irén fixierte ihn scharf.

Káldy beachtete sie nicht. »Sie sind entschlossen, all dem Unsinn ein Ende zu machen. Das ist ihnen nicht zu verargen. Sie wären ja schön dumm, ihre Leute durch eine Horde Kinder, die Räuber und Gendarm spielen, hinmetzeln zu lassen.«

»Das genügt, Káldy«, sagte Nemetz. Auf einmal wollte er den Mann möglichst schnell los sein. Aber Káldy war noch nicht bereit, das Feld zu räumen.

»Sie waren gerissen, Inspektor«, sagte er langsam. »Wie immer.«

»Was wollen Sie damit sagen?« fragte Nemetz.

»Indem Sie den Fall Halmy schufen und sich ums liebe Leben darin verbissen. So konnten Sie sich aus der Politik heraushalten. Das war ein Geniestreich, Inspektor. Wird Ihnen eine Menge Scherereien ersparen.«

Die Unterstellung war derart niederträchtig, daß sie keinen Protest verdiente. Einen Augenblick lang spürte Nemetz, wie ihm eine Zorneswelle aus der Magengrube in den Hals stieg. Er schluckte schwer. Der Speichel schmeckte heiß und bitter.

»Raus mit Ihnen, Káldy«, sagte er leise. »Und betreten Sie dieses Büro nie wieder.«

Seine Augen brannten. Er schloß sie, und als er sie wieder öffnete, war Káldy gegangen.

»Der Dreckskerl«, zischte Irén. »Ich möchte bloß wissen – war er schon die ganze Zeit deren Aufpasser oder hat er erst jetzt umgeschwenkt?«

Nemetz zuckte die Achseln. »Was macht das für einen Unterschied, Irén?«

Sein Zorn war schon verraucht. Im Laufe seiner langen Dienstjahre hatte er allzuviele ähnliche Stücklein erlebt.

Es war Mittag, und noch immer wurde nichts bekannt über das Ergebnis der Verhandlung zwischen dem Revolutionsrat und dem russischen Obersten. Die Ungewißheit und das lange Warten begannen an Nemetz' Nerven zu zerren. Plötzlich stand er auf und stürmte, an Irén vorbeieilend, die ihn zurückzuhalten versuchte, auf den Gang hinaus.

Am andern Ende standen Soldaten, und ein paar saßen auf der Treppe. Nemetz beschloß, zu Otto Kollers Büro hinaufzugehen, mit seiner Sekretärin zu sprechen und in Erfahrung zu bringen, ob sie etwas von ihm vernommen hatte. Genau in dem Augenblick wurde jedoch im dritten Stock eine Tür aufgerissen, und wieder hörte man das Fußgetrappel und die lauten russischen Rufe.

Otto Koller und fünf Mitglieder des Revolutionsrates erschienen auf der Treppe. Sie wurden von einem Dutzend Soldaten unter dem Befehl des schnabelnasigen Hauptmanns begleitet. Die Ungarn trugen weder Hut noch Mantel, und Nemetz' erster Gedanke war, Koller, von dem er wußte, daß er sich leicht erkältete, würde bestimmt einen üblen Schnupfen auflesen, wenn man ihn so ins Freie brächte — nicht einmal ein Halstuch hatte er als Schutz vor dem eisigen Wind.

Nemetz eilte durch den Gang zur Treppe. Jetzt brachte ihm der Ausdruck auf den Gesichtern der Bewacher und der Bewachten zum Bewußtsein, daß die Gefahr, die seinem Freund Koller drohte, beträchtlich ernsthafter war als die schlimmste Erkältung.

»Otto, wo bringen sie dich hin?« fragte er.

Der Hauptmann sagte etwas zu einem Soldaten, der an der Treppe postiert war, und der Mann drehte sich zu Nemetz um und stieß ihm die Mündung seiner Maschinenpistole zwischen die Rippen.

»Zurück!« bellte er.

»Otto, was ist geschehen?« Nemetz faßte den Lauf und schob ihn zur Seite. Er war so erregt, daß er den Schmerz, wo die Mündung ihn getroffen hatte, nicht spürte.

»Benachrichtigen Sie unsere Familien!« rief ihm einer der Ungarn zu.

»Zur Kommandatura«, antwortete Koller gleichzeitig, dann setzte er hinzu: »Das vermute ich wenigstens.«

»Weiter – nix reden!« brüllte der Hauptmann in gebrochenem Ungarisch.

Sie gingen am zweiten Stock vorbei und stiegen zur Vorhalle hinab. Nemetz wollte ihnen nach, aber der Soldat, der ihn vorher aufgehalten hatte, packte ihn an der Schulter. Ein anderer, ein gedrungener, rundköpfiger Bursche, der nach Zwiebeln, Mist und Schweiß stank, versperrte ihm mit dem Gewehrlauf den Weg. Da sah Nemetz, wie Káldy Hals über Kopf die Treppe herabkam. Sein Mantel war zugeknöpft, er trug Hut und Handschuhe.

»Was ist los? Wo bringen sie Koller hin?« rief ihm Nemetz über die Soldaten hinweg zu.

»Kümmern Sie sich um Ihre eigenen Angelegenheiten! Und strecken Sie Ihren Kopf nicht heraus, wenn Sie wissen, was –«

Der Rest wurde von den Kommandorufen und dem Stiefelgepolter aufgeschluckt. Die sechs Männer und ihre Begleitmannschaft gingen weiter die Treppe hinunter, durch die Halle und zum Hauptportal hinaus. Nemetz versuchte noch einmal, ihnen zu folgen, wurde jedoch wieder von dem übelriechenden kleinen Soldaten zurückgestoßen. Schließlich gab er es auf und kehrte in sein Büro zurück; finsterer, ohnmächtiger Zorn nagte wie ein bösartiges Tier in ihm. Als Irén ihn fragte, was passiert sei, schüttelte er bloß den Kopf und schlug die Tür vor ihrer Nase zu.

Es war nicht das erste Mal in seinem Leben, daß er Seelenangst litt, weil Menschen, die er gern hatte, schätzte oder auch nur bedauerte, ihrem Schicksal zugeführt wurden, während er hilflos dabeistand und zusah, wie sie um eine

Straßenbiegung oder hinter einer Zellentür verschwanden. Aber das hier war schlimmer als alles, was er früher erlebt hatte, weil der Mann, der da von abgestumpften, Vernunftgründen unzugänglichen und des Mitgefühls unfähigen Mächten abgeführt wurde, der einzige wirkliche Freund war, den er je gehabt hatte.

Er blieb am Fenster stehen, lange nachdem der sowjetische Panzerspähwagen mit Koller davongerast war. Er wußte nicht, ob es Stunden oder bloß Minuten später war, als das Telephon klingelte.

»Ihre Schwägerin«, meldete Irén. »Sie sagt, es sei dringend.«

»Na gut, verbinden Sie mich«, knurrte er. Er hatte Lilla wiederholt gebeten, ihn nur im Büro anzurufen, wenn es sich um etwas ganz Wichtiges handelte, doch erfand sie immer wieder irgendeine Ausrede und überfiel ihn mit ihrem Geplapper.

»Was ist los, Lilla?« fragte er mürrisch.

»Die Kinder!« japste sie ins Telephon. »Ich weiß nicht, wo sie sind!«

»Was soll das heißen, du weißt nicht, wo sie sind?« Nemetz spürte, wie ihn ein neuer Angstanfall packte.

»Eben das. Ich weiß nicht ... Wir waren im Keller, genau wie du mir befohlen hast«, greinte sie. »Alles war ruhig, und dann kamen Leute herunter und sagten, das Parlament brenne. So gingen wir hinauf, um uns das anzusehen –«

»Willst du sagen, du hast die Kinder mitgenommen, um dem Feuer zuzuschauen?«

»Eh, ja«, stammelte sie. »Wir gingen alle. Sämtliche Nachbarn. Alles war vollkommen ruhig, kein Schuß fiel, nirgends ein Russe – aber als wir zum Parlamentsplatz gelangten, da kam auf einmal eine Kolonne russischer Panzer vom Quai her. Ich weiß nicht mehr, ob die Panzer zuerst schossen oder die Leute auf dem Dach – ach, ich vergaß zu sagen, das Dach von Nummer 6 wurde noch von den Unsern gehalten. Die Leute hatten Maschinengewehre und Handgranaten und –«

»Zum Teufel noch mal, was ist mit den Kindern passiert?« unterbrach Nemetz sie.

»Als die Schießerei losging, schrie ich den Kindern, aber statt zu mir zurückzukommen, stürzten sie über die Straße. Weißt du, sie waren ein paar Schritte vor mir gegangen. Ich konnte ihnen nicht folgen, weil die Panzer inzwischen ganz nah auf uns drauf waren; sie schnitten mir den Weg ab, und so drückte ich mich einfach mit den restlichen Leuten in einen Türeingang. Ich sorgte mich nicht um die Kinder, weil ich gesehen hatte, daß sie heil über die Straße gelangt waren, und die Panzer nicht in ihre Richtung feuerten. Aber dann explodierte der vorderste Panzer, und kurz danach noch drei weitere in der Kolonne. Es war eine regelrechte Schlacht, und die ganze Zeit kauerte ich in diesem Türeingang –«

»Was ist mit den Kindern passiert?« wiederholte Nemetz.

»Das erzähle ich dir ja«, jammerte sie. »Ich konnte nicht gleich nach ihnen sehen. Eine ganze Weile nicht. Es war entsetzlich. Die Russen schossen aus allen Rohren auf das Dach los und hörten erst auf, als sie das Haus völlig zerbombt hatten. Dann kamen fünf Jungen mit erhobenen Händen heraus, alle verwundet, und wurden niedergemäht. Es waren noch Kinder, keiner älter als achtzehn.«

»Aber die Kinder, was geschah mit denen?« fragte Nemetz hartnäckig.

»Kaum waren die Russen weitergefahren«, sagte sie betreten, »und sie nahmen sich wahrhaftig Zeit, bis sie ihre Toten und Verwundeten aufgelesen hatten –«

»Lilla, um Gottes willen«, fiel ihr Nemetz ins Wort, *»was geschah mit den Kindern?«*

»Ich suchte sie überall. Herr Galambos war mit mir zusammen, du kennst ihn, er ist der Geschäftsführer des Lebensmittelladens in der Holdstraße; sein Sohn, Sándor, ist Péters Nachbar in der Schule – Sándor wird auch vermißt –«

»Ist das der Junge, der am Józsefring einen Russen erschossen hat?«

»Ja.«

»Und mit *dem* läßt du die Kinder herumlaufen?«

»Aber Lajos, er ist ein sehr netter kleiner Junge.«

Nemetz verzichtete auf eine Antwort.

»Wo genau hast du die Kinder zuletzt gesehen?«

Sie beschrieb die Stelle und er hängte auf. Den Rest des Nachmittags verbrachte er damit, die Straßen abzusuchen, die auf den Parlamentsplatz zuliefen. Am Morgen hatte er gedacht, die Schlacht sei vorbei und die Sache der Aufständischen endgültig unterlegen, aber jetzt machte er die Erfahrung, daß der Kampf weiterging. Es war kein planmäßiger, organisierter Widerstand, es war ein wildes, da und dort aufflackerndes, verzweifeltes und aller Aussicht nach gänzlich hoffnungsloses Ringen. Doch es dauerte an, es loderte weiter. Eine moderne Großstadt von mehr als einer Million Einwohnern hatte den Guerillakrieg, nicht als außerordentlichen Zustand, sondern als ihre natürliche Lebensart, angenommen – eine Gewohnheit, die ebenso schwer abzulegen war wie Abfall auf die Straße werfen oder auf der linken Seite fahren.

Die Sonne, ein verschwommenes Glühen hinter dem zerrissenen Trauerschleier von Novemberwolken, ging hinter dem Schloßberg unter, und Nemetz fahndete immer noch nach Péter und Ágnes. Der Wind suchte mit eisigen Fingern in seine Ärmel und Hosenbeine einzudringen und an seine Haut zu kommen. Nemetz verfluchte heimlich Lilla und fragte sich, ob sie wenigstens so viel Verstand gehabt habe, den Kindern ihre Wintermäntel anzuziehen.

Um fünf Uhr gab er die Suche auf und ging zum Polizeipräsidium zurück, schaute aber vorher noch in der Wohnung vorbei. Er fand Lilla von mitleidenden Freundinnen umringt, doch hatte sie noch immer keine Nachricht von den Kindern. Es herrschte eine Stimmung im Zimmer wie bei einem Leichenschmaus, die Wohnungstür ging dauernd auf und zu, es gab stumme Händedrücke, Umarmungen, so und so oft wiederholte Schilderungen der Tragödie im Flüsterton und dann und wann ein plötzliches Auflachen, schleunigst unterdrückt und gefolgt von verlegenen oder tadelnden Blicken.

Nemetz ging in sein Zimmer und wies telephonisch alle Polizeireviere an, nach dem Jungen und dem Mädchen Ausschau zu halten und ihn im Polizeipräsidium zu benachrichtigen, wenn sie gefunden würden. Er rief auch die Spitäler an, aber nirgends wurden sie auf den Patientenlisten geführt. Er wagte nicht, beim Leichenschauhaus und bei der Rotkreuzabteilung nachzufragen, die mit dem Abholen der Toten beauftragt war.

Für die Strecke von etwas mehr als anderthalb Kilometern zwischen seinem Haus und dem Polizeipräsidium brauchte er normalerweise fünfundzwanzig Minuten. Diesmal legte er sie in einer Viertelstunde zurück, was wohl absolute Bestleistung für ihn bedeutete. Der Wind wurde heftiger und eisiger; als er das Vorzimmer zu seinem Büro betrat, klebte ihm jedoch das schweißnasse Hemd am Rükken. Kaum nahm er den Hut ab, rannen ihm kleine Schweißbäche über die Stirn.

»Ist irgendein Bescheid da von den Revieren?« fragte er Irén.

»Nein«, antwortete sie. »Kein Wort, Inspektor.« Dann deutete sie auf die Bank an der Rückwand. »Diese Leute haben auf Sie gewartet.«

Erst jetzt bemerkte Nemetz die drei Gestalten, die in frostigem, aufmerksamem Schweigen auf der Bank saßen. Der ältere Mann war um die Sechzig, klein und spindelbeinig. Sein verkniffenes Gesicht mit den dunklen, verschlagenen Augen und dem Ausdruck vorsichtiger Wachsamkeit mahnte Nemetz an eine Maus, die soeben einen Käseduft vom Fach eines nahen Speiseschranks gewittert hat. Der andere Mann war jünger, Anfang vierzig, größer und doppelt so schwer. Er hatte ein rundes Gesicht und eine sehr dunkle und fettige Haut von der Art, die nie sauber aussah, selbst wenn sie frisch gewaschen war. Da die Frau Skihosen und einen Wettermantel trug und eine Baskenmütze über die Ohren heruntergezogen hatte, hielt Nemetz sie zuerst ebenfalls für einen griesgrämigen alten Mann. Erst als sie aufstand und er den anliegenden Sitz des Mantels über ihren schweren Brüsten wahrnahm, erkannte er, daß sie weiblichen Geschlechts war — oder vielmehr einst gewesen war. Die beiden Männer standen auch auf, und der ältere trat vor.

»Man hat uns gesagt, daß Sie den Mordfall Halmy bearbeiten, Genosse Inspektor«, sagte er.

Vom ersten Augenblick an war es Nemetz gewesen, als hätte er den Mann schon einmal gesehen, und jetzt gab ihm das Wort ›Halmy‹ den Schlüssel. Es brachte ihm das Hochzeitsphoto in Erinnerung, das an der Schlafzimmerwand in der Wohnung des Arztes gehangen hatte. Der kleine Mann mit dem scharfgeschnittenen Gesicht war der Bräutigam der Aufnahme: János Tóth, der Schwiegervater des Doktors. Die Frau war offenbar Frau Tóth. Wer der ölige Bursche sein könnte, wußte er nicht. Vielleicht der Schwager.

»Das stimmt, ich bearbeite den Fall Halmy«, antwortete er kurz angebunden. Er schätzte es gar nicht, wenn man ihn mit ›Genosse‹ anredete.

»Falls Sie den Mörder suchen, kann ich Ihnen sagen, wo Sie ihn am besten suchen«, sagte Tóth.

»Es ist der Doktor! Ihr eigener Mann! Das ist der Mörder, ihr eigener Mann!« Die Frau trat näher und spie Nemetz die Worte ins Gesicht.

Nun hatte sich auch der Kerl mit der fettigen Haut zu ihnen gesellt, und da stand das Trio vor ihm, ein menschlicher Wall, so undurchdringlich und bedrohlich wie eine griechische Phalanx.

»Na, das ist eine sehr schwere Beschuldigung, die Sie vorbringen«, bemerkte Nemetz. »Sie können einen Menschen nicht des Mordes beschuldigen, wenn Sie nicht den völlig eindeutigen Beweis haben.«

»Ich hab' genug Beweismaterial gegen ihn, um ihn wegen Verrat vor Gericht zu bringen! Wegen Konspiration gegen die Volksrepublik, wegen Geheimbündelei zwecks Sturzes der Regierung, wegen Verstößen gegen die Staatssicherheit, wegen

Agententätigkeit für eine ausländische Macht!« Tóth rasselte die juristischen Ausdrücke herunter wie die Verse einer Psalmodie.

Nemetz geriet allmählich in Harnisch. »Die politische Einstellung eines Menschen interessiert uns nicht. Sie sind hier nämlich nicht bei der Geheimpolizei.«

»Wir haben eine ganze Anzahl Tonbänder«, sagte der Mann mit dem öligen Gesicht. »Anna erlaubte uns nicht, daß wir sie gegen ihn benützten, aber wir haben sie noch.«

»Wir haben genug Beweismaterial, um ihm das Genick zu brechen«, setzte Tóth hinzu. »Diese Tonbänder brechen ihm ganz gewiß das Genick.«

»Sie wollen sagen, sie können beweisen, daß der Doktor des Mordes schuldig ist?« fragte Nemetz.

»Oh, sie beweisen einfach, daß er in jeder Hinsicht schuldig ist«, warf der Dicke ein.

»Schuldig wie der Teufel«, echote Tóth.

»Die Russen haben schon angefangen, die Faschisten auszuheben. Und er *ist* ein Faschist! Genau das ist er!« gab Frau Tóth grimmig ihren Senf dazu.

Nemetz wandte sich an Tóth. »Hören Sie mal, guter Mann! Entweder kommen Sie zur Sache oder raus mit Ihnen! Ich habe keine Zeit, mir noch mehr dummes Geschwätz anzuhören. Was wollen Sie von uns?«

»Das hab' ich Ihnen schon gesagt«, entgegnete der Mann.

»Sie haben mir nichts gesagt. Nicht einmal Ihren Namen. Nun mal alles der Reihe nach. Wie ist Ihr Name?«

»János Tóth, der Vater des Opfers.« Er richtete sich auf.

»Ist die Dame Ihre Frau?« Nemetz wies auf Frau Tóth.

Irén hatte schweigend und hingegeben gestrickt. Das Wort ›Dame‹ ließ sie amüsiert aufblicken.

»Jawohl«, antwortete die Frau an Stelle ihres Mannes.

»Und wer ist das?« Nemetz deutete auf den Dicken.

»Károly Zloch, mein Schwiegersohn. Er ist mit meiner andern Tochter verheiratet, Róza. Kann ich jetzt reden?« wollte Tóth wissen.

»Zuerst habe ich einige Fragen«, schnitt ihm Nemetz das Wort ab. Er bot den Tóths keinen Platz an. Sie standen mitten im Zimmer und sahen mürrisch und betreten drein. »Wo waren Sie am Samstag, dem 27. Oktober, zwischen acht und zehn Uhr abends?« wandte Nemetz sich an Tóth.

»Was hat denn das mit dem Tod meiner Tochter zu tun?« fragte Tóth empört.

»Antworten Sie mir auf die Frage«, sagte Nemetz.

»Paß auf«, warnte Frau Tóth ihren Mann, »daß er nicht dich als Mörder hinstellt!«

»Wo waren Sie?« wiederholte Nemetz lauter.

»In Tököl. Anna hatte dort eine Freundin, die mit einem russischen Wachtmeister verheiratet ist, und so bat Anna sie, als die Unruhen anfingen, uns ein paar Nächte zu beherbergen.«

»Sie hatten Grund, die Aufständischen zu fürchten, wie?«

»Ich hatte keinen Grund, mich vor irgendwem zu fürchten«, gab Tóth großspurig zurück.

»Na gut, Sie hatten keinen Grund, sich zu fürchten, versteckten sich aber trotzdem.« Der Inspektor wandte sich an die Frau. »Wo waren *Sie* zwischen acht und zehn an jenem Samstag?«

»Mit meinem Mann zusammen. Károly war auch bei uns.« Sie zeigte auf Zloch. »Und meine Tochter Róza und ihre zwei Kinder. Ich kann Ihnen zehn Zeugen beibringen, die uns gesehen haben, und damit wären wir, die Familie, entlastet. Aber wo war der famose Dr. Halmy? *Das* sollten Sie sich fragen.«

»Sie waren in der Nacht, als Ihre Tochter starb, in Tököl«, sagte Nemetz, die Frau ignorierend, zu Tóth. »Trotzdem behaupten Sie zu *wissen*, daß Dr. Halmy sie umbrachte. Wer hat Sie davon unterrichtet?«

»Unterrichtet?« schnaubte Tóth. »Ich sprach mit einigen Leuten, und sie berichteten mir ein paar Dinge. Jemand versuchte es so hinzustellen, als wäre sie vor Bozsán mit vier andern Frauen von den Russen getötet worden. Aber die

Frauen lagen schon seit fünf Uhr nachmittags dort, und meine Tochter war um neun Uhr abends noch am Leben. Eine Nachbarin hat sie gesehen, wie sie kurz vor neun zu ihrer Wohnung hinaufstieg. Und das Dienstmädchen kann Ihnen ebenfalls bestätigen, daß Anna nicht irgendwo in der Nähe der Bäckerei war zur Zeit der Schießerei. Sie war den ganzen Nachmittag zu Hause.«

»Sie haben mir noch immer nicht gesagt«, fragte Nemetz unbeirrt weiter, »auf was für Beweise sich Ihre Behauptung stützt, daß Dr. Halmy Ihre Tochter umgebracht habe?«

»Meine Behauptung stützt sich auf den Beweis«, sagte Tóth im lauten Ton eines Schuljungen bei der Prüfung, »daß er meine Tochter haßte und sich nicht mit ihr vertrug und mit einer andern Frau ein Verhältnis hatte.«

»Ein Verhältnis?« grunzte seine Frau. »Er schlief mit ihr!«

»Wir haben eine ganze Anzahl Tonbänder, die ihm das Genick brechen könnten«, platzte Zloch heraus. Er hatte offensichtlich einen eingleisigen Geist. Wenn er einmal ein Thema angeschnitten hatte, konnte ihn nichts mehr davon abbringen. Nemetz fand, daß er nachgeben und die Sache durchsprechen müsse, wenn er das Trio je loswerden wollte.

»Bedeutet das, daß Sie ohne Wissen des Doktors Aufnahmen machten?«

»Jawohl«, antwortete der Dicke. »Wissen Sie, ich hab' mich von jeher gern mit elektrischen Apparaten beschäftigt. Das ist mein Steckenpferd. Übrigens war ich früher Elektriker von Beruf. Bastelte Radios, Plattenspieler und so Sachen.«

»Als Anna mit dem Doktor Schwierigkeiten bekam«, fuhr Tóth fort, »fand ich es angebracht, sie zu beschützen.«

»Indem Sie versteckte Mikrophone in seinen Räumen anbrachten und Aufnahmen machten von den Gesprächen, die er in den vier Wänden seines Heims führte?« fragte Nemetz in unbeteiligtem Ton, der trotzdem seine Abscheu nicht ganz verbarg.

»Nun ... ja«, gab Tóth zögernd zu. Der Ton des Inspektors schien ihn zu verwirren.

»Und wann machten Sie denn diese Aufnahmen?«

Zloch antwortete. »Oh, die ersten schon 1952, aber sie kamen nicht sehr gut heraus. Damals wurde der Ton auf eine Platte aufgenommen, und das Verfahren machte zuviel Geräusch. Wir befürchteten, der Doktor könnte dahinterkommen. Deshalb gaben wir's auf. Als wir dann mit Band arbeiten konnten, fingen wir von vorne an.«

»Was ist nun eigentlich auf diesen Tonbändern?« fragte Nemetz. »Irgendein Beweis, daß der Doktor etwas gegen seine Frau im Schilde führte?«

»Ich sagte Ihnen ja, es dreht sich um Politik. Er hatte etwa im Spital mit jemand einen Zusammenstoß und geriet dann in Wut und zog über die Partei, die Regierung und das ganze System her. Aber in letzter Zeit konnte Anna nichts mehr aufs Band kriegen. Der Doktor sprach kaum noch je mit ihr.«

»Ja«, fiel Frau Tóth empört ein. »Wenn sie mit ihm sprach, drehte er sich einfach um und ging aus dem Zimmer.«

»Und wo sind die Tonbänder?« fragte Nemetz, obgleich er nicht übermäßig daran interessiert war.

»Die sind an einem sichern Ort!« sagte Tóth selbstgefällig.

Nemetz begann die Anspannung zu verspüren, unter der er den ganzen Tag gestanden war. »Also, Leutchen«, sagte er müde, »Fräulein Lesták soll jetzt alles aufnehmen, was Sie mir eben gesagt haben, damit Sie unterschreiben können.«

Irén legte ihre Strickarbeit weg, den halb fertigen blauen Pullover; das Wollgarn stammte von einem alten beigefarbenen Pullover, der gefärbt und aufgetrennt worden war. Ihre Hände schwebten über der Schreibmaschine.

»Los, gehorchen Sie dem Inspektor. Sie haben ihm schon genug Zeit gestohlen.«

Die drei setzten sich gezwungen, während Nemetz in sein Büro ging, um mit seiner Schwägerin zu telephonieren. Sie hatte keine Nachrichten, auch bei den Polizeiwachen und Krankenhäusern gab es nichts Neues. Es war nicht zu glauben, wie zwei Kinder, die sich doch schließlich in der Stadt auskannten, verschwinden konnten, ohne eine Spur zu hinterlassen. Er überlegte eine Weile, konnte sich jedoch nicht überwinden, das Leichenschauhaus anzurufen.

Als er ins Vorzimmer zurückkehrte, war Irén mit dem Tippen fertig und strickte wieder. Wie sie da saß, finster und unbeteiligt, und ihre sich gleichmäßig bewegenden Nadeln von dem Wollknäuel im Strickkorb zehrten, glich sie mehr denn je einer der drei Parzen, die den Menschen das Schicksal spann. Er erwartete jeden Augenblick, sie würde zu ihrer Schere greifen und den Lebensfaden der Tóths durchschneiden.

Nemetz nahm das maschinengeschriebene Blatt auf und überflog es. »Das klingt ausgezeichnet«, sagte er zu den Tóths. »Würden Sie jetzt bitte unterschreiben?«

Tóth stand auf, trat an den Schreibtisch und setzte langsam, vorsichtig seine Unterschrift unten auf das Blatt. »Werden Sie ihn jetzt verhaften?« erkundigte er sich.

»Wen verhaften?« fragte Nemetz und stellte sich dumm.

»Den Doktor natürlich«, erwiderte der Mann gereizt.

Die Frau kritzelte gerade ihren Namen hin, als die Feder in ihrer Hand stehenblieb. »Sie sagten, Sie brauchten Beweismaterial. Ist das nicht genug Beweismaterial?«

»Nein«, entgegnete Nemetz und schüttelte den Kopf. »Machen Sie sich eines klar, Frau Tóth. Sie und ich, wir wollen beide dasselbe. Den Mörder Ihrer Tochter finden. Deshalb bin ich Ihnen dankbar, daß Sie hierhergekommen sind, auch wenn Sie mir nichts Neues zu sagen hatten. Ich habe die ganze Zeit gewußt, daß Ihre Tochter nicht zu den Opfern gehörte, die in der Schlange nach Brot anstanden, und ich habe eine ganze Anzahl von Verdächtigen verhört, darunter auch ihre Schwarzmarktbekannten.«

Das Wort ›Schwarzmarkt‹ ließ die Tóths zusammenzucken. Sie wechselten einen raschen, verstohlenen Blick.

»Ach, jetzt sind's ihre Schwarzmarktbekannten!« sagte die Frau gehässig. Sie fand offenbar, Angriff sei die beste Verteidigung. »Zuerst hieß es, wo sind wir am Samstagabend gewesen? Jetzt sind's die Schwarzmarktbekannten! Ein Glück, daß sie tot ist, sonst hätten Sie noch *sie* verhaftet. Sie wollen ihren Mörder ja gar nicht wirklich finden, oder, Inspektor? Weil das Ihrer Freundin, Fräulein Méhely, nicht gefallen würde?«

Nemetz stand an den Schreibtisch gelehnt da und wartete gelassen auf das Ende ihrer Tirade. Sie bot einen abstoßenden Anblick mit ihrer Knollennase und den kleinen, tiefliegenden Augen, die feindselig starrten. Da sie fast keinen Hals hatte, sah sie aus wie ein Pilz mit einem kugeligen Hut auf einem kurzen, dicken Stiel – ein Giftpilz obendrein. Kein Zweifel, dachte Nemetz, wenn jemand ihr einen tüchtigen Tritt gäbe, würde sie zerplatzen wie ein Bovist und eine dunkle, übelriechende Wolke von todbringenden Sporen ausstäuben.

»Oh, sie sind sehr gut Freund miteinander, Fräulein Méhely und der Inspektor!« fuhr sie fort, zu ihrem Mann und dem Schwiegersohn gewandt. »Sie rief ihn gestern an. Bat ihn, herzukommen und uns rauszuschmeißen. Mich und Róza. Jawohl, Herrschaften, sie wollte, daß er uns aus unserm eigenen Heim rausschmeiße! Und der Inspektor parierte gern! Im Nu war er dort! Róza und ich, wir beobachteten ihn, wie er zur Wohnung hinaufging, warteten aber vergebens, daß er zurückkam. Ach, wir hätten den ganzen Tag warten können. Er kassierte seine Belohnung von Fräulein Méhely ein, versteht ihr, und ein Mann seines Alters muß sich dafür Zeit lassen.«

»Ich glaube, das ist alles im Augenblick«, sagte Nemetz. »Ich gebe Ihnen Bescheid, wenn ich Sie wieder brauche.«

Frau Tóth wurde puterrot. »Komm, Papa, wir gehn! Ich hab' dir gesagt, es sei Zeitverschwendung, hierherzukommen!«

Nemetz verlor die Geduld. »Das reicht, Frau Tóth! Gehn Sie jetzt, bevor ich Sie rauswerfe!«

»Geradewegs zur Kommandatura, dorthin gehn wir!« verkündete Tóth. Er ging auf die Türe zu, dann drehte er sich noch einmal um und blickte Nemetz ins Gesicht. »Die werden nicht fragen, wo *wir* am Samstagabend gewesen sind.

Die werden nicht mal fragen, wo der Doktor gewesen ist! Weil sie all den Mumpitz nicht durchzuexerzieren brauchen: Beweis und Alibi und so.«

»Raus!« donnerte Nemetz. Das plötzliche rauhe, wilde Gebrüll verfehlte seine Wirkung nicht. Die Tóths warfen ihm einen verdutzten Blick zu und stürzten aus dem Zimmer.

Nemetz seufzte erleichtert auf, dann bemerkte er, daß der Schwiegersohn den Tóths nicht gefolgt war, sondern noch herumtrödelte.

»Wünschen Sie etwas?« fragte ihn Nemetz gereizt.

Der Mann lächelte Entschuldigung heischend. Er gehörte zu denen, die sich stets von ihrer liebenswürdigsten Seite zeigten, wenn sie mit harter Hand angefaßt wurden.

»Sie vergaßen mir zu sagen, muß ich die Klage auch unterschreiben, oder ist es nicht nötig?«

»Ganz wie Sie wollen«, antwortete Nemetz achselzuckend.

»In dem Fall würd' ich lieber nicht unterschreiben«, sagte Žloch grinsend. »Das ist einer meiner Grundsätze. Nie etwas unterzeichnen, wenn es nicht unumgänglich ist. Wir haben zu viele Veränderungen mitgemacht. Wir leben und lernen. Nicht wahr, Inspektor?«

Endlich war auch er weg. Irén packte ihr Strickzeug zusammen und stand auf.

»Was glauben Sie«, fragte sie Nemetz, »hat der Doktor seine Frau umgebracht?«

»Das weiß ich immer noch nicht sicher«, sagte Nemetz. »Aber wenn sie so ähnlich wie ihre Mutter war, ich fürchte, ich hätte sie selber auch umgebracht.«

Irén nahm das Blatt mit der Klage der Tóths in die Hand. »Wollen Sie das aufbewahren?«

»Nein, das wissen Sie doch«, gab er zurück. »Zerreißen Sie's.«

Und das tat sie auch.

Montag, 5. November

Es war neun Uhr morgens, als das Telephon klingelte. Am Abend vorher war Nemetz nach Hause gegangen, aber nur knapp eine Stunde dortgeblieben, weil die wahre Beileidsorgie ihn vertrieben hatte, die noch immer die Wohnung mit Lärm, Rauch, dem Geruch von feuchten Kleidern und Würstchen mit Sauerkraut erfüllte.

Er war durch Straßen gewandert, die auch auf dem Mond nicht ausgestorbener hätten sein können. Mehrere große Feuersbrünste wüteten in der Stadt, ihre Flammen leckten am finstern Himmel wie leuchtende Zungen. Aus den Randbezirken kamen dumpfe Schläge von Geschützfeuer. Dazwischen hörte man das heftige, geschwätzige Rattern von automatischen Waffen und das sporadische Geknatter von einzelnen Gewehren. Die unmittelbare Umgebung freilich war ruhig. Verschlossene Haustüren, heruntergelassene Rolläden und keine Seele unterwegs. Nur ein müder alter Polyp von der Mordkommission.

Die russischen Panzer hielten weiterhin Wache auf dem Platz, die Geschütze auf das Polizeipräsidium gerichtet. Nemetz nahm das Risiko auf sich, von den aus dem Schlaf aufschreckenden Besatzungen beschossen zu werden. Zum Glück war der russische Soldat, der ihn anrief, nicht einer, der zuerst schoß und hinterher fragte, so gelangte Nemetz heil in sein Büro. Dort streckte er sich auf dem Sofa aus und schlief ein.

Als das Telephon klingelte, war er schon stundenlang wach gelegen. Der Anruf kam von einem Hauptmann aus dem Achten Revier. Er hatte eben vom Roten Kreuz die Liste der Verwundeten erhalten, die während der Nacht in seinem Bezirk eingesammelt worden waren. Darauf standen die beiden Kinder, Péter und Ágnes Nemetz, die man beim Corvin-Kino gefunden und ins Städtische Krankenhaus gebracht hatte.

Nemetz dankte ihm und sagte, er werde sogleich ins Spital gehen.

Der Ring vom Polizeipräsidium zum Hotel Astoria war verhältnismäßig unbelebt, aber auf der Rákóczistraße rollte starker Verkehr in beiden Richtungen, ein buntes Gemisch von Fahrzeugen: russische Panzer, gepanzerte Verbände, motorisierte Artillerie, Ambulanzen, Motorspritzen, Lastwagen, Polizeifahrzeuge und ab und zu ein Privatauto. Niemand regelte den Verkehrsstrom, und jedesmal wenn es eine Verstopfung gab, wichen die Panzer auf den Gehsteig aus und zwangen die Fußgänger, um ihr Leben zu laufen. Das schien den Sowjetsoldaten auf den Lastwagen einen Heidenspaß zu bereiten. Sie brachen in ein boshaftes, herausforderndes Hohngelächter aus, wie es nur Menschen tun, die wissen, daß sie verhaßt sind.

Auf dem breiten Bürgersteig vor der Einfahrt des Krankenhauses waren mindestens zehn Ambulanzen geparkt und warteten aufs Ausladen. Leichtverletzte standen vor der Unfallstation Schlange. Den Mauern entlang lagen Verwundete auf Mänteln, Pferdedecken, Steppdecken und Federkissen. Das ganze Bild hatte etwas Unwirkliches, es erinnerte an Studioaufnahmen für einen Film: man konnte sich nur schwer vorstellen, daß der rote Saft, der durch Notverbände sickerte, wirklich Blut und die schreckliche grüne Blässe auf manchen Gesichtern keine Schminke war, sondern der Schatten des Todes.

Im ersten Stock begegnete Nemetz seinem alten Freund, dem Pfleger János. Der junge Mann erkannte den Inspektor sofort wieder und brummte einen Kraftausdruck, aber sein Verhalten schlug in einen höchst lebhaften Beweis von Hilfsbereitschaft um, als Nemetz ihm sagte, er suche zwei verwundete Kinder, seine Nichte und seinen Neffen.

»Professor Bálint hat einen besonderen Kindersaal eingerichtet«, sagte er und führte Nemetz durch Korridore, die wieder in Krankenzimmer verwandelt worden waren. »Es regt die erwachsenen Patienten auf, Kinder sterben zu sehen. Es ist schrecklich, wie schnell sie eingehen, eins nach dem andern, wie Fliegen im Herbst. Die Ärzte können nichts tun. Manche sehen nicht einmal so übel verwundet aus. Man will sie am Morgen wecken und ihnen den Haferbrei zu essen geben und entdeckt, daß sie einem weggestorben sind, als man nicht hinsah.«

Der Kindersaal war ein langer, schmaler Raum mit Fenstern zum Hof. Rund vierzig Betten und Feldbetten hatte man darin zusammengepfercht. Zwei Schwestern, eine junge und eine alte, gingen von einem Patienten zum andern. Mehrere Frauen in Straßenkleidern, offensichtlich Mütter, standen an den Fußenden von Betten, die Hände gefaltet und schweigend, als lauschten sie einer fernen Musik.

In Anbetracht der vielen Kinder in dem Saal war die fast völlige Stille erschreckend. Selbst die Stimmen der paar wenigen, die stöhnten, weinten oder sprachen, klangen gedämpft. Manche Gesichter waren ganz rot, manche ganz bleich. Der Gegensatz bewirkte, daß die roten Gesichter noch roter und die bleichen noch bleicher wirkten.

Nemetz entdeckte Ágnes und den Jungen am Ende des Gangs. Ágnes lag in einem richtigen Bett, Péter in einem Kinderbett, das für ihn etwas zu kurz war. Auf den ersten Blick schien er so gesund wie eh und je auszusehen, dann bemerkte Nemetz unter dem Spitalhemd den Verband an seiner linken Schulter.

»He, Junge, wo fehlt's?« Es gelang ihm, sich zusammenzunehmen und seiner Stimme einen fast fröhlichen Klang zu geben.

Péter grinste verlegen, er wußte nicht recht, was er von seinem Onkel zu erwarten hatte – Lob, Mitgefühl oder Schelte.

»Ach, es ist nicht schlimm«, sagte der Junge. »Bloß eine Fleischwunde, nichts weiter. Das hat der Doktor gesagt. Sie brachten mich nur wegen Ágnes in diesem Saal unter.«

Jetzt erst wandte sich Nemetz zu der Kleinen um. Sie lag reglos und steif bis zum Kinn zugedeckt da, doch die graue Blässe ihres langen, schmalen Gesichts ließ unmißverständlich erkennen, daß sie schwer verwundet war. Von einer neuen Angstwelle überflutet, aber auch von Scham erfüllt, weil er sich zuerst um den Jungen Sorgen gemacht hatte, beugte sich Nemetz über das Bett. Ágnes öffnete die Augen und sah zu ihm auf.

»Onkel Lajos«, flüsterte sie, »bist du schon lange da, Onkel Lajos?«

»Nein, Kleine, ich bin eben erst gekommen. Wie fühlst du dich?«

»Gut«, sagte sie. Dann geisterte auf einmal das alte eingebildete Lächeln um ihre Lippen. »Onkel Lajos, rate mal, wer hat die größte Verwundung im ganzen Saal?« fragte sie.

»Ich weiß nicht«, sagte Nemetz kopfschüttelnd.

»Ich!« verkündete sie feierlich. »Von hier bis hier.« Mit einer Hand, die sie unter der Decke hervorzog, zeigte sie auf ihre rechte Seite, unter der Achselhöhle, und beschrieb eine Linie bis zum Oberschenkel. »Der Doktor hat gesagt, man müsse mir große Stahlstifte in den Hüftknochen bohren, um ihn zusammenzuhalten.«

»Hat er *dir* das gesagt?« fragte Nemetz.

»O nein, er sagte es zum andern Doktor. Er meinte, ich würde schlafen, aber ich schlief nicht. Und —« Aber das Sprechen ermüdete sie, und sie verstummte plötzlich.

Nemetz sah verstohlen auf die Tabelle am Fußende des Bettes und las: *Nephrektomie.* Es sollten ihr eine Niere entfernt und Stifte in ihren zerschmetterten Hüftknochen gebohrt und weiß der Himmel noch was alles mit ihr angestellt werden. Nemetz fiel ein, was der Pfleger gesagt hatte: ›Sie sterben wie die Fliegen im Herbst.‹

Auf ihrem Rundgang von Bett zu Bett kam die Schwester zu ihnen.

»So, Péter, du hast Besuch«, sagte sie strahlend zu dem Jungen. Ihre Augen ruhten auf seinem Gesicht, ruhten buchstäblich, als böte der Anblick seines engelhaften Charmes Trost und Erholung nach all dem Schauderhaften, dessen Zeuge sie seit dem 23. Oktober geworden waren.

Wie leicht sie es hatten, die schönen Menschen, dachte Nemetz; sie wurden kostenlos mit der Liebe, Bewunderung, Freundschaft überhäuft, die die Häßlichen sich so schwer verdienen mußten. Von den Schönen erwartete man als Gegenleistung nichts als ihr dekoratives Äußere.

Die Schwester trat zu dem Mädchen, und ihre Augen verloren den Glanz. Sie sah wieder finster und arbeitsam aus. Sie fühlte der Kleinen den Puls und gab ihr einen Löffelvoll einer braunen Flüssigkeit zu schlucken. Als sie Nemetz' fragenden Blick auffing, antwortete sie mit einem hoffnungslosen Achselzucken.

»Ich bin der Onkel und Vormund der Kleinen«, sagte Nemetz. »Wissen Sie, wann sie operiert wird? Und wer wird operieren?«

»Ich glaube, Dr. Makray. Aber ich weiß nicht genau, wann. Sie müssen abwarten, ob das Kind —« Sie sprach den Satz nicht fertig. »Wir haben schrecklichen Personalmangel. Jetzt, da die Russen zurückgekommen sind, hoffen wir alle, daß Professor Lendvai wieder auftaucht, und auch Dr. Forster. Ich hätte nie gedacht, daß ich ihn eines Tages zurückwünschen würde. Aber es ist tatsächlich so. Wir wünschen ihn alle zurück. Die Ärzte kommen mit der Arbeit einfach nicht mehr zu Rande!«

»Sind Sie sicher, daß nicht Dr. Halmy für die Operation meiner Nichte vorgesehen ist?«

»Nein, Dr. Makray. Ich vermute, daß sie nachher auch noch an der Hüfte operiert wird. Aber erst viel später.« Sie wollte sagen, wenn Ágnes die erste Operation überlebte.

Nemetz verließ den Krankensaal, um Dr. Makray zu suchen und ihn zu fragen, wie die Chancen seiner Nichte standen. Auf dem Gang im ersten Stock traf er Alexa Méhely.

»Du lieber Himmel, Sie sind wieder hier?« rief sie, nicht gerade überglücklich. Aber als er ihr erklärte, weshalb er hergekommen sei, half sie ihm, den Arzt zu suchen, der im Säuglingszimmer war und zur Abwechslung einen verstimmten Magen statt einer Schußwunde behandelte.

Die Auskunft des Arztes war so entmutigend, wie Nemetz befürchtet hatte.

»Arme Kleine«, sagte Alexa, als sie sich wieder auf dem Korridor befanden. »Es ist furchtbar, was mit diesen Kindern geschieht. Sie meinen, die Stadt sei in einen riesigen Rummelplatz mit Schießbuden an jeder Ecke verwandelt worden. Sie liegen hinter Barrikaden und zielen auf russische Soldaten, als wären sie hölzerne Hasen. Dann machen die Hasen kehrt und schießen die Kinder tot.«

»Ist Dr. Makray ein guter Mann?« fragte Nemetz. »Er soll meine Nichte operieren.«

»Er ist der beste«, sagte Alexa. »Er hatte Krankheitsurlaub, wegen seines Geschwürs, meldete sich aber heute zurück.«

Sie begleitete Nemetz zum Kindersaal. Ágnes schlief; sie lag ganz still da, und sie mußten sie eine Weile beobachten, ehe sie sahen, daß sie atmete.

Péter saß aufrecht in seinem Kinderbett und schilderte der jüngeren Krankenschwester eingehend ihr unseliges Abenteuer. Die Schwester, die sicher schon viele ähnliche Geschichten vernommen hatte, hörte wirklich gefesselt zu, wahrscheinlich nicht den Worten, sondern sie lauschte dem Wohlklang seiner frischen, heiteren Stimme.

»Was für ein lieber Junge«, flüsterte Alexa. »Welch ein Glück, daß er nicht schwer verletzt wurde.« Sie warf einen flüchtigen Blick auf das Mädchen. »Komisch, daß sie Schwester und Bruder sind und doch kein bißchen Ähnlichkeit haben.« Rasch verbesserte sie sich. »Natürlich ist sie auch süß, nur auf andere Art.«

Nemetz nickte. Er war froh, daß Ágnes sie nicht gehört hatte.

An der Tür entstand eine Bewegung. Jemand hatte den Raum betreten und redete auf die ältere Schwester ein mit einer Stimme, die entschieden zu laut war für die kirchenähnliche Stille im Saal. Nemetz blickte kurz hin und sah seine Schwägerin.

Bevor er zum Spital aufgebrochen war, hatte er Irén gebeten, seine Schwägerin anzurufen und ihr zu sagen, er habe die Kinder gefunden. Jetzt kam sie durch den Gang gestürmt. Sie schnaufte schwer, wie nach einem langen Lauf. Dicke Tränen kugelten über ihre Wangen. Sie war von jeher eine überaus leicht erregbare Person gewesen, und Nemetz wußte nicht recht, wie er sie abfangen könnte, bevor sie die Kinder durch einen gedankenlosen Ausbruch erschreckte.

»Schon gut, Lilla, sie sind wohlauf«, log er und versuchte ihren Arm zu fassen und sie zurückzuhalten.

»Péter!« keuchte sie. »Die Schwester bei der Annahme sagte, er sei auf der Liste der kritischen Fälle.«

Der Junge sah sie mit überlegener Miene an. »Sicher nicht! Kannst du ihr das nicht sagen?«

Sie fing an zu zittern. »Du bist verwundet!« jammerte sie. »Um Gottes willen, du bist verwundet!«

Die ältere Schwester machte ärgerlich ›pst‹, aber sie hörte nicht darauf. »O diese Annahmeschwester!« Jetzt war sie außer sich. »Einer Mutter zu sagen, ihr Kind sei auf der Liste der kritischen Fälle, wenn's gar nicht stimmt!«

Nemetz merkte, daß Ágnes aufgewacht war und ihre Mutter beobachtete.

»Sie meinte mich, Mama«, sagte die Kleine leise, aber deutlich.

Lilla drehte sich rasch um und starrte sie verblüfft und reuevoll an, als wäre ihr eben erst bewußt geworden, daß sie ja auch eine Tochter hatte.

»Du – du bist auf der kritischen Liste?« fragte sie stupid.

»Ja, Mama. Nicht Péter, nur ich.« Sie sprach so resigniert und nachsichtig wie ein sehr alter und lebensmüder Mensch.

Eine lange Pause trat ein. Lilla Nemetz begann wieder zu jammern. »Warum bist du gestern davongerannt? Wohin in aller Welt bist du verschwunden? Hast du nicht gewußt, daß ich dich suchte . . . fast den Verstand verlor!«

»Laß sie in Ruhe«, flüsterte Nemetz zornig. »Siehst du denn nicht, daß sie . . . daß sie . . .« Er suchte das richtige Wort. »Daß sie sehr müde ist.«

»Wir sind mit Sándor Galambos gegangen«, antwortete Péter für seine Schwester. »Er hat uns den ganzen Weg bis zum Ferencring mitgenommen. Er wollte uns den russischen Panzer zeigen, den seine Freunde gestern morgen in die Luft jagten. Aber auf einmal waren überall ringsum Russen. So mußten wir in einem Keller bleiben. Es wäre auch alles gut gegangen, wenn nicht ein paar Jungen angefangen hätten, die Russen mit Handgranaten zu bewerfen und auf sie zu schießen.«

»Sie haben mich auch schießen lassen«, sagte Ágnes. »Ich habe zwei Russen getötet.«

»Das stimmt nicht«, flüsterte der Junge hinter vorgehaltener Hand. »Sie ließen sie nicht schießen. Sie wollte ja auch gar nicht. Sie fürchtete sich viel zu sehr.« Er hielt kurz inne und setzte nachdenklich hinzu: »Ich habe mich auch gefürchtet.«

Ágnes starb um sechs Uhr abends. Es war genauso, wie der Pfleger den Tod anderer Kinder beschrieben hatte. Im einen Augenblick sprach sie schwach, wispernd, aber sprach doch noch über irgend etwas Belangloses, und im nächsten starrte sie blind an die Decke. Dr. Makray und ein Priester, von der alten Schwester herbeigerufen, kamen fast im letzten Moment an ihr Bett, aber keiner von beiden konnte ihr viel helfen, ihrem geschwächten Leib wenigstens nicht. Der Priester erteilte ihr die Sterbesakramente, Dr. Makray, ein großer, schwerer Mann mit schütterem blondem Haar und riesigen Säcken unter den Augen, stierte sie bitter enttäuscht an, als wäre ihr Tod der Tropfen, der seinen Becher zum Überlaufen bringe. Dann drehte er sich um und ging finster und ohne ein Wort davon. Der Priester blieb ein bißchen länger, da er mehr Phrasen bereit hatte, die sich für solche Anlässe eigneten.

Nemetz brachte seine Schwägerin dazu, daß sie heimging, während er zurückblieb und sich um die Vorbereitungen für die Beerdigung kümmern wollte. Péter wurde mit seiner Mutter nach Hause geschickt, weil schon ein anderes Kind auf sein Bett wartete.

»Ich bin untröstlich wegen Ihrer kleinen Nichte«, sagte die junge Schwester zu Nemetz, als er sich von ihr verabschiedete. »Sie war ein reizendes Kind. Bestimmt haben Sie sie sehr geliebt.«

»Ja«, entgegnete er mechanisch. »Wir haben sie alle geliebt.« Noch während er das sagte, wußte er, daß er log. Er hätte antworten sollen: ›Nein, ich liebte sie nicht. Ich verschaffte ihr Essen, Unterkunft und Kleidung, ich schickte sie in die Schule, bezahlte für ihre Musikstunden und den Ballettunterricht, hörte mir ihre witzlosen, nicht enden wollenden Geschichten an, beantwortete ihre langweiligen Fragen, aber ich liebte sie nicht. Auch ihre Mutter liebte sie nicht, auch ihr Bruder, ihre Freundinnen oder ihre Lehrerin nicht. Sie war einfach nicht liebenswert. Weil sie mit dem Gesicht einer alten Jungfer und einem entsprechenden Geist geboren war. Wir haben ihr nie gegeben, was sie am meisten brauchte, Liebe und Bewunderung. Vielleicht, wenn die russische Kugel sich nicht in ihren Körper gebohrt hätte, vielleicht, wenn Gott, oder wer immer für diese Angelegenheiten verantwortlich ist, sie hätte erwachsen werden lassen, vielleicht wäre sie dann eines Tages einem Mann begegnet, dessen Augen sie schön, reizvoll und strahlend erschienen wäre, der ihr die Anerkennung und Aufmerksamkeit gegeben hätte, durch die ihre nichtssagende und sinnlose Existenz in ein wunderbares, bedeutsames und hoffnungsvolles Leben verwandelt worden wäre.‹

Nemetz mußte geraume Zeit vor dem Büro des Verwalters anstehen, wo die Sterbeurkunden ausgestellt wurden, in einer Schlange mit Männern und Frauen, die eben Vater, Mutter, ein Kind oder einen Freund verloren hatten. Und doch hörte man kein lautes Schluchzen oder Schreie, alle standen sie stumpf und benommen da, zurückgehalten von dem Wissen, daß der Mensch hinter oder vor ihnen ein ebenso großes Leid erfahren hatte, mit dem er leben mußte.

Etwa eine Stunde später stieg er auf dem Weg zum Ausgang die Treppe hinab. Einen Augenblick spielte er mit dem

Gedanken, Dr. Halmy einen kurzen Besuch zu machen, dann ließ er ihn fallen. Nach dem am Bett des sterbenden Kindes verbrachten Tag hatte er das Gefühl, er verblute langsam selber.

Er erreichte gerade die untersten Stufen, da berührte eine Hand seinen Arm. Er wandte sich um und sah Alexa; sie mußte ihm die Treppe hinab gefolgt sein, aber er war so tief in Gedanken versunken gewesen, daß er sie nicht bemerkt hatte. Sie schien ganz außer sich zu sein und blickte ihn voller Empörung an.

»Ich hörte vom Tod Ihrer Nichte«, sagte sie atemlos und heiser. »Sie tut mir schrecklich leid. Aber Sie tun mir nicht leid! Ein Mensch wie Sie kann mir nicht leid tun!«

Nemetz hörte verdutzt zu. Als er sie das letzte Mal gesehen hatte, ungefähr um vier Uhr nachmittags, war sie herzlich und freundlich, voller Mitgefühl und Hilfsbereitschaft gewesen.

»Was ist los, Fräulein Méhely?« fragte er.

»Sie haben ihn bei den Russen denunziert.«

»Wen denunziert?«

Sein Tonfall verriet, daß er wirklich nicht wußte, worum es ging. Alexa ließ eine kurze Pause eintreten.

»Sie denunzierten Dr. Halmy bei den Russen.« Das fragte sie halb, halb stellte sie es fest mit viel leiserer und weniger zorniger Stimme.

»Nein!« Er schüttelte den Kopf. »Wie in aller Welt kommen Sie auf eine solche Idee?«

»Er hat eine Vorladung von der Kommandatura erhalten«, sagte sie, und jetzt war sie nicht mehr zornig, nur noch voller Angst. »Es war keine richtige Vorladung. Vor etwa zehn Minuten war ein Hauptmann da. Er wollte ihn sogleich mitnehmen. Zoltán war mitten in einer Operation. Der Hauptmann rief die Kommandatura an, und sie erklärten sich einverstanden, bis morgen früh zu warten. Aber Dr. Halmy muß sich Punkt neun dort melden. Wenn nicht, kommen sie her und holen ihn.«

Nemetz überlegte einen Augenblick. »Haben sie gesagt, worum es geht?«

»Der Hauptmann erwähnte irgendeine Beschuldigung gegen Zoltán. Ich dachte, Sie hätten —« Sie hielt inne, als hätte sie plötzlich ihre Kräfte aufgebraucht. »Wenn's nicht *das* ist, was kann es denn sonst sein?« fragte sie mit schwacher, gequälter Stimme.

»Es könnte trotzdem *das* sein«, murmelte Nemetz, »aber es stammt nicht von mir oder von der Polizei.« Dann berichtete er ihr kurz über den Besuch der Tóths am Vorabend.

Sie lächelte reumütig. »Es tut mir leid, daß ich so wütend über Sie herfiel — und das gerade jetzt, da es Ihnen bestimmt furchtbar zumute ist.« Auf einmal brach sie in Weinen aus. Rechts und links gingen Leute an ihnen vorbei, doch kaum einer sah sie an. Ein Auflachen hätte vermutlich alle ringsumher versteinert, aber Schluchzen in aller Öffentlichkeit war eine so vertraute Erscheinung geworden, daß es keine neugierigen oder überraschten Blicke mehr hervorrief.

»Es wird allmählich zuviel«, sagte sie zwischen stoßweisem Luftholen. »Vierzehn Tage Schrecken ... und er unter diesem entsetzlichen Verdacht ... ich weiß, daß er sie nicht umgebracht hat ... ich weiß es! Nur, ich sorge mich um ihn ... er tut so, als ob er sich nichts daraus machte, aber das stimmt nicht. Schließlich kann es einem Mann nicht gleichgültig sein, daß er des Mordes an seiner Frau angeklagt ist ...«

»Er ist nicht angeklagt«, stellte Nemetz richtig.

»O doch, das ist er.« Sie schüttelte heftig den Kopf. »Das ist alles ihre Rache. Sie hat ihn unglücklich gemacht, als sie lebte, und sie macht ihn weiterhin unglücklich, auch wenn sie tot ist. Irgend jemand hat sie umgebracht, und sie will, daß *er* dafür zahlt. Und das wird sie auch zustande bringen. Sie werden sehen, sie bringt's zustande!«

Nemetz führte sie zu einer der Bänke in der Halle und setzte sich mit ihr.

»Ich werde mein Bestes tun und herauszufinden versuchen,

was die Russen von ihm wollen«, sagte Nemetz. »Sagen Sie Dr. Halmy, er solle morgen nicht zur Kommandatura gehen. Das beste wäre, er könnte von der Bildfläche verschwinden, bis er von mir hört. Ja, das muß er tun. Er muß irgendwo bleiben, wo sie ihn nicht suchen. Sagen Sie's nicht einmal mir. Aber rufen Sie mich morgen früh als erstes im Polizeipräsidium an.«

Nachdem er gegangen war, blieb sie lange Zeit auf der Bank sitzen. Sie war müde und wie ausgeleert, aber sehr viel gefaßter als vorher. Mit Nemetz zu reden, hatte sie wieder auf seltsame, unerklärliche Weise beruhigt und erleichtert. Er war fraglos der Feind, und doch zog es sie zu ihm hin mit einem Gefühl, fast als wäre er wie ein Vater zu ihr. Nemetz hatte ungefähr das Alter ihres Vaters, wenn er noch leben würde, und das war wohl einer der Gründe, weshalb sie seine Gegenwart so tröstlich fand. Mit seinem häßlichen Narbengesicht, dem dürren Körper, dem zerknitterten, schlecht sitzenden Anzug, der ihm von den Schultern hing, als hätte man ihn über einen altersschwachen Kleiderbügel geworfen, glich er nicht im entferntesten ihrem großen, stattlichen Vater; trotzdem, seine ruhige Art und das Gerade seines Handelns machten ihn Alexa qualvoll vertraut.

Langsam stand sie auf und schleppte sich die Treppe hoch. Sie entdeckte Halmy im Labor, auf dem Sofa ausgestreckt; er ruhte, war aber hellwach.

»Es war nicht Nemetz, der dir die Russen auf den Hals gehetzt hat«, berichtete sie ihm. »Höchstwahrscheinlich war's dein sauberer Schwiegervater. Sie haben ihn gestern abend aufgesucht. Tóth und seine Frau. Sie verlangten von ihm, er solle dich verhaften.«

Er sah auf. »Mich verhaften? Weshalb?«

Sie zögerte kurz, dann sagte sie schwach: »Wegen Anna ...« Sie spürte, wie ihr das Blut ins Gesicht schoß. »Sie hassen dich doch. Das hast du selbst gesagt. Du hast es oft gesagt, nicht?« Sie ärgerte sich über sich selbst, weil sie befangen war und es auch noch merken ließ. »Ach zum Teufel«, rief sie aus. »Sieh mich nicht so an! Ich wiederhole nur, was Nemetz gesagt hat. Er wird mit den Russen Fühlung nehmen, um herauszufinden, was sie von dir wollen. Anscheinend war er der Ansicht, du könntest irgendwie in Schwierigkeiten stecken. Er möchte, daß du die Nacht an einem sicheren Ort verbringst, wo die Russen dich nicht suchen. Und du sollst auch *nicht* zur Kommandatura gehen morgen früh.« Sie rasselte es in atemloser Geschwindigkeit herunter, als hämmerten die Russen schon an die Tür. »Wohin sollen wir gehen? Bei mir wäre es nicht sicher. Vielleicht könnte Frau Schulz dich in ihrer Wohnung schlafen lassen. Oder Bandi Sóos. Nein, das geht nicht! Zu naheliegend. Dort würden die Russen zuerst nachsehen. Verflucht noch mal, gibt's denn keinen sichern Unterschlupf in der ganzen Stadt?«

Er hatte ihr schweigend zugehört, den Kopf auf den Ellbogen gestützt, sein Blick, kalt und forschend, war nicht von ihrem Gesicht gewichen.

»Du sollst nicht fluchen«, sagte er. »Das schickt sich nicht für eine Frau. Und steigere dich nicht in etwas hinein. Denn ich gehe nirgends hin. Ich bleibe da, wo ich bin.«

Sie nahm seine Worte nicht auf, da sie ihrem eigenen Gedankengang folgte.

»Was bin ich doch für eine Närrin!« platzte sie heraus. »Békestraße 120! Jóska Jordán! Dorthin gehen wir!« Sie trat zum Sofa, beugte sich zu Halmy nieder und flüsterte ihm ins Ohr, als befürchtete sie, es würde jemand an der Türe horchen. »Jóska Jordán, Békestraße 120.« Als sich in seinen Augen kein Zeichen des Erinnerns regte, fuhr sie fort: »Die Adresse von Lóri Kuns Mann! Er sagte, er wisse jederzeit, wie man mit Lóri Verbindung aufnehme. Wir gehen heut abend zu ihm. Überschreiten morgen die Grenze. Oder am Mittwoch. Stell dir vor, am Donnerstag sind wir vielleicht in Österreich!«

»Nein«, sagte er nur, aber es war ein sehr lautes und endgültiges Nein.

»Aber Zoltán, ich verstehe dich nicht. Vor zwei Tagen

warst du zum Fortgehen entschlossen. Felsenfest entschlossen. Obschon hier die Lage günstig schien und alle optimistisch in die Zukunft sahen. Und jetzt, nach dieser schrecklichen Wendung und nachdem alle Hoffnung auf die Zukunft dahin ist, jetzt willst du bleiben?«

»Stimmt«, bestätigte er.

»Ich weiß, was dich zurückhält«, sagte sie. »Du glaubst, man brauche dich hier. Und du wirst auch gebraucht. Aber was dann, wenn die Russen dich verhaften? Dann verliert dich das Spital genauso.«

»Sie werden mich nicht verhaften. Nicht auf eine zurechtgemachte Beschuldigung hin. So unvernünftig sind sie nicht. Sie sind unbarmherzig, aber nicht dumm. Wenn sie erst einmal wieder fest im Sattel sitzen, werden sie nur den Wunsch haben, daß alles möglichst rasch in den Normalzustand zurückkehrt. Ungarn ist zu einem häßlichen Fleck auf ihrem Schild geworden. Dann soll die Welt alles über die Revolution vergessen. Die Häuser sollen wiederaufgebaut, der Schutt weggekehrt, die Toten begraben, die Wunden geheilt werden. Sie werden alle nur erreichbaren Maurer, Straßenkehrer, Totengräber und Ärzte brauchen.«

»Zoltán, sei kein Narr! Du bist nicht der einzige Arzt in der Stadt. Sprich mit Professor Bálint. Er wird schon einen Ersatz für dich finden.«

Er sprang auf und ging wütend im Labor hin und her.

»Na gut, wie du willst! Ich bin ein verdammter Märtyrer. Ein Heiliger unserer Tage. Ich möchte dabeisein, wenn noch mehr Beine und Arme abgehackt und noch mehr Eingeweide zusammengeschustert und Hautstücke verpflanzt werden müssen! Ich bleibe, weil ich der barmherzige Samariter bin, wie er in der Bibel steht! Weil ich von christlicher Barmherzigkeit und Nächstenliebe erfüllt bin! Weil —« Plötzlich verstummte er und ließ sich in einen Sessel fallen.

Alexa starrte sein zorniges Gesicht an, bis ihr die Augen weh taten.

»Warum bist du so wütend über mich?« fragte sie.

»Ich bin nicht wütend über dich.«

»O doch, das bist du. Weißt du«, setzte sie hinzu, »manchmal hört es sich an, als ob du mich hassen würdest — oder noch schlimmer, als ob ich dir zuwider wäre.«

»Nein«, sagte er, »ich hasse dich nicht und du bist mir nicht zuwider. Ich wünschte nur, es wäre so.«

»Du lieber Himmel, warum?« fragte sie, den Tränen nahe. Sie wußte nie, wann er es ernst meinte oder sie nur neckte.

»Weil ich dann frei wäre. Frei, mich zu entscheiden, wie ich es für richtig halte. Und ohne in die entgegengesetzte Richtung gezogen zu werden durch deine — durch deine Hexerei.«

»Hexerei! Das ist mir neu. Meine Hexerei! Ich weiß nicht, was du meinst!«

»O doch, das weißt du.« Er stand auf, trat auf sie zu und packte sie bei den Schultern, sie auf Armlänge von sich haltend. »Du bist dir deiner Macht über mich voll bewußt. Jeden Abend, wenn du dich ausziehst und dich im Spiegel betrachtest, besichtigst du deine Waffen. Dein Gesicht, deine Brüste, deine Haut, deine Schenkel, deine Beine. Du weißt ganz genau, es können sich noch so viele Frauen vor mir ausziehen, ich werde nie mehr eine finden wie dich. Wenn ich dich hier in diesem weißen Arbeitsmantel herumlaufen sehe, sage ich mir: ›Was ist denn da so verflucht Besonderes an ihr? Warum sie, warum nicht eine andere?‹ Und dann fällt mir auf einmal ein, was unter dem weißen Mantel ist, und wenn ich nur daran denke, begehre ich dich.«

Sie starrte ihn verwirrt an. »Aber ist das nicht wunderbar, daß du so empfindest? Worüber müßtest du denn da zornig sein?«

»Es ist nicht wunderbar, ganz im Gegenteil. Es macht alles viel zu schwierig. Zwei Tage lang habe ich nun mit mir gerungen: Fortgehen oder nicht Fortgehen? Ich bin siebenunddreißig, ich hab' einmal mein Leben verpfuscht, weil ich mich falsch entschied. Jetzt, nach elf Jahren, bin ich wieder an einem Scheideweg. Morgen abend könnte ich über der

Grenze sein mit dir: ich würde meine siebenunddreißig verpfuschten Jahre hinter mir lassen und ganz von vorne anfangen. Das süße neue Leben könnte natürlich auch sauer werden für mich. Zum Beispiel würdest du eines Tages vielleicht merken, daß ich dir nicht genüge, und mit einem passenderen Mann abhauen.«

»Du bist verrückt!« lachte sie.

»Aber ich brauche mich deswegen eigentlich nicht zu sorgen, weil wir nicht fortgehen. Ich werde dem Ruf der Pflicht folgen und hierbleiben, was mich mit Stolz auf mich erfüllen und mich mit dem Schlaf des Gerechten belohnen sollte. Leider ist ein gutes Gewissen alles andere als ein sanftes Ruhekissen. Es hält einen wach und läßt einen unablässig darüber nachgrübeln, ob man nicht einen verdammten Narren aus sich gemacht hat.«

Dienstag, 6. November

WÄHREND DER ZWÖLFJÄHRIGEN HERRSCHAFT der Russen über Ungarn hatte Nemetz gelernt, daß er, so einfach und gerecht eine Sache auch sein mochte, keinerlei Zusammenarbeit von ihnen erwarten konnte, wenn er auf dem Dienstweg an sie herantrat. Oft argwöhnte er, es brauche eine Bitte bloß durch die reguläre ungarische Polizei vorgebracht zu werden, und schon behandelten sie die Angelegenheit von vornherein in ungünstigem Sinn. Bedächtig und behutsam, beharrlich wie ein Maulwurf, der seinen Gang zwischen dem verschlungenen Wurzelgeflecht einer riesigen, alles beherrschenden Eiche hindurchgräbt, baute Nemetz Zugangswege zum Oberkommando der Allmacht, die den Namen trug: ›Sowjetische Vorübergehend in Ungarn Stationierte Streitkräfte‹.

Einer seiner Bekannten bei der Kommandatura war ein Mann namens Fedor Aleksejewitsch Blawatzkij, dessen Stellung und Aufgaben Nemetz oder andern Ungarn nie völlig klar wurden.

Die Blawatzkijs und Konsorten bildeten eine wunderliche und nicht sehr dekorative Note im Budapester Stadtbild. Im Sommer 1945, als sie einzeln oder in mürrischen, stummen Gruppen zum ersten Mal die Straßen zu bevölkern anfingen, waren sie alle untersetzt und rundköpfig, hatten breite slawische Gesichter und schmale, glanzlose Augen, die mit der Besorgnis, der Verachtung und Feindseligkeit des Orientalen die neue, verwirrende westliche Welt um sie herum beäugten. Sie trugen alle schwarze Anzüge über kragenlosen Hemden, die nicht mehr weiß, sondern gelblich-grau waren, und schwitzten ausgiebig, solche dekadenten Errungenschaften wie desodorierende Mittel verschmähend. An heißen Tagen hatte jeder, der nahe an ihnen vorbeikam, Veranlassung, sich zu fragen, ob sie je Seife und Wasser benützten. Ihre Frauen, ebenso breitgebaut, plump und scharfen Geruch ausströmend, waren einheitlich in enge schwarze, kaum bis zu den Knien reichende Röcke und gestärkte weiße Baumwollblusen gekleidet, wodurch ihr Oberleib aussah wie große, harte, zum Platzen vollgestopfte Daunenkissen. Sie alle, Männer und Frauen, liefen in schweren Stiefeln herum, die auf dem Asphalt klapperten wie Hufe von Zugpferden. An den Stränden der Donau und des Plattensees traten sie zur äußersten Bestürzung der Einheimischen in ihrer Unterwäsche auf; die Männer in gestreiften Unterhosen, die Frauen in Schlüpfern mit Gummizug und Büstenhaltern, die nach dem Bad straff an ihren Körpern klebten und jede Rundung, jedes Haarbüschel verrieten.

Im Lauf der Jahre wurde dieser erste Schub spaßiger Eroberer mit einer neuen Variation der Spezies durchsetzt: etwas größer, schlanker, besser gekleidet und besser riechend. Die Verbesserung trat nicht sehr schnell ein; zum Teil war es auch nur eine Sinnestäuschung, da die Augen der Ortsansässigen sich an die russische Silhouette, bekleidet oder unbekleidet, gewöhnt hatten. Und doch, eine Veränderung ging vor sich. Nach ein paar Jahren fielen selbst die standhaftesten der Fremdlinge der Verlockung westlicher Genußsucht zum Opfer. Wenn ein Mann die Wahl hatte zwischen geschmuggeltem Harris-Tweed und einheimischem Stoff, der so steif war, daß er wie eine mittelalterliche Rüstung von selber stand, wäre er ein Narr gewesen, sich nicht für den Harris-Tweed zu entscheiden. Und Nylons schmeichelten mehr als Baumwollstrümpfe, und von einer Dusche in einem Badezimmer mit fließendem warmem und kaltem Wasser zog man sich nicht so rasch eine Lungenentzündung zu, wie wenn man sich draußen im Hof wusch.

Nemetz hatte Fedor Aleksejewitsch Blawatzkij kennengelernt, als er die Untersuchung in einem Mordfall führte, bei dem sehr belastendes Material auf einen hohen russischen Offizier hindeutete. Natürlich wurde die Schuld des Offiziers nie bewiesen, und der Fall blieb ungelöst wie viele andere, in die russisches Militärpersonal verwickelt war.

Nach ihrer ersten Begegnung, die nicht geradezu unerfreulich verlief, weil es immerhin so etwas wie eine Beziehung zwischen ihnen gab, brachte Nemetz es fertig, in Kneipen, Bars, Espressos auf ihn zu stoßen, bis sie fast Freunde wurden. Natürlich traute er Blawatzkij nie ganz. Selbst bei ihren Trinkgelagen hielt er seine Zunge vorsichtig im Zaum, etwas, was er nie tat, wenn er mit Otto Koller auf die Tour ging. Trotzdem, es war eine Bekanntschaft, die zu pflegen sich lohnte. Sie zogen beide ihren Nutzen daraus. Nemetz konnte jederzeit auf Blawatzkij zählen für vertrauliche Informationen oder kleine Gefälligkeiten und öffnete ihm dafür Türen, die anderen Russen verschlossen blieben.

Am Montagabend, nach Verlassen des Spitals, hatte Nemetz in der Villa angerufen, wo Blawatzkij mit seiner Familie einquartiert war, aber den Bescheid erhalten, daß Fedor Aleksejewitsch ausgegangen sei und nicht zum Essen zurückerwartet werde. Danach hatte es Nemetz bei Blawatzkijs Mätresse versucht, einem ungarischen Nachtclub-Mädchen, einem kränklichen, schwächlichen Ding, das wegen einer Drüsenstörung an unersättlichem Appetit litt. Dieser ständige nagende Hunger war es, der sie zu Blawatzkij hinzog und sie selbst in den Tagen des Aufstandes zu ihm halten ließ, weil kein Ungar sich eine Freundin mit einem solch bodenlosen Magen leisten konnte. Es hatte sich niemand gemeldet, und so hatte Nemetz die Suche aufgegeben und beschlossen, bis zum folgenden Tag zu warten.

Um acht Uhr morgens ging er geradewegs zur Kommandatura, oder vielmehr zum Gebäude nebenan, in dem Blawatzkijs Abteilung untergebracht war: eine große, behäbige dreistöckige Villa, die etwa hundert Meter von der Allee zurückgesetzt lag. Nur die lange Reihe davor geparkter sowjetischer Fahrzeuge und der lebhafte Verkehr von Einheimischen und Russen – Zivilisten und Militärs –, die alle bauchige Aktentaschen trugen, verriet, daß das Haus einen Bienenstock von Büros beherbergte. Niemand, nicht einmal Nemetz, wußte genau, welche Funktion es hatte, außer daß es eine Verbindungsstelle zwischen dem MWD, der russischen Geheimpolizei, und seinem ungarischen Gegenpart, der AVO, war.

Der Einlaß ins Gebäude stellte sich als eine ziemlich langwierige Prozedur heraus. Nemetz mußte einen Fragebogen ausfüllen und seinen Ausweis vorzeigen, erst dann wurde Blawatzkij über die Gegensprechanlage gefragt, ob er gewillt sei, einen gewissen Lajos Nemetz zu empfangen. Nachdem er diese letzte Hürde genommen hatte, stieg Nemetz die Treppe zum zweiten Stock hinauf.

Die oberen Korridore waren voller wartender Leute. Überall herrschte fieberhafte Tätigkeit: man hörte rufen, reden, Fernschreiber ticken, Schreibmaschinen klappern, Telephone klingeln, Füße schlurfen, Türen zuschlagen, Radios plärren, Klosetts rauschen.

Blawatzkij war ein mittelgroßer Mann und hatte eine sehr blasse Haut, weißblondes Haar und farblose Augen, fast wie ein Albino. Sein kinnloses Gesicht und der lange, hagere Hals, der aus einem mindestens zwei Nummern zu weiten Hemdkragen herausragte, gaben ihm das wunderliche Aussehen einer Walt-Disney-Schildkröte. Er trug eine Stahlbrille, die er abnahm, wenn er etwas von der Nähe betrachtete. Allem Anschein nach war er blutarm, von Magenleiden geplagt, vermutlich tuberkulös; und ein starker Trinker.

»Ach, mein lieber Freund, Lawrow Petrowitsch«, begrüßte er Nemetz. »Ich habe an Sie gedacht. Habe mich gefragt, wie es Ihnen ergangen ist in diesen Tagen des Aufruhrs.« Er sprach ein etwas gespreiztes, aber korrektes Deutsch und redete Nemetz stets auf russische Weise an: er übersetzte seinen Vornamen in Lawrow und fügte Petrowitsch, Sohn des Péter, hinzu.

»Und ich habe mir Ihretwegen Gedanken gemacht, Fedor Aleksejewitsch«, gluckste Nemetz. Er sah sich um. »Keine Veränderungen hier.«

»Gott sei Dank nicht«, seufzte Blawatzkij. »Wie Sie wahrscheinlich wissen, wurde die Dienststelle am 30. Oktober evakuiert und nach Gödöllö verlegt, in das ehemalige Königsschloß. Aber nur, um gestern zurückverlegt zu werden. Ich fürchtete, wir würden das Haus in Trümmern vorfinden ... ausgeplündert ... aber zum Glück ist es der Aufmerksamkeit des Pöbels entgangen.«

Nemetz gefiel das Wort ›Pöbel‹ nicht, aber er wußte nur zu gut, daß es nichts gefruchtet hätte, dagegen zu protestieren. Es gab gewisse Themen, über die er mit Blawatzkij nie sprach, obschon der Russe ein hochgebildeter und kultivierter Mann war. Außer Deutsch sprach er Französisch und Englisch, wenigstens so viel, daß er die Schriftsteller im Original lesen und sich ein geistiges Bild machen konnte, ein in den Einzelheiten zutreffendes, in seiner Gesamtheit kindisch unzutreffendes Bild der westlichen Welt. Nemetz hatte lange Zeit darüber nachgedacht, was diesen Mann selbst nach Jahren der Kameradschaft so ganz fremd erscheinen ließ, und zuletzt war er zum Schluß gekommen, es sei seine vollkommene Gleichgültigkeit gegenüber der Unverletzlichkeit menschlichen Lebens, ausgenommen sein eigenes. Diese Haltung war nicht leicht zu ergründen, aber als Nemetz einmal seine Entdeckung gemacht hatte, besaß er den Schlüssel zum Wesen des Russen. Es war ein für Orientalen und Revolutionäre charakteristischer Zug, und Blawatzkij war beides. Er hatte im Krieg gegen die Deutschen gekämpft und war während der Stalinherrschaft Mitglied der Geheimpolizei geworden, also hatte er – er ging jetzt gegen fünfzig – den größten Teil seiner Mannesjahre in einer Ära verbracht, da der Tod durch einen Nackenschuß als etwas ebenso Normales galt, wie wenn man an Krebs oder Lungenentzündung starb. Für Nemetz hingegen, obschon er durch seinen Beruf mit Gewaltakten vertraut war, bedeutete Töten immer noch ein Verbrechen gegen die Menschheit. Er war von ganzem Herzen für die Abschaffung der Todesstrafe. Seiner Ansicht nach hatte kein Mensch das Recht, ein Haus einzureißen, das er nicht wieder aufbauen, ein Buch zu verbrennen, das er nicht wieder schreiben, eine Flamme auszulöschen, die er nicht wieder anzünden konnte.

Das war der fundamentale Unterschied zwischen den beiden Männern, die unsichtbare Wand, die sie trennte.

»Nun, mein lieber Freund, was kann ich für Sie tun?« fragte Blawatzkij.

»Ich habe Ihre Hilfe nötig«, antwortete Nemetz. »Da ist ein Mann, ein Chirurg, der jetzt dringend gebraucht wird, wie alle Ärzte. Irgend jemand versucht ihm einen Haufen Scherereien zu bereiten. Er erhielt gestern eine Vorladung auf die Kommandatura. Ich möchte gern herausfinden, was die Kommandatura von ihm will. Vielleicht kann die Sache geklärt werden, ohne daß er hinzugehen braucht.«

Blawatzkij hörte reglos zu. Als Nemetz geendet hatte, lehnte er sich vor. »Dieser Arzt – ist er einer Ihrer Freunde?«

»Nein«, erwiderte der Inspektor rasch. Dann hatte er das Gefühl, seine Antwort bedürfe einer Erklärung. »Ich habe ihn im Laufe einer Untersuchung kennengelernt. Seine Frau erlitt einen Unfall, einen tödlichen Unfall. Einige Umstände legten die Vermutung nahe, daß es ein Mord gewesen sein könnte. Der Fall wurde mir übergeben –«

»*War* es Mord?« unterbrach ihn Blawatzkij.

»Wir wissen es noch nicht«, entgegnete Nemetz vorsichtig, »wir sind auf ein paar Schwierigkeiten gestoßen, vor allem, weil es in den letzten zehn Tagen unmöglich war, eine Arbeit richtig durchzuführen.«

Blawatzkij stand auf und schob Nemetz einen Block und einen Bleistift hin.

»Notieren Sie die Personalien des Mannes. Ich will zusehen, was ich herausfinden kann.« Nachdem ihm Nemetz den Zettel gegeben hatte, ging er auf die Türe zu. Auf seinem Schreibtisch standen drei Telephonapparate, aber er zog es anscheinend vor, sich ihrer nicht zu bedienen. Er war schon auf der Schwelle, als er kurz stehenblieb.

»Und Sie?« fragte er in ganz beiläufigem Ton. »Ich meine, geht es Ihnen gut? Keine Schwierigkeiten zu erwarten, jetzt, da alles wieder normal wird?«

Nemetz sah ihn überrascht an. »Ich glaube nicht.« Dann setzte er hinzu: »Natürlich, ich blieb auch unter dem Revolutionsrat auf meinem Posten.« Er sprach ein wenig lauter. »Ich bin immer noch der Ansicht, es war unter den gegebenen Umständen das richtige.«

»Das habe ich gemeint«, bestätigte Blawatzkij tiefsinnig.

»Na ja, jemand mußte sich doch um den Laden kümmern, während ihr Burschen im Königsschloß Ferien gemacht habt!« fuhr Nemetz unbeherrscht auf.

Sie starrten einander an, im Bewußtsein, daß die unsichtbare Wand, die immer zwischen ihnen stand, plötzlich wolkenkratzerhoch war. Dann kräuselten sich Blawatzkijs dünne Lippen zu einem Lächeln.

»Ach ihr Ungarn, ihr seid alle gleich! Hitzköpfe!« Er lachte unterdrückt und verließ das Zimmer.

Nach zehn Minuten kam er zurück. »Nun, mein lieber Freund«, sagte er, »Ihr Doktor steckt aber sicher in Schwierigkeiten. Eine Mordbeschuldigung ist nämlich kein Witz.«

Nemetz sprang auf. Er hätte nie gedacht, daß sein müder Körper noch so beweglich war.

»Jetzt hören Sie mal«, sagte er, »wir haben den Fall untersucht und keinen schlüssigen Beweis gegen ihn gefunden. Seine Frau hatte sich eine ganze Anzahl von Leuten zu Feinden gemacht und –«

»Oh, aber das hat nichts mit seiner Frau zu tun«, fiel ihm Blawatzkij ins Wort. »Die Kommandatura hat ihn im Verdacht, er sei verantwortlich für den Tod eines –« er warf einen Blick auf das Blatt Papier in seiner Hand –, »eines Oberst Michail Sergejewitsch Miljukow.«

Nemetz war bestürzt. »Das muß ein Irrtum sein. Zufällig war ich mindestens sechsmal auf seiner Station. Ich hab' einige verwundete Russen dort gesehen und kann Ihnen versichern, daß sie genausoviel Pflege und Aufmerksamkeit erhielten wie die Ungarn. Vielleicht sogar mehr.«

»Mag sein. Aber Oberst Miljukow ist tot. Und Dr. Halmy hat ihn operiert. Und wir wissen, daß er auf dem Wege der Besserung war, als er einen unerklärlichen Rückfall erlitt und starb. Er war Dr. Halmys Patient. Kein anderer Arzt durfte in seine Nähe kommen.«

»Sie sagen, er war auf dem Wege der Besserung. Wenn Dr. Halmy nachlässig oder böswillig gewesen wäre, hätte er ihn auf dem Operationstisch sterben lassen können. Oder ihn überhaupt nicht operieren!«

»Das stimmt. Doch da gibt es einen verdächtigen Umstand. Sein Zustand verschlechterte sich genau in dem Augenblick, als ihr gedacht habt, wir würden endgültig abziehen!«

»O bitte, Fedor Aleksejewitsch, Sie wissen selbst, diese Vermutung ist wirklich an den Haaren herbeigezogen! Der Doktor müßte ein Ungeheuer sein, einen Patienten umzubringen, nachdem er ihm gerade das Leben gerettet hat!«

Blawatzkij starrte auf den Boden. »In diesem verrückten Land?« fragte er finster. »So wäre er eben ein Ungeheuer! Aber das sind sie doch alle! Alle. Eine ganze Nation von mörderischen Irren! Heute morgen, auf dem Weg zum Büro, wurde ich beinahe erschossen. Wir kamen um eine Ecke, und plötzlich feuerte ein Maschinengewehr auf uns. Mein Wagen wurde getroffen und der Fahrer verwundet. Dann haben die Panzer, die uns folgten, das ganze Nest ausgeräuchert. Wissen Sie, daß keiner dieser Gangster über sechzehn war?«

Nemetz wagte nicht zu fragen, was sie mit den Sechzehnjährigen gemacht hatten, nachdem sie ausgeräuchert worden waren. Er erinnerte Blawatzkij auch nicht daran, daß die Budapester Kinder die Guerillamethoden, die er nun so wütend verdammte, in der Schule gelernt hatten, in obligatorischen Sonderstunden zur Vorbereitung der Kinder für den Endkampf gegen den Kapitalismus. Nemetz schwieg, denn er war zu Blawatzkij gekommen, um einen Gefallen von ihm zu erbitten, und konnte es sich nicht leisten, sich mit ihm zu überwerfen.

»Na gut, da der Doktor Ihr Schützling ist«, kam Blawatzkij auf die Sache zurück, »will ich sehen, was ich für ihn tun kann. Wir gehen zu Genossen Stambulow. Er ist der Leiter der Abteilung, die diesen Fall behandelt.«

Grigorij Aleksandrowitsch Stambulow! Nemetz wußte, was nur ganz wenige seiner Landsleute wußten, daß der Mann ein der ungarischen Geheimpolizei zugeteilter ›Berater‹ war. Man sah ihn in den Straßen mit seinem großen Ziw, man sah ihn in Feinkostgeschäften einkaufen, in einer der zahlreichen Espressobars der Stadt Kaffee trinken; ein scheinbar harmloser Riese mit schwerfälligem Gang, dem Rüssel und der fleischigen Wamme eines Tapirs.

Stambulow war 1949 zum ersten Mal auf der ungarischen Szene aufgetreten und hatte von da an bis 53 als treibende Kraft hinter allen Geheimdienstaktionen im Zusammenhang mit Spionage, Verschwörung, Sabotage und Verrat gestanden. Als zwischen 53 und 55 der politische Himmel ein bißchen heller geworden war, hatte man ihn auf einen ausgedehnten Heimaturlaub geschickt, aber vor Ende 55 war er wieder aufgetaucht.

Jetzt saß er hinter einem eleganten Barockschreibtisch, neben dessen zierlichen Formen Stambulows massige Gestalt noch grotesker wirkte. Sein ganzes Büro war wie ein

Damenboudoir eingerichtet, und bevor man die Villa für das MWD beschlagnahmt hatte, war es das auch gewesen. Er trug einen gut geschnittenen dunkelgrauen Anzug, ein weißes Seidenhemd und eine italienische Krawatte und verströmte den Duft von ›Schiapparelli Snuff‹. Trotz seinem effeminierten Geschmack hatte nie ein Zweifel an seiner Männlichkeit bestanden, was eine ganze Reihe von Sekretärinnen, Revuetänzerinnen sowie Frauen und Töchter seiner Untergebenen bezeugen konnte. Frauen waren sein schwacher Punkt. Seine Feinde hofften, daß deshalb Frauen sein Untergang sein würden. Es schien jedoch, sie hofften vergebens.

Nemetz wiederholte ihm gegenüber, daß alle russischen Soldaten auf Dr. Halmys Station die bestmögliche Pflege erhalten hätten. Er sprach ungarisch, da Stambulow die Sprache sehr gut beherrschte, fast zu gut für einen Ausländer. Auch das gehörte zu dem Geheimnis, das ihn umgab. Entweder war es das Ergebnis einer langen Schulung für seine Verwendung in Budapest oder noch wahrscheinlicher ein Hinweis auf seine ungarische Herkunft.

»Gut«, sagte er, nachdem er Nemetz hatte ausreden lassen. »Ich werde die Angelegenheit untersuchen. Doch eins möchte ich Ihnen gleich jetzt sagen. Ihr Dr. Halmy gehört nicht zu den Leuten, die uns etwas nützen. Mehr denn je haben wir Leute nötig, denen wir voll vertrauen können.«

»Sie haben Leute nötig, die ihr Handwerk verstehen«, gab Nemetz zurück. »Freilich, Dr. Halmy ist nicht Parteimitglied. Vor allem, weil er sich nicht für Politik interessiert. Aber –«

»Das nehm' ich Ihnen nicht ab«, unterbrach ihn Stambulow scharf. »Immerhin interessiert er sich so viel für Politik, daß er beim kleinsten Anlaß gegen uns wettert. Nein, mein lieber Inspektor, der Mann ist ein Feind.«

Jetzt wußte Nemetz, daß Károly Zlochs Tonbänder ihren Weg zu Stambulow gefunden hatten.

»In einem Zornausbruch sagt man manchmal Dinge, die

man nicht wirklich so meint«, entgegnete Nemetz. »Es ist auch nicht dasselbe, ob man bei einer öffentlichen Versammlung eine Rede hält oder sich im Familienkreis Luft macht. Besonders wenn man dazu gereizt wird.« Er machte eine Pause und wartete auf Stambulows Reaktion, aber sie blieb aus. Nicht einmal der halb gelangweilte, halb erzürnte Ausdruck seiner kleinen Tapiraugen veränderte sich.

»Euer kommandierender General hat heute morgen einen Befehl erlassen«, fuhr Nemetz fort, »in dem alle Ungarn aufgerufen werden, an ihre Arbeitsplätze zurückzukehren. Wollen Sie einen Mann, der dringend gebraucht wird, von seinem Posten entfernen, nur weil er mit seinem Schwiegervater verfeindet ist?«

Stambulow sah auf die Papiere nieder, die vor ihm ausgebreitet lagen. »Tóth – János Tóth. Ist das sein Schwiegervater?«

»Ja, genau«, bestätigte Nemetz. »Und es gibt auch eine Frau Tóth – eine Schwiegermutter.«

»Haben Sie eine Schwiegermutter, Inspektor?« fragte Stambulow in fast freundlichem Ton.

»Nein«, sagte Nemetz belustigt. »Zum Glück war ich nie verheiratet.«

Der Russe lachte. »Zum Glück! Das ist gut.« Er seufzte tief auf. »Diese Frau Tóth mag eine der Harpyien sein und ist doch die Friedenstaube, verglichen mit meiner Schwiegermutter! Wenn ich zehn Jahre vor der Zeit sterbe, so ist es ihr Werk.« Er sann eine Weile über das ganze Ausmaß seines Unglücks nach, dann tat er es mit einem philosophischen Achselzucken ab. »Nun ja, jeder von uns hat sein Kreuz. Richten Sie Ihrem Dr. Halmy aus, er solle sich keine Sorgen machen«, fuhr er umgänglich fort. »Ich werde einen von meinen Leuten zur Überprüfung des Falls zum Spital hinüberschicken. Und wenn seine Ermittlungen mit dem übereinstimmen, was Sie mir eben sagten –«

»Da ist ein Punkt, den ich nicht ganz verstehe«, fiel ihm Nemetz in die Rede. »Die Tóths kamen in den letzten

Wochen nie in die Nähe des Krankenhauses. Wie können sie behaupten, sie wüßten, daß Dr. Halmy für den Tod des Obersten verantwortlich sei?«

Die Freundlichkeit schwand von dem Gesicht des Russen. Sie schmolz weg wie die letzte dünne Schneedecke auf einem Berghang, wenn die Märzsonne niedersticht und nichts zurückläßt als die nackte Oberfläche von hartem grauem Fels.

»Das haben sie nicht behauptet«, sagte er schroff. »Diese Information stammt aus dem Spital.«

Nemetz stand auf. »Ich danke Ihnen sehr. Wenden Sie sich jederzeit an mich, wenn Sie irgendeine Hilfe von unserer Dienststelle nötig haben«, sagte er, obschon er nicht annahm, der Russe würde je zu *ihm* kommen.

Stambulow reichte ihm die Hand. Sie fühlte sich an wie ein Klumpen weichen, lauwarmen Brotteigs. Als Nemetz seine Hand zurückziehen wollte, wurde die breiige Masse plötzlich hart; unter der seidigen Hand war Stahl, der Nemetz' Rechte zusammenpreßte und festhielt.

»Sie können gleich jetzt etwas für mich tun«, sagte Stambulow und ließ endlich die Hand des Inspektors frei. Er ging zur Gegensprechanlage auf seinem Schreibtisch und bellte auf russisch einen Befehl hinein.

Gleich darauf kam eine Sekretärin herein und brachte ein halbes Dutzend prallvoller Umschläge aus festem Papier. Stambulow nahm sie ihr ab und übergab sie Nemetz.

»Das sind die persönlichen Effekten von Männern, die zu Ihrer Dienststelle gehörten. Ich nehme an, ihre Familien möchten das gern haben.«

Nemetz stierte die Umschläge an, dann Stambulow, ohne recht zu begreifen, oder wahrscheinlich wollte er nicht begreifen.

»Persönliche Effekten?« murmelte er.

»Nun – Brieftaschen, Füllfedern, Uhren ... Wir möchten sie ihren Familien zurückgeben.« Stambulows Stimme verriet Unwillen und Entrüstung. »Wir haben die albernen Geschichten von russischen Soldaten satt, die angeblich die Habseligkeiten ihrer Gefangenen einstecken. Wir erschießen unsere Leute, wenn wir sie solcher Diebstähle schuldig finden.«

Die entsetzliche Bedeutung der Umschläge ging Nemetz langsam auf. Er sah unverwandt darauf nieder, und ihm graute vor dem Augenblick, da er sie öffnen müßte.

»Wir möchten das vertraulich behandeln«, fuhr Stambulow fort. »Deshalb habe ich sie nicht auf dem Dienstweg zum Polizeipräsidium geschickt. Ich überlasse es Ihnen, wie Sie die Sache erledigen wollen.« Er hielt kurz inne. »Es wurde der Vorschlag geäußert, wir sollten den Inhalt der Umschläge einfach vernichten. Aber ich sagte nein! Wie verbrecherisch die Männer auch gefehlt haben, wir müssen Rücksicht auf ihre Familien nehmen. Schließlich sind wir keine Wilden!«

Nemetz blickte Stambulow verstohlen an – vielleicht machte der Russe einen Witz. Aber nein, er meinte es ernst. Sie schüttelten sich noch einmal die Hand, dann verließ der Inspektor das Büro.

Irgendwo unterwegs zum Ausgang sagte er Blawatzkij auf Wiedersehn, aber er konnte sich später nicht mehr erinnern, wo und wie.

Statt den Weg zum Stadtinnern einzuschlagen, wandte sich Nemetz in die entgegengesetzte Richtung, zum Park. Dort setzte er sich auf die erste Bank und öffnete die Umschläge.

Im dritten fand er Otto Kollers Brieftasche, Ausweise, Füllfeder und die altmodische goldene Uhr, deren schwere Kette er über der zugeknöpften Weste zu tragen pflegte. Nemetz durchflog die Fächer der Brieftasche in der Hoffnung, eine hingekritzelte Mitteilung zu finden, keinen Abschiedsbrief, sondern ein paar Zeilen, die besagen würden: ›Glaub ihnen nicht; das Ganze war ein Streich, den wir der Maccaroni gespielt haben, damit sie nicht einen Mordskrach schlägt, weil ich zwei Nächte weggeblieben bin. Sie haben mich nicht umgebracht. Ich komme morgen wieder ins Büro, oder übermorgen oder überübermorgen . . .‹

Es war keine Mitteilung, kein Abschiedsbrief da. Nur ein paar Freikarten, Dauerkarten für die Straßenbahn, den Zirkus, die Sportarena und das Nép-Stadion und schließlich die verhängnisvolle, todbringende Karte, die ihn als Vorsitzenden des Revolutionsrates des Nationalen Polizeikommandos auswies. Ein Fach enthielt Photos seiner zwei Kinder als Babys. Nemetz kannte sie kaum, weil er und Koller sich nie zu Hause besucht hatten, außer wenn einer krank gewesen war. Er fragte sich, ob Otto Koller den Kindern je so fehlen würde, wie er, Nemetz, ihn von jetzt an vermissen würde.

Eine andere Aufnahme, vergilbt und geknickt, zeigte ein engelhaftes junges Mädchen mit großen Madonna-Augen und langem schwarzem Haar, das ihr auf die Schultern fiel. Nemetz hatte das Photo früher schon gesehen, er hatte es jedesmal gesehen, wenn er und Koller zusammen auf eine Vergnügungstour gegangen waren. Wo sie sich auch befanden, in einer Bar, einer Kneipe oder einem Bordell, jedesmal kam unweigerlich ein Augenblick, da Koller seine Brieftasche hervorzog und mit verschleiertem Blick wie ein Bräutigam die Aufnahme jedem zeigte, der sie anschauen wollte.

›Meine Frau‹, sagte er jeweils, und dann gab es Ahs und Ohs des Staunens und irgendeiner klopfte ihm auf die Schulter und irgendeiner nannte ihn einen Kerl, der Schwein hatte, und Koller schob das Photo langsam, sorgfältig wie eine Tausendernote in die Brieftasche zurück. Aber mehr als einmal passierte es, daß einer, der das Bild lange angegafft hatte, die Stimme senkte und fragte: ›Eine herrliche Frau – wie lange ist sie schon tot?‹ Worauf um Kollers Mund ein säuerliches Lächeln erschien und er die Stirn runzelte, als versuchte er sich an etwas zu erinnern, das in der fernen Vergangenheit geschehen war. ›Oh, ungefähr zweiundzwanzig Jahre‹, sagte er dann wehmütig.

Nemetz starrte weiter das Photo an. Erst vor kurzem hatte er das Original gesehen, zu monströsen zweihundert Pfund aufgedunsen. Doch irgendwie wirkte die lebende Frau immer noch jünger als der Schnappschuß. Der stammte aus einem andern Zeitalter, fast aus einem andern Jahrhundert. Schnappschüsse glichen künstlichen Blumen, sie alterten nicht mit Würde. Je älter sie waren, desto lächerlicher sahen sie aus.

Langsam stand Nemetz auf und schlug den Weg zur Stadt ein. Er schauderte bei dem Gedanken, was ihm bevorstand: sechs Familien zu besuchen und ihnen die sechs Umschläge zu übergeben. Trotzdem wußte er, er würde es unverzüglich tun. Die grausamste Gewißheit war besser als nichtige Hoffnung. Der Tod in einer Familie glich dem Punkt am Ende eines Satzes. Stand er einmal da, so konnte ein neuer Satz, ein neuer Abschnitt oder ein neues Kapitel beginnen.

Nemetz schaute auf seine Uhr. Sie zeigte genau zehn. Bestimmt hatte Alexa Méhely schon in seinem Büro angerufen, dachte er. Sie hatte wohl schon mehrmals angerufen und war immer unruhiger geworden, weil sie ihn nicht erreichen konnte. Zum Polizeipräsidium brauchte er gute fünfundvierzig Minuten, zum Krankenhaus etwa fünfundzwanzig. Er entschloß sich, auf dem Umweg über das Krankenhaus zum Polizeipräsidium zurückzugehen.

Den ganzen Morgen hatte Kanonendonner gegrollt. Seit der zweiten russischen Intervention am 4. November gehörte das genauso zum üblichen Stadtlärm wie die Begleitmusik zu einem Film. Man nimmt sie auf, ohne auf sie zu achten, es sei denn, der Verstärker wird so laut eingestellt, daß sie das Geschehen übertönt.

Nemetz gelangte ohne Zwischenfall, wenn auch außer Atem, ins Krankenhaus. Er begab sich geradewegs zum Labor, und als er den Bescheid erhielt, daß Fräulein Méhely eben hinausgegangen sei, setzte er sich und wartete auf sie.

Er mußte eingenickt sein, denn er hörte die Tür nicht aufgehen. Als er zufällig aufsah, stand Dr. Halmy dicht vor ihm.

»Na, na, Inspektor, am hellichten Tag einzuschlafen!« hänselte er Nemetz. »Das kommt davon, wenn man zu hart arbeitet. Warum nehmen Sie's so schwer? Was macht das schon, wenn ein paar kleine Mörder straflos davonkommen? Warum sollten sie nicht, solange man die großen laufen läßt?«

»Eben komme ich von einem großen«, sagte Nemetz. »Sagt Ihnen der Name Stambulow etwas?«

Der Arzt schüttelte den Kopf. Er war so müde, daß ihn das nicht besonders interessierte. »Nein. Nie gehört.«

»Nun ja, er hat von Ihnen gehört. Deshalb mußte ich ihn aufsuchen. Es hat Sie jemand denunziert — Sie sollen für den Tod eines gewissen Oberst Miljukow verantwortlich sein.«

Halmy blickte ihn verdutzt an. »Wie war das?« fragte er heiser.

Nemetz berichtete ihm über seinen morgendlichen Gang.

»Aber das ist ja hirnverbrannt!« explodierte der Arzt. »Wir haben alles Menschenmögliche getan, um das Leben des Mannes zu retten! Er war schrecklich verstümmelt, und es wäre ein Wunder gewesen, wenn er überlebt hätte! Mit der Operation hatte er eine Chance von zehn Prozent. Ohne Operation wäre sie gleich null gewesen. Es geschehen keine Wunder, wir konnten ihn nicht retten. Aber wir haben's versucht. Verdammt noch mal, und *wie* haben wir's versucht!«

»Anscheinend hat's jemand auf Sie abgesehen«, sagte Nemetz. »Jemand hier in diesem Spital. Haben Sie irgendwelche Feinde hier?«

Der Arzt zuckte die Achseln. »Wahrscheinlich. Ich vermute, wo's so viel Menschen gibt wie hier, tritt man notgedrungen jemand auf die Zehen! In normalen Zeiten rächen sie sich mit Nadelstichen; jetzt stoßen sie einem ein Messer in den Rücken.« Sein Ton wurde wieder heftig. »Aber mit einer solch unverschämten Lüge daherzukommen! Konnte der Schweinehund sich nichts Besseres einfallen lassen?«

»Sie sagen ›der Schweinehund‹. Anscheinend haben Sie eine Ahnung, wer das ist.«

»Bloß eine reine Vermutung«, antwortete Halmy.

»Er ist natürlich nicht allein. Die Verwandten Ihrer Frau stärken ihm den Rücken.«

Halmy knirschte mit den Zähnen. »So sind die Würmer also wieder aus dem Gebälk hervorgekrochen. Ich hoffte, dazu würde es nicht mehr kommen.« Er zündete sich eine Zigarette an. »Alexa hat mir berichtet, sie hätten Sie in Ihrem Büro aufgesucht. Weshalb *Sie?*«

»Weil ich noch immer den Fall Halmy bearbeite, deshalb.«

Der Arzt grinste. »Klar. Zum Teufel, ich hätt's beinahe vergessen.« Er drehte sich um und trat auf Nemetz zu, so nahe, daß die beiden sich fast berührten. »Sie müssen mir etwas erklären. Anscheinend bin ich für Sie der Hauptverdächtige im sogenannten ›Fall Halmy‹, und doch gehen Sie in die Höhle des russischen Drachen, um ihn davon abzubringen, daß er mich auffrißt. Sie sind ein Rätsel für mich, Inspektor, ein richtiges Rätsel!«

»Vielleicht möchte ich nur nicht, daß Sie für etwas gekreuzigt werden, das Sie nicht auf dem Gewissen haben.«

»Nun, nehmen wir an, Sie seien jetzt überzeugt, daß ich Anna tatsächlich umgebracht habe. Möchten Sie mich dafür hängen sehen?«

»Nein«, sagte Nemetz und schüttelte den Kopf. »Ich möchte, daß Sie gefaßt würden, weil das meine Aufgabe ist. Natürlich hätte das zur Folge, daß Sie bestraft würden. Aber nicht mit dem Tod. Nein, ich will überhaupt niemand hängen sehen. Ich bin grundsätzlich gegen die Todesstrafe. Ich gebe zu, das klingt seltsam im Mund eines Mannes, der dazu beigetragen hat, mehr als einen Menschen an den Galgen zu bringen. Aber so ist es.«

Eine lange Pause trat ein. Der Arzt blickte kurz auf die Uhr an der Wand. »Teufel, es ist elf vorbei. Entschuldigen Sie bitte, aber ich muß Sie jetzt allein lassen.« Damit ging er auf die Türe zu.

»Nur noch eins, Dr. Halmy«, sagte Nemetz. »Wegen Oberst Miljukow — wie wollen Sie beweisen, daß die Beschuldigung falsch ist?«

»Es liegt an *ihnen*, zu beweisen, daß sie das nicht ist.«

»Ich bitte Sie, Sie wissen, daß es bei den Russen auf diese Weise nicht geht. Besonders jetzt nicht.«

Halmy schüttelte den Kopf, als wollte er eine summende

Fliege vertreiben. »Ich habe keine Zeit für solchen Blödsinn. Wir haben immer noch ein halbes Dutzend schwerverwundeter Russen hier. Wäre es nicht wichtiger für die Kommandatura, daß ihre Leute zusammengeflickt werden, statt aus Oberst Miljukows Fall eine Geschichte zu machen? Keine menschlichen Mächte können *ihn* wieder zum Leben bringen!«

Eine Idee fuhr Nemetz durch den Kopf. »Augenblick mal! Waren Ihre russischen Verwundeten schon im Spital, als der Oberst starb?«

»Etwa drei oder vier von ihnen. Wenn ich mich richtig erinnere, wurden sie zusammen mit Miljukow eingeliefert. Ihre Einheit war gezwungen, sich zurückzuziehen, und mußte sie liegenlassen. Deshalb wurden sie von unsern Ambulanzen aufgelesen.«

»Gefällt es ihnen hier? Haben die Leute *Sie* gern?«

»Oh, es sind nette Jungen. Zuerst waren sie erschrocken, starr vor Angst. Dann merkten sie, daß wir's gut meinten, und beruhigten sich. Ursprünglich hatten wir sechs, sechs und den Oberst, aber ein gemeiner Soldat ist uns schon vor dem Tod des Obersten weggestorben. Ein anderer erholte sich und wurde entlassen. Die wissen sicher, wie sehr wir uns angestrengt haben, sie zu retten.«

»Glauben Sie, daß sie das aussagen würden, wenn ihr Kommando sie befragte?«

»Sie scheinen wirklich zufrieden zu sein. Lernten sogar ein paar Worte Ungarisch, damit sie uns danken konnten.«

»Jetzt hören Sie mal«, sagte Nemetz. »Schreiben Sie bitte Namen, Dienstgrad und Stammrollennummer der Leute auf. Und schieben Sie's nicht hinaus, denn das könnte Sie den Kopf kosten.«

»Nein, ich schieb's nicht hinaus, ich will's gleich tun.« Halmy öffnete die Türe. Auf der Schwelle blieb er stehen. »Ich hätt' Ihnen fast vergessen zu sagen: es tut mir schrecklich leid wegen Ihrer kleinen Nichte. Sie sollen wissen, daß das Spital alles Menschenmögliche für sie getan hat. Leider war es nicht genug.«

Er trat auf den Gang hinaus und wollte die Türe zuziehen. Plötzlich blieb er wie angewurzelt stehen. »Was zum Teufel bedeutet das?« rief er aus. Er sah ein paar Sekunden starr in die Richtung der Vorhalle, dann wandte er sich zu Nemetz um. »Inspektor! Das können sie nicht tun! Sie müssen aufhören! Du lieber Gott, jemand muß sie zurückhalten!«

Er stürmte in die Halle. Eine Abteilung Sowjetsoldaten, dunkeläugige, kurzbeinige Kalmücken unter dem Befehl eines russischen Majors, führten halb, halb zerrten sie neun junge Patienten, Männer und Frauen, die alle Spitalschlafanzüge trugen, zum Ausgang. Zwei Zivilisten, beide in Lederjacken und Stiefeln, gehörten auch zum Überfallkommando. Einige von der Patientengruppe schienen zum Gehen zu schwach zu sein und wurden von ihren Kameraden gestützt.

Dr. Halmy war so schnell gelaufen, daß Nemetz ihn erst einholte, als er schon dem Major mit der Faust vor dem Gesicht herumfuchtelte. Er schrie auf deutsch: »Sie können diese Leute nicht aus dem Bett zerren! Die holen sich den Tod! Sehen Sie denn nicht, wie schwach sie sind?«

Der Major sah ihn ausdruckslos an. Die Worte mochte er nicht verstanden haben, doch ihre Bedeutung verstand er sicher. Die Art, wie er schließlich seinen Blick von dem bleichen, zornigen Gesicht des Arztes abwandte, erinnerte an einen Hund, der gescholten wird, weil er auf den Teppich gemacht hat. Er war ein großer, schwerer Bursche, wog mindestens zweihundertzwanzig Pfund, aber auf einmal wirkte er wie ein Federgewicht gegenüber dem schlanken jungen Mann in dem besudelten weißen Mantel. Der größere der beiden Lederjackigen trat auf den Arzt zu und packte ihn am Arm.

»Sie halten sich da besser heraus«, sagte er auf ungarisch. Er gehörte zu der kürzlich abgeschafften, aber jetzt wieder auferstandenen ungarischen Geheimpolizei, der AVO. »Wir haben den Auftrag, die Faschisten auszuheben. Das ist ein Befehl von der Kommandatura. Also Hände weg.«

Dr. Halmy war so empört, daß er sich nicht einschüchtern ließ. »Verflucht noch mal, diese Leute sind ganz schwer verwundet! Einige stehen auf der kritischen Liste! Ihr könnt sie nicht abführen! Sie werden euch wegsterben!«

Der Mann feixte hämisch. »So sterben sie eben. Dann brauchen die Russen sie nicht zu erschießen.«

Dr. Halmy riß sich los. Er zeigte auf den russischen Major. »Sagen Sie diesem Dummkopf, daß er sie freilassen soll, oder ich schlag' ihm den Schädel ein! Sagen Sie ihm, ich lass' es nicht zu, daß er diese Verwundeten abführt! Mir ist's egal, was er mit mir macht, aber vorher werd' ich ihn umbringen!«

Der AVO-Mann sah ihn sonderbar an. »Sie müssen verrückt sein. Sie wissen genau, *das* kann ich ihm nicht sagen!«

Mittlerweile hatte sich ein Kreis von Zuschauern um sie herum versammelt. Es war ein weiter Kreis, weil die Leute, hauptsächlich Frauen und Spitalpersonal, gute zehn Meter Abstand zwischen sich und den Russen hielten. Aber so wie sie drei Reihen tief dastanden, mit haßerfüllten und drohenden Blicken, konnte für die Russen kein Zweifel an ihren Gefühlen bestehen.

»Vorwärts, Leute! Bleibt nicht einfach da stehen! Das ist kein Fastnachtsumzug! Los, bewegt euch!« rief die kleinere Lederjacke hinter dem Schutzwall von breiten asiatischen Rükken hervor, aber keiner rührte sich von der Stelle. Die Soldaten hielten in der Nähe des Ausgangs an und blieben dort stehen. Ab und zu warfen sie wachsame und feindselige Blicke auf die Menschen um sie herum. Es brauchte nur jemand aufzuschreien oder irgendeine jähe Bewegung zu machen, und schon hätten sie die Waffen gehoben und auf die Menge geschossen.

Nemetz faßte nach Halmys Arm. »Geben Sie's auf, Doktor«, sagte er. »Das machen sie nun schon seit Tagen. Greifen sich junge Leute, wo sie sie gerade erwischen können. Auf der Straße, in Heimen, in Studentenhäusern. Keine Macht der Welt kann sie aufhalten. Geben Sie's auf. Sie geraten nur in Schwierigkeiten.«

»Wenn schon!« erwiderte der Arzt und schüttelte Nemetz' Hand ab. Seine Augen waren dunkel vor Wut. »Ich kann nicht dabeistehen und diesem Frevel zusehen. Ich bin ihr Arzt und sie sind meine Patienten! Meinetwegen sollen —«

Er beendete den Satz nicht, weil ihn von der Treppe her Rufe, Getrampel und Füßeschlurfen ablenkten. Ein weiterer Trupp Sowjetsoldaten schleifte drei junge Männer und ein Mädchen die Stufen herab. Es waren Patienten, die gehen konnten und über ihren Pyjamas Spitalschlafröcke trugen. Alle vier wehrten sich verzweifelt, aber die Kalmücken waren in der Überzahl. Das Mädchen kam Nemetz bekannt vor; als er sah, daß der linke Ärmel ihr schlaff und leer von der Schulter hing, erkannte er in ihr die Patientin, die bei einer Krankenschwester über Schmerzen in den Fingern der fehlenden Hand geklagt hatte.

Das Mädchen entdeckte Dr. Halmy und winkte ihm mit dem heilen Arm. »Doktor! Doktor! Wohin führen sie uns? Bitte, verhindern Sie's! Bitte —«

Mit zwei langen Schritten — eher Sätzen — holte Halmy den Major ein, der weitergegangen war.

»Lassen Sie die Leute los, verstanden? Es sind Krüppel, sie sind versehrt! Sie können nicht mehr gegen euch kämpfen! Was wollen Sie von denen?«

Überrascht wich der Major zur Seite aus. Er stierte Halmy mit dem glasigen, ausdruckslosen Blick eines Betrunkenen oder eines Schwachsinnigen an. Drei seiner Leute drängten sich um den Arzt, der weiterbrüllte, keine verständlichen Sätze mehr, sondern zusammenhanglose Wörter und Flüche. Er ließ sich nicht beruhigen, er war von einer zügellosen Wut besessen, die ihn blind und taub machte gegenüber den Folgen seines Angriffs auf einen russischen Offizier im sowjetisch besetzten Budapest. Er hob seine Faust und wollte sie dem Major ins Gesicht schmettern, da packten ihn die Soldaten und warfen ihn zu Boden.

»Sagen Sie dem Major, der Doktor sei krank«, wandte sich Nemetz an den großen ungarischen Lederjackigen. »Er weiß nicht, was er tut.« Und dann, ohne auf den AVO-Agenten zu warten, versuchte er in seinem kümmerlichen Russisch zu erklären, daß Dr. Halmy in einem Augenblick der Geistesverwirrung gehandelt habe.

Nemetz wußte nicht, ob ihm der Russe zuhörte, denn das runde, flachsfarbene Gesicht mit der Knollennase, die aussah wie ein Mondkegel, blieb ausdruckslos. Inzwischen rappelte sich Dr. Halmy auf. In seinen Augen loderte das wilde Feuer des Boxers, der nach einem jähen Niederschlag wieder hochkommt, kurz bevor er ausgezählt wird. Wenn ihn die Soldaten nicht zurückgehalten hätten, wäre er von neuem auf den Major losgestürzt.

Der Offizier gab den drei Leuten einen Befehl, und sie begannen den Arzt zum Ausgang zu stoßen. Entsetzt drehte sich Nemetz zu dem AVO-Mann um.

»Sagen Sie ihnen, sie sollen den Doktor gehen lassen! Er ist doch der Chefchirurg! Ohne ihn kommt das Spital unmöglich aus!«

Die Leute in der Halle standen reglos da, als posierten sie für ein lebendes Bild. Zwei der Patienten in Schlafanzügen waren zusammengebrochen. Sie lagen auf dem kalten Steinboden, den Kopf in die Arme ihrer Kameraden gebettet. Einer der drei jungen Burschen, die mit dem armamputierten Mädchen heruntergebracht worden waren, beugte sich über einen Abfalleimer und übergab sich. Das Mädchen stand neben ihm, ihre Hand streichelte seinen Nacken, aber ihr Blick war auf den Arzt gerichtet.

»Ich hab' ihm geraten, er solle sich heraushalten«, sagte der große Lederjackige verdrossen. »Er kann von Glück sagen, daß sie ihn nicht erschossen haben. Was hat er eigentlich vor? Glaubt er denn, er könne mit bloßen Händen auf sie losgehen?«

»Der Mann ist krank.« Nemetz ließ nicht locker. »Nicht bei Sinnen. Erklären Sie das doch bitte dem Major.«

»Wenn er krank ist, weshalb arbeitet er dann? Wie können sie das Leben von Menschen einem Kranken anvertrauen? Entweder ist einer Arzt oder Patient — beides kann er nicht sein.«

»Natürlich kann er das, du blöder Hund«, brummte Nemetz und ließ ihn stehen.

Es mußte etwas geschehen, aber die Zeit drängte. Der Doktor hatte sich wie ein Irrer, wie ein Verrückter aufgeführt. Es war kaum zu glauben, daß ein allem Anschein nach so kaltblütiger und ruhiger Mann von einer derartig zügellosen und geysirhaft kochenden Wut gepackt werden konnte. Natürlich gab es bei jedem Menschen einen Punkt, wo seine Beherrschung zusammenbrach, und bei den einen war dieser Punkt früher erreicht als bei den andern. Man konnte nicht einmal sagen, daß der Arzt es nicht lange ausgehalten hätte.

Die Zeit schien stillzustehen in der Halle. Weder die Menge noch die Russen, noch ihre Gefangenen rührten sich. Nemetz sah sich um, er suchte jemanden unter dem Personal, der helfen konnte. Plötzlich fiel ihm auf, daß keiner von der Spitalleitung da war. Wo blieben sie? Wo war Professor Bálint? Und seine nächsten Mitarbeiter, wo waren sie? Was hielt sie fern? Weshalb protestierten sie nicht gegen das Abführen der Patienten? Und angenommen, sie hatten es versucht und konnten es nicht verhindern, weshalb kamen sie nicht dem Doktor zu Hilfe?

Er entdeckte den Pfleger János bei einer Gruppe von Krankenschwestern, darunter Frau Schulz. Er ging zu ihnen hin.

»Wo ist Professor Bálint?« fragte er ohne Umschweife.

János und Frau Schulz sahen sich erstaunt an. Nemetz wurde ungeduldig. »Er muß herunterkommen und mit den Russen reden. Muß dafür sorgen, daß sie Dr. Halmy freilassen.«

»Ach, aber er ist nicht mehr da«, sagte Frau Schulz. »Er ist —« Sie verstummte plötzlich.

»Er ist rausgeschmissen worden wie ein nichtsnutziger Quacksalber!« rief eine Lernschwester, ohne sich darum zu kümmern, wer sie hörte. »Ein großer Arzt wie Professor Bálint! Rausgeschmissen!«

»Nun, dann holen Sie den neuen Direktor, wer das auch sein mag«, sagte Nemetz.

János zog ein schiefes Gesicht. »Das geht nicht. Genosse Borbás leitet das Spital wieder. Aber den rufen wir lieber nicht, denn er würde keinen Finger rühren.«

»Das könnte mehr schaden als nützen«, setzte Frau Schulz hinzu.

Nemetz erinnerte sich an den Namen Borbás aus vorrevolutionären Tagen. Die Würmer krochen wirklich aus dem Gebälk hervor, dachte er.

»Gibt's denn niemand, der tatsächlich helfen kann? Einen Doktor oder einen Professor, der mit den Russen auf gutem Fuße steht?«

János schüttelte finster den Kopf. »Nein, mein Herr.«

Nemetz stellte fest, daß ihn der Krankenwärter zum ersten Mal mit ›Herr‹ anredete, ein Zeichen, daß er als Bundesgenosse angenommen worden war.

»Es gibt keinen einzigen«, fuhr János fort. »Professor Lendvai ist zwar wieder da, doch der würde seinen Mund nicht einmal aufmachen, wenn Dr. Halmy sein leiblicher Bruder wäre. Es gibt heutzutage viele furchterfüllte Leute in Budapest, aber Lendvai hat mehr Angst als sie alle. Ich schätze, der kneift sich den ganzen Tag in den Arm, um zu sehen, ob er wirklich noch lebt und nicht in der Revolution umgekommen ist. Nein, der würde seinen Mund nicht aufmachen, selbst wenn er seinen leiblichen Bruder damit retten könnte.«

Wieder kamen Sowjetsoldaten die Treppe herab und stießen junge Menschen vor sich her. Unter den Patienten war ein Junge, der höchstens vierzehn zu sein schien.

»Das ist Peti«, erklärte der Pfleger und zeigte auf den Jungen. »Er hat während der Revolution mit einer Gruppe auf dem Szénaplatz gekämpft.« In der Budapester Volkssprache bedeutete ›Revolution‹ jetzt die Tage zwischen dem 23. und dem 31. Oktober. Die zweite russische Intervention vom 4. November an wurde mit ›Krieg‹ bezeichnet. »Er war halbtot, als seine Mutter ihn einlieferte«, fuhr János fort.

»Sie hatte ihn unter den Trümmern eines Hauses gefunden und ihn ausgegraben und auf einen Handwagen gelegt und den ganzen Weg von Buda hergefahren. Er war sozusagen zerstückelt, als sie ihn brachte. Es ist ein Wunder, wie Dr. Halmy ihn wieder zusammengeflickt hat.«

Der Major hatte anscheinend auf den letzten Trupp gewartet, denn jetzt rief er seinen Leuten einen Befehl zu, der sie in Bewegung setzte. Die erschöpften Patienten wurden hochgerissen und zusammen mit den andern zum Ausgang getrieben. Zwei Krankenschwestern tauchten mit Mänteln und Decken aus einem Lagerraum auf und begannen sie, ohne auf die Drohungen der Soldaten zu achten, unter die Patienten zu verteilen, die nur Schlafanzüge trugen. Die drei Kalmücken, die den Arzt immer noch festhielten, wußten nicht recht, was sie mit ihm anfangen, ob sie ihn mitnehmen oder zurücklassen sollten. Sie standen da und gafften den Major an, der mit dem Organisieren des Abmarsches beschäftigt war und sie vergessen zu haben schien. Zu guter Letzt schlurfte einer der Männer zu ihm hin und fragte ihn etwas. Der Major hob die schweren Augenlider und richtete seinen wäßrigen Blick nachdenklich auf Zoltán Halmy. Die Szene erinnerte an eine römische Arena mit dem gelangweilten Kaiser, der das Schicksal des besiegten Gladiatoren erwog; eine Szene, die sich Jahrhunderte hindurch unzählige Male wiederholt hatte, in unzähligen Kulissen, Masken und Kostümen, von Nero bis zu Stalin — überall die gleiche Szene, die in dem spannungsgeladenen Augenblick gipfelte, da der Daumen aus der geballten Faust herauskam, noch ungewiß, ob er nach unten oder nach oben zeigen sollte.

Diesmal zeigte er nach unten. Vielleicht, wenn der Arzt imstande gewesen wäre, seine Augen abzuwenden und den Blick des Majors nicht mit solcher Verachtung und Verdammung zu erwidern, hätte ihn der Russe gehen lassen. Außerdem konnte der Major nicht wissen, wie die beiden AVO-Agenten über den Zwischenfall dachten und wie sie ihn darstellen würden. Deshalb war es sicherer, den Mann, der die

Hand gegen einen Offizier der sowjetischen Armee erhoben hatte, festzunehmen, als ihn ungeschoren laufen zu lassen.

Nemetz und die Leute um ihn herum verfolgten reglos — sie wagten kaum zu atmen —, wie der Doktor und die jungen Freiheitskämpfer durch das Seitenportal hinausgeschoben wurden. In der Türe drehte sich Peti, der jüngste von allen, um und rief mit hoher Schülerstimme: »Lang lebe das Vaterland!«

Der burlesk heldische Ruf dieser mageren, in eine große Decke gewickelten Gestalt gab der Szene einen Stich ins Lächerliche, und in der Menge brach eine Frau mittleren Alters in Lachen aus. Der schrille und unerwartete Laut durchschnitt die Luft so scharf wie eine Säge, die sich durch einen Holzklotz frißt. Empörte Blicke trafen die Frau, aber ihr Lachen wurde lauter und schriller, bis es in das ohrenzerreißende Gekreisch eines hysterischen Anfalls überging. Die Krankenschwestern packten sie und verschwanden hastig mit ihr hinter einer Türe; da schluchzten indes schon mehrere Frauen, und einen Moment lang drohte eine Massenhysterie auszubrechen. Doch es kam nicht ganz soweit; die Menge zerstreute sich langsam.

»Was glauben Sie, mein Herr, was mit Dr. Halmy geschieht?« fragte János den Inspektor.

»Ich hoffe, nichts Schlimmes«, entgegnete Nemetz in leerem und dumpfem Ton.

Er hatte gesehen, wie der Arzt auf einmal ruhig und apathisch, von drei rundköpfigen Kalmücken flankiert, durch das Portal gegangen war. Wenn der Mann den Lebenswillen verlor, dann trug er, Nemetz, die Schuld. Es bestand durchaus die Möglichkeit, daß Halmy unschuldig war. Zehn andere Leute konnten Anna Halmy getötet haben. Eine verirrte Kugel konnte sie getötet haben. Und trotzdem hatte er den Arzt so erbarmungslos wie ein Großinquisitor gehetzt.

»Man muß es Fräulein Méhely sagen«, brach Frau Schulz das Schweigen.

»Wo ist sie?« fragte Nemetz. Seltsam, daß er völlig vergessen hatte, sie zu suchen.

»Ich glaube, sie hütet die Kinder«, antwortete Frau Schulz. »Dr. Tordas Mutter mußte nach Hause; sie hat in letzter Zeit die Kinder betreut, und sie bat Fräulein Méhely, sie während ihrer Abwesenheit zu vertreten. Ich fürchte, Fräulein Méhely weiß noch nicht, was geschehen ist. Jemand muß es ihr sagen«, wiederholte sie und sah dabei János an.

Der Pfleger fuhr auf. »Ich nicht, Schwester, ich nicht!« sagte er schroff. »Ich richte niemand solche Sachen aus! Und überhaupt«, setzte er hinzu und schüttelte langsam, nachdenklich den Kopf, »ich werd' sowieso nicht mehr sehr lange dasein.«

»Was meinen Sie damit, Sie werden nicht dasein?« fragte ihn die Schwester verdutzt. »Wo werden Sie denn sein?«

János schüttelte immer noch den Kopf. Er sah aus wie ein Riesenbaby, das Standuhr spielt. Dann drehte er sich plötzlich um und marschierte entschlossenen Schritts auf den Ausgang zu.

»Wo gehen Sie hin?« rief ihm Frau Schulz nach.

»In den Westen«, antwortete er, ohne anzuhalten. Die Gestalt im weißen Arbeitsmantel verschwand durch das Portal, das den Arzt und neunzehn seiner Patienten verschlungen hatte.

Alexa Méhely hütete die kleinsten Patienten in Dr. Halmys früherem Arbeitszimmer. Sie empfand es angenehm, einmal, wenn auch nur kurze Zeit, fort vom Labor zu sein, wo sie sich nicht vom Menschenstrom abschließen konnte, der das Krankenhaus überflutete.

Sie liebte Kinder, besonders Säuglinge. Ihr Liebling unter ihren Pflegebefohlenen war ein zehn Monate altes Mädchen, ein pummeliges, vergnügtes kaffeebraunes Liebesgeschenk, das ein junger afrikanischer Student einer hübschen und anscheinend vorurteilsfreien Kellnerin hinterlassen hatte. Dem Baby waren die Mandeln entfernt worden, aber die Mutter hatte sich am festgesetzten Tag, an dem die Kleine entlassen werden sollte, nicht gemeldet. Sie meldete sich auch am nächsten oder an irgendeinem der folgenden Tage nicht. Alexa fragte sich, was mit dem Kind geschehen sollte, wenn die Mutter überhaupt nicht mehr kam, wenn sie unterwegs nach dem Westen war oder tot unter einem zusammengestürzten Haus lag oder sich einfach entschlossen hatte, ein neues Leben zu beginnen ohne ein kaffeebraunes Andenken an ihre Vergangenheit.

Natürlich war es kein reines Vergnügen, zweiundzwanzig Säuglinge zu hüten. Es verging keine Minute, ohne daß nicht mindestens einer von ihnen aus vollem Hals brüllte; nur das Kaffeebraune gab nichts als zufriedene und zärtliche Laute von sich.

Die Polstertüre des Zimmers erstickte alle Geräusche von draußen, so daß Alexa von der russischen Razzia nichts merkte. Vorher hatte sie mehrmals im Polizeipräsidium angerufen und von Irén den Bescheid erhalten, daß sich Nemetz den ganzen Morgen nicht im Büro habe sehen lassen. Eigenartigerweise beunruhigte sie das nicht. Sie stellte sich vor, Nemetz sei für sie, oder vielmehr für Zoltán Halmy, unterwegs.

Sie wechselte gerade eine Windel, als Nemetz anklopfte.

»Herein«, sagte sie heiter, dann wurde sie gespannt und besorgt, als sie sein düsteres Gesicht sah.

»Was ist los?« fragte sie. »Was haben Sie bei der Kommandatura erfahren? Ist Zoltán in Gefahr?«

Er atmete tief ein. »Leider ist er tatsächlich in Gefahr«, fing er an und erzählte ihr in kurzen Zügen das Wesentlichste. Er wußte, er gab ihr den Todesstoß, aber es mußte sein und es war humaner, es schnell statt langsam zu tun.

Er sah, wie alle Farbe aus ihrem Gesicht wich, und als sie kurz die Augen schloß, streckte er unwillkürlich die Hand aus, weil er meinte, sie werde ohnmächtig. Sie öffnete indessen die Augen wieder und fuhr fort, den Säugling zu wickeln. Dann hob sie das kleine Wesen sanft hoch, gab ihm einen Kuß und legte es in sein Bettchen.

»Warum haben Sie mich nicht gerufen?« fragte sie Nemetz. »Ich hätte Zoltán bremsen, ihn zurückhalten können.«

»Es blieb keine Zeit dazu. Außerdem hätte ihn niemand

bremsen können, nicht einmal Sie. Ich möchte bloß wissen, wer ihn denunziert hat. Das könnte uns helfen. Stambulow sagte, es sei jemand vom Spital.«

»Ich habe so eine Idee«, sagte sie grimmig.

Als er fragte, wen sie im Verdacht habe, schüttelte sie nur den Kopf und gab keine Antwort. Mehrere Säuglinge fingen an zu plärren, und sie nahm sie einen nach dem andern auf, um den Grund ihrer Unzufriedenheit herauszufinden.

»Einem Mann macht das nicht viel Spaß hier«, sagte sie, während sie ein Baby auspackte. »O dieses kleine Ferkel!« seufzte sie. »Erst vor zehn Minuten hab' ich ihm die Windeln gewechselt. Sehn Sie ihn an! So dreckig und so hilflos. Kaum zu glauben, daß er eines Tages vielleicht ein Wissenschaftler sein wird oder ein Arzt oder ein Lehrer — oder ein Mörder.« Plötzlich schrie sie auf. »Inspektor! Was machen sie mit Zoltán? Sie bringen ihn doch nicht um, oder?«

»Natürlich nicht«, sagte er und versuchte seiner Stimme einen festen Klang zu geben. »Doch es muß etwas geschehen, und zwar rasch. Sie müssen Namen, Dienstrang und Stammrollennummer der russischen Soldaten herausbekommen, die mit Oberst Miljukow eingeliefert worden sind.«

»Das tue ich, sobald Frau Torda zurückkommt und mich ablöst.«

»Versuchen Sie mit ihnen zu reden, herauszufinden, wie sie zu Dr. Halmy stehen. Sagen Sie ihnen, sie müßten unter Umständen bei der Kommandatura für ihn aussagen. Aber versichern Sie sich, daß sie uns nicht im Stich lassen. Es müssen gute Zeugen sein, sonst können wir sie nicht brauchen.«

Plötzlich hob sie den Kopf und fragte in verändertem, scharfem Ton: »Weshalb versuchen Sie ihn zu retten? Weil Sie nun doch überzeugt sind, daß er seine Frau nicht umgebracht hat?«

»Weil er den Oberst nicht umgebracht hat.«

»Woher wissen Sie das?«

»Er hat es mir gesagt.«

»Aber er hat Ihnen auch gesagt, daß er seine Frau nicht umgebracht hat.«

Nemetz sann ein Weilchen nach. »Nein«, sagte er. »Wenn ich mir's recht überlege, hat er mir das eigentlich nie gesagt.«

»Natürlich hat er's gesagt!« widersprach sie ihm aufgeregt. »Vielleicht nicht ausdrücklich – vielleicht hatte er das Gefühl, es sei unter seiner Würde, sich gegen einen solch lächerlichen Verdacht zur Wehr zu setzen. Denn das ist es doch – pflichten Sie mir nicht bei? Jetzt, da Sie ihn besser kennen?«

»Ja, ich pflichte Ihnen bei«, sagte er nachsichtig. Es war nicht der Augenblick, ihr noch mehr Herzweh zu bereiten.

Die Kinder wurden unruhig.

»Es ist Zeit, daß sie ihr Essen bekommen«, seufzte Alexa. »Hoffentlich ist noch Kindernahrung da. Die geht uns auch aus. Alles geht uns aus! Und die Züge aus dem Westen, die Lebensmittel und Medikamente bringen, werden von den Russen an der Grenze zurückgeschickt!«

Nicht lange, nachdem Nemetz sie verlassen hatte, erschien Frau Schulz mit einem Korb voll Flaschen, und die Kinder wurden gefüttert. Frau Torda war noch nicht zurück, so mußte Alexa noch mehr Windeln wechseln und noch mehr Ohren- und Augentropfen verabreichen, noch mehr Medizin halsstarrig sich wehrenden Kehlen einflößen und noch mehr Injektionsnadeln in weiche, rosige Hinterteile stechen. Es war fast sechs Uhr abends, als Frau Torda endlich hereinstürzte.

»O Sie armes Kind«, sagte sie voller Mitgefühl. »Frau Schulz hat mir erzählt, was passiert ist. Wenn ich das gewußt hätte, wäre ich früher gekommen. Sie müssen sich ja schrecklich fühlen.«

Alexa fühlte sich nicht wirklich schrecklich. Sie fühlte sich starr und kalt. Sie wußte, sie würde den 6. November 1956 immer in Erinnerung behalten als den Tag, an dem sie, eine neuzeitliche Andromeda, dem Zorn der Götter preisgegeben worden war. Durch die aufgewühlten Wasser eines wütenden Meeres kam etwas unerklärbar Gräßliches auf sie zu, doch sie konnte nicht fliehen oder sich wehren, weil sie an einen Felsen gekettet war.

Endlich konnte sie den Kindersaal verlassen und die russischen Soldaten aufsuchen. Sie sprach mit ihnen und erhielt die Überzeugung, daß sie sehr brauchbare Zeugen abgeben würden. Dann rief sie Nemetz an und teilte ihm die Personalien mit. Nachdem sie diese Aufgabe erledigt hatte, machte sie sich an eine andere. Es handelte sich um etwas, das sie am Mittag hätte unternehmen müssen, denn möglicherweise war es jetzt um sechs Uhr abends völlig zwecklos.

Damit sie niemandem begegnete, stieg sie über die Hintertreppe in den obersten Stock. Das Vorzimmer zum Büro des Direktors lag verlassen da, die aufgeräumten Schreibtische verrieten, daß niemand von den Angestellten oder Sekretärinnen am Morgen zur Arbeit erschienen war. Sie trat, ohne anzuklopfen, durch die Tür ein, die das Schild *Krankenhausdirektor* trug.

Zuerst dachte sie, das Büro sei ebenfalls leer, dann hörte sie einen Stuhl unter einem schweren Körper ächzen, sie drehte sich um und entdeckte den Gesuchten in der andern Ecke des Zimmers. Er hatte in den zwei Wochen seiner Abwesenheit etwas Gewicht verloren, und unter den Augen lagen tiefe Schatten. Die Art, wie er dasaß, mit schlaff herabhängenden langen Armen, die Beine plump ausgestreckt, war so ungewöhnlich für einen Mann seiner Vitalität, daß Alexa sekundenlang meinte, er sei tot. Aber dann zog er die Beine unter den Stuhl und sie sah, daß er eindeutig am Leben war.

»Warum hast du's getan?« schrie sie ihn an.

»Warum hab' ich was getan?« fragte Borbás, ohne aufzustehen. Er war in jungen Jahren Lastwagenfahrer gewesen, und sein Aufstieg zum Spitaldirektor hatte seine Manieren nicht verfeinert.

Alexa trat näher. »Warum hast du Dr. Halmy denunziert?«

Er stierte sie unverwandt an. Er hatte die großen, traurigen, feuchten Augen eines hungrigen Kalbs.

»Du bist sehr dünn geworden«, sagte er langsam. »Kommt das von zuviel Bett oder von zuwenig Essen?«

Sie ging über die Bemerkung hinweg. »Warum hast du ihn denunziert?« wiederholte sie laut und schrill.

Endlich stand er auf. Er war groß, breitschultrig und langbeinig und recht gut aussehend für seine fünfzig Jahre.

»Ich hab' ihn nicht denunziert«, sagte er. »Nicht richtig. Verstehst du, Puppe, die Russen, die wollen Köpfe. Einer ihrer Stammesbräuche, schätze ich. Der Krieg ist vorbei, sie haben gewonnen – aber wer wird schon glauben, daß sie gewonnen haben, wenn sie nicht die Köpfe des Feinds auf Lanzen gesteckt rund um die Wälle ihrer Festung aufpflanzen können?«

Er machte ein paar schwankende Schritte, woran Alexa merkte, daß er betrunken war. Das erstaunte sie, denn sie hatte ihn nie mehr als ab und zu ein Glas Wein trinken sehen.

Er stakte zum Schreibtisch hinüber und ließ sich auf einen Stuhl fallen. »Ich bin besoffen«, stellte er fest, als brauchte das noch ausdrücklich gesagt zu werden.

»Du hast mir nicht geantwortet«, drängte Alexa. »Warum hast du ihn denunziert?«

»Ich sag' dir ja, sie kamen her und wollten Köpfe haben. Jeder Betrieb muß seinen Anteil an Köpfen abliefern. Es ist wie ein Zehnter, nur nennen sie's ›die Staatsordnung stärken‹. Also, sie schickten einen Mann von der Kommandatura her. Gestern. Er wollte Namen von Mitarbeitern haben, die in antisowjetische Umtriebe verwickelt waren. Zuerst sagte ich, es gebe keine bei uns. Aber er ließ nicht locker. Ich schaute die Liste der Ärzte durch. Der Mann von der Kommandatura brachte den Fall von Oberst Miljukow zur Sprache. Das wiederum brachte Halmys Namen zur Sprache. Da sagte ich mir, wenn's schon ein Kopf sein muß, warum nicht Halmys? So opferte ich ihn.«

»Du gemeiner Hund!« sagte Alexa dumpf.

Er sah sie lange an. Seine Augen glitten über ihre Gestalt, von ihrem Haar, das eine Wäsche nötig hatte, hinunter bis zu den leicht abgetretenen Schuhen. Er musterte sie wie ein Gemälde, eine Statue oder ein prämiiertes Stück Vieh auf dem Markt.

»Wußtest du, daß ich dich heiraten wollte?« fragte er.

»Ich hätte dich nicht genommen.«

»Du hast mich nie geliebt, nicht wahr?« Er starrte sie immer noch an.

»Nein, nicht richtig. Aber ich habe dich nicht gehaßt.«

»Wie jetzt«, sagte er.

Sie trat vor ihn hin. »Béla! Um Gottes willen, kannst du nichts unternehmen, damit sie Zoltán freilassen? Kannst du nicht zur Kommandatura gehen und sie davon überzeugen, daß die Beschuldigung Unsinn ist –«

»Und wenn ich's tue?« Er griff nach ihrer Hand und umklammerte sie. »Wirst du ... wirst du dann bereit sein ...« Er suchte nach Worten, dann stieß er heraus: »Wirst du wieder mit mir schlafen?« Er zog den Kopf ein und drehte ihn zur Seite, als erwartete er einen Schlag.

Statt dessen lachte sie laut, aber unfroh. »Du lieber Himmel, das ist ja wie im zweiten Akt der *Tosca!*« sagte sie. »Ist es dir aufgefallen, wie viele dieser unmöglichen, übersteigerten Opernkonflikte zu unserer Zeit passen? All die Leidenschaft, der Heroismus und die Greuel. Rigoletto, der die Leiche seiner Tochter findet, Andrea Chénier, der aufs Schafott steigt, die Jüdin, die bei lebendigem Leibe verbrannt wird! Pappkonflikte, gespielt vor Pappkulissen. Und jetzt, da sind wir – du als Scarpia, ich als Tosca und der arme Zoltán als Cavaradossi!« Sie lachte von neuem, aber jetzt leicht hysterisch. »Phantastisch, nicht?«

»Was weiß ich«, brummte er. »Ich war meiner Lebtag nie in einer Oper. Keine zehn Pferde brächten mich dorthin.« Er stand behutsam auf, ging hinüber zum Bücherregal und holte eine Flasche hinter zwei dicken Lederbänden hervor, die er achtlos beiseite schob und zu Boden fallen ließ, wo sie liegenblieben; die weißen Seiten quollen zwischen dem Einband hervor wie die flaumige Brust toter Vögel.

»Ich hab' dir eine Frage gestellt«, sagte er und setzte die Flasche an. »Verschon mich mit all dem gebildeten Gewäsch.« Er nahm einen großen Schluck. »Antworte, ja oder nein!«

Sie sah an die Decke und schien ihre ganze Aufmerksamkeit auf die Risse und Flecke des Anstrichs zu konzentrieren.

»Ja«, sagte sie langsam. »Wenn du ihn freikriegst, werd' ich mit dir schlafen. Und ich werde dir nicht mal einen Dolch in den Rücken stoßen«, setzte sie mit einem matten Lächeln hinzu.

Er schaute auf seine Armbanduhr. Es war ein Schweizer Fabrikat und ein sehr teures dazu. »Ich geh' heim. Kommst du mit?«

»Jetzt?« fragte sie bestürzt.

»Ja, jetzt.«

»Nun, also gut, ich komme mit. Ich will nur noch meinen Mantel holen.«

»Der Wagen steht im Hof. Der schwarze Skoda.«

»Ich treffe dich dort«, stimmte sie zu. Es klang alles wie in alten Zeiten. Wie in Vor-Halmy-Zeiten.

Sie ging hinunter ins Labor und machte ihren Schrank auf. Neben ihren Kleidern hingen Halmys Sachen, sein Regenmantel und auch sein Rock, da die Russen ihn in seinem weißen Arztmantel abgeführt hatten, unter dem er nur ein Hemd trug. Er holt sich den Tod, dachte sie und überlegte, ob es nicht eine Möglichkeit gebe, ihm etwas warme Kleidung zukommen zu lassen. Irgendwie erschien es ihr unglaublich, daß erst zwei Tage seit Sonntag vergangen waren. Sie wollten ein neues Leben beginnen und die Vergangenheit hinter sich zurücklassen. Er die Tóths und sie die Borbás'. Es hatte so einfach ausgesehen, aber jetzt waren sie beide wieder in dem Abgrund, aus dem sie herauszukriechen versucht hatten. Die Tóths hatten ihn und Borbás hatte sie.

Wieder war sie bereit, mit einem Mann zu schlafen, um ihm eine Gefälligkeit abzulocken. Diesmal nicht, um ihr eigenes Los zu verbessern; es geschah für die Freiheit ihres

Geliebten. Und doch mußte sie in der gleichen Währung zahlen wie früher. Das hätte sie erschüttern sollen, aber sie empfand nur eine nervöse Ungeduld, die Sache hinter sich zu bringen, als wäre es ein Besuch beim Zahnarzt. Was sie als einziges beunruhigte, war Halmys mögliche Reaktion auf den Handel, wenn er je von ihm erfahren sollte. Er war zehn Jahre älter als sie und hatte seine Entwicklungsjahre in einer Ära verhältnismäßiger Ordnung und Gesetzlichkeit verlebt. Seine Idealfrau, die einzige, die er je von ganzem Herzen und vorbehaltlos geliebt hatte, war als spröde kleine Jungfrau gestorben. Sie hatte sich noch so rechtzeitig in Staub aufgelöst, daß sie dem neuen System entging, unter dem Überleben gleichbedeutend war mit Unsittlichkeit.

Borbás saß schon hinter dem Lenkrad, als Alexa in den Hof kam. Sie war früher oft in dem Skoda gefahren, einem großen, plumpen Klapperkasten; sein Lack war immer makellos und auf Hochglanz poliert gewesen mit einer solchen Hingabe, wie sie kein anderer toter Gegenstand außer dem Schwarzen Stein in Mekka erhielt. Jetzt war er indes mit Schmutz bespritzt, die Stoßstangen waren rostig und die Kotflügel eingebeult, was von langen Fahrten über schlammige Landstraßen zeugte und von unregelmäßigen, aber nie so langen Pausen, daß sie für eine rechtschaffene Wagenwäsche gereicht hätten.

Er machte ihr die Tür auf und sie stieg ein. Die glatten Polstersitze und die rauhe braune Kokosmatte auf dem Boden fühlten sich beruhigend vertraut an, so als ob die fünf Monate seit ihrer letzten Fahrt in dem Wagen nichts als eine lange Nacht voller verbotener Träume gewesen wären. Nur der große, hinter dem Lenkrad hockende Mann blieb der Fremde, der er während ihrer ganzen Affäre gewesen war. Sie kannte die Berührung seiner Hände, die über ihre nackten Brüste hinfuhren; seinen keuchenden Atem, wenn er mit ihr schlief; und nachher das triumphierende und gockelhafte Glitzern seiner Augen. Sie wußte viel über den Mann, aber nichts über den Menschen.

Der Wagen rollte an. Er glitt durch die Einfahrt und ordnete sich in den Verkehrsstrom in Richtung Donau ein. Borbás wollte Alexa zu seinem Landhaus in den Budabergen bringen.

Am Brückenkopf wurden sie von den Russen angehalten, die jedes Fahrzeug kontrollierten, bevor sie ihm die Weiterfahrt über den Fluß freigaben. Vor ihnen wartete eine ziemlich lange Schlange. Alexa beugte sich zum Fenster hinaus, um zu sehen, was vor sich ging. Der Wagen vor ihnen war eines jener komischen Modelle, die der Budapester Witz ›Lepra‹ nannte – ein aus Teilen von abbruchreifen Autos zusammengebasteltes Fahrzeug. Am Steuer saß ein junger Mann ohne Hut, der eine Zigarette rauchte. Alexa konnte nur seinen Hinterkopf sehen mit dem dunkelblonden, dichten und glatten Haar, das ihm ein bißchen zu weit in den Nacken wuchs, genau wie das Zoltán Halmys, wenn er zum Friseur gehen sollte. Plötzlich spürte sie ein sonderbares Zittern in der Magengrube, das langsam in ihren Hals hinaufkroch und sie würgte.

Der junge Mann im Lepra drehte sich zu seiner Mitfahrerin um. Jetzt sah ihn Alexa im Profil. Er hatte eine lange spitze Nase und wulstige Lippen, und nicht einmal sein Haar glich dem Halmys. Trotzdem wurde es ihr langsam übel.

»Laß mich raus!« hörte sie sich sagen. Die Worte brachen heftig aus ihr heraus.

»Was ist denn los mit dir?« fragte Borbás.

Sie mühte sich schon mit dem Türgriff ab, der dem Druck ihrer Hand nicht nachgeben wollte.

»Ich will raus!« Sie geriet außer sich. Die Wagen vor ihnen fuhren an und der Türgriff bockte noch immer. »Ich will nicht mit! Laß mich raus!« schrie sie.

Er maß sie mit einem langen, kalten Blick. »Laß die Finger von dem Türgriff. Jetzt klemmt er wieder, verdammt noch mal! Ich muß ihn reparieren.«

»Laß mich raus!« Sie kreischte fast.

»Halt's Maul!« knurrte er. »Mach keine Szene. Ich kann dich hier nicht rauslassen. Wart, bis wir über die Brücke sind.«

Er hatte auf der Windschutzscheibe die Erkennungsmarke des Sowjetischen Militärkommandos für Dienstfahrzeuge aufgeklebt, deshalb gab ihnen der russische Posten das Zeichen zur Weiterfahrt, ohne den Wagen zu kontrollieren.

Borbás legte den Gang ein, und der Wagen rollte über die Brücke. Als sie auf die Buda-Seite gelangten, fragte er: »Willst du immer noch raus?«

»Das weißt du ja!« sagte sie, obschon sie keinen Grund zu der Annahme hatte, daß er es wußte.

Er bog rechts in eine Seitenstraße ein und hielt einen halben Häuserblock weiter am Randstein an. Sogleich drückte sie wieder auf den Türgriff, und wie durch ein Wunder klemmte er nicht mehr.

»Es tut mir wirklich leid«, murmelte sie und wollte aussteigen.

Er streckte die Hand aus und packte sie am Arm.

»Mach keinen Blödsinn. Du wirst mich nötig haben, wie du noch nie jemand nötig gehabt hast. Im Spital gibt es jetzt ein großes Reinemachen. Ohne mich behältst du deine Stelle nicht.«

Sie schüttelte den Kopf. »Meinetwegen. Ich mache mir einfach nichts mehr draus.«

Sein Griff wurde fester. »Ich war bereit, zu vergessen, wie du mich zum Narren gehalten hast, aber tu's nicht wieder. Du kennst mich, Puppe. Wenn du's so weit treibst, daß mir wirklich der Kragen platzt, kann ich dir das Leben furchtbar schwer machen. Ich kann's dir so schwer machen, daß du –«

»Laß mich gehn!« kreischte sie und riß sich los. Sie sprang aus dem Wagen und rannte davon. Borbás blieb sitzen, und gleich darauf hörte sie, wie die Tür zugeschlagen wurde und der Motor ansprang.

Es war fast sieben Uhr, ein paar Minuten vor der Sperrstunde. Alexa wandte sich dem Fluß zu und lief in Richtung Kettenbrücke. Auf der Pester Seite brannten immer noch Feuer, rötliche Flammenzungen, die vor dem schwarzen Samt des Himmels eine Art Avantgarde-Ballett tanzten. Der Quai der Donau entlang lag verödet da, weil dieser Teil Budas fest in russischer Hand war.

Sie wußte nicht, wie lange sie schon gelaufen war, als sie den Wagen hinter sich hörte. Er näherte sich in hohem Tempo, dann verlangsamte er auf einmal die Fahrt, um auf ihrer Höhe zu bleiben. Sie dachte, es sei der Skoda und Borbás wolle einen weiteren Versuch machen, sie umzustimmen. Da überholte sie der Wagen und hielt plötzlich am Bordstein. Es war ein eleganter Citroën, glänzend und ganz neu, mit einem jungen russischen Hauptmann am Steuer und einem Leutnant als Beifahrer. Alexa blieb wie angewurzelt stehen und sah eher verwundert als erschrocken, daß sie aus dem Auto sprangen und auf sie zukamen. Wortlos holte sie ihre Brieftasche hervor und überreichte ihnen den Personalausweis. Sie konnte das Zittern ihrer Hand nicht unterdrücken. Der Offizier, der den Wagen gefahren hatte, war groß, sauber gekleidet und ziemlich hübsch, trotz seinem von Pickeln übersäten Gesicht. Sein Begleiter war kleiner, hatte breite Ringerschultern und stämmige Beine. Er trug schwarze Lederstiefel, und sein Gesicht glänzte fast so wie die Stiefel. Er schien nicht ganz sicher auf den Beinen zu sein.

»Warum sind Sie gerannt?« fragte der Hauptmann auf russisch.

Alexa verstand ihn wohl, da sie Russisch an der Universität als Pflichtfach gehabt hatte, doch sie war zu müde zum Antworten und zuckte nur die Achseln. Der Hauptmann dachte, sie verstehe ihn nicht, und kauderwelschte auf deutsch weiter.

»Warum du gerannt?«

»Ich wollte vor der Sperrstunde zu Hause sein«, sagte sie.

Nun wollte er wissen, was sie in Buda treibe, wenn sie doch an der Bajzastraße wohne, am andern Ende von Pest. Sie antwortete so vorsichtig wie möglich. Sie habe eine Freundin besucht und vergessen, auf die Uhr zu sehen. Der Offizier schien diese Erklärung mit einigem Vorbehalt entgegenzunehmen, denn an einem solchen Tag ging man schwerlich eine Freundin besuchen. Die ganze Zeit fühlte Alexa die Augen des betrunkenen Leutnants auf sich ruhen. Er schob sich langsam an sie heran, bis sie seinen warmen Atem im Nacken spürte.

»Steig in Wagen!« sagte der Hauptmann. »Du kommst mit uns.«

Sie richtete sich zu ihrer vollen Größe auf. Sie war größer als der Leutnant, aber nicht ganz so groß wie der Hauptmann.

»Ich werde nichts derartiges tun«, entgegnete sie in ihrem arrogantesten Ton. Damit drehte sie sich um und wollte davongehen, aber der Hauptmann trat ihr in den Weg.

Der Leutnant nahm sie beim Arm und zog sie zum Citroën. »Du steig in Wagen«, sagte er in nicht viel besserem Deutsch als sein Gefährte.

Der Hauptmann grinste sie an. »Eine hübsche Mädchen soll nicht auf Straße sein nach Ausgangssperre. Gefährlich. Kann festgenommen werden.«

Alexa runzelte die Stirn. »Nehmen Sie mich nicht fest?« fragte sie. Beide schüttelten den Kopf. Alexa war bestürzt. Sie hatte die Nacht nicht mit Borbás verbringen wollen, aber jetzt sollte sie sie mit zwei russischen Wüstlingen verbringen. Die Nacht in Hangony fiel ihr ein, und sie sah die bewußtlose Sari auf dem Bett hingestreckt liegen. Sie schauderte bei der Erinnerung.

»Du steig in Wagen«, trieb der kleine Leutnant sie von neuem an.

»Aber wenn Sie mich nicht festnehmen, weshalb soll ich dann einsteigen?«

»Wir bringen dich heim«, sagte der Hauptmann und tätschelte ihr mit seiner großen roten Hand den Rücken. »Du nette Mädchen. Wir bringen dich heim.«

›Ihr lügt‹, dachte Alexa. Sie blickte verstohlen den Quai hinauf und hinab. Er lag immer noch verlassen da.

Der Vordersitz des Wagens war so breit, daß sie alle drei Platz hatten. Halb schob der Leutnant Alexa, halb half er ihr hinein, dann ging der Hauptmann um den Citroën herum und setzte sich ans Steuer. Ein Fenster im zweiten Stock eines Hauses war aufgegangen und eine Frau spähte herab. Der Leutnant sah zu ihr auf, als er in den Wagen stieg. Die Frau zog sich zurück, von panischem Schrecken ergriffen, und machte schleunigst das Fenster zu, was den Leutnant zum Kichern brachte.

»Alle fürchten sich vor euch«, sagte Alexa.

Der Leutnant zuckte die Achseln und sah weg. Der Hauptmann blickte Alexa traurig, vorwurfsvoll an.

»Nicht jeder Russe bös und nicht jeder Ungar gut«, sagte er und ließ den Wagen an.

»Wo bringen Sie mich hin?« fragte sie. Jemand, sie wußte nicht mehr, wer, hatte ihr einmal gesagt, es sei immer am besten, mit einem Angreifer – ob Einbrecher, Menschenräuber oder Frauenschänder – ein Gespräch in Gang zu bringen, weil Worte eine Brücke von Mensch zu Mensch schlügen, Schweigen aber ein Abgrund sei.

»Du gleich sehen«, antwortete der Hauptmann ein bißchen mürrisch und startete.

Sie fuhren an der Kettenbrücke vorbei und überquerten die Donau auf der Margitbrücke. Der Platz vor dem Parlament war ruhig und friedlich, als hätte er nie Kampf und Tod gesehen. Sie rasten über den Freiheitsplatz. Alexa blickte zu den beleuchteten Fenstern der Amerikanischen Botschaft hinauf und fragte sich, welches Kardinal Mindszentys sei. Sie sprachen nicht viel während der Fahrt. Die Offiziere hatten nur beschränkte Deutschkenntnisse, und Alexa war so müde und von ihren Gedanken in Anspruch genommen, daß ihr bloß ein paar Brocken Russisch einfielen, das sie seit den Abschlußprüfungen an der Universität nicht mehr gebraucht hatte. Sie lehnte sich zurück, schloß die Augen und lauschte dem Summen des Motors und ihrem schnellen, nervösen Herzschlag. Dann verlangsamte der Citroën die Fahrt und kam zum Stehen.

»Da sind wir«, sagte der Hauptmann.

»Aussteigen!« rief der Leutnant im Tonfall eines Straßenbahnschaffners.

Alexa öffnete die Augen. Sie hielten vor dem Haus in der Bajzastraße, wo Alexa gewohnt hatte, bevor sie in Dr. Halmys Wohnung gezogen war, und wo sie noch ihr Zimmer hatte.

»Sie haben mich tatsächlich nach Hause gebracht!« stieß sie hervor.

»Sagte ich doch.« Der Hauptmann sprach langsam und eindringlich wie zu einem Kind. »Gar nicht klug, nach Sperrstunde ausgehen. Unsere Militärpolizei kann dich festnehmen, und ist nicht gut, wenn unsere Militärpolizei festnehmen.«

»Es tut mir leid, ich habe mich in Ihnen getäuscht«, entschuldigte sich Alexa.

»Ich sagte dir, nicht alle Russen bös.«

Sie gaben sich die Hand, und die beiden warteten, bis sie an der Haustüre war. Sie winkten ihr und stiegen wieder in ihren Citroën, den sie zweifellos von einem ungarischen Eigentümer beschlagnahmt hatten, und jagten davon.

Mittwoch, 7. November

NACHDEM ER VON SEINEM BESUCH im Spital zurückgekehrt war, hatte Nemetz sogleich Blawatzkij angerufen, aber von dessen Sekretärin erfahren, der Chef sei in dienstlichem Auftrag außerhalb der Stadt und werde nicht vor dem folgenden Morgen zurück erwartet. Als ihn der Inspektor nun endlich erreichte, antwortete der Russe gleichgültig, fast unfreundlich, nicht wie der Trinkkumpan so vieler geselliger Abende. Sein schroffer Ton ließ deutlich erkennen, daß er nicht mehr gewillt sei, als Mittelsmann im Fall Halmy zu dienen.

»Ihr Doktor ist verrückt«, sagte er. »Wenn man mit knapper Not aus der Höhle des Löwen entkommen ist, geht man nicht zurück und steckt ihm den Kopf in den Rachen. Einen russischen Offizier tätlich anzugreifen! Einem solchen Mann ist nicht zu helfen!«

Der Inspektor konnte nicht wissen, daß er mit einem Menschen sprach, der kurz vor einem Nervenzusammenbruch stand. Blawatzkij hatte eben den Befehl erhalten, sich nach Obuda zu begeben, einem Vorort, der noch von Widerstandskämpfern wimmelte. Er hatte den Ungarn nie getraut, jetzt stand er Todesängste aus vor ihnen. Sein Fahrer und sein Leibwächter warteten schon vor dem Haus in einem Wagen, während Blawatzkij immer noch an seinem Schreibtisch saß, von Vorahnung gelähmt. Als seine Sekretärin zur Tür hereinsah und meldete, der Fahrer werde ungeduldig, brachte ihn das endlich in Bewegung.

»Warum werfen wir nicht die Atombombe auf diese verfluchte Stadt?« schimpfte er laut, als er durch das Vorzimmer stürmte. Ohne die verdutzten Gesichter der Angestellten zu beachten, eilte er zum Wagen hinunter, in dem er, eine lebendige Zielscheibe für die Schießübungen der Aufständischen, nach Obuda fahren sollte.

Im Polizeipräsidium nahm ein neuer, nachrevolutionärer Aufbau allmählich Gestalt an. Es war die Rede davon, daß eine neue Abteilung, R-Polizei genannt, gebildet werden solle, deren Aufgabe die Wiederherstellung von Gesetz und Ordnung wäre. An alle regulären Polizeibeamten erging ein Aufruf, den Dienst wieder anzutreten, aber da Otto Kollers Schicksal bekannt wurde, kamen ihm nur ganz wenige nach.

Der Wirbelsturm von Veränderungen ging an Nemetz vorbei, wie alle früheren seit 1920. Káldy hatte recht gehabt mit seiner Bemerkung, es sei ein gerissener Schachzug des Inspektors gewesen, sich ganz auf den Fall Halmy zu verlegen. Und der Fall Halmy stand noch immer auf der Tagesordnung, zeitraubender denn je, obgleich er jetzt ganz anders aussah.

Die Aufgabe lautete jetzt, Halmy freizubekommen, koste es, was es wolle. Wenn ihn jemand nach dem Grund dieser verbissenen Entschlossenheit gefragt hätte, wäre es Nemetz schwergefallen, das zu erklären. Was er gegenüber dem Arzt empfand, war eine Mischung aus Mitgefühl, Wißbegierde, Mißbilligung und unstreitig einer Spur Schuldbewußtsein. Da war ein junger Mann mit Talent, Charakter und Mut, der es wiederholt verstanden hatte, sein Leben zu verpfuschen, indem er sich als Zyniker und Misanthrop gab. Wie seine ganze unglückliche Generation war er das Opfer eines Zeitalters, das die Menschen zwang, in einem mit versteckten Schlingen durchsetzten Wald zu leben. Weil er zu den wenigen gehörte, die zu stolz waren, sich in acht zu nehmen, und einen geraden Weg gingen, als gäbe es keine tückischen Fallen, war es unvermeidlich, daß er früher oder später in eine hineinstolperte. Nun, da er das von ihm verfolgte Wild hilflos und wehrlos in einer von Wilderern ausgelegten Drahtschlinge hängen sah, blieb Nemetz keine andere Möglichkeit, als mit allen Kräften zu versuchen, den Gefangenen zu befreien.

Nachdem er bei Blawatzkij abgeblitzt war, entschloß er sich zu einem Annäherungsversuch auf dem ungarischen Dienstweg. Mit seinen Akten über den Fall Halmy versehen, trottete er hinüber zur Dienststelle des Oberstaatsanwalts in der Markóstraße.

Ein neuer Mann war als Oberstaatsanwalt eingesetzt, da nun andere Beamte alle Ministerien und Behörden leiteten. Diese Männer hatten zweierlei gemeinsam: Unsicherheit und ein schlechtes Gewissen. Sie wußten alle, daß sie ihre Ämter nicht hätten annehmen sollen, weil der Weg über Leichen führte und schlüpfrig von Blut war. Nicht nur ihr eigenes Volk verachtete sie, sondern auch der Eindringling, der sie mit Waffengewalt hielt und schützte.

Ferenc Poll, der jetzige Oberstaatsanwalt, war sowohl geistig als auch körperlich ein Zwerg. Vor der Revolution hatte er einen unbedeutenden juristischen Kanzleiposten bekleidet und war nur mit einem Ruck in seine gegenwärtige Stellung befördert worden, weil er mit dem neuen Justizminister Tarock gespielt hatte. Jetzt saß er in seinem Amtszimmer hinter einem überdimensionalen Schreibtisch, dessen Ausmaße Polls kleinen Wuchs noch demütigender hervorhoben, und dazu auf einem so hohen Stuhl, daß – der Gipfel der Beleidigung – seine Füße nicht bis auf den Boden reichten. Auf dem Schreibtisch standen eine Reihe von Telephonapparaten und eine Gegensprechanlage mit Knöpfen und Schaltern; in seiner Verlegenheit fragte er nicht einmal, wozu sie dienten. Im Vorzimmer saßen zwei Sekretärinnen genauso unbeschäftigt herum wie er drinnen in seinem Büro.

Als endlich der Summer auf seinem Schreibtisch ertönte, dauerte es einige Sekunden, bis er merkte, was es bedeutete.

»Inspektor Nemetz vom Polizeipräsidium möchte Sie sprechen. Soll ich ihn einlassen?« fragte seine Sekretärin.

»Natürlich, schicken Sie ihn herein«, antwortete er so ungeduldig wie einer, der erfährt, daß sein seit langem verschollener Bruder unerwartet aufgetaucht ist. Er kannte Nemetz nicht und hatte nie von ihm gehört; doch jeder war willkommen, der ihn aus seiner Einsamkeit erlöste.

Seine Begeisterung ließ merklich nach, als der Inspektor ihm über Dr. Halmy berichtete und ihm auseinandersetzte, daß er, Poll, an das Sowjetische Militärkommando herantreten und die Freilassung des Mannes erbitten solle.

»Freilassung? Mit welcher Begründung?« wollte der kleine Genosse Poll wissen.

»Er steht unter dem Verdacht, seine Frau umgebracht zu haben«, sagte Nemetz. »Wenn's je ein unpolitisches Verbrechen gegeben hat, dann ist es das.«

Das war die Taktik, die er sich zurechtgelegt hatte als einzige Möglichkeit, den Arzt den russischen Klauen zu entreißen. Ließen sie ihn erst einmal gehen, lag es am Oberstaatsanwalt, die Anklage gegen ihn zu erheben oder ihn von der Beschuldigung zu befreien.

»Sie verlangen Unmögliches.« Poll schüttelte den Kopf.

»Weshalb?« fragte Nemetz. »Die Presse hat gemeldet, alle vom Sowjetischen Militärkommando festgenommenen ungarischen Bürger sollen den entsprechenden Abteilungen unserer Gerichtsbarkeit übergeben werden.« Nemetz war es klar, daß die Presse Luftschlösser baute, aber vielleicht wußte Poll das nicht.

»Das wird zu gegebener Zeit geschehen«, druckste Poll verlegen herum, »aber im Augenblick übt die ungarische Regierung nicht wirklich die Gewalt aus. General Grebennik —« Plötzlich befürchtete er, er hätte zuviel gesagt und seine Worte könnten als Kritik ausgelegt werden. »Die Leute sind schuld daran! Wenn sie an die Arbeit zurückkehren würden, hätten wir innerhalb von zwei Tagen Frieden und Ordnung! Bis dahin muß General Grebennik Herr und Meister bleiben.«

Zu guter Letzt gelang es Nemetz trotzdem, von Genosse Poll das Versprechen zu erhalten, daß er persönlich mit dem Sowjetischen Militärkommando Verbindung aufnehmen und Dr. Halmys Freilassung erbitten wolle.

Als Nemetz am Nachmittag wieder bei der Staatsanwaltschaft vorsprach, meldete ihm Polls Erste Sekretärin, ihr Chef habe so viel zu tun, daß er den Inspektor nicht empfangen könne.

»Der hat sich schön in die Nesseln gesetzt Ihretwegen«, flüsterte sie vergnügt.

Sie war ein großes, dickes, lustiges Mädchen und versah ihren Posten schon seit mindestens fünfzehn Jahren, wogegen die Männer in den geheiligten Räumen auf ihrem Platz hinter den imposanten Schreibtischen nicht viel sicherer saßen als auf einer Geröllhalde. Doch das war verständlich, denn gute Sekretärinnen bekam man nur mit Mühe — sie mußten fehlerlos schreiben können, Oberstaatsanwälte nicht. Sie hieß Stella und war eine nie versiegende Quelle von Informationen über Ereignisse, die sich hinter sorgfältig verschlossenen Türen abspielten. Da Nemetz recht oft in dienstlichen Angelegenheiten vorbeikommen mußte, war im Lauf der Jahre eine Art Freundschaft zwischen ihm und dem Mädchen entstanden.

»Also, unser kleiner Riese ließ sich zur Kommandatura fahren«, berichtete Stella mit unterdrücktem Lachen. »Ich hatte ihn telephonisch angemeldet, deshalb erwartete er, sie würden den roten Teppich auslegen. Statt dessen mußte er zwei Stunden warten. Schließlich ließ sich irgendein dämlicher Major herab, ihn zu empfangen. Mittlerweile war er in Harnisch geraten und redete wahrscheinlich dicke Töne. Jedenfalls sagte er dem Major, wer er sei und was er wünsche, worauf der Russe drohte, er nehme ihn fest. Als Poll protestierte, wurde er mit Schwein, dreckiger Saboteur und Faschistenhund tituliert. Der Major gab ihm zwei Sekunden Zeit zu verduften, sonst ... Er kam am ganzen Leibe schlotternd hierher zurück. Wetten, er schlottert noch. Also versuchen Sie ihn nie mehr dazu zu bewegen, daß er zu den Russen geht.«

Das war das Ende von Nemetz' Feldzug. Es war ein kühner, aber kluger Versuch gewesen. Hätte er Erfolg gehabt, wäre wahrscheinlich Dr. Halmy vor allen andern darüber empört gewesen, weil das die Gefahr einer Mordanklage gegen ihn mit sich gebracht hätte. Immerhin wäre er dann in einer sauberen Zelle des Markógefängnisses gesessen, anstatt mit Hunderten von andern im Keller eines Militärgefängnisses eingepfercht zu sein. Überdies bedeutete eine Anklage nicht unbedingt einen Schuldspruch. Der Arzt hätte eine faire Chance erhalten, sich vom Verdacht des Verbrechens zu reinigen, wenn er wirklich unschuldig war.

Aber all diese ›wenn‹ und ›wäre‹ und ›hätte‹ gehörten jetzt der Vergangenheit an, und Nemetz mußte sich eine neue Taktik zurechtlegen. Der einzige Russe, den er kannte und von dem er wußte, daß er genügend Einfluß hatte, um den Arzt freizubekommen, war Grigorij Aleksandrowitsch Stambulow. Wenn er wieder an ihn herantreten wollte, mußte Nemetz einen andern Weg finden, einen Weg, der über neues, unbegangenes Gelände führte.

Niemand konnte, wie Stambulow, fünf Jahre in einer

Stadt leben und ein völliges Rätsel bleiben. Wie sehr er sich auch bemühte, sich den Blicken der Öffentlichkeit zu entziehen, und wie hoch die Mauer sein mochte, mit der er sein Privatleben umgab, unweigerlich hatte es hier und da in dieser Mauer Risse gegeben, durch die man spähen und einen Blick von ihm erhaschen konnte, wenn es ihm am unangenehmsten war. Über Stambulows Herkunft und Vergangenheit ließen sich bestenfalls Vermutungen anstellen, doch über seine gegenwärtige Lebensweise waren viele Leute im Bild, darunter Nemetz.

Frauen schienen seine Schwäche zu sein. Junge, blonde und kultivierte waren sein Geschmack — zwei, drei auf einmal. Seine Stellung erlaubte ihm nicht, Nachtclubs und Theater zu besuchen. Wenn er schon — selten einmal — zu einer Ballettvorstellung in die Oper ging, nahm er seine Frau mit, ein bleiches, ernstes Wesen mit einem Gesicht wie eine ausgetrocknete Makrone. Stambulows Jagdgründe waren diskretere Stätten, die Wohnungen seiner Freundinnen oder Espressobars, diese einzigartigen kleinen Lokale, die sich über die ganze Stadt ausgebreitet und die einst so beliebten Cafés verdrängt hatten.

Stambulows Stammlokal war eine Espressobar in der Innenstadt, an einer der Seitenstraßen des Corsos, der breiten, von Bäumen gesäumten Promenade an der Donau. Aus irgendeinem unerfindlichen Grund trug das Espresso den Namen *Chez Lola,* obwohl die Besitzerin Hanna Zágon hieß. Die Uneingeweihten stellten keinen großen Unterschied zwischen *Chez Lola* und Hunderten ähnlicher *boîtes* in der ganzen Stadt fest. Es hatte die gleiche Einrichtung und Ausstattung: die funkelnde Espressomaschine, die lange, geschwungene Bar, die zierlichen kleinen Tische mit den geflochtenen Stühlen entlang der Wand, die in den Vertiefungen der Decke verborgenen Neonröhren, die ein schwaches und schmeichelndes Licht verbreiteten. Die jungen Frauen, die die Kaffeemaschinen bedienten, waren wohl ein bißchen attraktiver als in einigen der benachbarten Espressobars, und die Spirituosen, meist importierte Marken, kosteten mehr, aber selbst das brauchte kein Erstaunen hervorzurufen, weil die Lage, in der Nähe der Hotels und in einem Stadtteil, der noch immer als vornehm galt, die höheren Ansprüche erklärte. Zudem konnte ein Betrieb, der Hanna Zágon gehörte, nur tadellos sein.

Sie war gegen Ende Fünfzig, und Männer, die sie in ihren jungen Jahren gekannt hatten, kamen manchmal zu einem kurzen Besuch und tranken einen Espresso — obwohl manche es sich kaum leisten konnten —, nur um sie wieder einmal zu sehen, wie sie hinter der größten Passion ihres Lebens thronte, der Registrierkasse. Dort saß sie, mit unendlicher Sorgfalt und Geschmack gekleidet und zurechtgemacht, von morgens bis abends; man mußte sich fragen, ob sie sich je die Zeit nahm, auf die Toilette zu gehen. Sie erinnerte an ein köstliches Stück Porzellan — angeschlagen, gesprungen und mit Draht zusammengehalten, aber trotzdem unschätzbar wegen seines Alters und seiner einzigartigen, unzerstörbaren Schönheit. Ihre Haut war makellos, ihre Augen blickten klar, und ihr Profil war gestochen scharf wie das einer jungen Königin auf einer Goldmünze. Und doch hatte man den Eindruck, wenn man sie derb oder unachtsam anrühren würde, ginge sie in Stücke. Der Schein trog indessen, denn nicht einmal ein Vorschlaghammer hätte ihr Schaden zufügen können; sie war weder zerbrechlich noch verwundbar. In jungen Jahren war sie eine hochbezahlte Prostituierte gewesen, und jetzt, an der Schwelle des Alters, galt sie als erfolgreichste Kupplerin der Stadt. Sie war die einzige Frau, bei der Nemetz je ernsthaft daran gedacht hatte, sie zu heiraten.

Er war damals vierundzwanzig, erst kurz bei der Polizei und noch so naiv gewesen, zu glauben, daß Pech und Armut aus blauäugigen, ländlichen Püppchen Dirnen mache. Er lernte Hanna kennen, als die Polizei Untersuchungen über den jähen Tod eines prominenten Politikers anstellte, der so unbedacht war, in ihrem Bett zu entschlafen. Zu der Zeit war sie schon eine abgebrühte Veteranin und wußte sehr wohl mit solchen Störungen fertig zu werden. Was den jungen Nemetz verblüffte und bewegte, war nicht ihre Schönheit, die an eine wild wachsende Blume erinnerte, sondern die peinlich genaue, gut bürgerliche Ordnung und Sauberkeit ihres Heims. Es gab nirgends ein Stäubchen, keinen Flecken auf den Polstermöbeln, keine unaufgeräumte Schublade in der ganzen Wohnung. Obschon sie sehr gut geschulte Dienstboten hielt, konnte sie kochen, backen und nähen. Nemetz kam zum Schluß, eine Frau mit solch erstklassigen Tugenden müsse sich nach einem Leben sehnen, das so ordentlich und sauber wie ihre Schränke wäre.

Er kannte sie noch keinen Monat, da machte er ihr einen Heiratsantrag. Sie hatte mit ihm geschlafen, aber was noch mehr zählte, ihn zu ihrem Freund und Vertrauten gemacht. Hannas Lachen war ihre einzige Eigenheit, die nicht zu dem Bild der Unschuld mit blühenden Wangen paßte. Mit diesem schrillen und vulgären Lachen, dem Lachen einer verschlagenen und kalten Hure, beantwortete sie Nemetz' Antrag. Er war zutiefst getroffen. Jahre später versöhnten sie sich, aber nie mehr schlief sie mit ihm oder brachte er die Heiratsfrage zur Sprache.

In den dreißiger Jahren zählte sie zu den Reichen. Vier Mietshäuser, eine Strumpffabrik und ein Gut im Westen des Landes gehörten ihr. Ihr Besitz machte sie fast geachtet, aber das ließ sie kalt. Sie erwartete vom Leben nichts als Geld. Sie wünschte keine Kinder, keinen Glauben, keine Haustiere, keine Erotik, keine Liebe und keine Wertschätzung. Für sie konnte Geld das alles und noch mehr sein. Es war die wärmste Decke, die sie umhüllen und die Kälte des Alters und der Einsamkeit fernhalten würde. Sie hatte immer noch Liebhaber, aber nur, weil sie jetzt als Statussymbol betrachtet wurde und in dieser Eigenschaft ihren eigenen, unverschämt hohen Preis fordern konnte.

Die vierziger Jahre kamen und damit der Krieg und der Verlust ihrer schwer verdienten Sicherheit. Ihre Mietshäuser gingen in Rauch auf, die Fabrik wurde vom kommunistischen Regime verstaatlicht und das Gut von einer Kolchose übernommen. Nach einem arbeitsreichen Leben kundiger und einträglicher Sünde näherte sie sich dem Alter sozusagen am Bettelstab. Es war eine logische Lösung, daß sie zu ihrem ursprünglichen Gewerbe zurückkehrte, wenn nicht als Ausübende, so doch wenigstens als Vermittlerin.

Sie mußte durch ein Meer von Mühsal waten, ehe sie an ihre früheren Erfolge anknüpfen konnte. Ihre alte Kundschaft hatte sich völlig aufgelöst; diejenigen von ihrer Herrenbekanntschaft, die noch da und noch bei Kräften waren, sahen sich durch den Verlust ihres Vermögens gezwungen, mit ihren Ehefrauen zu schlafen. Überdies war die Prostitution vom kommunistischen Regime abgeschafft worden. Man habe sie nicht nötig, sagten die Spötter, denn wegen der niedrigen Löhne der seit kurzem gleichberechtigten Arbeiterinnen sei das Angebot viel größer als die Nachfrage.

›Mein Lieber‹, beklagte sich Hanna bei Nemetz, ›dies ist die Ära der Unzuständigen. Ehemalige Hauswarte werden Bankdirektoren, Maurer werden Kabinettsminister, und jede armselige Hausfrau und jedes Fabrikmädchen meint, eine einwandfrei beherrschte Rückenstellung im Bett sei schon die ganze Liebeskunst! Ich weiß wirklich nicht, wie weit es mit der Welt noch kommt!‹

Sie kratzte die Reste ihres Vermögens zusammen und machte *Chez Lola* auf. Zu jeder Tageszeit konnte sie mit fünf oder sechs gertenschlanken, schön zurechtgemachten jungen Damen aufwarten – mit schneeweißen Händen und langen spitzen Fingernägeln, als wären sie nie in Spülwasser getaucht worden –, die Kaffee servierten und Liebreiz und Gunst an die Männer verströmten. Hanna achtete darauf, daß ihre Mädchen dieses seltenste Gut in der neuen Gesellschaft hatten: Klasse. Sie stammten aus den guten Familien des *ancien régime,* beherrschten Fremdsprachen und hatten tadellose Umgangsformen.

Zum zweiten Mal in ihrem Leben baute sich Hanna Zágon

eine Kundschaft auf, die der Neid der Konkurrenz war. Sie sicherte sich die Mitarbeit der Concierges aller großen Hotels und zahlte regelrechte Löhne an Fahrer des Außenministeriums, die bedeutende Besucher herumchauffierten. Unter ihren Klienten befanden sich stets auch Regierungsbeamte, die sie als ihre Blitzableiter bezeichnete. Russen verkehrten bei ihr immer nur ganz wenige, bloß die europäisierten Typen, die Nichtrussen nicht verscheuchten, aber so viel Einfluß hatten, daß sie ihr Schutz gewähren konnten, wenn sie in irgendwelche Schwulitäten geriet.

Hanna haßte den Kommunismus, hatte aber nichts gegen Kommunisten einzuwenden, solange sie den Geschmack und die Freigebigkeit von Kapitalisten besaßen. Als einige ihrer Mädchen sich während des Aufstands den Rebellen anschlossen und Gefahr liefen, getötet oder, noch schlimmer, durch Verletzungen entstellt zu werden, war sie bestürzt. Eine von ihnen, eine redselige, geschmeidige Brünette namens Erica, fiel denn auch bei der Verteidigung eines Widerstandsnests in der Nähe der Zitadelle; Hanna trauerte nicht um sie, sie war empört.

Am 5. November, während die gesamte Nation aus Protest gegen das russische Eingreifen in den Streik trat, war Hannas Bar die einzige, die geöffnet hatte. Als die Streikenden ihr sagten, sie verrate ihre Sache, zuckte sie nur die Achseln. Brauchten sie nicht ein Lokal, wo sie ihren Kummer ertränken konnten? Nächst den Iren waren es die Ungarn, die einen großen, lärmigen, herzzerreißenden Leichenschmaus bis zum äußersten genossen. Hannas einziges Problem war die Tatsache, daß sie mit einer Kerntruppe arbeiten mußte, weil die meisten Mädchen zu Ehren von Erica sich weigerten, zum Dienst anzutreten.

Als Nemetz die Espressobar betrat, saß Hanna wie üblich hinter der Registrierkasse – eine von Krieg, Alter und den steigenden Sterbekosten unberührte Porzellangöttin.

»Oh, Lajos, wie schön, daß man dich sieht!« sagte sie lächelnd, und Hunderte von Fältchen überzogen die glatte

Porzellanhaut unter den Augen. »Ich habe gehört, was mit Otto Koller passiert ist. Gräßlich, nicht? Warum in aller Welt mußte er sich mit der Revolution einlassen? Ich bin so froh, daß dir nichts zugestoßen ist!« Auf einmal fiel ihr etwas ein und sie sagte rasch: »Ich hab' auch von deiner Nichte gehört. Wie traurig! Es tut mir so leid.« Sie tätschelte voller Mitgefühl seine Hand. Sie hatte die Kinder gekannt. Ab und zu, wenn Nemetz mit ihnen einen Spaziergang gemacht hatte, war er zu einem kurzen Besuch ins Espresso gegangen, und dann hatte Hanna ihnen jeweils eine Limonade oder ein Stück Kuchen spendiert. »Arme Kleine«, seufzte sie, dann suchte sie ihn zu trösten und fügte hinzu: »Vielleicht ist es besser so. Sie wäre nie eine Schönheit geworden.«

In den letzten zwei Wochen hatte sie ihre kleine, elegante Wohnung über dem Espresso nie verlassen, aber sie wußte über alles Bescheid, was sich in der Stadt zutrug.

»Hast du gehört, daß Erica erschossen worden ist?« fuhr sie fort. »Du erinnerst dich sicher an sie. Die eine, die lispelte. Sie hatte vor, zu einem Sprecherzieher zu gehen und den Sprachfehler zu korrigieren. Ich hab' ihr gesagt, sie soll keinen Blödsinn machen. Die Männer fanden es reizend. Es gab ihr etwas Kindliches. Sie wurde am Sonntag getötet, bei der Zitadelle.« Sie seufzte und zuckte die Achseln. »Ich verstehe die junge Generation nicht. Ein so herrliches Geschöpf und läßt sich erschießen! Wofür? Aus Patriotismus? Wir waren anders, nicht?«

»Bestimmt waren wir anders«, bestätigte Nemetz und nickte. »Und doch, ich bin nicht sicher, ob der Unterschied für uns spricht.«

»Ach zum Teufel«, brauste sie auf, dann lächelte sie wieder. »Die Hauptsache ist, daß wir ein weiteres Erdbeben überstanden haben. Wir haben schon eine ganze Anzahl erlebt, was, Lajos? Ich frage mich, wie viele noch kommen.«

Nemetz hatte das Gefühl, es sei Zeit, das Thema anzuschneiden, dessentwegen er in die Bar gekommen war. »Ich möchte dich um einen Gefallen bitten«, sagte er.

»Nun, worum handelt es sich?« Ihr Ton wurde ein paar Grad kühler.

»Wann hast du deinen Intimus Stambulow das letzte Mal gesehen?«

Sie zögerte ein Weilchen. Nemetz war einer ihrer ältesten Freunde, doch sie hatte gelernt, daß das Geheimnis des Überlebens darin bestand, nie jemandem zu trauen. »Weshalb fragst du?«

Er berichtete ihr in ein paar Worten über Dr. Halmy.

»Könntest du Stambulow dazu bringen, daß er herkommt? So daß ich ihm wie durch Zufall hier begegnen könnte?«

»Weshalb rufst du nicht in seinem Büro an und bittest um eine Unterredung?« wollte sie wissen.

»Weil er mir keine Unterredung gewähren würde. Er würde keine fünf Minuten an die Sache verschwenden!«

»Aber wenn du beweisen kannst, daß der Doktor unschuldig ist?«

»Das würde bei ihm keinen Unterschied machen. Ihre Taktik im Augenblick ist Unterdrückung und Terror. Den Leuten einen tödlichen Schrecken einzujagen. Sie verhaften und deportieren Menschen, von denen sie wissen, daß sie nicht am Aufstand teilgenommen haben. Gestern riegelten sie einen Häuserblock an der Bajnokstraße ab und schnappten sich alle jungen Leute, die in diesem Block wohnten. Verluden sie auf Lastwagen und brachten sie schnurstracks zum Ostbahnhof.«

»Aber weshalb sollte Stambulow Vernunftgründen hier zugänglicher sein als in seinem Büro?«

»Zunächst einmal käme ich in seinem Büro gar nicht bis zu ihm. Sodann erwische ich ihn hier vielleicht milde gestimmt. Kann ihn überreden, daß er den Doktor freiläßt als persönliche Gefälligkeit mir gegenüber – oder dir gegenüber.«

Hanna sah ihn lange und forschend an. »Ist er reich?«

»Wer?«

»Der Doktor.«

Nemetz grinste. »Ich verstehe. Du meinst, ich tu's für Geld. Nun, das stimmt nicht. Ich glaube, er ist sehr arm.«

»Weshalb tust du's dann?« fragte sie.

Nemetz zögerte kurz. Er wußte nicht, wie er ihr seine Motive verständlich machen solle, so daß sie nicht nach verborgenen Beweggründen suchte. Es mußte eine einfache Erklärung sein, die sogar ein Kind begreifen konnte, denn in gewissen Beziehungen war Hannas Denkweise so primitiv wie die eines Kindes.

»Ich tu's für das Krankenhaus«, sagte er. »Sie haben ihn ganz dringend nötig. Sie waren lieb zu meiner Nichte.«

Stambulow war seit dem Aufstand nicht mehr in der Espressobar gewesen. Hanna kannte die beiden Geheimnummern seiner verschiedenen Telephonanschlüsse, die von zu Hause und die vom Büro, durch die er jederzeit erreicht werden konnte. Wenn sie anrief, bediente sie sich einer verschlüsselten Sprache, die sie zusammen ausgeklügelt hatten, denn selbst er konnte nicht sicher sein, daß seine Leitung nicht angezapft war.

Sie rief Nemetz gegen Abend an.

»Er kommt heut abend her, kurz bevor wir schließen«, teilte sie ihm mit. »Um halb sieben herum. Er bleibt immer gern eine Weile hier unten in der Bar, bevor er hinauf in die Wohnung geht. Trinkt ein paar Gläser, eine Tasse Espresso. Wenn man ihn hier sieht, kann man sich vorstellen, er sei Stammkunde bei uns, weil ihm unser Kaffee schmeckt.«

»Das solltest du einem Polizeibeamten nicht sagen«, gluckste Nemetz.

»Ich sage es nicht einem Polizeibeamten«, entgegnete sie mit ihrem schrillen Möwenlachen.

Um sechs Uhr zweiundvierzig hielt ein blitzblanker Ziw vor dem Espresso, und Stambulow stieg aus. Als er das Lokal betrat, sah er, daß mehrere Gäste an der Bar standen. Er runzelte die Stirn. Dann bemerkte er Nemetz, der an einem der kleinen Tische an einem Glas nippte; Stambulows Stirnrunzeln vertiefte sich, und er blickte verstohlen über seine Schulter nach der Türe, wie wenn er einen hastigen Rückzug beabsichtigte. Doch der Ziw war schon weitergefahren, und Hanna lachte ihm von ihrem hohen Sitz herab ihren strahlendsten Fünftausend-Forint-Willkommensgruß entgegen. Er krümmte seinen Specknacken, als versuchte er zu einem weniger auffallenden Maß zusammenzuschrumpfen, fügte sich der Lage und erwiderte Hannas Gruß.

»Doppelter Whisky, doppelter Espresso«, sagte er zu der rehäugigen Blondine mit dem engen schwarzen Satinkleid und der rosaroten kleinen Organdyschürze, die an der Kaffeemaschine hantierte. Er kannte die von der Tracht verborgenen Aus- und Einbuchtungen sehr genau, und mit seigneuraler Befriedigung stellte er fest, daß sie in den vergangenen stürmischen Wochen keinen Schaden erlitten hatten. Hinter der Theke war nur noch ein anderes Mädchen, ein großer Rotschopf, ebenfalls eine alte Bekannte, aber nicht eine seiner Favoritinnen. Ein Schatten von Verstimmung huschte über sein Gesicht, und er blickte Hanna fragend an. Er sah aus wie einer, der Fasan zum Essen erwartet hatte und mit geschmortem Rindfleisch abgespeist wurde.

Hanna tat, als bemerkte sie seinen Blick nicht; die Blonde goß den Whisky ein.

»Möchten Sie ihn hier trinken, mein Herr, oder soll ich ihn an einen Tisch bringen?« fragte sie. Hannas Mädchen waren gedrillt, kein Zeichen von Vertraulichkeit erkennen zu lassen, wenn sie einen Gast in der Bar bedienten.

Stambulow überlegte einen Augenblick. »Ja, bringen Sie ihn an einen Tisch!« sagte er, dann rief er plötzlich aus: »Sieh mal an! Der Inspektor!« Mit ausgestreckter Hand trat er auf Nemetz zu, als hätte er ihn eben erst bemerkt. »Ja, ja, die Welt ist klein, nicht?«

»Klein, aber gemein«, gab Nemetz zurück.

Stambulow setzte sich. Der zierliche Stuhl ächzte, als drohte er zusammenzubrechen. Das Mädchen brachte die bestellten Getränke auf einem Silbertablett und stellte es auf den Tisch.

»Warum? Was ist los, Inspektor?« fragte Stambulow. Der Ton verriet keine übermäßige Anteilnahme.

»Ihr und die Fehler, die ihr macht, das ist los!« sagte Nemetz. Er wußte, daß er dem Russen einen Schock versetzen mußte, wenn er ihn zum Zuhören bringen wollte.

»Was wollen Sie damit sagen?« Stambulow richtete sich kerzengerade auf.

»Ihr versucht, dem Aufstand rasch ein Ende zu machen, weil er allmählich zu peinlich wird für euch, aber ihr packt es verkehrt an!«

Stambulow maß ihn mit einem trägen, eisigen Blick. »Ich weiß nicht, wovon Sie reden.«

»Ihr wollt Ungarn so einschüchtern, daß es sich unterwirft. Aber weshalb trampelt ihr auf Leuten herum, die euch nichts zuleide getan haben? Die euch gewogen waren! Meint ihr, ihr könntet es euch leisten, euch jedermann zum Gegner zu machen?«

»Ich bin nicht hergekommen, um mir die Leviten lesen zu lassen«, protestierte der Russe.

»Natürlich nicht«, sagte Nemetz grinsend. Er wußte, es war ein gewagtes Spiel, aber er hatte sich nun mal zu dieser Taktik entschlossen. »Wir kommen alle aus demselben Grund hierher. Wissen Sie, ich bin mit Hanna seit vielen Jahren befreundet. Seit sehr vielen Jahren. Ich bin oft oben in ihrer Wohnung gewesen. Lange bevor ihr Burschen drauf gekommen seid. Ich bin sozusagen ein Gründungsmitglied des Clubs.«

Stambulow musterte ihn immer noch kalt. »Was wollen Sie von mir?«

»Ich möchte, daß Sie meinen Freund Dr. Halmy freilassen. Er ist ein anständiger Mann. Hat *euren* Soldaten das Leben gerettet. Ihr könnt ihn nicht an die Wand stellen, weil seine Schwiegermutter ihm den Tod wünscht!«

Die rehäugige Blondine trat zu ihnen an den Tisch.

»Es tut mir leid, aber es wird spät«, sagte sie. »Möchten die Herren noch gern etwas trinken, bevor wir schließen?«

Sie richtete die gleiche Frage an die drei Gäste, die sich immer noch an der Bar aufhielten. Die drei bezahlten ihre Zeche und verließen einer nach dem andern das Lokal. Als der letzte draußen war, spähte die Rothaarige auf die Straße hinaus, um zu sehen, ob jemand spionierte, dann ließ sie die schweren eisernen Rolläden vor dem Straßeneingang herunter.

»Gemütlich, nicht?« sagte Stambulow, aber er sah nicht so aus, als wäre er frohgestimmt.

Hanna stieg von ihrem Thron herunter, holte eine Flasche *Cognac Napoléon* vom Regal und brachte sie an den Tisch, zusammen mit drei Cognacschwenkern.

»Auf meine Rechnung«, sagte sie und setzte sich. »Ich fürchtete schon, so würden wir's nie wieder haben.« Sie füllte zwei Gläser für die beiden, dann goß sie sich einen Fingerhutvoll ein. »Oh, mir ist so wohl. Meine *heure bleue* — so nenne ich das. Die Stunde des Tages, auf die ich mich freue. Wenn ich die Tölpel los bin und nur meine Freunde um mich habe.« Sie langte nach Stambulows Hand und tätschelte sie. »Du hast mir gefehlt, Grigorij!«

Stambulow sagte nicht, sie habe ihm gefehlt. Er nippte an seinem Cognac, dann nahm er die Flasche in die Hand und prüfte das Etikett.

»Schaut euch das an!« sagte er. »Echte Ware! Da seht ihr, wie gemein die Leute sind. Sie behaupten, wenn du Cognac ausschenkst, sei nur die Flasche französisch, aber der Inhalt sei Kornschnaps und Farbstoff.«

Sie lachte. »Ich vergeude nie gute Ware an Dummköpfe, die den Unterschied nicht merken. Aber so was würd' ich mit dir nicht machen, besonders wenn ich dich eingeladen habe!«

Stambulow beobachtete sie mißmutig. »Das war ein Komplott, nicht? Du hast mich hergelockt, damit der Inspektor mich in die Enge treiben konnte.«

Sie lehnte sich vor und küßte ihn flüchtig auf die Wange. »Warum mußt du immer so argwöhnisch sein, Grigorij? Ich sagte doch, du hast mir gefehlt. Es gibt Leute, die sind gern allein. Ich nicht. Ich schnappte fast über, weil ich da oben in meinem Loch sitzen mußte. Und den Mädchen hast du auch gefehlt. Nicht wahr, Angela?« fragte sie die Blonde. Als Angela nicht antwortete, wiederholte sie die Frage, aber jetzt mit schneidender Schärfe.

»O ja, natürlich«, bestätigte das Mädchen gehorsam und monoton.

»Lüg nicht«, sagte Stambulow und schüttelte den Kopf. Er stürzte das Glas hinunter. Hanna füllte es sogleich wieder. »Du hast gehofft, du würdest mich nie mehr sehen.«

Die Frauen protestierten, aber er brachte sie mit einer gebieterischen Bewegung seiner weichen weißen Hand zum Schweigen, dann wandte er sich zu Nemetz. »Warum haßt ihr uns? Wir brachten euch etwas, das ihr vorher nicht hattet — einen Plan für die Zukunft, eine große Idee, eine Religion, die mehr ist als jede andere Religion, weil sie euch den Himmel hier auf Erden verspricht und nicht im Jenseits! Es ist das größte Geschenk, das es je gegeben hat. Warum haßt ihr uns deswegen?«

»Aber Grigorij Aleksandrowitsch«, entgegnete Nemetz, »wenn man einem etwas schenkt, zieht man nicht gleich bei ihm ein, um sich zu vergewissern, daß er Gebrauch davon macht. Man läßt ihn entscheiden, ob er es will oder nicht. Wir würden euch lieben, wenn ihr euer Geschenk einfach unter den Weihnachtsbaum gelegt hättet und auf den Zehenspitzen aus dem Zimmer gegangen wärt.«

»Genau das meine ich. Ihr möchtet uns draußen haben!« brummte Stambulow verdrießlich.

Wieder folgte ein heuchlerisches Protestgezwitscher von den Frauen. Stambulow hörte zu, ohne mit einem Muskel zu zucken. Er hatte den zweiten Cognac ausgetrunken und schlürfte den dritten.

»Sind Sie betrunken, Inspektor?« fragte er.

»O nein, ich nicht. Und Sie?«

»Noch nicht«, sagte Stambulow und schüttelte den Kopf. »Aber vielleicht bin ich's, wenn wir die Flasche geleert haben.« Er wandte sich zu Hanna. »Von jetzt an geht's auf meine Rechnung.«

»Das kommt gar nicht in Frage«, erwiderte sie. »Alles auf meine Rechnung. Ich bestehe darauf. Wir feiern doch.«

»Eine Siegesfeier?« fragte Stambulow verschmitzt und warf Nemetz einen spöttischen Blick zu.

»Sagen wir, eine Feier des *status quo*«, entgegnete der Inspektor. »Klingt besser. Ein Sieg scheidet die Leute in Sieger und Besiegte, und wir wollen heut abend *eine* große zufriedene Familie sein.«

Endlich lächelte Stambulow, oder glühte sein Gesicht vom Cognac?

»Zufrieden ja, aber nicht groß. Wo sind deine Mädchen?« fragte er Hanna. »Erica – Rózsi – Tilda – Klári – Vilma – Berta? Wo sind sie? Sind auch sie in den Westen übergelaufen? Oder zur Konkurrenz?«

»Ich habe keine Konkurrenz in dieser Stadt«, gab Hanna hochmütig zurück. »Und die Mädchen, ich konnte sie einfach nicht erreichen. Weiß nicht, ein paar haben vielleicht die Stadt verlassen, oder vielleicht funktioniert ihr Telephon nicht.«

»Ich bin da«, sagte die Rothaarige kokett, als sie hüftenschwenkend mit einem Tablett voll gebrauchter Gläser an ihrem Tisch vorbeikam.

»Das sehe ich«, brummte Stambulow.

»Erica ist am Sonntag gefallen«, sagte die Blonde laut. Ihr Ton verriet unverhohlene Verbitterung und Feindseligkeit. Hanna durchbohrte sie mit ihren Blicken, aber Angela ließ sich nicht beirren. »Sie kämpfte mit dem Trupp, der die Zitadelle verteidigte. Sie war eine gute Schützin, ihr Vater ist nämlich General im zweiten Weltkrieg gewesen. Sie gewann massenhaft Medaillen, bronzene, silberne und auch eine goldene!«

Stambulow gaffte sie an, seine lange Tapirnase zuckte leicht, als versuchte er ein Niesen zu unterdrücken. Er hob sein Glas. »Auf Erica – und ihre Goldmedaille!« Er kippte den Cognac hinunter, dann griff er nach der Flasche und schenkte sich und Nemetz ein. »Trinkt ihr Damen nicht?« fragte er. »Ich besaufe mich nicht gern als einziger, und alle andern bleiben nüchtern! Das ist wie nackt bei einer Beerdigung mitmarschieren. Sehr peinlich.«

Die Blondine nahm ein Glas und stellte es vor ihn auf den Tisch. »Ich besaufe mich mit dir«, sagte sie. »Es gibt nichts, was ich lieber täte, als mich heute abend zu besaufen. Wir wollen uns alle besaufen! Aber reden wir nicht mehr von Beerdigungen. In letzter Zeit war viel zuviel von Beerdigungen die Rede!« Sie leerte das Glas auf einen Zug.

»Ich würde nicht trinken an deiner Stelle, Angela«, mahnte Hanna sie wie eine Priorin. »Du weißt, du verträgst keinen Alkohol.«

»Sie will sagen, ich vergesse meine Manieren«, kicherte Angela. »Verzapfe schmutzige Witze und so. Aber das ist doch richtig! Wer will schon eine keusche Hure? Natürlich möchte Hanna, daß wir uns wie perfekte Damen benehmen, perfekte Damen zu jeder Stunde. Daß wir nie einem Herrn den Rücken kehren, außer im Bett. Daß wir feine Konversation treiben: Wie geht's Ihnen heute abend, mein Herr? Haben Sie einen angenehmen Tag gehabt? Irgendwelche Kurzweil? Irgendwelche ergötzlichen Hinrichtungen?«

Hanna bedachte sie mit einem tödlichen Blick und einem kräftigen Tritt unter dem Tisch, so daß Angela vor Schmerz aufschrie.

Stambulow schien es keinen Spaß zu machen. »Ich komm' aus euch nicht draus«, sagte er zu Nemetz. »Jahrelang gab es keinen Krach zwischen uns. Ich möchte nicht sagen, wir seien Freunde gewesen, aber wir hatten eine höfliche, befriedigende Beziehung, die beiden Partnern Vorteile brachte. Dann plötzlich schnappt ihr über vor Wut. Jeder von euch, das ganze Land! Ich weiß nicht, wie man's nennen soll. Massenhysterie? Blutrausch? Zerstörungswut? Heute mußten wir einen Luftangriff auf die Csepel-Fabrikanlagen unternehmen, der die ganze Insel in Brand setzte, und diese Irren weigern sich immer noch, sich zu ergeben! Ich frage Sie, glauben diese Leute wirklich, sie könnten gegen uns gewinnen? Oder erwarten sie immer noch Hilfe vom Westen? Sind sie so wahnsinnig, nicht zu merken, daß ihre Sache hoffnungslos ist?«

Angela nahm die Flasche und füllte ihr Glas bis zum Rand. Sie hob es. »Auf die Irren von Csepel!« kicherte sie und stürzte den Cognac hinunter wie gefärbtes Wasser.

Hanna beobachtete sie mit scheelem Blick. »Du kippst noch unter den Tisch, Angela.«

»O nein«, sagte sie lachend und griff wieder nach der Flasche. Diesmal war Hanna schneller und zog sie weg, bevor Angela sie fassen konnte.

»Ach bitte, Tantchen Hanna«, bettelte sie, »nur ein winzigkleines Tröpfchen! Ich muß mir Mut antrinken.«

Stambulow starrte das junge, gerötete Gesicht finster an. Seine Augen waren jetzt schon ein wenig blutunterlaufen, und beim Sprechen wurde sein slawischer Akzent ausgeprägter und seine Zunge stieß an den vokalreichen ungarischen Wörtern an. »Wofür brauchst du Mut?«

Angela lachte ihn strahlend an. »Hast du je die Geschichte von Judith gelesen? Sie steht im Alten Testament. Sie ist die Jüdin, die Holofernes, Nebukadnezars Feldherrn, den Kopf abgehauen hat. Zuerst schlief sie mit ihm und dann schnitt sie ihm die Kehle durch.« Sie machte eine ausholende Bewegung und schlitzte einen imaginären Hals auf. Nach einer kurzen Pause setzte sie hinzu: »Ich bin auch Jüdin.«

Stambulow richtete seinen düsteren Blick auf Hanna. »Nennst du das ›sich amüsieren‹? Denn das hast du doch versprochen, als du anriefst. ›Ich garantiere dir, du wirst dich amüsieren‹, hast du gesagt. ›Ein lustiger Abend unter alten Freunden‹, hast du gesagt. Ist das deine Vorstellung von einem lustigen Abend? Von einem Polypen erpreßt und von einer besoffenen Schlunze beleidigt zu werden?!« Seine Faust fuhr krachend auf den Tisch nieder. »Da hätte ich's ja zu Hause noch besser. Dort würd' mir wenigstens niemand den Hals abschneiden wollen!«

Hanna betrachtete ihn mit einem nachsichtigen Lächeln, als wäre er ein kleiner Junge, der tobt und auf den Boden stampft. »Du hättest es zu Hause nicht besser, Grigorij, weil du mit deiner Frau und deiner Schwiegermutter zusammen wärst, und du würdest dir lieber den Hals von einem Ohr zum andern aufschlitzen lassen, als einen Abend mit ihnen zu verbringen. Außerdem weißt du ganz gut, daß Angela nur albern rausschwatzt. Sie könnte keinem Huhn den Kopf abschneiden, geschweige denn einem zweihundertpfündigen Mann! Und was das Erpreßtwerden betrifft, Inspektor Nemetz ist ein alter Freund von mir und er bittet dich um einen Gefallen – und mit *meinem* Segen! Laß den armen Doktor laufen, dann tust du auch mir einen Gefallen. Und das ist eine gute Investierung, denn bekanntlich vergesse ich keine Verpflichtung.« Stambulow wollte etwas sagen, aber sie fuhr fort: »Und noch etwas. Schlag du mir bloß keinen Tisch zusammen, wenn du wünschst, daß ich dich wieder einlade. Ich führe eine erstklassige Bar, nicht ein billiges Puff, und ich möchte, daß du den Unterschied zu würdigen weißt.«

Sie hielt ihre kleine Ansprache ganz beiläufig, ließ dabei das Kinn in der Handfläche ihres aufgestützten Arms ruhen und blickte mit ihren strahlenden blauen Augen unverwandt dem Russen ins Gesicht. Ihre Stimme war glatt und scharf wie eine Stahlklinge. Es war die Stimme der Circe, der Männerverführerin. Nemetz begriff auf einmal, was sie zu einem solch einzigartigen Erfolg auf ihrem Gebiet gemacht hatte. Es war nicht ihre Schönheit oder ihr Ehrgeiz, es war ihr Mut und ihre Autorität. Er brauchte Stambulow nicht anzusehen, um zu wissen, daß ihr Zauber auf ihn gewirkt hatte. Der Russe saß mit eingezogenen Schultern da, ein verlegenes, beschwichtigendes Lächeln spielte um seine Lippen, als befürchtete er, er würde stracks in ein Schwein verwandelt.

»Ich wollte nicht grob sein«, sagte er mit einer Stimme, die viel zu dünn war für seine massige Gestalt. »Die letzten paar Tage sind ziemlich unangenehm gewesen für uns alle.

Schließlich sind wir auch nur Menschen. Also verzeih mir, wenn ich mich danebenbenommen habe. Ich möchte nicht, daß du böse auf mich bist. Was sollte ich ohne dich tun an einem so unfreundlichen Ort wie Budapest?«

Sie lächelte und tätschelte ihm die Hand. »Also, dann sei ein braver Junge und tu, wie Mama dir sagt.« Sie wandte sich zu Angela um, ihre Stimme verlor den Schmelz und erhielt einen scharfen Klang. »Du hast dich schändlich benommen. Du kannst nur zu deinen Gunsten anführen, daß du betrunken bist. Geh, trink eine große Tasse Kaffee. Aber zuerst entschuldigst du dich bei Grigorij!«

Angela stand mitten im Lokal, wie in einem Sturmwind schwankend. »Und wenn ich mich nicht entschuldige?« fragte sie herausfordernd.

»Dann bist du auf der Stelle entlassen, basta!«

»Ich kann jederzeit in einer Fabrik arbeiten.«

»Natürlich kannst du das«, pflichtete Hanna bei.

»Ich hasse die Männer«, flüsterte Angela.

»Nein«, sagte Hanna kopfschüttelnd. »Du liebst sie.« Dann lauter: »Wie steht's mit der Entschuldigung, Angela?«

Angela breitete die Arme aus und machte mit etlicher Mühe einen Knicks vor Stambulow. »Ich bitte um Entschuldigung«, murmelte sie, dann setzte sie hinzu: »Und ich werde dir die Gurgel nicht aufschlitzen, falls du dich entschließen solltest, heut nacht mit mir zu schlafen.« Sie drehte sich um und ging hinüber zur Espressomaschine und füllte eine große Tasse mit starkem schwarzem Kaffee. Sie hob die Tasse. »Auf dein Wohl!« sagte sie zu Stambulow und nahm einen tüchtigen Schluck. Langsam setzte sie die Tasse auf die Theke nieder und sagte verstört und schwach: »Mir wird übel.« Sie streckte beide Hände aus und tastete wie eine Blinde nach dem Ausgang hinter dem Samtvorhang.

»Geh mit«, befahl Hanna der Rothaarigen. »Sieh zu, daß sie meine Toilette nicht schmutzig macht.«

Als beide Mädchen draußen waren, wandte sie sich zu Stambulow um.

»Sie wird sich wieder erholen, sie ist jung. Und überhaupt, sie ist am besten in Form, wenn sie ein bißchen blau ist.« Und ohne Pause fuhr sie fort: »Also, wie steht's mit dem Doktor? Kannst du ihn freikriegen?«

Stambulow blickte sie eindringlich forschend an. »Hat er viel Geld?«

»Der Doktor? Nein!« sagte Hanna lachend. »Ich schwöre dir, bei dem Handel springt für mich kein Fillér raus! Auch für den Inspektor nicht.«

»Warum tut ihr's dann?«

»Der Inspektor tut's, weil er ein guter Mensch ist. Ich tu's, weil ich dem Inspektor eine Freude bereiten will.«

»Ist das die einzige Art, wie du ihm eine Freude bereiten kannst?« fragte Stambulow.

»Ich fürchte, ja«, seufzte sie ein bißchen wehmütig.

Nemetz reichte Stambulow das Blatt Papier mit Namen, Dienstrang und Stammrollennummern der russischen Soldaten. »Dr. Halmy hat diese Leute behandelt. Wahrscheinlich hat er ihnen das Leben gerettet. Das sagen sie selbst. Sie können sie befragen, wenn Sie wollen.«

Stambulow studierte den Zettel, dann steckte er ihn in die Tasche. »Also dann«, sagte er, »gebt mir Briefpapier. Ich schreibe ein paar Worte an Oberst Lewitow.« Er wandte sich zu Nemetz. »Er ist der Befehlshaber des Militärgefängnisses in Buda. Machen Sie, daß Sie so um neun Uhr morgens dort sind, aber nicht früher, weil er Trinker ist und es nicht gern hat, wenn man ihn schon im Morgengrauen stört. Er kennt mich, also brauchen Sie ihm nur meine Mitteilung zu übergeben. Er wird Ihren Doktor laufen lassen. Übrigens, Lewitow spricht deutsch. Ich glaube nicht, daß es Schwierigkeiten gibt, aber falls es doch welche geben sollte, sagen Sie Lewitow, er soll mich im Büro anrufen. Wir müssen es so machen, denn wenn wir den Dienstweg einschlagen wollten, könnte es eine Ewigkeit dauern.«

Die Rothaarige brachte das Schreibpapier, und Stambulow kritzelte eine Mitteilung an den Obersten. Er schrieb die

Adresse auf den Umschlag und klebte ihn zu, dann gab er Nemetz den Brief.

Der Inspektor stand auf. »Herzlichen Dank, Grigorij Aleksandrowitsch«, sagte er. »Dafür kommen Sie bestimmt in den Himmel.«

»Wunderbar«, grinste Stambulow. »Es hat nur ein Haar in der Suppe: ich würde dort meiner Schwiegermutter begegnen.«

Stambulow schien auf dem besten Weg zu einem gewaltigen Katzenjammer zu sein. Angela war nicht aus der Toilette zurückgekommen, und es sah so aus, als müßte Hanna am Ende in den aktiven Dienst zurückkehren, um Stambulows Abend zu retten. Nemetz sagte auf Wiedersehen. Am Hinterausgang drehte er sich um.

»Grüßen Sie doch bitte unsern Freund Blawatzkij von mir«, sagte er zu Stambulow.

»Blawatzkij!« Stambulow blickte ihn erstaunt an. »Wissen Sie denn nicht? Er ist heute morgen getötet worden.«

»Was?« rief Nemetz aus.

»In Obuda. Rebellen warfen eine Handgranate in den Wagen. Sein Fahrer und sein Leibwächter sind davongekommen, aber er ist bei lebendigem Leib verbrannt. Das meinte ich ja, als ich sagte, das ganze Land sei übergeschnappt! Ein harmloser, netter Kerl wie Blawatzkij! Sie waren doch mit ihm befreundet, nicht?«

Aber nicht ganz so wie mit Otto Koller, dachte Nemetz, und irgendwie hatte er keine Lust, aus Trauer um Blawatzkijs Tod seine Kleider zu zerreißen.

Er kehrte durch Straßen nach Hause zurück, die so verödet dalagen, als hätte sich die gesamte Bevölkerung der Stadt nach dem Westen abgesetzt.

Er beschloß, zur Abwechslung im eigenen Bett zu schlafen, obwohl er in letzter Zeit höchst ungern heimgegangen war. Zuerst wußte er selbst den Grund für diesen seltsamen Widerwillen nicht, aber dann wurde es ihm langsam klar. Es war wegen Ágnes. Was er nie geglaubt hätte, als sie noch lebte – sie fehlte ihm! Früher kam er jeweils nach Hause und ging in sein Zimmer und streckte sich todmüde auf dem Bett aus, und dann öffnete sich die Tür einen Spaltbreit und Ágnes schlüpfte herein mit einem Lächeln auf ihrem reizlosen Gesicht, als brächte sie ihm ein Geschenk, und berichtete ihm all die langweiligen, belanglosen Neuigkeiten des Tages. Mit halb geschlossenen Augen hörte er zu und wünschte, sie würde gehen und ihn in Ruhe lassen. Aber sie plapperte endlos weiter, und er mußte so tun, als interessierte es ihn, weil er zu einem Kind einfach nicht grausam sein konnte. Kinder, hatte er das Gefühl, waren wie Schmetterlinge: man sollte sie nicht roh anfassen, weil man sonst den Blütenstaub von ihren Flügeln streifte. So riß er sich denn aus seiner Schläfrigkeit und ging auf Fragen ein wie: Warum sind die Häuser von Venedig nicht ins Meer gespült worden, warum sollte ein zwölfjähriges Mädchen sich nicht die Nägel rot lackieren oder warum ist Gott nicht Jude, wenn doch sein Sohn Jude ist? Aber jetzt war die Kleine gegangen und hatte eine Lücke hinterlassen, die nichts auffüllen konnte, nicht einmal Nemetz' Freude an Péter, der sich nie über Gottes Religionszugehörigkeit, die Häuser von Venedig oder roten Nagellack Gedanken machte.

Nemetz rief Alexa Méhely an und teilte ihr die gute Kunde mit. Sie hauste wieder in ihrer alten Bude. Am Morgen war sie ins Krankenhaus gegangen, doch sie mußte erfahren, daß Borbás Wort gehalten und sie rausgeworfen hatte. Die Spitalverwaltung war zu dem Schluß gekommen, Alexa sei ein ›Schädling, eine Gefahr für den Staat und die öffentliche Sicherheit‹, und hatte sie fristlos und ohne Gewährung einer Abstandssumme entlassen. Von ihren Ersparnissen blieben nur noch ein paar hundert Forint übrig, da sie alle ihre Schulden beglichen hatte, als sie meinte, sie würde in den Westen gehen. Die Miete für den November war nicht bezahlt, und die meisten ihrer guten Kleider hatte sie in Halmys Wohnung gelassen, die jetzt wieder von den

Tóths und den Zlochs belegt war. Der kleine Koffer, den sie für die Reise gepackt hatte, stand noch im Krankenhaus in ihrem Schrank, zusammen mit Halmys Reisetasche, Wintermantel und medizinischen Büchern. Frau Schulz holte ihn für Alexa und machte mit einem der Ambulanzfahrer aus, daß er sie nach Hause brachte.

Das Personal war untröstlich, daß sie gehen mußte, und entrüstet über das Dr. Halmy zugefügte Unrecht. Selbst Professor Lendvai murmelte ein vorsichtiges »Tut mir leid, und viel Glück!«, als er ihr im Gang begegnete – eine Geste, die sich jedoch nicht in Mietgeld verwandeln ließ.

Alexa blieb den Rest des Tages zu Hause, sie lag auf dem Sofa, rauchte eine Zigarette nach der andern und versuchte krampfhaft, die Ohren vor den Geräuschen des Badezimmers und der übrigen Wohnung zu verschließen. Sie hatte eine Weile geschlafen, als einer der Mieter an ihre Türe klopfte und meldete, sie werde am Telephon verlangt.

Sie stürzte in die Diele hinaus, war aber noch so benommen, daß Nemetz seine Nachricht zweimal wiederholen mußte, bis sie die Bedeutung erfaßte. Dann fing sie an zu weinen.

»Sie sind wundervoll. Ich weiß nicht, was wir ohne Sie tun sollten!«

»Sobald ich etwas Genaues weiß, rufe ich Sie im Spital an«, sagte Nemetz.

»Nein! Nicht im Spital! Ich bin morgen nicht dort.« Sie wollte nicht am Telephon sagen, daß sie entlassen worden war. »Und wenn Zoltán morgen auf freien Fuß gesetzt wird, sorgen Sie bitte dafür, daß er nicht ins Spital geht.«

Vergeltung wütete in der Stadt, und sie wollte keinerlei Risiko eingehen.

»Ich kann ihn zu Ihnen schicken«, schlug Nemetz vor.

»Nein, das wäre auch nicht das richtige«, entgegnete sie. »Ich würd' ihn lieber irgendwo in der Stadt treffen. Aber wo? Es ist ja alles zu!«

Nemetz überlegte kurz. »Ich kenne ein Lokal, das geöffnet hat. Die Espressobar *Chez Lola* in der Nähe vom Corso. Sind Sie je dort gewesen?«

»Wer nicht?« kicherte sie, obgleich ihr Gesicht noch naß von Tränen war.

»Gehn Sie so um zehn Uhr morgens dorthin. Sagen Sie Fräulein Zágon — das ist die Besitzerin —, Sie warteten auf mich. Sie sitzt immer hinter der Kasse.«

»Danke«, flüsterte sie. »Danke für alles. Ich weiß nicht, was wir ohne Sie tun sollten.«

Plötzlich fiel ihr ein, daß sie sich wiederholte.

Donnerstag, 8. November

PUNKT NEUN UHR stand Nemetz vor dem schweren Eisentor des Militärgefängnisses. Panzerspähwagen und Panzer waren in zwei Reihen vor dem Bau stationiert und ließen für den Verkehr nur einen einspurigen Durchgang offen. Sowjetsoldaten mit automatischen Waffen bewachten den Eingang und wollten Nemetz zuerst nicht einlassen. Zum Glück erschien, während der Inspektor noch mit den Wachen verhandelte, ein ungarischer Angestellter, der im Verwaltungsgebäude arbeitete und Nemetz kannte, und brachte die Russen dazu, daß sie das Tor für ihn aufstießen.

Das Verwaltungsgebäude lag auf der Straßenseite und das eigentliche Gefängnis weiter zurück, hinter einem riesigen, freudlosen Hof, in dem Hunderte von Hinrichtungen in den letzten stürmischen Jahrzehnten stattgefunden hatten. Es war ein dreistöckiger Bau; seine vergitterten Fenster überblickten die von Kugeleinschlägen übersäten Mauern und die beiden Galgen da unten. Eine durcheinanderwimmelnde Menge von mindestens fünfhundert Männern und Frauen bevölkerte jetzt den Hof, selbst Jungen unter fünfzehn Jahren und ein paar ältere Leute befanden sich darunter. Sie unterhielten sich mit leiser Stimme; manche waren in warme Kleider gehüllt und manche besaßen nicht einmal ein Halstuch. Nur einige wenige hatten Gepäck dabei. Den Mauern entlang waren im Abstand von zwei Metern russische Wachtposten aufgestellt, die ihre Maschinenpistolen auf die vor Kälte schlotternde Menge gerichtet hielten.

»Die armen Schweine«, sagte der Angestellte leise, »sie werden heute abtransportiert.«

»Wohin?« wollte Nemetz wissen.

»Fragen Sie mich nicht«, erwiderte der Angestellte und schüttelte nervös den Kopf. »Ich weiß es nicht. Ich will's gar nicht wissen! Ich bin fast von Jugend auf Parteimitglied gewesen. Im Krieg gehörte ich zur Widerstandsbewegung. Die Deutschen hatten einen Preis auf meinen Kopf gesetzt. Ich lebte in einem Keller, wo wir unser geheimes Waffenlager hatten. Ein kleiner Funke von einer Brandbombe hätte uns ins Jenseits befördern können. Aber das da – das hat bewirkt, was keine Gestapofolterung zustande gebracht hätte. Das hat mir sämtliche Illusionen genommen über das, was die Russen unter Kommunismus verstehen. Von jetzt an pfeife ich auf die Partei oder Genosse Chruschtschow. Meinetwegen sollen sie alle verrecken.«

Nemetz zeigte dem Angestellten Stambulows Brief und berichtete ihm, was er vorhatte. Der Mann las die Adresse auf dem Umschlag und runzelte die Stirn.

»Ich will nachsehen, ob Oberst Lewitow schon auf ist. Er schläft hier. Hat sich ein Feldbett in eines der Büros stellen lassen. Er sollte jetzt auf den Beinen sein. Aber man weiß nie. Es hängt davon ab, wann er letzte Nacht umgekippt ist.«

Nemetz wartete in dem zugigen Durchgang zwischen Tor und Hof, während der Angestellte ins Haus ging. Nach ein paar Minuten kam er zurück.

»Noch kein Lebenszeichen von ihm.«

Nemetz fragte, ob er inzwischen mit Dr. Halmy sprechen könnte. Der Angestellte meinte, es werde unmöglich sein, einen bestimmten Mann unter den Tausenden herauszufinden, die gegenwärtig im Gefängnis untergebracht seien. Trotzdem trottete er zuvorkommend in das Verwaltungsgebäude zurück. Diesmal blieb er viel länger weg. Nemetz hatte ihn schon abgeschrieben, als er in Begleitung eines russischen Wachtmeisters zurückkehrte.

»Ihr Doktor ist bei den Leuten im Hof«, sagte er. »Ich erhielt für Sie vom diensttuenden Leutnant die Erlaubnis, daß Sie mit dem Doktor sprechen können. Der Wachtmeister bringt Sie hinunter. Aber bleiben Sie nicht zu lange. Der Oberst hat sich schon die erste Flasche des Tages kommen lassen, und es ist besser, wenn Sie ihn erwischen, bevor er zuviel hinter die Binde gegossen hat. Er ist der niederträchtigste Säufer, den ich je gesehen habe.«

Die vor Kälte zitternde Menge starrte Nemetz mit finsterem Haß an, als er, gefolgt vom russischen Wachtmeister, den Hof nach dem Arzt abzusuchen begann. Zweifellos hielten sie ihn für einen von der Geheimpolizei, und in stillschweigendem Einvernehmen versperrten sie ihm den Weg, ballten sich zusammen und bildeten menschliche Mauern, wohin er sich auch wandte. Trotzdem entdeckte er Halmy nach verhältnismäßig kurzer Zeit.

Dr. Halmy stand abseits in dem Menschenwald, er steckte noch immer in dem besudelten weißen Arztkittel und hatte um die Schultern ein schwarzes gestricktes Kopftuch von der Art, wie Bauernfrauen es für den Kirchgang trugen. Sein Gesicht war blau vor Kälte und seine Zähne klapperten. Als Nemetz ihm rief, verzogen sich seine gesprungenen Lippen zu einem gequälten Lächeln.

»Das kann nicht wahr sein! Wie sind Sie hereingekommen?« Dann, ohne auf Antwort zu warten, fragte er sogleich: »Haben Sie eine Zigarette?«

Zum Glück hatte Nemetz zufällig eine frische Packung dabei. Als er sie Halmy reichte, waren die Finger des Doktors so steif, daß er sie nicht aufreißen konnte. Nachdem er ihm eine angezündet hatte, steckte Nemetz die restlichen Zigaretten dem Arzt in die Tasche seines weißen Mantels.

»Was gibt's Neues?« fragte Halmy.

»Ich versuche Sie hier herauszuholen«, sagte Nemetz leise. »Es ist zwar noch nicht entschieden, aber es besteht eine Chance. Eine sehr gute Chance sogar.« Plötzlich kam ihm etwas in den Sinn, und er begann seinen Wintermantel aufzuknöpfen.

»Was tun Sie da?« fragte Halmy.

Nemetz schlüpfte aus seinem Mantel. »Ziehen Sie den an!« sagte er. Er streckte ihm den Mantel hin, aber der Wachtmeister packte ihn und hielt ihn mit einer Hand hoch, mit der andern ging er die Taschen durch und suchte eine Pistole, ein Messer oder zumindest eine Feile. Als er nichts fand, gab er Nemetz den Mantel zurück.

»Ziehen Sie ihn an! Sie holen sich ja den Tod in dieser Kälte!« sagte der Inspektor zum Arzt.

»Ja und Sie?« wandte Halmy ein.

»Ich bin nachher drinnen, wo geheizt ist. Außerdem hab' ich einen warmen Pullover unter meiner Jacke.« Um den Arzt zu überzeugen, öffnete er die Jacke und zeigte ihm den Pullover, eine Strickarbeit Iréns aus den Tagen, da sie noch Absichten auf ihn gehabt hatte. Er half dem Arzt in den Mantel. »Ich geh' jetzt«, sagte er. »Aber ich komme zurück, wenn ich mit Oberst Lewitow gesprochen habe.« Er setzte hinzu: »Ach, etwas anderes. Fräulein Méhely läßt Sie grüßen.«

»Haben Sie sie gesehen? Wie geht es ihr?« Die Lippen des jungen Mannes zuckten.

»Ich sah sie am Dienstag, nachdem Sie abgeführt worden waren, und gestern abend sprach ich mit ihr am Telephon. Sie ist wieder in ihrem Zimmer. Natürlich macht sie sich große Sorgen um Sie, aber sonst geht es ihr gut.« Er legte dem Arzt die Hand auf die Schulter. »Warten Sie hier auf mich. Ich bin bald wieder da.« Und abergläubisch klopfte er dreimal an das Holzgeländer hinter ihnen. »Toi-toi-toi.«

Er machte sich auf zum Verwaltungsgebäude, wobei der Wachtmeister ihm ein paar Meter vorausging. Nach ein paar

Schritten spürte Nemetz, wie eine Hand nach seinem Ärmel faßte. Er drehte sich um und erkannte den Taschendieb Ernö Lehotzky. Das linke Auge und das halbe Gesicht des Burschen bedeckte ein dicker Verband, und seine Lippen waren übel geschwollen.

»Ernö!« schrie er. Der kleine Kerl grinste verzerrt. Seine sämtlichen Vorderzähne, inbegriffen die so eindrucksvoll mit Stahlkronen versehenen, fehlten. »Du liebe Güte, was ist denn mit dir passiert?«

»Mich hat's erwischt! Die Schweinehunde haben mich zusammengeschlagen!« krächzte er. »Aber keine Sorge, Inspektor, ich hab' mehr ausgeteilt, als ich erhielt. Schlag um Schlag und dann noch eine Zugabe!«

»Ernö«, sagte der Inspektor hastig, »der Mann da, mit dem ich eben gesprochen habe, ist ein Arzt. Zeig ihm dein Gesicht. Ich weiß nicht, ob er dir viel helfen kann, aber ich würd's ihm auf jeden Fall zeigen.«

»In Ordnung, Inspektor, das tu' ich. Aber machen Sie sich keine Sorgen wegen mir! Ich erleb's schon noch, für die da Grabsteine zu meißeln!«

»Mach's gut, Ernö«, sagte Nemetz, drehte sich um und folgte dem Wachtmeister. Ein frischer Windstoß fegte durch den Hof und ließ die Luft zehn Grad kälter erscheinen. Er schauerte.

»Passen Sie auf, Inspektor!« rief Ernö ihm nach. »Gehn Sie nach Hause und brauen Sie sich einen heißen Grog! Bei einem solchen Wetter sollte ein alter Mann nicht ohne Mantel herumlaufen!«

Der Oberst war auf und in seinem Büro. Nachdem drei verschiedene Wachtposten seine Ausweise kontrolliert hatten, wurde Nemetz zur Audienz bei dem Allmächtigen vorgelassen.

Als der Inspektor das Zimmer betrat, sah er einen gedrungenen, mürrischen Mann in schmutziger Uniform, der hinter einem mit Papieren übersäten Schreibtisch intensiv damit beschäftigt war, in seiner Nase zu bohren. Er hatte stechende Augen, ein mit Pusteln bedecktes Gesicht und einen wochenalten Bartwuchs von rötlich braunen Stoppeln.

»Was wünschen Sie?« schnarrte er Nemetz auf russisch an, zog langsam den Daumen aus der Nase und ersetzte ihn durch den Zeigefinger.

Nemetz stellte sich vor und legte Stambulows Brief auf den Tisch.

»Das ist von Grigorij Aleksandrowitsch Stambulow«, erklärte Nemetz auf deutsch. »Er sagte mir, Sie würden ihn kennen, Herr Oberst.«

Der Oberst hob die Augen. Nicht das geringste Anzeichen von Wohlwollen zeigte sich in ihnen. »Gewiß, gewiß«, grunzte er. »Ich kenne ihn! Ich kenne Grigorij Aleksandrowitsch. Ich kenne ihn sehr gut.« Aber dennoch griff er nicht nach dem Brief.

Durch eine grausame Laune des Schicksals mußte Nemetz ihm begegnen, als er in übelster Stimmung war. Selbst in normaler Verfassung war Lewitow nicht gerade der umgänglichste Mensch, aber jetzt versetzten ihn das Jucken in seinem Gesicht, ein alpdruckartiger Kater und sein krankhafter Haß auf alles Ungarische in eine bösartige Laune.

Er befand sich erst seit dem 2. November im Land, als seine Einheit zur Verstärkung nach Ungarn in den Kampf geworfen worden war. Noch bevor er Budapest erreicht hatte, war er schon von einem giftigen Groll auf die irrwitzige Revolution erfüllt. Elf Jahre nach Kriegsende wurde er wieder zur Zielscheibe für Kugeln, und das brachte ihn zum Beben vor Wut, aber auch vor Angst. Er konnte seines panischen Schreckens nur Herr werden, indem er trank, bis er abgestumpft wurde. Aber offenbar war seine Widerstandsfähigkeit gegen Alkohol ebenso gering geworden wie seine Widerstandsfähigkeit gegen Gefahr, und je mehr er trank, desto erbärmlicher fühlte er sich.

»Warum sollte mir Genosse Stambulow einen Brief schreiben?« fragte er nachdenklich und starrte verdrossen den Umschlag an.

»Wenn Sie ihn lesen, dann wissen Sie's, Herr Oberst«, sagte der Inspektor, seinen Ärger unterdrückend.

Zu guter Letzt griff Lewitow nach dem Brief und riß ihn auf. Er enthielt nicht mehr als fünf Zeilen, trotzdem studierte er sie so lange, als wollte er sie auswendig lernen.

»Sagten Sie, Genosse Stambulow habe das geschrieben?« fragte er bedächtig.

»Ja. Hat er nicht unterschrieben?«

Der Oberst las den Brief noch einmal. »Da steht eine Unterschrift: G. A. Stambulow. Aber wie soll ich wissen, ob das nicht von jemand anderem geschrieben ist – von Ihnen zum Beispiel?«

»Fragen Sie ihn doch! In der Tat hat er mir gesagt, falls Sie irgendwelche Fragen hätten, könnten Sie ihn in seinem Büro in der Kommandatura anrufen.«

»Weshalb sollte ich ihn anrufen?« sagte Lewitow achselzuckend. »Ich will nichts von ihm.«

Nemetz' Stimme wurde lauter. »Herr Oberst, Grigorij Aleksandrowitsch will, daß Dr. Zoltán Halmy entlassen wird. Das schreibt er in diesem Brief. Er hat es bestimmt nicht gern, wenn Sie Ihre Mithilfe verweigern.«

Oberst Lewitows Gesicht wurde puterrot unter den Bartstoppeln. »Grigorij Aleksandrowitsch kann mir –« Beinahe wäre er mit einem Kraftausdruck herausgeplatzt, hielt aber noch rechtzeitig inne. Er war Stambulow nur zweimal begegnet und haßte ihn. Er haßte das ganze MWD und haßte die Partei. Er haßte auch die Amerikaner und den Westen. Es gab nur sehr wenige Leute und Einrichtungen auf der Welt, die Oberst Lewitow nicht haßte.

»Wie soll ich wissen, ob dieser Brief nicht gefälscht ist?« fragte er eigensinnig.

»In Ihrem Vorzimmer sitzt eine Sekretärin. Sie soll doch Stambulow anrufen, wenn Sie nicht selber wollen.«

Der Oberst gähnte. Mit einem lauten Schnaufer langte er nach dem Knopf auf seinem Schreibtisch und drückte darauf.

Als nichts geschah, drückte er noch einmal darauf, jetzt

ungeduldiger. Endlich ging die Tür auf, und die vollbusige Sekretärin in der Uniform eines Unteroffiziers trat herein, die seit Lewitows Ernennung zum Kommandanten des Militärgefängnisses sein Adjutant und zuweilen seine Pflegerin gewesen war.

Der Oberst übergab ihr den Brief und befahl ihr, Stambulows Dienststelle anzurufen und herauszufinden, ob die Unterschrift echt sei.

»Sie warten draußen«, knurrte er Nemetz an.

Der Inspektor, kein bißchen betrübt darüber, aus der aufreizenden Nähe des Obersten zu kommen, folgte der Sekretärin ins Vorzimmer.

»Setzen Sie sich bitte«, sagte sie etwas stockend auf ungarisch. Sie tat seit Jahren im Land Dienst und hatte sich eine ziemlich gute Kenntnis der Sprache angeeignet.

Nemetz bedankte sich und nahm Platz, während sie Stambulows Nummer der Telephonistin durchgab. Das Gebäude hatte keine direkte Leitung zur Kommandatura, deshalb mußte der Anruf über die Telephonzentrale von Budapest gehen.

»Wir müssen warten, die Leitung ist besetzt«, sagte das Mädchen und legte den Hörer auf. Sie versuchte es nach einer Minute wieder, mit gleichem Erfolg.

»Ich fürchte, wir werden keine Verbindung bekommen«, meinte sie nach dem fünften Versuch.

»Warum nicht?« fragte Nemetz erschrocken.

»Ich weiß nicht«, antwortete sie achselzuckend. »Gestern versuchte ich den ganzen Tag über, die Kommandatura zu erreichen, aber es gelang mir nicht. Kein einziges Mal!«

»Würden Sie so freundlich sein und es noch einmal versuchen?« fragte Nemetz. »Es geht um Leben oder Tod. Dieser Dr. Halmy ist irrtümlich festgenommen worden. Er ist ein guter Mann. Ein Chirurg. Hat mehreren Russen in seinem Spital das Leben gerettet. Jetzt bin ich schon so weit gekommen – da wär's eine Schande, aufzugeben.«

Die Sekretärin nickte und wählte wieder die Nummer. Sie war klein und drall und hatte ein rundes Puppengesicht, das Nemetz recht anziehend fand. Es war kein Gesicht, nach dem man sich auf der Straße umgedreht hätte, doch es war jung und warm und freundlich.

Sie wiederholte der Telephonistin Stambulows Nummer, dann legte sie nach kurzem Warten den Hörer wieder auf.

»Jetzt ist die Leitung defekt«, erklärte sie Nemetz. »Sie arbeiten daran. Wenigstens behauptet das die Telephonistin.«

Weder das Mädchen noch Nemetz konnten wissen, daß die Leitung in Wirklichkeit vollkommen in Ordnung war, aber die ungarische Telephonistin jeden Anruf für die Kommandatura sabotierte. Die Angestellten der Telephonzentrale durften der Arbeit nicht fernbleiben, denn seit das Sowjetische Militärkommando die Kontrolle über die Zentrale übernommen hatte, wurden sie verhaftet, wenn sie nicht zum Dienst antraten. Um die allgemeine Bewegung passiven Widerstands zu unterstützen, blieb ihnen deshalb nur eine Möglichkeit: sie saßen vor den Schalttafeln und stifteten so viel Schaden als möglich, ohne daß sie von den russischen Abhörspezialisten erwischt werden konnten.

»Es ist zwecklos«, sagte die uniformierte Sekretärin zu Nemetz nach mehreren weiteren Versuchen. »Jetzt bekomme ich nicht einmal mehr das Amt. Gestern war es den ganzen Tag die gleiche Geschichte. Zuletzt schickten wir Boten.«

Sie wählte noch einmal die Nummer. Das Summen ertönte, aber keine Stimme meldete sich am andern Ende der Leitung.

»Stimmt es, daß die Leute im Hof deportiert werden sollen?« fragte Nemetz.

Sie zögerte kurz. »Ja, das stimmt«, gab sie schließlich zu.

»Wohin?«

Sie antwortete nicht, sie zuckte nur die Achseln.

»Wann?« drängte Nemetz. Als sie stumm blieb, setzte er hinzu: »Ich frage, weil der Doktor einer von ihnen ist.«

»Sobald Lastwagen zur Verfügung stehen«, flüsterte sie und warf einen ängstlichen Blick auf die Türe des Obersten, »werden sie zu einem der Bahnhöfe gefahren.«

»Um nach Rußland gebracht zu werden, so ist es doch?«

Wiederum zuckte sie wortlos die Achseln.

Nemetz dachte angestrengt nach. Seit dem 4. November verkehrten keine Straßenbahnen, gab es keine Taxis mehr. Stambulows Dienststelle lag zu Fuß gute zwei Stunden entfernt. Selbst wenn man die voraussichtliche Wartezeit im Vorzimmer des Russen nicht einrechnete, bedeutete das eine Verzögerung von einem halben Tag.

»Wäre es möglich, Genosse Stambulow einen Boten zu schicken, der seine Bestätigung holt?« fragte er den Unteroffizier.

Das Mädchen zögerte. »Ich müßte seine Erlaubnis bekommen.« Sie zeigte auf die Tür des Obersten.

»Nein, nein, fragen Sie ihn nicht! Das hätte keinen Sinn! Könnten Sie nicht auf eigene Verantwortung einen Boten schicken?«

Das Mädchen stand vom Schreibtisch auf und trat ans Fenster. Sie blieb lange dort stehen, mit dem Rücken zu Nemetz.

»Mein Verlobter ist in der Revolution umgekommen«, sagte sie mit einer fremden, matten Stimme. »Er war Hochspringer. Einer unserer besten. 1954 hat er in Moskau die Meisterschaft gewonnen.«

»Das tut mir leid«, warf Nemetz ein.

»Er ist von seinen eigenen Leuten umgebracht worden«, fuhr sie fort. »Hingerichtet. Weil er sich mit seiner Besatzung – er war Panzerkommandant – den ungarischen Rebellen angeschlossen hatte.«

Das Fenster ging auf die Straßenseite. Der Hof mit den unglücklichen Menschen lag außer Sicht; nur ihre Stimmen, zu einem leisen Murmeln verschmolzen, eintönig und bedrückend wie Regenwasser, das in eine Dachrinne läuft, drang durch die Mauern.

Die Sekretärin wandte Nemetz das Gesicht zu. »Ich will einen Boten zu Genosse Stambulow schicken. Hoffen wir, Oberst Lewitow entdeckt es nicht.«

Kurz vor Mittag kam der Bote zurück. Nemetz hatte in einem kleinen abgelegenen Garderobenraum gewartet, wo er keine Gefahr lief, vom Obersten entdeckt zu werden. Als die Sekretärin kam, um ihn zu holen, war er eben eingenickt. Es war wohl eine Alterserscheinung, daß er neuerdings zu den ausgefallensten Zeiten und in den unbequemsten Stellungen einschlafen konnte, nicht aber, wenn er friedlich in seinem Bett ausgestreckt lag.

»Hier ist Ihr Brief«, sagte das Mädchen. »Unterschrieben und versiegelt!« Sie lächelte. »Jetzt wollen wir ihn Oberst Lewitow bringen.«

Doch der Oberst war nicht bereit, Nemetz zu empfangen. Erst eine halbe Stunde später klingelte er der Sekretärin und befahl ihr, den Inspektor eintreten zu lassen.

»Was hat Sie so lange aufgehalten?« fragte er hinterhältig lächelnd, als Nemetz ihm den Brief übergab.

»Diese neue Foltermethode, die ihr da erfunden habt: das nutzlose Warten im Vorzimmer«, gab Nemetz mit einem schiefen Grinsen zurück.

Der Oberst blickte ihn spöttisch an, antwortete aber nicht. Er las den Brief, der auf amtlichem Papier geschrieben war und Stambulows Unterschrift und Stempel trug. Er schien ihn nicht Wort für Wort, sondern Buchstaben für Buchstaben zu prüfen. Endlich ließ er ihn auf den Tisch fallen.

»Ohne Zweifel ist dieser Brief tatsächlich von Genosse Stambulow. Es tut mir leid, daß ich Ihnen all die Scherereien bereiten mußte, aber ein Mensch in meiner Stellung kann nicht vorsichtig genug sein, besonders wenn er es mit dem MWD zu tun hat. Da ist nur eine Schwierigkeit –« Er hielt inne und kostete Nemetz' Ungeduld aus.

»Was ist denn jetzt wieder?« fragte der Inspektor.

»Sie sind ein bißchen spät dran. Der Doktor ist schon abtransportiert worden.«

Nemetz empfand ein unwiderstehliches Verlangen, in das von Pusteln bedeckte Gesicht des Mannes zu spucken, doch er nahm sich zusammen.

»Abtransportiert? Wohin?« fragte er heiser.

Der Oberst schielte an die Wanduhr.

»Sie müßten jetzt auf dem Bahnhof sein – wenn nicht schon unterwegs.«

»Auf welchem Bahnhof?« Nemetz' Stimme wurde lauter. Er streckte die Hand aus, nahm den Brief vom Schreibtisch auf und ließ ihn in seine Tasche gleiten.

»Das ist ein militärisches Geheimnis«, erwiderte der Oberst.

Nemetz verlor die Geduld. »Das ist mir egal! Grigorij Aleksandrowitsch wünscht, daß der Doktor freigelassen wird! Er hat Ihnen deswegen zwei Briefe geschrieben! Es sind im Grunde genommen keine Briefe, eigentlich sind es Befehle. Und er ist es gewohnt, daß man seine Befehle ausführt. Er kann sehr unangenehm werden, wenn man sie nicht beachtet.«

Der Oberst erhob sich. »Ich hab' auch Befehle, von *meinem* Kommando, keine Einzelheiten über die von der Sowjetarmee ergriffenen Vergeltungsmaßnahmen auszuplaudern. Und ich hab's vorgezogen, sie zu befolgen und auf Genosse Stambulow zu scheißen! Und was Sie betrifft –« er kam auf Nemetz zu –, »wenn Sie nicht augenblicklich draußen sind, lass' ich Sie verhaften. Weil *ich* hier den Befehl habe und nicht Genosse Stambulow.«

Nemetz murmelte einen ungarischen Fluch und verließ den Raum.

»Sie müssen mir wieder helfen«, bat er die Sekretärin im Vorzimmer und berichtete von seinem fruchtlosen Palaver mit Lewitow.

»Ich wußte nicht, daß der Transport weg ist«, sagte sie, »aber ich finde schon heraus, zu welchem Bahnhof man sie gebracht hat.«

Sie eilte aus dem Zimmer und kehrte nach ein paar Minuten zurück. »Ja«, sagte sie, »zehn Lastwagen voll sind vor einer halben Stunde hier weggefahren. Zum Ostbahnhof. Ich fürchte, Sie müssen es aufgeben, den Doktor zu befreien. In gewisser Hinsicht ist es besser, daß er *deportiert* wird. Dann wird er nicht vor Gericht gestellt und zu Gefängnis verurteilt oder —« Sie führte den Gedanken nicht zu Ende. »Es ist also nicht das Schlimmste, was ihm zustoßen kann.«

»Wenn ich nur zum Bahnhof kommen könnte«, überlegte Nemetz, »bevor der Zug abfährt.«

»Ich beschaffe Ihnen eine Fahrgelegenheit«, sagte sie.

Sie nahm den Hörer des Haustelephons auf und verhandelte lange mit einem Menschen, der Sergeij hieß und anscheinend ein Motorrad zur Verfügung hatte. Das war alles, was Nemetz von ihrem schnellen, verwaschenen Russisch verstand.

»Sergeij bringt Sie hin«, meldete sie, nachdem sie den Hörer aufgelegt hatte. »Es wird allerdings keine Spazierfahrt sein. Sie werden hinter ihm sitzen und sich ums liebe Leben an ihn klammern müssen, weil er fährt wie ein Verrückter. Aber er bringt Sie dorthin. Ich wäre nicht überrascht, wenn er sogar die Lastwagen noch vor dem Bahnhof einholen würde.«

Sergeij stellte sich als ein junger, dunkelhaariger Soldat heraus, der aussah wie ein Zigeuner und ein bißchen Ungarisch sprach. Mit seinen strahlenden Augen und den leuchtend weißen Zähnen erinnerte er Nemetz an eine bekannte Mundwasserreklame. Er begrüßte Nemetz fröhlich und ausgelassen, als wollte er ihn zu einer Tanzveranstaltung bringen.

Während sie durch die beschotterten Straßen jagten, gab er einen laufenden Kommentar ab über alle Sehenswürdigkeiten, an denen sie vorbeikamen. Nach seiner Darstellung war der Aufstand nichts als eine gigantische Balgerei, bei der ein zwerchfellerschütternder Vorfall den andern jagte. Er krümmte sich fortwährend vor Lachen, und obwohl eine solch übersprudelnde Fröhlichkeit eine willkommene Abwechslung war, wünschte Nemetz, der Russe würde sich im Zaum halten oder wenigstens die Fahrt zu einer vernünftigen Geschwindigkeit verlangsamen, anstatt achtzig Sachen aus dem klapprigen Motorrad herauszuholen.

»O diese Ungarn! Was für Hampelmänner! Die hätten Sie

sehen sollen!« brüllte er. »Sie erledigten fünf von unsern Panzern! Stellen Sie sich vor, fünf! Mit Handgranaten! Dann hat der sechste Panzer *sie* erledigt! Allesamt! Mit einem Schuß! Was für Hampelmänner!«

Für ihn war alles komisch – zerstörte Gebäude, Zivilisten, die in Deckung rannten, Agenten der Geheimpolizei, die an Laternenpfählen baumelten. Große, begeisterte Heiterkeitsausbrüche, jetzt bei neunzig Stundenkilometern.

»Ach, aber das Verrückteste hab' ich Ihnen noch nicht erzählt! Das war am Freitag – ja –, am ersten Freitag von diesem Zirkus. Wir griffen einen Block an, den mindestens hundert von den Rebellen hielten. Wir hatten Panzerunterstützung, sie nur Maschinengewehre, so drängten wir sie gegen den Bahnhof zurück. Die ganze Strecke bis zum Güterbahnhof. Dort gingen sie in Deckung – aber raten Sie, wo? Ach, Sie würden's nie erraten! Hinter zwei mit Schweinen beladenen Viehwagen! Die Schweine hätten Sie hören sollen, als die Granaten mitten auf den Wagen landeten! So viel frischen Schinken haben Sie Ihr Lebtag nicht gesehen! Überall war Blut – Menschen und Schweine schwammen in Blut! Und die Ungarn schossen weiter! Und die Schweine quietschten! Und rannten! Oh, das war ein Schauspiel! Das war ein Schauspiel! Man hätte sterben können vor Lachen!«

Sie gelangten zum Bahnhof. Sergeij stoppte das Motorrad und half Nemetz herunter. Dabei merkte er, daß der Inspektor vor Kälte schlotterte.

»Sie sollten nicht ohne Mantel herumlaufen«, sagte er. »Sie sind nicht mehr der Jüngste, mein Freund.«

»Wem sagen Sie das«, gab Nemetz mit unterdrücktem Lachen zurück. »Ich geb' Ihnen mein Wort, daß ich das nächste Mal einen Mantel trage, wenn ich bei Ihnen mitfahre.«

Eine lange Kolonne von mit Planen bedeckten russischen Lastwagen war vor dem Bahnhof geparkt; nur die Fahrer saßen darin. Obschon keine Züge verkehrten, war die große

Halle gestopft voll mit Leuten, die auf eine Fahrgelegenheit warteten. Sie sahen alle müde und abgekämpft aus, als hätten sie schon mehrere Tage hier verbracht. Russische Wachen waren an den Sperren zu den leeren Geleisen postiert. Auf den ungarischen wie auch auf den russischen Gesichtern lag ein Ausdruck von Verzweiflung und Hoffnungslosigkeit.

»Wir müssen außen herum zum Güterbahnhof«, sagte Sergeij. »Die Züge mit den Deportierten fahren dort ab.«

Sie gingen um den ganzen Komplex herum zum breiten Tor in der Mauer, die parallel zu den Geleisen verlief. Am Eingang übernahm Sergeij das ganze Verhandeln. Nemetz stand nur daneben, stumm und starr vor Kälte. Der Junge sprach so schnell, daß Nemetz nichts verstand, mußte aber die richtigen Argumente vorgebracht haben, denn sie erhielten die Erlaubnis, durch das Tor und auf die Rampe zu gehen.

Der Zug bestand aus zweiunddreißig Wagen, hauptsächlich Viehwagen; die ersten zwanzig waren schon mit Menschen vollgestopft, die restlichen sollten noch beladen werden. Es war schwer zu sagen, wie viele unfreiwillige Passagiere man in jeden Wagen hineingepfropft hatte, weil sie alle an die Türe drängten und ein letztes Mal den Himmel von Budapest zu sehen versuchten, bevor sie nach ihrem unbekannten Bestimmungsort abfuhren. Am andern Ende der Rampe, bei der Lokomotive, wartete eine große Gruppe noch auf den Befehl zum Besteigen des Zugs. Der Bahnhof wimmelte von russischen Soldaten, die ihre Waffen entsichert hatten, um den Deportierten klarzumachen, daß jeder Fluchtversuch im Schnellverfahren erledigt würde.

Am Eingang war Nemetz angewiesen worden, den Zugkommandanten zu suchen. Mit Sergeijs Hilfe fand er ihn, einen kleinen, hageren Major mit dem Gesicht einer verschüchterten Maus, und übergab ihm Stambulows Brief. Der Offizier las ihn mit gespannter Aufmerksamkeit, dann schüttelte er ängstlich den Kopf.

»Hier steht ›aus dem Militärgefängnis in Buda entlassen werden‹. Aber der Mann ist nicht mehr dort, also ist das

Schreiben null und nichtig.« Er sprach russisch und Sergeij übersetzte.

»Sagen Sie ihm, daß er sich irrt!« rief Nemetz. »Der Doktor soll entlassen werden. Was macht es für einen Unterschied, von wo er entlassen wird? Aus einer Zelle oder einem Zug?«

Sergeij übersetzte wieder. »Der Major sagt, es mache einen großen Unterschied. Er sagt, tausendsechshundertzweiundzwanzig Gefangene seien ihm übergeben worden, was bedeute, daß er am Ende der Fahrt tausendsechshundertzweiundzwanzig Menschen abliefern müsse.«

»Aber er kann doch das Schreiben vorweisen«, protestierte Nemetz. »Es beweist, daß er den Befehl erhielt, den Doktor freizulassen.«

»Er sagt, es beweise nichts«, übersetzte Sergeij die Antwort des Majors. »Nur sein Kommandeur könne solche Befehle erteilen. Das ist General Grebennik. Außerdem habe er nie von einem Stambulow gehört. Wer das auch sei, sagt er, er hätte zu General Grebennik gehen müssen. Wenn Sie mich fragen, Genosse Inspektor, geben Sie's lieber auf«, setzte Sergeij gutmütig hinzu. »Mit diesem Hanswurst kommen Sie nirgends hin. Sehen Sie nicht, daß er zu Tode verängstigt ist? Gestern wurde ein Deportationszug in der Nähe der Grenze überfallen. Die Aufständischen befreiten alle Gefangenen und erschossen die Wachen. Als der Zug in Uschgorod ankam, führte er einen einzigen Passagier mit: den Zugkommandanten. So wurde er vor das Kriegsgericht gestellt. Deshalb hat dieser Hanswurst eine Himmelangst.« Und er kicherte vergnügt.

»Sagen Sie ihm, ich hätte wenigstens gern die Erlaubnis, mit dem Doktor zu sprechen«, sagte Nemetz finster. Er hatte sein Ziel so verbissen verfolgt, daß es ihm schwerfiel, die Niederlage hinzunehmen.

Sergeij gab die Bitte an den Major weiter. Der Russe runzelte verdrossen die Stirn, dann zuckte er lustlos die Achseln und ging davon. Sergeij mußte ihm nachlaufen, um seine Antwort zu hören.

»Er sagt, er habe nichts dagegen«, berichtete der Junge dem Inspektor, »sofern Sie Ihren Mann finden. Aber er meint, Sie sollten sich beeilen, weil der Zug jeden Augenblick abfahren kann.«

Nemetz hieß den Offizier halblaut einen dreckigen Hund, dann machte er sich an die fast hoffnungslose Aufgabe, Dr. Halmy in einer Menge von tausendsechshundertzweiundzwanzig Menschen zu finden. Er marschierte den Zug entlang, blieb vor jedem Wagen stehen und forschte in den bleichen, zornigen oder verweinten Gesichtern, die seinen Blick erwiderten. Irgendwie spürten sie, daß er ein Freund war, und schrien ihm Namen, Adressen und Botschaften zu. Es war ein solches Stimmengewirr, daß er kein Wort verstand.

Er gelangte zu einer Gruppe auf der Rampe, die eben den Befehl zum Einsteigen erhalten hatte.

»Inspektor! Inspektor! Da sind wir!« hörte er einen Mann rufen.

Es war Ernö Lehotzky, mit einem neuen Notverband auf dem Gesicht. Der Arzt stand in Nemetz' Mantel neben ihm. Als er den Inspektor erkannte, trat er aus der Reihe seiner Unglücksgenossen heraus. Der Wachposten beorderte ihn nicht zurück, er verfolgte nur mit feindseligem und argwöhnischem Blick jede seiner Bewegungen.

»Sie erscheinen im richtigen Augenblick!« sagte Halmy beglückt. Zweifellos meinte er, Nemetz sei gekommen, um ihn in die Freiheit zurückzuholen. »Wie haben Sie das geschafft? Sie sind ein Zauberer! Ein Hexenmeister!«

»Weder das eine noch das andere«, entgegnete Nemetz und schüttelte finster den Kopf. Die falsche Hoffnung auf dem Gesicht des jungen Mannes versetzte ihm einen scharfen, stechenden Schmerz. Trotzdem fuhr er fort: »Es tut mir leid, ich habe nichts erreicht. Eine Zeitlang war ich voller Hoffnung. Ich besaß einen Brief, der hätte zum Ziel führen sollen. Aber es ist zwecklos, der Major will Sie nicht gehen lassen.«

»Ach«, war alles, was der Arzt sagte. Er holte tief Atem. »Ich danke Ihnen trotzdem.« Er lächelte schwach, dann fing er an, den Mantel aufzuknöpfen. »Ihr Mantel – so kann ich ihn wenigstens zurückgeben.«

Nemetz hielt seine Hand fest.

»Nein, nein, behalten Sie ihn an. Sie haben ihn nötiger als ich.« Als der Doktor zögerte, hob er seine Stimme. »Seien Sie kein Narr! Ich kann mir selber helfen, aber Sie nicht. Und überhaupt, wir wollen keine Zeit vergeuden mit dem verdammten Mantel. Möchten Sie irgendeine Botschaft ausrichten lassen? Kann ich irgend etwas für Sie tun?«

Sie standen nahe bei den andern Gefangenen, doch so weit weg, daß sie nicht belauscht werden konnten. Fünf Schritt entfernt war die Mauer, die Freiheit von Gefangenschaft, Leben vom Tod trennte. Trotzdem dachten weder der Arzt noch einer der andern daran, über die Mauer zu springen. Sie war ein Hindernis, noch schwieriger zu überwinden als die höchste Alpenkette.

»Ja, ich habe eine Botschaft«, sagte Halmy mit leiser, tonloser Stimme. Nemetz bemerkte, daß seine sonst bleiche Haut über den Backenknochen rote Flecke hatte und seine Augen ungewöhnlich glänzten.

»Fühlen Sie sich wohl? Sie sehen aus, als hätten Sie Fieber«, sagte Nemetz.

»Denken Sie jetzt nicht daran«, entgegnete Halmy ein bißchen ungeduldig. »Das ist sehr wichtig. Ich muß Ihnen etwas sagen – Ihnen ein Abschiedsgeschenk machen als Entgelt für alles, was Sie für mich getan haben.«

»Ich habe nichts getan. Ich hab's versucht und bin gescheitert.« Aus irgendeinem merkwürdigen Grund wünschte Nemetz den Arzt nicht ausreden zu lassen. Er wollte ihn zurückhalten, aber Halmy sprach weiter.

»Sie sind ein sehr redlicher Mensch, Inspektor Nemetz. Ein Mensch mit festen Überzeugungen und klaren Grundsätzen. Sie möchten, daß Ordnung und Gerechtigkeit in dieser Welt herrschen. Sie möchten, daß gute Taten belohnt und schlechte

Taten bestraft werden. Sie rackerten sich halb krank, weil Sie es als Ihre Pflicht ansahen, den Mörder einer nichtswürdigen Frau zu finden. Sie wußten, daß sie nichtswürdig war, aber Mord ist gegen das Gesetz, also mußten Sie ihn finden. Sie sind einer dieser besessenen Polizeibeamten, von denen ich dachte, es gebe sie nur in Büchern, bis ich Ihnen begegnet bin. Deshalb ist es für Sie bestimmt eine große Enttäuschung, wenn Sie einen Fall ungelöst aufgeben müssen. So verschaffe ich Ihnen hiermit als Entgelt für alles, was Sie für mich getan haben, die Befriedigung, daß Sie recht hatten. Von Anfang an recht hatten. Ich habe sie umgebracht. Ich habe sie erschossen. Ich habe meine Frau Anna Halmy, geborene Tóth, umgebracht.«

Nemetz starrte den jungen Mann sprachlos an. Das Geständnis kam so unerwartet, daß der Inspektor nicht mehr daran dachte, wo er sich befand, daß er die ganze Höllenszene um sich herum vergaß: den Güterbahnhof, die russischen Soldaten und die Männer und Frauen in dem Zug, der sie allem, was sie gekannt und geliebt hatten, entreißen und sie in eine Finsternis führen sollte, die sie fürchteten und haßten.

»Also haben Sie sie doch umgebracht?« murmelte er schließlich.

»Sie haben es die ganze Zeit gewußt, nicht?«

»Nein. Ich war nicht sicher. Sie hatten kein Motiv. Sie waren im Begriff, sie zu verlassen, aber sie hätte Sie nicht daran hindern können. Unter den damaligen Umständen nicht. Die Grenzen waren offen ... es gab keine Kontrolle ... es stand Ihnen frei, zu gehen. Also hatten Sie keinen Grund, sie umzubringen.«

»Nicht den geringsten! Und ich hatte es auch nie im Sinn«, sagte Halmy in seinem alten spöttischen Ton. »Der Gedanke ist mir nie gekommen. Ich wollte bloß weg. Aber sie war eine pathologische Lügnerin, und um mich zurückzuhalten, ersann sie eine Lüge. Sie ging zu Ihnen und erzählte Ihnen, *ich hätte gedroht, sie umzubringen.* Das war natürlich reine Erfindung. Und dann kam sie nach Hause und prahlte damit. Sie sagte, ich könne *nicht* weg, weil sie mich unter Polizeibewachung gestellt habe. Tag und Nacht würde mir ein Detektiv auf den Fersen bleiben. Ich sagte ihr, ich hätte ihr nie gedroht – wie könne sie sich nur eine so absurde Lüge ausdenken. Und sie sagte, die Lüge sei nicht so absurd, denn die Polizei glaube sie!«

»Das stimmte nicht«, brummte Nemetz. »Ich hatte das sehr deutliche Gefühl, daß sie log.«

»Aber das wußte ich nicht. Ich ging einfach zu meinem Schreibtisch, zog die Schublade auf, nahm die Pistole heraus und schoß auf sie. Ich schoß auf sie, als sie lachend das Zimmer verließ. Ich dachte, sie sei nicht schwer verletzt, weil sie um Hilfe rief und aus der Wohnung rannte. Als ich ein paar Minuten später aus dem Haus ging, fand ich sie unten, am Fuß der Treppe. Sie war tot.«

»Was haben Sie dann gemacht?«

»Ich ging ins Spital. Als ich den Freiheitsplatz überquerte, merkte ich, daß etwas Schweres in meiner Rocktasche gegen meinen Schenkel schlug. Es war die Pistole. Ich nahm sie aus der Tasche und warf sie auf einen Schutthaufen. Erst in diesem Augenblick kam mir zum Bewußtsein, daß ich sie tatsächlich umgebracht hatte.«

»Bereuten Sie nichts?«

»Nur daß ich es nicht viel früher getan habe. Ich war ein Feigling gewesen. Von allem Anfang an hatte sie es darauf abgesehen, mich zu vernichten, aber ich wehrte mich nicht. Sie nahm mir alles – mein Heim, meine Mutter, meine Familie, meine Selbstachtung. Ich ließ sie gewähren – ich grollte, ich wich ihr aus, ich blieb von zu Hause weg, aber ich ließ sie alles tun, was sie wollte. Sie begehrte nach Bestrafung, aber ich bestrafte sie nicht. Deshalb hat sie diese Lüge erfunden. Sie wußte, daß bei jedem andern Mann diese Lüge der Wirklichkeit entsprochen hätte. Das war der Punkt, wo sie zu weit ging. Sie sagte, es sei keineswegs ein abwegiger Gedanke. Darauf hab' ich sie erschossen.«

Nemetz schätzte ihn mit einem kühlen Blick ab.

»Das Volk von Budapest hat die Revolution sauber gehalten«, sagte er. »Geschäfte mit zertrümmerten Schaufensterscheiben wurden nicht geplündert. Noch wurden Tote ausgeraubt. Nicht ein Fillér ist aus kaputtgeschossenen Geldschränken entwendet worden. Aber Sie haben die Revolution ausgenützt, um ein Verbrechen zu tarnen!«

»Nein! Da täuschen Sie sich«, widersprach Halmy. »Das war kein Verbrechen. Es war *meine* Revolution.« Er zog ein schiefes Gesicht. »Und ich habe verloren, genau wie die andern.«

Sergeij trat zu ihnen. »Der Wachposten sagt, der Mann müsse in den Zug!«

»Haben Sie keine Botschaft für Fräulein Méhely?« fragte Nemetz. »Möchten Sie ihr nicht etwas ausrichten lassen?«

Halmy rieb sich nervös die Stirn.

»Was könnte ich sagen, das ich nicht schon gesagt hätte? Die berühmten letzten Worte!« Er grinste zornig. »Sagen Sie ihr, sie solle auf sich aufpassen. Und auf mich warten. Vielleicht komme ich zurück. Aber nicht zu lange warten! Teufel, sie sollte heiraten und Kinder haben! Denn das Leben wird nicht auf sie warten. Verdammt noch mal! Sagen Sie ihr, es tue mir leid – es ist eine Schande, daß es so enden mußte, denn es hätte geklappt. Ich weiß, es hätte ausgezeichnet geklappt!«

Mittlerweile standen nur noch wenige Leute auf der Rampe. Der Major marschierte den Zug entlang und suchte einen Wagen, der noch ein paar Sardinen mehr fassen könnte. Etwa drei Wagen entfernt hielt er an und winkte den Wachen, sie sollten Halmy zu ihm herbringen. Ein Soldat trat zum Arzt und stieß ihn auf den Wagen zu.

»Gehn wir, Genosse Inspektor«, sagte Sergeij, nachdem Halmy in den Güterwagen gehißt worden war. »Mich friert!«

»Gleich«, antwortete Nemetz. Er war ebenfalls steifgefroren, konnte sich aber nicht von der Szene losreißen. Der Lärm und das Geschrei schwollen zu einem Hexensabbat an, als ob tausendsechshundertzweiundzwanzig Kehlen alle auf einmal brüllten, gellten und fluchten. Halmy blieb an der Türe, die zugeschlagen und verriegelt wurde und nur noch seinen Kopf über dem Verschlag sehen ließ. An die sechzig junge Menschen, darunter ein paar Mädchen, waren in den Wagen gepfercht.

»Schreiben Sie, wenn Sie die Möglichkeit haben«, rief Nemetz zu Halmy hinauf. »Lassen Sie Fräulein Méhely alle Zeit wissen, wo Sie sind.«

Der Zug ruckte und die Räder begannen sich kreischend zu drehen.

»Inspektor!« schrie Halmy herunter. Seine Stimme klang sehr dringlich. »Inspektor! Ich hab' was vergessen!«

»Was denn?« fragte Nemetz und ging neben dem langsam rollenden Wagen her.

»Vorsicht!« rief Halmy und warf einen kleinen Gegenstand zwischen den Schalbrettern durch auf die Rampe. »Er war in Ihrer Manteltasche! Ich hätt' ihn beinah mitgenommen. Ihren Schlüssel!«

Drei russische Soldaten sprangen darauf zu – sie dachten, es sei irgendeine Waffe oder gar eine Sprengstoffkapsel. Als sie merkten, daß es nur ein Schlüssel war, gab ihm einer zornig einen Tritt, der den Schlüssel über die Rampe schlittern ließ.

»Diese Hanswurste!« sagte Sergeij, als er den Schlüssel brachte und Nemetz reichte. Einer der Soldaten antwortete mit einem Kraftausdruck, der bei Sergeij eine Lachsalve auslöste.

»Inspektor!« rief Halmy noch einmal. Jetzt rollte der Wagen schon viel schneller, und Nemetz konnte das Gesicht des Arztes nicht mehr sehen. »Grüßen Sie Alexa von mir! Sagen Sie ihr –«

Der Rest wurde verschluckt vom Rattern des Zuges und den erregten, verzweifelten Schreien aus den verriegelten Güterwagen.

Alexa saß an einem Ecktisch bei *Chez Lola*, seit das Lokal am Morgen geöffnet hatte. Als sie Hanna sagte, sie warte auf Nemetz, spendierte die Frau ihr ein Frühstück, bestehend aus Kaffee, frischen Brötchen, Butter und Eiern — eine sagenhafte Mahlzeit in dem ausgehungerten Budapest. Alexa ärgerte sich über sich selber, daß sie mit solch gesundem Appetit essen konnte, obschon die Nervosität ihr fast den Atem abschnürte wie ein zu enger Kragen. Da sie in den letzten vierundzwanzig Stunden nichts gegessen hatte als einige trockene Kekse, die noch in ihrem Zimmer gewesen waren, hatte sie jedoch furchtbaren Hunger.

Hanna beobachtete sie beim Essen und warf neugierige Blicke auf Alexas verzerrtes, verkrampftes Gesicht. Sobald ihre Augen sich trafen, strahlte sie das Mädchen herzlich und schwesterlich lächelnd an. Wenn zwischenhinein das Geschäft etwas abflaute, stieg sie von ihrem Piedestal herunter und setzte sich zu Alexa, die dankbar war, daß sie nicht mit ihren nagenden Ängsten allein gelassen wurde. Sie unterhielten sich miteinander, und Alexa beantwortete Hannas besorgte kleine Fragen bereitwillig und ohne Zurückhaltung. Es lag nicht in ihrem Wesen, Freunden ihr Herz auszuschütten, geschweige denn Fremden, aber sie war am Ende ihrer Kräfte und in einer Art Rauschzustand. Sie kannte Hannas Ruf wohl — wer nicht in Budapest? —, doch sie hatte längst aufgehört, die Menschen nach den Regeln gutbürgerlicher Moral zu beurteilen.

Es war Mittag und Nemetz ließ noch immer nichts von sich hören. Hanna bestand darauf, daß Alexa etwas essen solle, aber diesmal brachte sie nur ein paar Bissen hinunter. Als Angela den so gut wie unberührten Teller wegtrug, stand Hanna wiederum auf und stellte ein großes Glas Cognac vor Alexa auf den Tisch.

»Das wird Ihnen guttun!«

»Ich weiß, etwas ist schiefgegangen«, sagte Alexa, »sonst hätte der Inspektor angerufen oder Nachricht gegeben!«

»Im Gegenteil, meine Liebe«, tröstete Hanna sie. »Wenn wirklich etwas schiefgegangen wäre, hätten Sie mittlerweile von ihm gehört. Warten Sie nur ab, er wird durch diese Türe hereinkommen und Ihr Doktor mit ihm!«

Kurz nach zwei Uhr nachmittags kam Nemetz denn auch herein, aber ohne den Doktor. Sowie Alexa ihn erblickte und seinen Gesichtsausdruck sah, wußte sie, daß er keinen Erfolg gehabt hatte. Sie erhob sich und starrte ihn mit weit aufgerissenen Augen an; ihr bleiches Gesicht nahm einen grünlichen Farbton an.

»Er ist tot!« sagte sie, bevor er den Mund aufmachen konnte.

Es erleichterte Nemetz für einen Augenblick, daß sie das gesagt hatte, weil er ihr jetzt eine Nachricht mitteilen konnte, die eine Spur besser war, als sie erwartet hatte.

»Nein, er ist nicht tot. Er ist deportiert worden.«

»Wie können Sie das wissen?« fragte Alexa.

»Ich war dabei. Ich sah, wie sein Zug abfuhr.«

Hanna hatte sich zu ihnen gesellt. Sie musterte Nemetz' durchfrorenes Gesicht und schüttelte verdutzt den Kopf. »Du bist wohl verrückt, Lajos. An einem solch kalten Tag ohne Mantel herumzulaufen!«

Alexa hatte ihn angestarrt, ohne ihn richtig zu sehen. Jetzt bemerkte sie nicht nur den Überbringer der Hiobsbotschaft, sondern den Menschen.

»Wo ist Ihr Mantel?« fragte sie und stieß gleich selber die Antwort heraus: »Sie haben ihn Zoltán gegeben!« Als er stumm blieb, sprach sie weiter. »Natürlich haben Sie ihn Zoltán gegeben! Er wurde so mitgenommen, wie er war, ohne Mantel, und Sie haben ihm den Ihren gegeben.« Sie setzte sich und fing an zu weinen. Eigenartigerweise brachte sie nicht die Tragödie zum Weinen; es war der Beweis von Menschengüte, der ihr die Tränen entlockte.

Nemetz bestellte Schnaps für sie beide. Er stürzte den seinen hinunter und ließ einen zweiten kommen, während sie noch an ihrem ersten nippte.

»Haben Sie mit ihm gesprochen?« fragte sie.

»Ja, ausführlich. Er läßt Sie herzlich grüßen.«

»Oh, hat er mich erwähnt?«

»Jawohl. Er sprach von niemand anderem.«

»Was hat er gesagt?«

»Daß er hoffe, zu Ihnen zurückzukommen.«

Sie blickte auf, und in ihren Augen lag die Andeutung eines Lächelns.

»Das sieht ihm gar nicht ähnlich«, sagte sie kopfschüttelnd.

»Es gibt Zeiten, da ist man sich selbst nicht mehr ähnlich.«

Sie schien ihn nicht zu hören. Sie hing ihren eigenen Gedanken nach.

»Wenn er zurückkommt«, fragte sie plötzlich und sah Nemetz offen ins Gesicht, »was wird das für einen Einfluß haben auf den Fall Anna Halmy? Wird es dann immer noch einen Fall Anna Halmy geben?«

Nemetz überlegte ein Weilchen.

»Nein, das wird es nicht geben«, antwortete er. »Es gibt keinen Fall Anna Halmy mehr. Es ist alles vorbei.«

»Soll das heißen, weil er ungelöst ist?«

»Im Gegenteil. Weil er gelöst worden ist.«

»Heißt das, Sie haben den Mörder gefunden?«

»Ja«, bestätigte er.

»Wer ist es?«

»Es ist kalt hier«, sagte er und bestellte sein drittes Glas Schnaps. Der Druck auf seiner Brust schien nachzulassen. Er war auf dem besten Weg zu einer gewaltigen Sauferei, und er war froh darüber.

»Heute«, sagte er, »sah ich einen Zug mit tausendsechshundertzweiundzwanzig Männern und Frauen abfahren. Sie wurden weder verhört noch vor Gericht gestellt, aber sie wurden verurteilt und werden bestraft. Können Sie mir sagen, wer von ihnen unschuldig und wer schuldig ist? Sie sind alle im selben Zug; was spielt es deshalb schon für eine Rolle, wer Frau Halmy umgebracht hat? Nehmen wir an, ihr Mörder sei auch in diesem Zug. Nehmen wir das einfach mal an und erklären wir den Fall für abgeschlossen.«

Er stand auf. *Chez Lola* war nicht das Lokal, in dem er sich vollaufen lassen wollte. Zunächst einmal war es zu teuer. Und das letzte Mal, als er sich hier bekneipt hatte, war er mit Otto Koller zusammengewesen.

»Ich muß jetzt aufbrechen«, sagte er. »Gehen Sie ins Spital zurück?«

»Ich gehe nicht ins Spital zurück«, entgegnete sie. »Ich bin an die Luft gesetzt worden.«

Er verdaute die Nachricht.

»Und wie sehen Ihre Pläne aus?«

»Ich weiß es wahrhaftig nicht. Ich fürchte, ich muß in der Fabrik arbeiten, bis ich etwas Besseres finde.«

Hanna war die ganze Zeit neben ihnen gestanden. Jetzt legte sie die Arme um Alexas Schultern. »Oh, das brauchen Sie nicht. Sie können jederzeit hier arbeiten, meine Liebe. In der Tat wollte ich's Ihnen schon vorschlagen. Ich bin furchtbar knapp an Personal.«

»Nein! Sie wird nicht hier arbeiten!« schrie Nemetz. Sein Gesicht war gerötet, die Narbe sah aus wie ein blutroter Faden.

Hanna richtete sich auf. »Warum nicht? Ich verlange von ihr nur, daß sie die Gäste bedient. Sie braucht nichts zu tun, das sie nicht will.« Sie bedachte Nemetz mit einem entrüsteten Blick. »Also wirklich, Lajos, du tust, als betriebe ich eine Opiumhöhle!«

»Nein, du betreibst keine Opiumhöhle; trotzdem, Fräulein Méhely wird nicht hier arbeiten!«

Alexa hatte ihnen zugehört und von einem zum andern geschaut, als verfolgte sie ein Tennisspiel.

»Ich glaube, es liegt bei ihr, zu sagen, ob sie will oder nicht«, meinte Hanna trocken. Sie wandte sich zu Alexa. »Also, was sagen Sie? Ich zahle meine Mädchen gut. Dazu genießen sie Schutz. Ich hab' ausgezeichnete Beziehungen. Nicht einmal die AVO hat je gewagt, meine Mädchen zu belästigen.«

Alexa stand langsam auf. »Ich gehe jetzt am besten nach Hause«, sagte sie. Sie hatte immer noch ihr Zimmer, wo sie ein oder zwei Tage bleiben konnte, ohne sich um die nichtbezahlte Miete Sorgen zu machen. »Ich bin ziemlich müde.« Sie holte tief Atem. »Ich danke Ihnen herzlich für das Angebot, Fräulein Zágon. Ich brauche tatsächlich eine Stelle, und zwar bald. Ich komme also morgen vorbei und gebe Ihnen Bescheid.«

»Fein, Liebes«, sagte Hanna und lächelte herzlich. »Ich erwarte Sie.« Sie kehrte auf ihren Hochsitz zurück. Nemetz bezahlte seine Zeche und ging auf die Türe zu.

»Kommen Sie, Fräulein Méhely?« fragte er ein bißchen barsch.

»Ja, Inspektor, ich komme.«

In der Türe blieb sie einen Augenblick stehen, drehte sich um und sah Hanna an. »Auf Wiedersehn, Fräulein Zágon. Herzlichen Dank für alles.«

»Es war mir ein Vergnügen, meine Liebe«, rief die Frau zurück und lächelte wie die gute Fee aus dem Märchen. »Ich erwarte Sie also morgen!«

Ende

Juliette Benzoni

Cathérine
(1732)

Unbezwingliche Cathérine
(1785)

Cathérine de Montsalvy
(1813)

Cathérine und die Zeit der Liebe
(1836)

Cathérine im Sturm
(4025)

Marianne – Ein Stern für Napoleon
(4254)

Marianne –
Das Schloß in der Toskana
(4303)

Marianne und der Mann der
vier Meere
(4692)

Marianne – Gesandte des Kaisers
(4894)

Rose der Nacht
(5561)

C 839/10

Alice M. Ekert-Rotholz

Reis aus Silberschalen
(894)

Wo Tränen verboten sind
(1138)

Strafende Sonne, lockender Mond
(1164)

Mohn in den Bergen
(1228)

Die Pilger und die Reisenden
(1292)

Der Juwelenbaum
(1621)

Fünf Uhr Nachmittag
(1781)

Füchse in Kamakura
(4144)

Gastspiel am Rialto
(4810)

Flucht aus den Bambusgärten
(5383)

rororo

C 486/20

868/5

Elizabeth Goudge

Das Gasthaus am Fluß
(4085)

Das Herz der Familie
(4147)

Das Mädchen vom Meer
(4296)

Der grüne Delphin
(4472)

Das Testament des Mr. Adam
(5673)

Enzianhügel
(5786)

rororo

C 989/5

GEORGETTE HEYER

Die drei Ehen der Grand Sophy
(2001)

Der Page und die Herzogin
(2002)

Venetia und der Wüstling
(2003)

Penelope und der Dandy
(2004)

Die widerspenstige Witwe
(2005)

Frühlingsluft
(2006)

Serena und das Ungeheuer
(2007)

Lord «Sherry»
(2008)

Ehevertrag
(2009)

Liebe unverzollt
(2010)

Barbara und die Schlacht von Waterloo
(2011)

Der schweigsame Gentleman
(2012)

Heiratsmarkt
(2013)

Die Liebesschule
(2014)

Ein Mädchen ohne Mitgift
(2015)

Eskapaden
(2016)

Findelkind
(2017)

Herzdame
(2018)

rororo

C 2187/1